LAURA K

Someone Else

LAURA KNEIDL

Someone ELSE

Roman

LYX

LYX in der Bastei Lübbe AG
Dieser Titel ist auch als E-Book und Hörbuch erschienen.

MIX
Papier aus verantwortungsvollen Quellen
FSC® C014496
FSC
www.fsc.org

Originalausgabe

Dieses Werk wurde vermittelt durch die AVA international GmbH
Autoren- und Verlagsagentur, München.
www.ava-international.de

Textredaktion: Melike Karamustafa
Illustrationen: Gabriella Bujdosó
Covergestaltung: ZERO Werbeagentur GmbH
Coverabbildung: © FinePic / shuttertstock
Satz: Greiner & Reichel, Köln
Gesetzt aus der Adobe Caslon
Druck und Einband: GGP Media GmbH, Pößneck

Printed in Germany
ISBN 978-3-7363-1121-3

1 3 5 7 6 4 2

Sie finden uns im Internet unter: www.lyx-verlag.de
Bitte beachten Sie auch: www.luebbe.de und www.lesejury.de

Für alle,
die dabei sind,
sich selbst zu finden.

»Du bist der wichtigste Mensch in deinem Leben.«

Anabelle Stehl

Playlist

Aftertheparty – Someone Else
Billie Eilish – wish you were gay
Queen – Somebody To Love
Matt Maeson – Cringe (Stripped)
Jess Glynne – I'll Be There
Billie Eilish feat. Khalid – lovely
Melanie Martinez – Too Close
Florence + The Machine – Big God
Taylor Swift – Afterglow
Lukas Graham – Love Someone
Halsey – Bad At Love
Marcin Przybyłowicz und Percival –
The Song Of The Sword-Dancer
Hozier – Say My Name
Lizzo – Cuz I Love You
ZAYN – PILLOWTALK
Halsey – Without Me
Aaliyah – Miss You
Selena Gomez – Lose You To Love Me
Billie Eilish – when the party's over
Camila Cabello – Something's Gotta Give
Sleeping At Last – Neptune
Hozier – Almost (Sweet Music)
Adele – Make You Feel My Love
Taylor Swift – Lover

1. Kapitel

Liebe Cassandra,
wir freuen uns, dass du Teil der diesjährigen SciFaCon sein wirst. Es warten spannende Panels, interessante Vorträge und abenteuerliche Workshops auf dich. Dein Ticket findest du im Anhang. Vergiss nicht, es auszudrucken und mitzubringen. Bei Fragen hilft dir unser Team jederzeit gerne weiter!

Ich stieß ein Quietschen aus und zappelte aufgeregt in meinem Bett herum – meine Version eines Freudentanzes. Seit dem gestrigen Abend hatte ich die Bestätigungsmail zu meinem Ticketkauf mindestens zehnmal gelesen, und jedes einzelne Mal schlug mein Magen vor Freude Purzelbäume.

Ich konnte es immer noch nicht glauben. Endlich würde ich eine SciFaCon besuchen! Seit ich denken konnte, wollte ich auf die Convention gehen, bei der sich alles um das fantastische Genre dreht, egal ob in Film, Serie, Buch, Game oder Spiel. Doch in der Vergangenheit hatte es nie geklappt. Entweder hatte es mir an Zeit, Geld oder Freunden gefehlt, die mich begleiten wollten. Und das eine Mal vor zwei Jahren, als ich tatsächlich hatte gehen wollen, hatte mir das Schicksal einen Strich durch die Rechnung gemacht.

Dieses Jahr aber würde es klappen. Schon in wenigen Wochen würde ich gemeinsam mit Auri, meiner besten Freundin Micah und ihrem Freund Julian einen Ausflug nach Seattle unternehmen. Und das bedeutete, dass mir nicht mehr viel Zeit blieb, um mein neues Cosplay zu schneidern.

Eilig schloss ich das Mail-Programm auf meinem Handy und wechselte in die Twitch-App. Der Stream von TRGame war inzwischen geladen.

TR war meine Lieblings-Gamerin, und nachdem Auri und ich beschlossen hatten, gemeinsam ein Hexer-Cosplay zu machen, musste ich mir ihr Let's Play von *The Witcher 3: Wild Hunt* einfach anschauen. Auri würde als Geralt von Riva gehen, ich als Ciri. Allerdings war ich mir noch nicht sicher, ob ich mein Kostüm der Game-Ciri oder der Buch-Ciri anpassen wollte. Auri hatte sich ganz klar für den animierten Geralt entschieden, vermutlich weil dieser meist nicht nur eines, sondern zwei Schwerter auf dem Rücken trug. Ich hatte dagegen nichts einzuwenden, denn ich konnte mir weitaus Schlimmeres vorstellen als Auri in einer hautengen Ledermontur.

Noch mehr als auf seinen Anblick freute ich mich allerdings auf die gemeinsame Zeit mit ihm. Vom ersten Schnittmuster über das Nähen bis hin zur Fertigstellung unserer Kostüme konnten hundert oder mehr Stunden vergehen. Zwar verbrachten wir auch im Alltag viel Zeit miteinander, da wir uns nicht nur eine Wohnung teilten, sondern auch beste Freunde waren, aber das war etwas anderes. Gemeinsam auf der Couch zu lümmeln und dabei die zehnte Wiederholung von *Buffy – Im Bann der Dämonen* zu schauen, war nicht das Gleiche, wie zusammen an einem Projekt zu arbeiten, für das wir beide Feuer und Flamme waren.

Am liebsten hätte ich direkt losgelegt und den nächsten Stoffladen gestürmt, aber solch aufwendige Kostüme mussten gut durchdacht sein. Anderenfalls würden Auri und ich Unmengen an teurem Stoff kaufen, den wir am Ende überhaupt nicht brauchten. Zwar wurden wir beide finanziell von unseren Familien unterstützt, und Auri besaß zudem ein Football-Stipendium, dennoch war Geld – wie vermutlich bei den meisten Studenten – immer ein Thema, vor allem nun, da Julian ausgezogen war und bei Micah wohnte.

Ich richtete meine Aufmerksamkeit auf das Let's Play von TRGame, die gerade für eine Spielfrequenz in Ciris Körper geschlüpft war. Immer wieder drückte ich auf Pause, studierte ihr Outfit und glich es mit den Bildern aus dem Internet ab, die ich mir zur Vorlage ausgedruckt hatte. Parallel machte ich mir Notizen und überlegte bereits, wie ich die einzelnen Elemente ihres Kostüms kostengünstig nachstellen könnte.

Ich war ganz in meine Arbeit vertieft, als mich ein Klopfen aus meinen Gedanken riss.

Benommen blickte ich auf, als die Tür zu meinem Zimmer bereits geöffnet wurde. Das machte Auri immer. Er kündigte sich mit einem Klopfen an, wartete aber nie darauf, hereingebeten zu werden. Was er nicht aus Ungeduld oder Respektlosigkeit tat, sondern weil er mich kannte und wusste, dass er immer willkommen war. Wenn ich wirklich ungestört sein wollte, schloss ich meine Tür ab.

»Hey.« Ich richtete mich in meinem Bett auf.

Wie jedes Mal, wenn mein Blick auf Maurice Remington fiel, machte mein Herz einen verräterischen Satz. Doch mittlerweile war ich geübt darin, die Gefühle, die ich für meinen besten Freund hegte, zu ignorieren. Sie waren wie das Rauschen der Autos, die nachts unter meinem Schlafzimmerfenster vorbeifuhren. Ich konnte sie hören, aber solange ich das Fenster geschlossen hielt, war es mir dennoch möglich, friedlich zu schlafen.

Auri musterte mich stirnrunzelnd. »Du bist ja noch gar nicht umgezogen.«

Ich sah an mir herab und stellte fest, dass ich mich zwar aus meinem Schlafanzug geschält hatte, stattdessen aber nur mein übliches Zuhause-Outfit trug: eine gemütliche Yogahose und ein übergroßes T-Shirt, das früher Auri gehört hatte. Es war schwarz mit verwaschenem Printmotiv auf der Brust, welches das Logo einer Footballmannschaft zeigte. Ich hatte es vorne verknotet, damit es mir nicht um die Beine schlackerte.

»Micah und Julian warten bestimmt schon auf uns.«

Ich zog die Augenbrauen zusammen und durchforstete mein Gedächtnis nach der Verabredung, die ich anscheinend vergessen hatte. Allerdings war ich mir nicht einmal sicher, welchen Wochentag wir hatten. Die Semesterferien hatten begonnen, und ich hatte mich dazu entschieden, keine Sommerkurse zu belegen. Was bedeutete, dass ich freihatte und mit meiner Zeit anstellen konnte, was ich wollte. Es warteten weder Abgabetermine noch Seminare auf mich. Ich war frei von akademischen Verpflichtungen, und das war herrlich. Auch wenn es zur Folge hatte, dass ich jegliches Zeitgefühl verlor.

Mein Blick zuckte zu dem Wecker neben meinem Bett.

Auri seufzte, wirkte dabei jedoch nicht genervt, sondern vielmehr von meiner Planlosigkeit belustigt. Anders als meine Tage waren seine akribisch durchgetaktet – vom frühmorgendlichen Footballtraining bis hin zum abendlichen Workout. Und in der Zeit dazwischen besuchte er Kurse, um Credits zu sammeln.

»Wir wollten auf den Flohmarkt im Park.«

Ich verzog die Lippen zu einem entschuldigenden Lächeln. Nun erinnerte ich mich. Micah und Julian wollten nach Sachen für ihre gemeinsame Wohnung stöbern und hatten gefragt, ob wir mitkommen wollten, um ihnen wenn nötig beim Tragen helfen zu können.

»Gib mir zehn Minuten.«

»Mhm«, brummte Auri, als würde er meine Zeitangabe für vollkommen utopisch halten, und schloss die Tür hinter sich.

Ich sprang aus dem Bett. Eilig huschte ich ins Badezimmer. Für eine ausgiebige Dusche blieb zwar keine Zeit mehr, aber ich wollte mich dennoch kurz abbrausen. Dieser Sommer war verdammt heiß, und ich schwitzte bereits nur vom Herumliegen. Meine Haare, die im nassen Zustand mehr braun als rot schimmerten, steckte ich mit einer Klammer hoch; anschließend putzte ich mir die Zähne, da ich mir nicht sicher war, ob ich es am Morgen bereits gemacht hatte. Auf Makeup verzichtete ich, da es eh nur eine Frage der Zeit war, bis der Schweiß es mir vom Gesicht schwemmen würde.

In ein übergroßes Handtuch gehüllt, flitzte ich an Auri vorbei zurück in mein Zimmer. Hastig trocknete ich mich ab und schlüpfte in frische Unterwäsche, ehe ich meinen Kleiderschrank mit der schiefen Tür öffnete. Auri und ich hatten ihn vor zwei Jahren gemeinsam aufgestellt und vermutlich irgendwo eine Schraube falsch befestigt. Wir hatten uns nie die Mühe gemacht, den Schönheitsfehler zu korrigieren.

Ich entschied mich für ein geblümtes Kleid aus Leinen mit halblangen Ärmeln, die bis über die zwei kleinen weißen Geräte reichten, die an meinen Oberarmen festgeklebt waren. Ich liebte die Teile heiß und innig, da sie mich mit Insulin versorgten und meinen Blutzucker maßen, ohne dass ich mich selbst mehrfach täglich mit einer Nadel stechen musste wie in den ersten Jahren nach meiner Diabetes-Typ-1-Diagnose. Aber sie sahen nicht gerade hübsch aus und luden die Leute dazu ein, mich anzustarren oder mir unangemessene Fragen zu stellen.

Nachdem ich mich angezogen hatte, packte ich meine Tasche und kontrollierte sie auf das Wichtigste: Geldbeutel, Schlüssel, Handy, das mir auch als Messgerät diente, die Pumpe, die mein Insulin steuerte, Traubenzucker und das manuelle

Notfallset, sollte die Technik versagen. Die vollgestopfte Tasche über der Schulter, ging ich ins Wohnzimmer.

Auri saß auf der Couch und sah gebannt auf sein Handy, ohne meine Anwesenheit zu bemerken. Er hatte die Augenbrauen in tiefer Konzentration zusammengezogen und seine Unterlippe nachdenklich vorgeschoben.

Sein Gesicht war so vielseitig wie er selbst, denn in seinen Zügen spiegelten sich seine beiden Seiten wider. Der markante Kiefer, die breite Nase und die kurz geschorenen schwarzen Haare symbolisierten den muskulösen Sportler, der auf dem Spielfeld keine Gnade kannte und schonungslos auf seine Gegner losging. Seine vollen Lippen und sanften braunen Augen zeigten hingegen seine zärtliche Seite, die uns zu Freunden machte und mit der er sich in mein Herz geschlichen hatte. Kombiniert bildeten diese Seiten einen aufregenden Kontrast, der es mir stets schwer machte, den Blick von Auri abzuwenden.

Ich tat es dennoch, bevor er mich beim Starren ertappen konnte, und entdeckte, dass er sich gerade ein Bild von Geralt auf dem Handy anschaute. Unweigerlich musste ich schmunzeln. Offenbar war ich nicht die Einzige, die es kaum erwarten konnte, mit ihrem Kostüm loszulegen.

»Fertig!«, verkündete ich, um Auri auf mich aufmerksam zu machen.

Er hob den Kopf und musterte mich. »Ist das Kleid neu?«

»Ja, und es hat Taschen«, antwortete ich begeistert und schob demonstrativ meine Hände hinein, glücklich darüber, dass ich dieses Schmuckstück im Laden gegenüber von meinem Diabetologen entdeckt hatte. An der Schaufensterpuppe hatte der Rock für meinen Geschmack etwas zu kurz ausgesehen. Aber da ich die eins fünfundfünfzig nur mit lang gerecktem Hals erreichte, fiel es an mir etwas größer aus.

»Es steht dir gut«, sagte Auri mit einem Lächeln, bei dem mir so warm wurde, dass die Versuchung, das geschlossene Fenster, das meine Gefühle für ihn draußen hielt, zu öffnen, ziemlich groß wurde.

»Danke«, erwiderte ich. Hoffentlich schob er die Röte meiner Wangen auf die Hitzewelle, die Mayfield bereits seit Tagen plagte.

Auri stand von der Couch auf, und gemeinsam traten wir in den Hausflur.

Da Micah und Julian noch nicht auf uns warteten, klopfte ich an die benachbarte Wohnungstür.

Ich war froh, dass Micah das Apartment nach dem großen Streit und dem Bruch mit ihren Eltern nicht aufgegeben hatte. Ich hätte es vermisst, nicht mehr neben ihr zu wohnen. Sie war innerhalb kürzester Zeit zu meiner besten Freundin geworden. Es fühlte sich an, als würden wir uns nicht erst seit zehn Monaten, sondern bereits seit zehn Jahren kennen. Mir war noch nie ein herzlicherer Mensch begegnet als sie, und es war schön, sie jederzeit spontan besuchen zu können, ohne dafür einen langen Weg auf sich nehmen zu müssen.

Schritte erklangen hinter der Tür, die kurz darauf von Julian geöffnet wurde. »Hey.«

»Sorry, wir sind spät dran«, sagte ich.

»Kein Stress, Micah ist auch noch nicht fertig.« Er warf einen flüchtigen Blick über seine Schulter in Richtung Arbeitszimmer, das ich vor einigen Wochen gemeinsam mit Micah eingerichtet hatte. »Kommt rein. Es kann sich nur noch um Stunden handeln. Sie hatte eine Idee für die *Albtraumlady*.«

Ich wandte mich an Auri. »Siehst du, ich hätte mich gar nicht so beeilen müssen.«

»Dafür bist du jetzt fertig und kannst entspannt mit auf

Micah warten«, erwiderte er und legte mir eine Hand auf den Rücken, um mich sanft in die Wohnung zu schieben.

Die Berührung war kaum zu spüren, dennoch brachte sie meinen gesamten Körper zum Kribbeln. Es war ein angenehmes und dennoch verhasstes Gefühl. Ich hätte beinahe alles gegeben, um es loszuwerden. Schon dutzende Male hatte ich mir all die Dinge aufgezählt, die zwischen Auri und mir standen und dagegensprachen, unsere Freundschaft gegen eine andere Art von Beziehung einzutauschen. Doch mein verfluchtes Herz wollte nicht hören.

Erleichtert atmete ich auf, als Auri seine Hand von meinem Rücken nahm, um Laurence, Julians Kater, zu begrüßen. Er hatte das Tier vor rund einem Jahr aus einem Müllcontainer gerettet, und aus dem kleinen Flauschball war inzwischen ein großer Kater mit struppigem Fell geworden. Schnurrend drückte er sich gegen Auris Beine, während er sich von ihm den Kopf kraulen ließ.

Obwohl Auri stets betonte, ein Hundemensch zu sein, hatte er einen guten Draht zu Laurence, und der Kater liebte ihn. Anders als mich. In den ersten Wochen hatte er immer einen großen Bogen um mich gemacht. Irgendwann war es besser geworden, und er ließ sich von mir streicheln, aber wenn der Kater die Wahl zwischen Julian, Micah, Auri und mir hatte, kam ich immer an letzter Stelle. Ich versuchte, das nicht persönlich zu nehmen. Es war mein Geruch, der manche Tiere verunsicherte, eine Nebenwirkung meiner Erkrankung und des Insulins. Menschen konnten diesen Duft nicht wahrnehmen, aber gerade Katzen reagierten oft empfindlich darauf.

»Möchtet ihr was trinken?«, fragte Julian, der bereits am Kühlschrank stand.

»Ein Wasser wäre lieb.«

»Für mich nichts«, antwortete Auri, der sich auf den Boden

gesetzt hatte, um mit dem Kater zu spielen. Er hatte eine Katzenangel gefunden, die er wild über den Boden zucken ließ, während Laurence aufgeregt versuchte, das plüschige Ende zu fangen.

»Sucht ihr auf dem Flohmarkt nach etwas Bestimmtem?«

»Nein, wir wollen uns einfach inspirieren lassen«, antwortete Julian. Er reichte mir ein gekühltes Wasser und lehnte sich gegen den Küchentresen. Das braune Haar fiel ihm in dichten Wellen in die Stirn. »Ein paar Ecken in der Wohnung sind noch ziemlich leer, und es wäre auch schön, wenn wir vielleicht ein paar Bilder finden würden, die uns beiden gefallen, anstatt mit diesem Kompromiss leben zu müssen.«

Ich nickte verständnisvoll. Die Wände in der Wohnung sahen aus, als wären sie gemeinsam von einem Zehn- und einem Achtzigjährigen dekoriert worden. Elegante Schwarz-Weiß-Fotografien von Hochhäusern in ihrer Entstehungsphase und raffinierte Aufnahmen von Städten aus der Vogelperspektive wechselten sich ab mit Plakaten von Deadpool und zahlreichen anderen Superhelden, die einen mit entschlossenem Blick betrachteten. »Falls ich etwas entdecke, das euch gefallen könnte, gebe ich Bescheid.«

»Danke«, sagte Julian mit einem Lächeln, das seine Grübchen zum Vorschein brachte.

Dies war noch immer ein ungewohnter Anblick. Im ersten Jahr nach unserem Kennenlernen hatte ich ihn nie lächeln sehen, und wenn doch, hatte es bitter gewirkt. Inzwischen hatte sich das geändert. In den vergangenen Monaten hatte Julian hart an sich gearbeitet und daran, die Dämonen zu vertreiben, die ihn plagten, seitdem er von seiner Familie und seinen Freunden in Idaho verstoßen worden war.

Lange Zeit hatten Auri und ich nicht gewusst, was es mit Julians Distanziertheit auf sich hatte. Wir hatten angenommen, dass er uns einfach nicht mochte – bis er uns in einem Brief alles erklärt hatte. Seit diesem Tag hatte sich viel verändert, und aus unserer Bekanntschaft zu Julian war eine echte Freundschaft entstanden.

Ich setzte mich Julian gegenüber auf die Anrichte. »Wie läuft das Praktikum?«

»Gut, aber es gibt viel zu tun. Wir arbeiten gerade auf eine große Deadline für ein Einkaufszentrum hin. Diese Woche war ich jeden Tag zwölf oder dreizehn Stunden im Büro, und trotzdem habe ich mir fürs Wochenende noch Arbeit heimgebracht.« Er deutete auf einen Stapel Ordner, die auf dem Couchtisch lagen. Zahlreiche Klebezettel und Notizen ragten zwischen den Seiten hervor.

»Du arbeitest zu viel.«

Er seufzte. »Ich weiß, aber vermutlich wird es eher mehr, bevor es weniger wird.«

»Bitte sag mir, dass du zumindest mit Ricky geredet hast.«

Julians Seufzen wurde von einem Schnauben abgelöst. »Du klingst schon wie Micah.«

Abwartend sah ich ihn an, denn er hatte nicht das gesagt, was ich von ihm hören wollte. Er hatte schon immer viel gearbeitet, zu Höchstzeiten in drei Jobs gleichzeitig, und das neben dem Studium. Ich hätte niemals geglaubt, dass eine Zeit kommen würde, in der er noch mehr schuftete. Kein Mensch war für Achtzigstundenwochen gemacht.

»Ja, ich habe mit Ricky geredet«, sagte Julian schließlich. Er lehnte sich zurück und streckte die Arme über dem Kopf aus, als wären seine Muskeln steif von den vielen Stunden, die er im Büro gesessen hatte. »Er war nicht gerade glücklich zu hören, dass ich für ein paar Wochen ausfalle, zumal er so kurzfristig keinen Ersatz für mich bekommt. Falls du für den Sommer also noch einen Aushilfsjob suchst, ich schlage dich gerne vor.

Ricky wird sich freuen, wenn ich ihm eine fähige Aushilfe auf dem Silbertablett serviere.«

»Woher weißt du, dass ich fähig bin?«

»Kannst du ›Hallo‹ sagen und weißt, wie ein Telefon funktioniert?«

Ich zog die Stirn kraus. »Ja.«

»Siehst du: fähig. Es ist nur ein Job am Empfang, du musst die Leute nicht tätowieren.«

»Ich weiß nicht …«

»Komm schon!« Flehentlich sah Julian mich an.

Ich verschränkte die Arme vor der Brust. »Du willst mir den Job nur andrehen, um dein Gewissen zu erleichtern.«

»Na und? Ich erleichtere mein Gewissen, du stockst deine Cosplay-Kasse auf. Win-win.«

Ich stutzte. Der Gedanke war mir noch gar nicht gekommen. Ich hatte kein Problem damit zu arbeiten. Meine gesamte Schulzeit über hatte ich in einem Laden für Bastelbedarf gejobbt. Aber meine Eltern hatten darauf bestanden, die Kosten für mein Studium und alles, was dazugehörte, zu tragen. Sie wollten, dass ich mich voll und ganz auf meine Kurse konzentrierte und das Beste aus dieser Erfahrung und meinen Noten machte. Allerdings hatte ich in den nächsten Wochen keine Seminare oder Vorlesungen, und der Job bei Crooked Ink wäre zeitlich begrenzt bis zum Ende von Julians Praktikum. Außerdem dienten die SciFaCon und das dazugehörige Cosplay alleine meinem Vergnügen, dafür sollten meine Eltern nicht aufkommen müssen, auch wenn sie das, ohne mit der Wimper zu zucken, getan hätten.

»Okay, wenn Ricky einverstanden ist, übernehme ich deine Schichten, bis du zurückkommst.«

»Großartig! Ich schreib ihm gleich«, sagte Julian begeistert und zog sein Handy aus der Hosentasche.

»Was ist großartig?«, erkundigte sich Micah, die in diesem Moment das Wohnzimmer betrat.

»Cassie übernimmt meine Schicht bei Crooked Ink«, antwortete Julian, ohne aufzublicken.

Micahs Augenbrauen schossen in die Höhe, als wollten sie die Fransen ihres kurz geschnittenen Ponys berühren. »Ernsthaft? Du im Tattoostudio?«

»Du klingst überrascht. Traust du mir das etwa nicht zu?«

»Natürlich trau ich dir das zu«, erwiderte Micah und stellte sich zu Julian und mir. »Ich bin nur erstaunt, dass du das machen willst. Dir ist schon klar, dass du dort mit Fremden reden musst?«

Ich nickte und versuchte mich von Micahs Worten nicht verunsichern zu lassen. Sie meinte es nicht böse, sondern machte sich Sorgen. Immerhin wusste sie nur allzu gut, wie unwohl ich mich fühlte, wenn ich mit Fremden reden musste. Meine Eltern sagten immer scherzhaft, dass ich so sehr in meinen fantastischen Welten mit all den fiktiven Charakteren gefangen war, dass ich nicht mehr wusste, wie ich mit realen Menschen umgehen sollte. Small Talk fiel mir schwer, wenn ich nicht über irgendwelche Fantasybücher oder Science-Fiction-Serien reden konnte. Andererseits kamen die Leute nicht ins Crooked Ink, um sich mit mir zu unterhalten, sondern um sich einen Termin geben oder ein Tattoo stechen zu lassen. Dazu kam, dass ich weder eine Karriere in einem Tattoostudio noch als Empfangsdame anstrebte. Und ich würde nur für einige Wochen dort jobben, daher war es nicht wichtig, ob Ricky und all die anderen mich sympathisch fanden oder nicht. Solange ich den Kalender pflegte und alle Einwilligungserklärungen unterschreiben ließ, sollte ich auf der sicheren Seite sein. Und falls ich dem Ansturm doch nicht gewachsen war, konnte ich jederzeit meine Tasche packen und gehen.

»Ich bin mir sicher, Cassie wird das fabelhaft machen«, warf Auri ein. Er war vom Boden aufgestanden und neben mich getreten. Völlig selbstverständlich legte er einen Arm um meine Schulter. Sofort stieg mir der vertraute Geruch seines Aftershaves in die Nase. Es war ein Duft, den ich für ihn ausgesucht hatte: dunkler Regenwald.

Ich sah zu ihm auf. Obwohl ich auf der Anrichte saß, musste ich dabei den Kopf in den Nacken legen. Auri war nicht einfach nur groß. Er war riesig.

»Wenn du dort arbeitest, komm ich vorbei.«

»Nicht so übereifrig, erst muss Ricky mir die Stelle geben.«

Auri bedachte mich mit einem warmen Blick, in dem ich einen Funken Stolz zu entdecken glaubte. »Das tut er sicher, und dann kannst du deine Terminvergabe-Skills an mir üben.«

»Du willst dir wirklich ein neues Tattoo stechen lassen?«, fragte ich verwundert. So vergesslich ich manchmal sein konnte, ich war mir sicher, dass Auri mir gegenüber bisher nichts in dieser Richtung erwähnt hatte.

Er nickte. »Ich will schon lange ein neues. Vielleicht motiviert mich ein Termin dazu, mich endlich für ein Motiv zu entscheiden. Und wenn nicht, kannst du eines für mich aussuchen.«

»Ist das dein Ernst?«

»Ja, warum nicht?«

Fassungslos starrte ich Auri an. »Du weißt, dass Tattoos permanent sind?«

»Na und? Du kennst mich, und ich vertraue dir.«

Er konnte das unmöglich ernst meinen, wir redeten hier schließlich nicht von einem Abziehtattoo. Er würde das Motiv den Rest seines Lebens tragen. Gewiss könnte ich etwas aussuchen, das ihm gefiel. Doch allein die Tatsache, dass ich diese Entscheidung an seiner Stelle traf, würde ihn für immer an mich binden. Jedes Mal, wenn er das Tattoo ansah, würde er sich an mich erinnern. Ein Gedanke, der seinen Reiz hatte, mir aber zugleich eine Heidenangst einjagte. So tief unsere Freundschaft auch reichte, es gab keine Garantie dafür, dass sie für immer hielt. Denn die Gemeinsamkeiten, die Auri und mich verbanden, waren so zahlreich wie die Unterschiede, die uns trennten.

2. Kapitel

Das Gras war verbrannt. Braun und dörr knirschte es unter meinen Füßen, als ich mich gemeinsam mit Auri, Julian und Micah dem Flohmarkt im Park näherte. Es hatte seit Tagen nicht geregnet, und die Bäume spendeten nicht genügend Schatten, um den Rasen vor den starken Sonnenstrahlen zu schützen, die auch in diesem Moment auf unsere Köpfe niederbrannten. Ich bereute es, keinen Hut mitgenommen zu haben, aber zum Glück hatte ich wenigstens daran gedacht, mich mit einer starken Sonnencreme einzureiben. Anderenfalls wäre meine Haut vermutlich bereits nach fünf Minuten rot gewesen.

»Adrian und Keith haben gerade abgesagt«, verkündete Micah, die mit Julian hinter Auri und mir lief.

Ich sah über meine Schulter. »Oh nein, wieso?«

»Keith ist krank, und mein Bruder möchte ihn nicht alleine lassen.«

»Schade. Richte ihm gute Besserung von mir aus.«

»Von mir auch«, sagte Auri.

»Ich schicke ihm einfach gute Besserungswünsche von uns allen.«

Wir blieben kurz stehen, damit Micah in Ruhe eine Antwort tippen konnte, ehe wir unseren Weg fortsetzten.

Bereits aus der Ferne hatten wir das Treiben hören können, das auf dem Flohmarkt herrschte, nun konnten wir es auch sehen. Die Stände waren in dichten Reihen angeordnet. Manche bestanden lediglich aus Bierbänken und Hockern, während andere umfunktionierte Camper waren, die einen schon beinahe professionellen Eindruck erweckten. Überall waren Sonnenschirme aufgespannt, und zwischen einigen Ständen hingen Tücher, um den Marktbesuchern, die sich auf der Suche nach den besten Schnäppchen um die zahlreichen Auslagen drängten, Schatten zu spenden.

Mir wurde etwas flau im Magen. Ich hatte nicht erwartet, dass es bei diesen Temperaturen so voll sein würde.

Auri beugt sich leicht zu mir runter. »Keine Angst, wenn das Gedränge zu groß wird, nehme ich dich einfach huckepack.«

Ich lachte. »Danke. Ich hätte nicht gedacht, dass so viel los sein wird.« Warum waren die Leute nicht im Schwimmbad oder an einem Badesee?

»Ich wette, auf dem Markt verläuft sich das.«

Auri irrte sich. Doch obwohl das Gedränge groß war und gefühlt jeder Mensch auf diesem Planeten größer als ich, erhaschte ich immer wieder einen Blick auf die Auslagen, die so bunt und vielseitig waren wie die Besucher des Marktes. Was immer man suchte, hier würde man bestimmt fündig werden. Von Trockenobst und Schneidebrettern über altes Spielzeug bis hin zu Schallplatten, Kosmetik, Secondhandkleidung und Vintage-Möbeln war alles geboten. Man wusste überhaupt nicht, wohin man zuerst schauen sollte.

Nach einer Weile beschlossen Micah und Julian, dass es besser wäre, wenn wir uns aufteilten, da es bei dem Gewühl ohnehin unmöglich war, als Vierergruppe zusammenzubleiben, ohne sich ständig nach einem von uns umzusehen. Und so blieb Auri und mir genügend Zeit, auch die Stände zu erkunden, die nur uns interessierten.

»Wir melden uns, wenn was ist«, sagte Micah, die bereits nach wenigen Minuten einen ganzen Beutel mit alten Comics erstanden hatte. »Solltet ihr nichts von uns hören, treffen wir uns am besten in der Pizzeria. Ihr kennt den Weg?«

Auri nickte und klopfte auf seine Hosentasche. »Ich hab die Adresse im Handy.«

Das Restaurant hatte erst kürzlich eröffnet, und Micah und ich hatten Aliza versprochen, gemeinsam mit ihr dort essen zu gehen. So konnte sie mehrere Gerichte gleichzeitig probieren und besser einschätzen, ob die Pizzeria eine Empfehlung auf ihrem Blog wert war oder nicht.

»Super, dann bis später!«, rief Micah und winkte uns zum Abschied, bevor sie schnell nach Julians Hand griff, um ihn im Getümmel nicht zu verlieren. Bereits einen Moment später wurden die beiden von den Menschenmassen verschluckt.

Auri sah mich an. »Wohin möchtest du zuerst?«

»Keine Ahnung.« Ich blickte mich um. »Lass uns einfach da langgehen.« Ich deutete in die Gasse, die mir am wenigsten überfüllt erschien. Hier gab es viele Stände mit selbst gegossenen Kerzen und Seifen. Nette Geschenke, aber überteuert und für diese Jahreszeit nicht wirklich zu gebrauchen. Einige der Kerzen hatten in der Sommerhitze zu schmelzen begonnen.

»Hast du dir inzwischen überlegt, was wir mit Julians altem Zimmer machen wollen?«, fragte Auri unvermittelt.

Ich wich seinem Blick aus. Seit Julian uns mitgeteilt hatte, dass er zu Micah ziehen würde, drückte ich mich vor diesem Gespräch.

Zuerst war ich von den Neuigkeiten überrascht gewesen, immerhin waren die beiden erst gut ein halbes Jahr zusammen. Trotzdem konnte ich ihre Entscheidung verstehen, denn sie passten auf eine Art und Weise zusammen, die sich nur schwer in Worte fassen ließ. Sie ergänzten einander und brachten das Beste im jeweils anderen zum Vorschein. Micah war alles andere als selbstständig gewesen und hatte sich selbst unglücklich gemacht, indem sie den Träumen ihrer Eltern hinterhergejagt war. Das hatte sich geändert, seit Julian in ihr Leben getreten war. Nun stand sie auf eigenen Beinen und würde im nächsten Semester trotz Gegenwind ihrer Eltern ein Kunststudium beginnen. Julian war vor Micah unterkühlt und verschlossen gewesen, er hatte sich von allem und jedem distanziert. Heute war er aufgeschlossener und fröhlicher, wozu Micah einen großen Teil beigetragen hatte. Durch sie hatte er gelernt, mehr er selbst zu sein. Er hatte sich immer zurückgehalten aus Angst, gehasst und verstoßen zu werden. Micah hatte ihm geholfen, selbstbewusster zu werden, und ich gönnte den beiden alles Glück der Welt. Allerdings ließ ihr Beschluss, zukünftig zusammenzuwohnen, Auri und mich mit einem leeren Zimmer und unendlich vielen Möglichkeiten zurück.

Das Schlimmste daran war, dass ich mir bereits im Klaren darüber war, was ich mir wünschte. Ich wollte alleine mit Auri wohnen. Er war mein bester Freund, und ich konnte mir kaum etwas Schöneres vorstellen. Er kannte mich. In seiner Gegenwart musste ich nicht versuchen, jemand zu sein, der ich nicht war. Ein neuer Mitbewohner hätte das geändert.

Doch ich hielt meinen Wunsch zurück. Was, wenn Auri nicht dasselbe wollte? Oder unsere Freundschaft ohne eine dritte Person als Puffer zerbrach? Oder wir auf die leichtsinnige Idee kamen, die Grenzen unserer Beziehung auszureizen wie schon einmal vor einigen Monaten? Die Sache damals war gerade noch mal gut ausgegangen, aber ich war nicht bereit, ein solches Risiko ein zweites Mal einzugehen.

»Nein, nicht wirklich«, flunkerte ich mit schlechtem Gewissen. »Und du?«

Auri blieb unter der Markise eines Standes stehen. Das Sonnenlicht strahlte durch den Stoff und zeichnete bunte Flecken auf seine dunkle Haut. »Dito, aber wir sollten uns langsam entscheiden. Wenn wir einen neuen Mitbewohner wollen, wäre jetzt ein guter Zeitpunkt, das Zimmer zu inserieren. Gerade sind die ganzen Erstsemester auf der Suche nach einer Bleibe.«

Etwas in mir zog sich zusammen. »Das klingt, als würdest du einen neuen Mitbewohner wollen.«

Auri strich sich mit der flachen Hand über das kurze schwarze Haar. »Das wollte ich damit nicht sagen. Aber wenn wir uns dafür entscheiden sollten, wäre *jetzt* der beste Zeitpunkt. Das ist alles.«

Ich wusste nicht, was ich darauf erwidern sollte. Unweigerlich stiegen in mir die Selbstzweifel auf, die mich bereits seit Jahren plagten.

Er will nicht mit dir alleine sein. Kein Wunder, ihr passt einfach nicht zusammen. Er langweilt sich mit dir. Sicherlich werden er und euer neuer Mitbewohner beste Freunde, und dann bist du mal wieder das dritte Rad am Wagen. Es wäre nicht das erste Mal …

Meine Gedanken rissen jäh ab, als mich ein Mann grob von der Seite anrempelte. Ich verlor das Gleichgewicht, und im selben Moment fuhr ein reißender Schmerz durch meinen rechten Oberarm. Ich schrie auf und umklammerte meinen Arm.

Auri packte mich, um mich festzuhalten.

Der Kerl murmelte eine undeutliche Entschuldigung, bevor er sich eilig aus dem Staub machte.

Ich blinzelte, um die Tränen loszuwerden, die mir der Schmerz in die Augen getrieben hatte. In meinem Oberarm pochte es.

»Alles in Ordnung?« Auri hatte sich zu mir heruntergebeugt. Beunruhigt sah er mich an. Die Wärme in seinen Augen war erloschen und aufrichtiger Sorge gewichen.

»Ja, der Typ ist nur gegen mein Messgerät gestoßen.«

Vorsichtig schob ich den Ärmel meines Kleides hoch. Ich hatte Glück, das Gerät hatte sich nicht gelöst, aber vermutlich würde das mal wieder einen blauen Fleck geben – die bekam ich von den Dingern wahnsinnig schnell.

»Funktioniert es noch?«

Ich nickte und lächelte, um die Sorge aus Auris Gesicht zu vertreiben.

Seine Augenbrauen zuckten, bevor seine Gesichtszüge weicher wurden.

Ich rückte den Riemen meiner Tasche zurecht. »Lass uns weitergehen.«

Auri erhob keine Einwände, und wir mischten uns wieder unter die Leute.

Nebeneinander spazierten wir durch die Reihen an Ständen. Vergessen war das Gespräch über einen möglichen Mitbewohner, und keiner von uns griff das Thema wieder auf.

Ich versuchte, nicht länger an Auris Worte und meine Selbstzweifel zu denken. Selbst wenn er einen neuen Mitbewohner wollte, musste das nicht unbedingt etwas mit mir zu tun haben. Womöglich wollte er nur Miete sparen.

An einem Stand kaufte ich einen Küchenmagneten in der Form eines Fuchses für meine Mom. Sie liebte Füchse wegen ihres Fells, das so rot schimmerte wie unsere Haare, und immer wenn ich irgendetwas mit Fuchsmotiv entdeckte, wurde mir sofort warm ums Herz, weil ich an sie denken musste.

Ich liebte meine Familie, und sie für das Studium in Mayfield zu verlassen, war mir schwergefallen. Aber es war die richtige Entscheidung gewesen. Ich hatte lernen müssen, auf eigenen Beinen zu stehen, und ich hatte die Distanz zu Eugene gebraucht. Unsere Trennung war nicht hässlich verlaufen, aber nach drei Jahren Beziehung hatte ich dennoch dringend etwas Abstand nötig gehabt.

»Warte mal kurz.« Auri berührte mich an der Schulter, damit ich stehen blieb, bevor er den Stand rechts von uns ansteuerte, der aus drei u-förmig angeordneten Bierbänken bestand. Dahinter saß eine Frau mit schwarzem, lockigem Haar, das an den Schläfen bereits grau wurde. Mit einer Zeitschrift fächerte sie sich Luft zu. Als wir uns näherten, begrüßte sie uns mit einem Nicken.

Auf den Tischen lagen die verschiedensten Sachen, die aussahen, als wären sie die letzten dreißig Jahre auf einem Dachboden oder in der Garage gelagert worden.

Auri interessierte sich für einen Schuhkarton, in dem etliche Football-Sammelkarten lagen.

»Wie viel kosten die?«

»Zwei Dollar das Stück. Zehn für sechs«, antwortete die Frau mit einem Lächeln.

Ein begeistertes Funkeln trat in Auris Augen, und er begann, den Karton zu durchwühlen.

Ich sah mir in der Zwischenzeit all die anderen Sachen an. Doch für mich war nichts dabei.

Nach fünf Minuten war Auri noch immer nicht fertig. Offensichtlich war eine Karte interessanter als die nächste, und ich fragte mich, wieso er nicht gleich die ganze Kiste kaufte.

»Ich bin mal dort drüben«, sagte ich und deutete auf einen Stand ein paar Meter weiter.

Auri hob kurz den Blick. »Ich komm gleich nach.«

Ich lief zu dem Stand, an dem vor allem DVDs und Bücher angeboten wurden. Der Besitzer, ein älterer Mann mit blasser Haut und löchrigem Bartwuchs, murmelte ein knappes »Hallo«, bevor er sich wieder seinem Sudokuheftchen widmete.

In den Kartons lagen alte, meist zerfledderte Bücher. Es waren auch einige fremdsprachige Ausgaben dabei, und ich fragte mich, woher der Mann sie hatte. Jedenfalls war es eine bunte

Mischung. Ich fand eine deutsche Ausgabe von *Eragon* und ein italienisches Exemplar von Cassandra Clare, aus dem sich bereits Seiten lösten. Als ich das Buch zurücklegte, fiel mein Blick auf ein illustriertes Cover.

Ich schnappte nach Luft. Das konnte nicht sein …

Hastig griff ich nach dem Buch und betrachtete die Illustration von John Howe, der zahlreiche Bilder für die Werke von Tolkien angefertigt hatte. Obwohl ich die Sprache nicht beherrschte, erkannte ich, dass es sich um die indonesische *Herr der Ringe*-Ausgabe aus dem Jahr 2002 handelte, die so garantiert nicht mehr gedruckt wurde. Sie wäre perfekt für Auris und meine Sammlung.

Auri hatte bereits vor Monaten vorgeschlagen, gemeinsam eine Sammlung mit *Herr der Ringe*-Ausgaben anzulegen, nachdem ich ihm zu seinem Geburtstag eine Sonderedition geschenkt hatte. Ich war sofort Feuer und Flamme für die Idee gewesen. Schließlich war unsere Freundschaft aus unserer Verehrung für Tolkien heraus entstanden, und ohnehin liebte ich alles, was ich gemeinsam mit Auri unternehmen konnte. Inzwischen besaßen wir fünfundzwanzig Exemplare, und für mich fühlte es sich so an, als würde mit jedem weiteren Buch nicht nur unsere Sammlung, sondern auch unsere Freundschaft wachsen.

»Entschuldigung!« Ich beugte mich über den Tisch. »Wie viel wollen Sie dafür?«

Der Verkäufer hob den Blick von seinem Sudokuheft. Nachdenklich betrachtete er das Buch in meinen Händen und hob das Basecap auf seinem Kopf an, um sich den Schweiß mit dem Unterarm von der Stirn zu wischen.

»Zwanzig Dollar.«

»Ich geb ihnen zehn«, sagte ich entschlossen und forscher als für mich üblich. Ich war in einem Dorf aufgewachsen und hatte mit meiner Großmutter früher viele Flohmärkte besucht. Daher wusste ich, dass Handeln zum guten Ton gehörte.

»Achtzehn.«

»Zwölf.«

»Siebzehn.«

»Fünfzehn.«

Die Mundwinkel des Mannes zuckten. »Einverstanden.«

Ich holte meinen Geldbeutel hervor, wobei mein Arm von dem Zusammenstoß mit dem Mann noch immer etwas schmerzte, und bezahlte. Anschließend wünschte ich dem Händler noch einen erfolgreichen Tag, bevor ich mich nach Auri umsah.

Wie erwartet stand er noch immer bei den Sammelkarten.

Mit ausgestreckten Ellenbogen kämpfte ich mich zu ihm durch. Als ich bei ihm ankam, reichte er der Verkäuferin gerade dreißig Dollar im Austausch gegen eine Tüte mit seinen Karten.

»Viel Glück beim nächsten Spiel«, sagte die Frau mit einem Lächeln, das feine Fältchen um ihre Augen zauberte.

»Danke. Und Ihrer Tochter viel Erfolg beim nächsten Turnier.« Auri wandte sich ab, um zu gehen, stockte jedoch abrupt in der Bewegung, als er bemerkte, dass ich direkt hinter ihm stand. »Huch! Ich dachte, du wolltest zu einem anderen Stand gehen?«

Ich hielt das Buch hinter meinem Rücken versteckt. »Da war ich schon.«

»Sorry, dass ich so lange gebraucht habe.«

»Kein Problem.« Ich machte eine wegwerfende Handbewegung. »Rate mal, was ich gekauft habe!«

»Fuchs-Kochhandschuhe?«

»Nein.«

»Eine Fuchs-Tasse?«

»Nein, viel besser.« Ich zog das Buch hinter meinem Rücken hervor und präsentierte ihm stolz das Cover, das mich nach Luft hatte schnappen lassen. »Ta-daaaa!«

Auris Augen wurden groß. »Ist das …?«

»Ja!«, unterbrach ich ihn mit einem breiten Grinsen.

Er griff nach dem Buch und drehte es in den Händen. Andächtig strich er über das Cover und ließ die Finger vorsichtig um einen kleinen Riss am oberen Rand des Umschlags gleiten, als handelte es sich dabei um eine offene Wunde, die nicht berührt werden durfte. Dann klappte er das Buch auf und betrachtete die vergilbten Seiten mit den fremdartigen Wörtern. »Das ist der Hammer.«

Ich vollführte vor Begeisterung einen kleinen Hüpfer. »Ich wusste, dass es dir gefallen würde.«

»Das wird sich hervorragend in unserer Sammlung machen.« Ein letztes Mal strich Auri über den Einband, dann steckte er das Buch in die Tasche zu seinen Sammelkarten und sah wieder mich an. »Hast du Lust auf ein Eis?«

»Walnuss und Vanille«, sagte Auri, als wir endlich an der Reihe waren. Wir hatten eine gefühlte Ewigkeit nach einem Eiswagen suchen müssen, und der Schlange nach zu urteilen, war dies der einzige auf dem gesamten Flohmarkt.

Die Eisverkäuferin, eine junge Frau in meinem Alter, füllte zwei Kugeln in eine Waffel und reichte sie Auri, bevor sie sich an mich wandte. »Und für dich?«

Unentschlossen ließ ich den Blick über die Auslage wandern. Das Eis sah verdammt lecker aus, und die Auswahl war groß, aber mehr als eine Kugel zu nehmen, wäre unvernünftig gewesen. Nicht nur, weil das Eis ziemlich teuer war, sondern auch, weil heute Abend der Besuch in der Pizzeria anstand und all diese Kohlehydrate meinem Blutzucker so gar nicht guttaten.

»Für mich Erdbeere«, wählte ich kurz entschlossen.

Auri fischte einen Zehndollarschein aus seiner Hosentasche, den er der Frau reichte. Sie bedankte sich, und wir machten Platz für die Nächsten in der Schlage, die einfach nicht kürzer zu werden schien.

Der Eiswagen stand günstig neben ein paar Bäumen, in deren Schatten sich schon einige Leute zusammengefunden hatten. Doch Auri und ich entdeckten noch ein freies Fleckchen.

Ich hockte mich ins Gras. »Danke für die Einladung.«

»Klar, du hast immerhin das Buch bezahlt«, sagte Auri und setzte sich mir gegenüber. So dicht, dass ich mich nicht einmal hätte anstrengen müssen, um ihn zu berühren.

Ich reichte Auri mein Eis, damit er es kurz für mich halten konnte, während ich meine Zuckerwerte kontrollierte, die aufgrund der andauernden Hitzewelle doch stark schwankten und zum Unterzucker neigten. Doch es war alles in Ordnung, sodass ich mir nur etwas Insulin nachspritzte.

»Wie sieht dein Trainingsplan für nächste Woche aus?«, erkundigte ich mich bei Auri, nachdem ich meine Sachen weggepackt und mein Eis wieder an mich genommen hatte. »Wenn du etwas Zeit hast, könnten wir zu Laureen gehen und Stoffe für unsere Kostüme aussuchen.«

Auri leckte einmal um das Eis herum, das bereits nach wenigen Sekunden zu schmelzen begonnen hatte. »Das wird leider knapp. Der Coach will uns jeden Morgen um halb sieben auf dem Sportplatz sehen, und abends haben wir 7on7-Spiele. Außerdem hab ich zugesagt, ein paar alte Tapes mit den Frischlingen durchzugehen, die bereits in der Stadt sind.«

»Schade. Und dazwischen irgendwann?« Ich sah auf mein eigenes Eis und bemerkte ein rosafarbenes Rinnsal, das sich einen Weg über meine Hand bahnte. Schnell fing ich es mit der Zunge auf.

»Vielleicht, ich weiß es nicht«, sagte Auri, während er mich aufmerksam beobachtete. »Die Woche ist ziemlich voll. Ich hab ein Marketing-Gruppenprojekt, und in Grafikdesign sollen wir Animationen für eine Werbekampagne entwerfen. Aber vielleicht kann ich es irgendwo dazwischenquetschen.«

»Das musst du nicht, wir gehen einfach die Woche drauf«, erwiderte ich mit einem schwachen Lächeln, obwohl ich mich schon so auf den Besuch im Stoffladen gefreut hatte.

Ich besuchte Laureen gerne. Wir waren keine Freunde, aber für die Dauer meiner Besuche in ihrem Laden fühlte es sich so an. Sie bot mir immer eine Tasse Tee an, und wir tauschten uns über unsere Näh- und Bastelprojekte aus.

»Danke für dein Verständnis. Ich weiß, dass du am liebsten gestern losgelegt hättest.«

»Ja, aber vermutlich ist es so besser. So kann ich Ciris Kostüm noch etwas besser durchplanen.«

»Vielleicht könntest du dir auch Geralt mal anschauen?«

Ich lächelte. »Klar.«

Ich schneiderte bereits seit knapp zehn Jahren meine eigenen Kostüme. Angefangen hatte alles mit einem Outfit zu Halloween. Damals hatte mir meine Mom noch viel helfen müssen, aber ich war immer besser geworden, und inzwischen konnte ich ziemlich gut mit der Nähmaschine und der Heißklebepistole umgehen. Auri hingegen stand noch am Anfang. Er hatte bereits von Cosplay und LARP gehört, als wir uns kennenlernten, aber erst ich hatte ihn davon überzeugen können, wie viel Spaß es machen konnte, sich als fiktiver Charakter zu verkleiden. Er ging sehr in seinem neuen Hobby auf, aber hin und wieder musste ich ihm beim handwerklichen Aspekt noch unter die Arme greifen.

»Glaubst du, ich sollte mir für das Cosplay einen Bart stehen lassen?« Nachdenklich fuhr sich Auri über das Kinn.

Ich wusste, dass ich, wenn ich meine Hand ausstreckte und ihn berührte, nur glatte Haut spüren würde. »Der Game-Geralt ist natürlich für seinen Bart bekannt, aber du kannst ihn im Spiel auch rasieren, von daher wäre beides möglich.«

Auri schob sich den letzten Bissen seiner Eiswaffel in den Mund und zog die Wasserflasche hervor, die er bereits die ganze Zeit in einer Tasche seiner Cargoshorts spazieren trug. »Bei der Hitze und dem momentanen Trainingspensum wäre ein Bart wirklich unpraktisch. Außerdem hat Henry Cavill in der Serie auch keinen Bart.«

»Du musst dich ja nicht sofort entscheiden, ein bisschen Zeit hast du noch.«

Auri trank einen Schluck Wasser. »Stimmt.«

»Ich freu mich jedenfalls schon sehr auf unser Cosplay.«

»Ich mich auch«, erwiderte er und streckte mir mit fragend erhobenen Augenbrauen seine Wasserflasche hin.

Ich schüttelte den Kopf und reichte ihm stattdessen den Rest meiner Eiswaffel, die mir viel zu süß war.

Auri schob sie sich in einem Stück in den Mund, bevor er in einer fließenden Bewegung auf die Füße sprang und mir die Hand entgegenstreckte.

Ich ließ mir auf die Beine helfen und klopfte mir Erde und Gras von meinem Kleid. Anschließend verließen wir den Schutz der Bäume und mischten uns wieder unter die anderen Besucher.

Wir blieben noch ein paarmal stehen, und ich kaufte mir eine Teemischung, die ich in meine Handtasche steckte, damit Auri nicht alles herumtragen musste.

Inzwischen war es Mittag, und ich hatte das Gefühl, dass sich der Markt allmählich etwas lichtete. Nicht viel, aber es kam mir so vor, als müsste ich nicht mehr bei jedem Schritt irgendwelchen Menschen ausweichen.

»Hey, Remington!«, grölte plötzlich eine Stimme über die lärmenden Geräusche des Flohmarktes hinweg.

Ich blickte auf und entdeckte Colby, einen von Auris Teamkameraden, der mit seinen breiten Schultern kaum zu übersehen war.

Er kam auf uns zugeschlendert. Als er uns erreicht hatte, hob er eine Hand, um seine Knöchel zum Gruß gegen die von Auri zu schlagen. »Hey Mann, ich wusste gar nicht, dass du auf Flohmärkte stehst.«

Auri lachte. »Die sind auch nicht mein Ding, aber mein ehemaliger Mitbewohner und seine Freundin haben gefragt, ob ich mitkomme, um im Notfall beim Tragen zu helfen. Sie suchen Zeug für ihre gemeinsame Wohnung. Und was treibst du hier?«

»Meine Mom vertickt Krempel von meinen Schwestern und mir«, antwortete Colby. Er hatte blondes Haar und weiche Gesichtszüge, die ihm einen jungenhaften Charme verliehen. Doch seine Stimme war rauchig und tief. »Sie wollte nicht die ganze Zeit alleine rumsitzen, also hab ich sie begleitet.«

»Das ist aber nett von dir«, bemerkte ich.

Colbys Blick zuckte überrascht zu mir, als hätte er mich bisher gar nicht bemerkt. Seine gerunzelte Stirn verriet, dass er angestrengt versuchte, mich einzuordnen. Wir waren uns schon ein paarmal flüchtig begegnet, aber anscheinend hatte ich keinen bleibenden Eindruck hinterlassen.

Einen Moment lang herrschte unbehagliches Schweigen, und ich verpasste den Augenblick, mich noch einmal vorzustellen.

»Um ehrlich zu sein, geht mir dieser Flohmarktscheiß ziemlich auf den Sack«, ergriff Colby erneut das Wort. »Aber ich kann meiner Mom einfach keinen Wunsch abschlagen. Das ist ihre Superkraft.«

Auri schnaubte. »Ich glaube, diese Superkraft besitzen alle Mütter.«

»Immerhin hab ich ein Paar Ohrringe für meine Schwester gefunden. Sie wird nächste Woche sechzehn.« Colby hob eine kleine Tragetasche an, auf der ein goldener Schwan abgebildet war. »Und was hast du dir gekauft?« Er deutete auf die Tüte in Auris Hand.

»Nur ein paar Football-Sammelkarten.«

Bei dem Wort »Football« begannen Colbys Augen zu funkeln. »Cool, zeig mal.«

Auri holte die Karten aus der Tasche, und keine Sekunde später fachsimpelten die beiden über irgendwelche ehemaligen Footballspieler.

Ich hatte zu dem Gespräch nichts beizutragen. Zwar kamen mir die meisten Namen aus Auris Erzählungen bekannt vor. Es war mir wichtig, ihm zuzuhören, auch wenn es mich nicht interessierte, wer in den Achtzigern einen geschichtsträchtigen Touchdown auf die Reihe bekommen hatte. Doch Auri lag Football am Herzen, und mir wiederum lag Auri am Herzen, also kniff ich bei diesen Unterhaltungen die Arschbacken zusammen und versuchte, seinen Erzählungen so gut wie möglich zu folgen.

»Und was ist das?«, fragte Colby, als Auri die Sammelkarten zurücksteckte. Ungefragt griff Colby in die Tasche und zog die indonesische *Herr der Ringe*-Ausgabe daraus hervor. Seine Augenbrauen zuckten in die Höhe, als hätte er noch nie in seinem Leben ein Buch gesehen. »*Herr der Ringe*, ernsthaft?«

Auri wollte ihm das Buch wegnehmen, aber da schlug Colby es bereits auf. Ein Geräusch, halb Lachen, halb Schnauben, kam über seine Lippen. »Alter, ist das auf Elbisch verfasst? Ich wusste gar nicht, dass du so auf diesen Nerd-Scheiß abfährst. Mein zwölfjähriger Bruder steht da auch voll drauf.«

Ich verdrehte die Augen. Was für ein Idiot. Ich hatte angenommen, Trottel wie ihn in der Highschool hinter mir gelassen zu haben. Und zu gerne hätte ich ihn aufgeklärt, dass dieser »Nerd-Scheiß« nicht nur was für Kinder war, aber wenn ich eines nicht war, dann schlagfertig. Garantiert würden mir heute Nacht, wenn ich wach in meinem Bett lag, Dutzende clevere Erwiderungen einfallen, aber im Moment war da nichts. Mein Kopf war wie leer gefegt.

»Das Buch gehört Cassie«, gab Auri zurück.

Ich versteifte mich. Hatte er das gerade wirklich gesagt?

Ungläubig sah ich zu Auri, doch er wich meinem Blick aus. Mir war egal, ob Colby mich für den größten Nerd aller Zeiten hielt, aber ich konnte nicht glauben, dass Auri so schamlos wegen des Buchs log, über das er sich noch vor einer Stunde unglaublich gefreut hatte.

»Verstehe«, sagte Colby mit einem Nicken, als wäre es nur logisch, dass die Ausgabe mir gehörte. Er klappte es zu und gab es Auri zurück. »Ich muss jetzt los, meine Mom wartet sicherlich schon auf mich. Bis morgen, Remington!« Die beiden stießen wieder ihre Fäuste gegeneinander, dann ging Colby, ohne ein weiteres Wort an mich zu richten.

Ich sah, wie er in der Menge verschwand. Dankbar dafür, ihn los zu sein. Doch leider nahm er die Enttäuschung, die sich in meiner Brust eingenistet hatte, nicht mit. Sie rutschte tiefer und legte sich schwer wie ein Stein in meinen Magen.

Neben mir hörte ich Auri geräuschvoll ausatmen. Ich konnte förmlich spüren, wie sein Verstand arbeitete, um mir eine möglichst akzeptable Entschuldigung für seine Lüge aufzutischen. Doch wenn ich ehrlich war, wollte ich sie nicht hören. Schließlich hatte er nicht irgendein Buch geleugnet, sondern das, auf dessen Fundament unsere Freundschaft erbaut war.

3. Kapitel

Zwei Jahre zuvor …

Vielleicht war ich gerade dabei, den schlimmsten und letzten Fehler meines Lebens zu begehen, sollte sich herausstellen, dass Julian Brook ein Mörder war und die freie Wohnung nur ein Lockmittel für naive Opfer. Ich hatte an diesem Morgen seinen Aushang am Schwarzen Brett des Mayfield College entdeckt. Er war auf der Suche nach zwei Mitbewohnern, um eine neue WG zu gründen. Ich hatte ihn sofort angerufen, um einer weiteren Nacht im Hostel zu entgehen.

Eigentlich hätte ich bereits bei einem Mädchen namens Cordelia wohnen sollen, aber sie hatte vor fünf Wochen einen Kerl kennengelernt und kurzfristig beschlossen, lieber mit ihm zusammenziehen zu wollen. Was mich ohne Dach über dem Kopf zurückgelassen hatte. Die erste Monatsmiete hatte ich stattdessen in ein Hostelzimmer investiert, aber langfristig war das keine Lösung.

Julian hatte mir am Telefon vom Fleck weg angeboten einzuziehen. Er meinte, er würde viel arbeiten und wäre so selten zu Hause, dass es ihm gleichgültig sei, mit wem er sich eine Wohnung teile. In meiner Verzweiflung hatte ich zugesagt. Nun fragte ich mich allerdings, ob ich womöglich zerstückelt in einer Gefriertruhe enden würde.

Doch jetzt war es zu spät für einen Rückzieher, denn ich zerrte meinen Trolley bereits die Stufen zu meiner neuen Wohnung hoch. Es gab keinen Aufzug. Nur ein schmales Treppenhaus, das erfüllt war vom chemischen Duft frischer Farbe, als wäre erst kürzlich renoviert worden.

Im dritten Stock angekommen, war ich vollkommen außer Atem. Japsend lehnte ich mich an die Wand und sah mich um.

Auf jeder Etage lagen zwei Wohnungen. An der einen Wohnungstür war ein Schild mit der Aufschrift *Silvermanns* befestigt, die andere stand sperrangelweit offen, dahinter war ein leeres Apartment zu erkennen.

Ich trat an die offene Tür heran und spähte in die Wohnung, die ich in diesem Augenblick zum ersten Mal sah. Die Wände schienen frisch gestrichen, was den Geruch von Farbe erklärte, und der Bodenbelag sah ordentlich, wenn auch etwas abgelaufen aus. Allerdings gab es keinen Hinweis darauf, dass hier irgendjemand lebte. Die Wohnküche mit der Kochinsel wirkte unbenutzt, der Kühlschrank war ausgeschaltet, und nirgendwo standen Kartons, die darauf warteten, ausgepackt zu werden. Nicht einmal ein Name klebte an der Klingel neben der Tür.

»Hallo?«, rief ich verunsichert in den leeren Raum.

Niemand antwortete mir, und das ungute Gefühl in meinem Magen verstärkte sich.

»Julian?«

Wieder blieb eine Antwort aus.

Ich spürte, wie ich die Finger unwillkürlich noch fester um den Griff meines Trolleys schloss. Mein Herzschlag beschleunigte sich. Ein Teil von mir wollte umkehren und in das Hostel zurückgehen, aus dem ich gekommen war. Doch das war etwas, das die alte Cassie tun würde, nicht die neue. Die neue Cassie war Studentin. Erwachsen. Sie rannte nicht vor jedem noch so kleinen Hindernis davon.

»Julian? Bist du da?«

Als mich wieder nur Schweigen begrüßte, nahm ich all meinen Mut zusammen und betrat die Wohnung. Dabei fühlte ich mich wie ein Eindringling, aber wenn Julian am Telefon die Wahrheit gesagt hatte und kein Betrüger war, war dies jetzt schließlich auch meine Wohnung. Und hinter einer der drei verschlossenen Türen, die vom Wohnzimmer abgingen, lag mein neues Zimmer.

Ich trat vor die mittlere Tür und wollte gerade klopfen, als sie plötzlich aufschwang. Erschrocken machte ich einen Satz zurück und ließ dabei meinen Trolley los, der mit einem lauten Knall zu Boden fiel, was mich direkt noch einmal zusammenzucken ließ.

»Fuck!«

»Alles in Ordnung?«, fragte eine raue Stimme, die so unglaublich angenehm und warm klang, dass sie ebenso gut aus einem Kinotrailer hätte stammen können.

Ich hob den Kopf. Als ich den Kerl erblickte, zu dem besagte Stimme gehörte, blieb mir förmlich die Luft weg. Er war … wow. Ein besseres Wort wollte meinem Gehirn nicht einfallen, während mir gleichzeitig ein eigenartiger Laut von der Zunge rutschte – der allerdings nicht ausschließlich von Entzücken zeugte, sondern mindestens genauso sehr von Erstaunen.

Der Typ, der vor mir stand, war ein Koloss. Ich war es gewohnt, zu den meisten Menschen aufblicken zu müssen, aber selten hatte ich mich so klein und zerbrechlich gefühlt wie in diesem Moment. Der Kerl musste um die zwei Meter groß sein. Er hatte breite Schultern und harte Muskeln, was kaum zu übersehen war, da er kein Shirt trug. Seine Haut war von einem tiefen Braun, und an seinem rechten Brustmuskel waren die Ansätze einer Tätowierung zu erkennen, die allerdings noch nicht fertig zu sein schien.

»Bist du Julian?«, krächzte ich, obwohl ich die Antwort bereits kannte. Die Stimme am Telefon hatte sich vollkommen anders angehört – nicht so gänsehauterzeugend.

»Nein, Maurice. Julian ist arbeiten. Du bist sicherlich Cassandra?«

»Cassie«, korrigierte ich ihn. Niemand nannte mich »Cassandra«, nicht einmal meine Großmutter.

Ein Lächeln trat auf Maurice' Lippen. »Cool. Wie es aussieht, wohnen wir ab jetzt zusammen.«

»Cool«, echote ich, obwohl ich mir nicht sicher war, ob ich diese Entwicklung wirklich »cool« fand. Ich hatte nicht geplant, mit einem Mann zusammenzuwohnen – und schon gar nicht mit zwei. Wenn mein Vater davon erfuhr, würde er ausrasten. Er war weder übertrieben konservativ noch naiv. Ich war mir sicher, dass er wusste, dass ich mit meinem Ex-Freund Eugene geschlafen hatte, immerhin waren wir drei Jahre lang ein Paar gewesen. Doch er sah in mir noch immer sein kleines Mädchen, das beschützt werden musste.

»Ist das alles, was du dabeihast?«, fragte Maurice und riss mich damit aus meinen Gedanken.

Ich blinzelte und sah auf meinen umgestürzten Trolley hinab. »Ja, der Rest wird erst noch geliefert.«

Maurice nickte und deutete hinter sich. Eine Schweißperle bahnte sich ihren Weg von seiner Stirn über seinen Hals seine Brust hinab. »Wenn du willst, kannst du mit in meinem Zimmer abhängen.«

Ich zögerte, da ich nicht unbedingt geschickt im Umgang mit neuen Bekanntschaften war. Ich wusste nie, was ich sagen sollte, und das machte mich nervös. Und wenn ich doch den Mund öffnete, neigte ich zum Oversharing und erzählte Dinge, die niemand über jemanden wissen wollte, den er kaum kannte.

Du magst die Farbe Rot? Als ich mit vierzehn das erste Mal meine Periode bekommen habe, hatte ich eine weiße Hose an. Danach war sie rot.

Das war typisch ich. Sozial unbedarft und ziemlich peinlich. Dennoch nahm ich Maurice' Einladung an, schließlich waren wir von nun an Mitbewohner, und ich konnte meine merkwürdige Art nicht für immer vor ihm verbergen. Besser, ich brachte es so schnell wie möglich hinter mich.

Maurice trat beiseite und ließ mich in sein Zimmer. Er steckte selbst noch mitten im Umzug, aber es war deutlich zu erkennen, dass er nicht erst seit ein paar Minuten hier war. Sein Bett war aufgestellt, und ein Regalbrett, das mit allerlei Pokalen bestückt war, hing an der Wand. Gegenüber war ein Poster angebracht worden, das einen Footballspieler in heroischer Pose zeigte, als hätte er soeben das wichtigste Spiel seines Lebens gewonnen. Es standen auch noch einige unausgepackte Kartons herum, und Maurice war anscheinend gerade dabei gewesen, einen Kleiderschrank aufzubauen.

Als er sich wieder daranmachte, weitere Schrauben in das Holz zu drehen, konnte ich gar nicht anders, als das Spiel der Muskeln an seinem Rücken und in seinen Armen zu beobachten. Es sah mir nicht ähnlich, irgendwelche Kerle anzustarren. Doch Maurice' Körper hatte etwas an sich, das es mir unmöglich machte, den Blick abzuwenden. Seine Stärke hatte etwas Hypnotisierendes. Er war garantiert Sportler am MFC, und den Postern und Pokalen nach zu urteilen, spielte er für das Footballteam.

»Was für Kurse belegst du?«, fragte ich in die Stille zwischen zwei Hammerschlägen hinein. Es erschien mir wie eine unverfängliche Frage mit wenig Peinlichkeitspotenzial.

Maurice sah zu mir. Seine Augen waren von einem dunklen Braun. »Viele verschiedene. Ich will mich ein bisschen ausprobieren, bevor ich mich festlege, aber Grafikdesign finde ich sehr spannend. Außerdem habe ich ein Football-Stipendium. Und du?«

»Meine Kurse haben alle was mit Literatur zu tun«, antwortete ich. Ich wusste bereits seit Jahren, dass ich in der Buch- oder Filmbranche arbeiten wollte. Seminare zu Letzterem hatte das MFC jedoch leider kaum im Angebot, es sei denn, ich wollte selbst vor der Kamera stehen.

»Dann hätten wir ja um ein Haar dieselben Kurse besucht«, sagte Maurice und lehnte das Brett, dass er gerade noch mit dem Hammer bearbeitet hatte, gegen die Wand. »Ich habe lange hin und her überlegt, mich dann aber gegen etwas Literarisches entschieden, um nicht all meine Hobbys zum Beruf zu machen. Aber ich liebe Bücher.«

Ich spürte, wie meine rechte Augenbraue ungewollt in die Höhe wanderte. »Tatsächlich?« Es gelang mir nicht, die Skepsis aus meiner Stimme herauszuhalten. Ich wusste, dass anerzogene Klischees und Vorurteile aus mir sprachen, aber ich war wirklich noch nie einem Profisportler begegnet, der gleichzeitig ein begeisterter Leser war. Nicht, dass ich überhaupt viele Sportler kannte. Es sei denn, man zählte Schach zu Sport.

»Ja.« Maurice deutete auf den Umzugskarton, der mir am nächsten war.

Ich interpretierte die Geste als Aufforderung und Erlaubnis, die Kiste zu öffnen, und entfaltete den zusammengesteckten Deckel – und schnappte nach Luft. Der Karton war voller Bücher! Und nicht einfach irgendwelche Bücher, einige meiner absoluten Lieblingstitel waren darunter. *Das Rad der Zeit. Die Gilde der Schwarzen Magier. Die Avalon-Saga. Der Name des Windes. Der Hobbit* und *Herr der Ringe*. Ich griff nach einer ziemlich zerfledderten Ausgabe von *Die zwei Türme*.

»Hast du das gelesen?«, fragte ich, obwohl die unzähligen Leserillen im Einband das eigentlich deutlich machten.

»So ungefähr zwanzigmal«, antwortete Maurice. Er kam auf mich zu und setzte sich vor mir auf den Boden. Nun war ich diejenige, die auf ihn herabblickte. »Ich liebe Tolkien. Hast du den *Hobbit* gelesen?«

»Gelesen?« Ich schnaubte. »Inhaliert trifft es wohl eher.«

Maurice grinste mich an, als hätte ich keine bessere Antwort geben können. »Die meisten Leute, die ich kenne, haben wenn überhaupt nur die Verfilmungen gesehen und meistens nicht mal alle.«

»Dann haben sie etwas verpasst, die sind nämlich ziemlich gut«, erwiderte ich und fügte nach kurzem Überlegen hinzu: »Natürlich nicht so gut wie die Bücher.«

»Natürlich nicht«, echote Maurice. »Aber wenn dir die Filme gefallen haben, wird dich das hier umhauen.« Er beugte sich über die Kiste und begann sie zu durchwühlen.

Dabei entdeckte ich immer mehr Ausgaben, die sich auch in meiner Sammlung befanden. Es war, als hätten meine Eltern den Karton geradewegs aus meinem alten Zimmer zu Maurice geschickt. Ich konnte einfach nicht glauben, dass er all diese Bücher besaß und sie offensichtlich so sehr ins Herz geschlossen hatte, dass er sie mit ans College nahm. Zwar hatte es an meiner alten Highschool Mitschüler gegeben, die dem Fantasygenre nicht abgeneigt gewesen waren, vor allem nach den ganzen Verfilmungen der letzten Jahre. Aber die Klassiker hatten meines Wissens nur wenige von ihnen gelesen. Eugene hatte auf meinen Wunsch angefangen, *Die Gefährten* zu lesen, aber nach hundert Seiten abgebrochen. Das Buch sei langweilig, die Sprache unerträglich und die Charaktere absolut unglaubwürdig – seine Worte, nicht meine.

»Ah, das ist es!«, rief Maurice und zog ein Exemplar des *Hobbit* hervor, dass er mir reichte.

Ich nahm es entgegen. Auf den ersten Blick war nichts Ungewöhnliches an dem Buch zu erkennen – bis ich es aufschlug und die Signatur entdeckte. Nicht von Tolkien persönlich, solche Exemplare kosteten Zehntausende Dollar, aber von Martin Freeman.

»Wow, du hast ihn getroffen?«

»Leider nicht. Mein Onkel hat mir das Buch zum fünfzehnten Geburtstag geschenkt. Ich war erst skeptisch, aber nach ein paar Seiten konnte ich einfach nicht mehr aufhören.«

Ich fühlte Maurice' Worte. Meine Liebe zur Fantasy und allem Übernatürlichen hatte sich schon früh entwickelt, aber erst später, durch die Werke von Tolkien, war sie richtig gefestigt worden. Für mich gab es nichts Schöneres, als in fremde Welten einzutauchen und Abenteuer zu erleben, die sich mir in Wirklichkeit nie stellen würden. Und vielleicht hatte ich in Maurice endlich jemanden gefunden, mit dem ich diese Welten bereisen konnte.

4. Kapitel

»Darf ich euch schon etwas zu trinken bringen?«, fragte die Kellnerin, die Auri und mich zu dem Tisch geführt hatte, den Aliza für uns reserviert hatte.

Wir waren die Ersten und viel zu früh dran, aber auf diese Weise konnte ich mir den einzigen Platz auf der Sitzbank schnappen. Ich machte mir nicht die Mühe, ihn Auri anzubieten. Er war zu groß und hatte zu lange Beine, um bequem auf Bänken wie dieser zu sitzen. Außerdem war ich noch immer gekränkt, dass er unser gemeinsames *Herr der Ringe*-Exemplar vor Colby geleugnet hatte. Zwar kam ich mir einerseits ein wenig kindisch vor, immerhin war es nur ein Buch, andererseits aber irgendwie auch nicht. Für mich war es ein Symbol unserer Freundschaft, und indem er es verleugnete, verleugnete er in gewisser Weise auch mich.

»Haben Sie Cola Light?«, fragte ich die Kellnerin.

»Klar doch.«

»Dann eine große für mich.«

»Und für mich eine normale Coke«, sagte Auri.

Die Kellnerin notierte unsere Bestellung in ihrer App und rauschte weiter zum nächsten Tisch.

Obwohl das Riccardo erst vor Kurzem eröffnet hatte, war es bis auf wenige Plätze voll besetzt. Was mich nicht wirklich verwunderte, da das Restaurant sehr gemütlich eingerichtet war. Dunkle Holztische, unverputzte Wände, Kerzen, und wohin man auch blickte, standen Blumen und Kräuter in Flechtkörben. In der Mitte des Raumes wuchs sogar ein echter Zitronenbaum, der Früchte trug. Um meinen Verstand beschäftigt zu halten und mich von der Tatsache abzulenken, dass Auri mich unentwegt wie ein Hundewelpe ansah, begann ich die Zitronen zu zählen.

»Cassie, bitte«, flehte Auri nach ein paar Sekunden. Er beugte sich über den Tisch. »Rede mit mir.«

»Glaubst du, sie machen die Pasta hier selbst?«

»Vermutlich, aber ich meinte keinen Small Talk, und das weißt du auch.« In seinem Seufzen schwang dieselbe Enttäuschung mit, die auch ich verspürte. »Es tut mir leid, was ich zu Colby gesagt habe.«

Ich löste meinen Blick von dem Zitronenbaum und sah Auri an. »Und warum hast du es dann gesagt?«

»Ich weiß nicht … Weil ich dumm bin?«

Ich spürte, wie meine Wut ein wenig abflaute. »Das wäre eine mögliche Erklärung.«

»Es tut mir wirklich leid«, beteuerte Auri noch einmal und tastete vorsichtig nach meiner Hand.

Ich zog sie nicht weg, als er sie berührte und sich seine warmen Finger sanft um meine schlossen. Seine Hand war so groß, dass meine darunter beinahe vollständig verschwand.

»Ich habe es bei den Jungs eh schon schwer, weil ich keine Karriere als Profisportler anstrebe. Ich will ihnen nicht noch einen Grund geben, über mich herzuziehen. Es ist zwar ein Klischee, aber ich schwöre, die Hälfte des Teams hat noch nie ein Buch gelesen. Zumindest nicht zum Vergnügen.«

Ich schnaubte. »Die wissen gar nicht, was sie verpassen.«

Auri lächelte und ließ damit die letzten Reste meines Zorns verpuffen. Ich liebte sein Lächeln. Und sosehr ich mich auch daran störte, dass er gelogen hatte, es war es nicht wert, diesen Streit wegen eines Typen wie Colby eskalieren zu lassen.

»Alles wieder gut?«, fragte Auri, als hätte er meine Gedanken gelesen.

Ich holte tief Luft – und nickte.

Sein zaghaftes Lächeln wurde zu einem Grinsen. »Gut! Und nun, da wir wieder Freunde sind, muss ich dich etwas fragen: Hast du am Wochenende nach der SciFaCon schon was vor?«

»Ich wollte vielleicht meine Familie besuchen. Wieso, was ist am Wochenende nach der Convention?«

»Ich habe doch erzählt, dass Trevon meiner Mom einen Antrag gemacht hat.«

»Ja.« Auris Eltern lebten bereits seit über zehn Jahren in Scheidung, aber sie verstanden sich noch gut, auch wenn sie völlig unterschiedliche Leben führten. Wenn ich Auris Erzählungen Glauben schenken durfte, genoss sein Dad in vollen Zügen sein Bachelor-Dasein, während seine Mom – mit einer kurzen Unterbrechung – seit sieben Jahren eine Beziehung mit Trevon führte.

»Die beiden wollen an dem Wochenende heiraten«, sagte Auri und fuhr dabei sanft mit seinem Daumen über meine Hand. Er schien sich dessen gar nicht bewusst zu sein, dennoch jagte es mir ein Prickeln durch den Arm. »Meine Mom hat gefragt, ob du mich nicht vielleicht begleiten möchtest. Sie würde sich sehr freuen, dich endlich persönlich kennenzulernen.«

»Was für eine Frage! Natürlich komm ich mit.«

»Aber nur, wenn es für deine Familie okay ist.«

»Ich besuch sie einfach an dem Wochenende danach oder vor der SciFaCon.« Ich zuckte mit den Schultern. Zwar lagen mir meine Eltern bereits seit einer Weile in den Ohren, dass ich mal wieder nach Hause kommen sollte, weil sie mich schon so lange nicht mehr gesehen hatten. Allerdings waren sie meiner Einladung, mich in Mayfield zu besuchen, auch noch nicht nachgekommen.

»Damit machst du meine Mom sehr glücklich.«

Nur deine Mom?

»Muss ich ein Geschenk kaufen?«, fragte ich, als die Kellnerin zurück an unseren Tisch kam. Während sie die beiden Gläser vor uns abstellte, zuckte ihr Blick zu unseren miteinander verschränkten Händen. Ich konnte die Verwunderung in ihren Augen erkennen. Es war ein Ausdruck, der Auri und mir oft begegnete, wenn wir zusammen unterwegs waren. An manchen Tagen gelang es mir, ihn völlig zu ignorieren, an anderen wiederum war es unmöglich, und er erinnerte mich daran, wie unterschiedlich Auri und ich auf den ersten Blick waren.

»Nein, dass du mich begleitest, ist Geschenk genug.«

»Ich besorg ihnen trotzdem eine Kleinigkeit«, sagte ich entschlossen, da es mir unhöflich erschien, mit leeren Händen auf einer Hochzeit aufzutauchen. Außerdem wollte ich einen guten Eindruck erwecken, immerhin ging es hier um Auris Mom und ihren zukünftigen Ehemann.

»Cassie! Auri! Ihr seid ja schon hier.«

Ich blickte auf und entdeckte Aliza, die wie aus dem Nichts an den Tisch getreten war. Hastig zog Auri seine Hand von meiner. Sogleich vermisste ich seine Wärme.

»Ihr seid aber früh dran«, stellte Aliza mit einem Blick auf ihre Armbanduhr fest.

Sie war elegant gekleidet, in eine weit fallende rostbraune Stoffhose und eine weiße Bluse mit kurzen Ärmeln. Neben ihr fühlte ich mich ziemlich underdressed, allerdings würden von mir auch keine Fotos im Internet landen. Über ihrer Schulter hing eine Spiegelreflexkamera, vermutlich um damit Bilder für ihren Blog und Instagram-Account zu machen, dem inzwischen über dreihunderttausend Menschen folgten.

»Wartet ihr schon lange?« Aliza setzte sich neben Auri.

Er schüttelte den Kopf. »Erst ein paar Minuten. Wir hatten keine Lust mehr auf den Flohmarkt.«

»Sind Micah und Julian auch schon da?«

»Nein, aber sie müssten jeden Moment kommen«, sagte ich und zog das Handy aus meiner Handtasche. »Ich schreib ihnen mal, dass wir schon drinsitzen.«

Die Kellnerin kam zurück, um Alizas Getränkebestellung aufzunehmen. Ich tippte währenddessen eine Nachricht an Micah und Julian in unseren Gruppenchat.

»Habt ihr was Schönes auf dem Flohmarkt gefunden?«

Ich erzählte Aliza von unserer Ausbeute, und Auri zeigte ihr das neuste Exemplar für unsere *Herr der Ringe*-Sammlung.

»Also war der Markt für euch ein voller Erfolg?«

»Auf jeden Fall!«

»Das freut mich«, sagte Aliza mit einem Lächeln, das ihre Augen jedoch nicht erreichte. »Ich wäre auch gerne mitgekommen, aber ich bin heute schon um vier Uhr aufgestanden, um Paragrafen zu lernen, damit ich ruhigen Gewissens mit euch essen gehen kann.«

Auri sah überrascht auf. »Wow, das ist selbst für mich früh.« Er stand meistens bereits vor Sonnenaufgang auf, um zum Training zu gehen. Und selbst wenn der Coach ihn und den andren Jungs freigab, quälte er sich aus dem Bett, um seine Routine nicht zu unterbrechen. Nur zu seltenen Anlässen erlaubte er es sich, länger als bis sechs zu schlafen.

»Es ging nicht anders. Heute Abend muss ich am Blog arbeiten, und wenn ich diese Prüfung noch mal in den Sand setze, kann ich das Studium vergessen. Ich muss unbedingt wieder meinen Schnitt hochkriegen.«

Ich verzog mitleidig die Lippen. »Das ist ja ätzend.«

»Ja.« Aliza seufzte und schnappte sich einen der Brotsticks, um daran zu knabbern. »Ich vermisse es freizuhaben. Ich liebe meinen Blog und das Kochen, aber aktuell fühlt es sich so an, als würde ich neben dem Studium zusätzlich noch einem Vollzeitjob nachgehen. Ich weiß nicht, wann ich das letzte Mal mehr als fünf Stunden geschlafen hab.«

»Das tut mir leid.« Ich schenkte ihr ein mitfühlendes Lächeln. »Kann man dir irgendwie helfen? Ich könnte später vorbeikommen und deine Küche aufräumen. Oder soll ich für dich Herzchen auf Instagram verteilen?«

»Lieb von dir, aber das könnte ich niemals verlangen.«

»Du verlangst es nicht. Ich biete es dir freiwillig an.«

»Danke, vielleicht komm ich irgendwann darauf zurück.«

Ich war mir sicher, dass das nicht der Fall sein würde, aber ich konnte nicht mehr tun, als meine Hilfe anzubieten. Unter keinen Umständen wollte ich mich aufdrängen.

»Ich bin mir sicher, du schaffst das. Und den Kurs wirst du mit Bravour bestehen!«, erwiderte ich, darum bemüht, aufmunternd zu klingen.

Auri nickte zustimmend. »Und vergiss mein Angebot nicht.«

Ich wurde hellhörig. »Was für ein Angebot?«

»Ich war doch schon letztes Semester in einem dieser Social-Media-Kurse. Die Leute dort würden sich ein Bein ausreißen, um einen Instagram-Account wie den von Aliza betreuen zu dürfen. Das würde ihren Lebenslauf so was von hart aufwerten.«

Alizas düstere Miene hellte sich bei seinem Lob für einen Moment auf. »Ich würde mich nicht wohl dabei fühlen, jemanden unbezahlt für mich arbeiten zu lassen. Und Geld hab ich gerade keins übrig, ich spar auf meine eigene Wohnung.«

Auri nahm sich ebenfalls einen Brotstick aus dem Korb. »Ich wusste gar nicht, dass du ausziehen willst.«

»Es wird langsam Zeit. Ich brauch eine größere Küche, die mir zur Verfügung steht, wann immer ich möchte. In der ich kochen und backen kann, ohne Angst zu haben, jemanden aufzuwecken, wenn ich den Teigkneter einschalte.«

Die Kellnerin kam mit Alizas Tee. Vorsichtig stellte sie die dampfende Tasse vor ihr ab, bevor sie zum nächsten Tisch eilte, um eine Bestellung entgegenzunehmen.

»Verständlich«, sagte Auri mit einem erneuten Nicken. »Ich fühl mich auch immer ganz mies, wenn um halb sechs mein Wecker losgeht.«

Ich gab ein zustimmendes Brummen von mir. Das Teil, das Auri weckte, stammte direkt aus der Hölle. Es war laut und kreischte und war selbst durch die Wand, die unsere Zimmer trennte, deutlich zu hören. In den ersten Wochen unseres Zusammenwohnens war ich jeden Morgen davon wach geworden. Inzwischen überhörte ich es meistens.

»Für wann ist der Auszug geplant?«

»Bald. Eigentlich warte ich nur noch auf die letzte Vorschusszahlung des Verlags für das Kochbuch, damit meine Eltern ruhig schlafen können. Sie wissen zwar, wie viel ich verdiene, aber sie machen sich trotzdem Sorgen. Alleine wohnen ist ganz schön teuer.«

Auri sah in meine Richtung. Unsere Blicke trafen sich. Auch ohne Worte wusste ich, was ihm gerade durch den Kopf ging. Es war derselbe Gedanke, der auch mich heimgesucht hatte.

Ich räusperte mich. »Also … wenn du möchtest, könntest du bei Auri und mir einziehen. Julians Zimmer ist immer noch frei.« Zwar war ich eigentlich nicht auf einen neuen Mitbewohner aus, aber hier ging es schließlich um Aliza.

Sie schüttelte den Kopf. »Nett von euch, dass ihr fragt, aber ich möchte das wirklich alleine durchziehen.«

»Falls du deine Meinung änderst, gib Bescheid, noch haben wir keine Pläne für das Zimmer«, sagte Auri und klopfte sich ein paar Krümel vom Shirt.

Aliza bedankte sich noch einmal, dann holte sie ihre Kamera heraus und entschuldigte sich für ein paar Minuten, um Fotos vom Riccardo zu machen.

Sie war erst ein paar Sekunden weg, als Micah und Julian zu uns stießen. Wie erhofft, hatten die beiden Poster für ihre Wohnung gefunden sowie eine Obstschale und neue Vorhänge. Die alten war Laurence in einem akuten Anfall von Kletterwut hochgesprungen und hatte Löcher hineingerissen. Ich hatte Julian noch nie so laut mit ihm schimpfen gehört wie an diesem Tag.

Nachdem Aliza sich wieder zu uns gesetzt hatte, kam die Kellnerin mit den Speisekarten an unseren Tisch. Micah und ich beschlossen, uns eine Pizza zu teilen, während Auri sich zu Alizas Begeisterung gleich zwei Hauptgänge ohne Fleisch bestellte, sodass sie von beiden probieren konnte.

»Hast du schon etwas von Lilly gehört?«, fragte Aliza an Micah gewandt.

»Ja, sie hat mir vorhin geschrieben, dass sie gut in New Jersey gelandet sind. Link ist noch bei ihrer Mom. Die beiden reisen übermorgen nach, damit Tanner und sie vorher Zeit haben, in Ruhe die Wohnung herzurichten.«

Lilly war Micahs beste Freundin aus Schulzeiten. Sie war mit fünfzehn schwanger geworden und hatte die Highschool erst vor wenigen Wochen beendet, was es ihr endlich ermöglichte, mit ihrem Verlobten – Links Vater – zusammenzuziehen und gemeinsam in Princeton zu studieren. Ich hatte keine Ahnung, wie man es schaffen konnte, Studium und Familie unter einen Hut zu bringen, aber ich wusste, dass es ihr gelingen würde, und dafür bewunderte ich sie sehr.

Micah erzählte noch etwas mehr von Lillys und Tanners Plänen für das kommende Semester und dass Julian und sie bereits ihre Flüge für den ersten Besuch in New Jersey gebucht hatten. Anschließend wandte sich das Gespräch der bevorstehenden SciFaCon zu. Micah wollte ebenfalls ein Cosplay machen, aber sie konnte sich für keine Superheldin entscheiden.

»Ich würde gerne als Wanda und Vision gehen, aber Julian weigert sich.«

»Ich werde mich nicht von Kopf bis Fuß rot anmalen«, warf Julian ein. Er hatte die Ärmel seines Hemdes hochgeschoben, sodass die Narbe, welche die Penoid-Operation an seinem linken Unterarm zurückgelassen hatte, zu erkennen war. Früher hatte er sie immer versteckt aus Angst, sich dadurch versehentlich als trans Mann zu outen. Inzwischen schien ihm das mehr oder weniger egal zu sein, solang er nicht dumm angemacht wurde.

Micah verdrehte die Augen. »Du müsstest dich nicht von Kopf bis Fuß rot anmalen. Nur dein Gesicht, deinen Hals und deine Hände, alles andere wäre von deinem Kostüm bedeckt.«

Julian schüttelte den Kopf. »Auf keinen Fall.«

»Sei nicht so ein Spielverderber. Auri verkleidet sich auch.«

»Na und? Du kannst auch als Wanda gehen, ohne dass ich Vision bin.«

Micah verschränkte die Arme vor der Brust. »Wanda ohne Vision ist kein richtiges Kostüm.«

»Da hat sie recht«, pflichtete Auri ihr bei. »Das ist wie Star-Lord ohne Gamora.«

Micah richtete sich so plötzlich in ihrem Stuhl auf, als hätte sie einen Geistesblitz gehabt. »Würdest du als Star-Lord gehen? Dafür brauchst du nur eine schwarze Lederhose, eine rote Lederjacke und einen Walkman.«

Skeptisch hob Julian die Augenbrauen. »Das ist alles?«

Micah nickte. »Und ich würde mich dafür grün anmalen. Was sagst du?«

Julian schürzte die Lippen und dachte einen Augenblick nach. »Ich denke, das wäre in Ordnung.«

»Yeah!« Micah klatschte in die Hände und beugte sich zu Julian, um ihm einen Kuss auf die Wange zu drücken. »Du wirst es nicht bereuen. Die SciFaCon wird großartig. Versprochen!«

»Das werden wir noch sehen«, erwiderte Julian trocken. Doch jeder am Tisch konnte das Lächeln sehen, das an seinen Mundwinkeln zerrte. Julian hätte einfach alles für Micah getan und sich vermutlich früher oder später auch dazu bereit erklärt, als Vision auf die SciFaCon zu gehen, nur um sie glücklich zu machen.

Ich freute mich, dass die beiden einander gefunden hatten, und ich war mir beinahe sicher, dass sie mich eines Tages zu ihrer Hochzeit einladen würden.

5. Kapitel

Manchmal hasste ich mein Vergangenheits-Ich. Warum hatte ich Lucien zugesagt, heute zu ihm zu kommen? Auri war unterwegs, und ich hätte die Wohnung für mich alleine haben können.

So gerne ich auch mit ihm zusammenlebte, hin und wieder genoss ich die Einsamkeit und die Möglichkeit, für ein paar Stunden tun und lassen zu können, was ich wollte. Ungestört lange baden und in Unterwäsche durchs Wohnzimmer flitzen, ohne Angst zu haben, jemandem in die Arme zu laufen. Mir Folgen meiner »Guilty Pleasure«-Serien angucken, ohne mir irgendwelche Sticheleien oder Genörgel anhören zu müssen. Ich mochte *Unsere kleine Farm*, na und? Die Serie erinnerte mich an die Zeit, die ich mit meinem Opa vor dem Fernseher verbracht hatte. Sie war wie eine Umarmung, wärmend und wohltuend, und jedes Mal, wenn ich eine Folge guckte, fühlte ich mich danach ruhiger und gelassener. Doch heute würde ich nichts davon tun, denn ich hatte Lucien versprochen, für ihn Modell zu stehen.

Lucien wohnte auf der anderen Seite der Stadt in einem zweistöckigen Haus mit hellblauer Fassade und schwarzem Dach, aus dem mehrere Erkerfenster ragten. Es gab auch einen kleinen Garten mit einer großen Ulme und süßen Blumenbeeten, die sich um die Terrasse reihten. Es war ein Haus wie jedes andere, und jeder, der daran vorbeikam, würde vermuten, dass dort eine gewöhnliche Familie lebte. Aber das stimmte nicht.

Nicht mehr. Inzwischen wohnten darin nur noch Lucien und seine fünfzehnjährige Schwester, für die er das Sorgerecht trug, seit ihre Eltern bei einem Autounfall ums Leben gekommen waren. Der Unfall war damals groß durch die Presse gegangen: *Lkw drängt Ehepaar von der Brücke.*

Ein Schauder lief mir über den Rücken, wie jedes Mal, wenn ich daran dachte. Schnell schob ich die Erinnerung beiseite, zumal Lucien es hasste, darüber zu reden. Erst Wochen nach unserem Kennenlernen hatte er mir die Wahrheit erzählt und mich darum gebeten, es nicht an die große Glocke zu hängen.

Ich drückte auf die Klingel und betätigte sie erneut, als mir niemand öffnete. Schließlich hörte ich Schritte, und Amicia, Luciens Schwester, öffnete mir die Tür.

»Hey«, begrüßte ich sie. Mit ihren kantigen Gesichtszügen und den schwarzen Haaren erinnerte sie mich entfernt an Micah. Doch da hörte die Ähnlichkeit zwischen den beiden auch schon auf, denn während Micah stets ein Lächeln auf den Lippen trug, wirkte Amicias Miene für gewöhnlich verschlossen wie ein Wandsafe. »Wie geht's dir?«

»Gut.«

Ich trat an ihr vorbei in die Wohnung und hängte meine Tasche an die Garderobe. »Hast du schöne Ferien?«

Sie zuckte gelangweilt mit den Schultern, dann drehte sie sich um und brüllte laut: »Lulu! Cassie ist da!«

»Danke«, murmelte ich und fragte mich, ob ich als Teenager auch so wortkarg und anstrengend gewesen war. Andererseits war Amicia schon so gewesen, als ich sie vor knapp eineinhalb Jahren kennengelernt hatte, was man ihr in ihrer Situation wohl nicht verdenken konnte.

Polternde Schritte waren zu hören, dann wurde die Tür, die in den Keller hinabführte, aufgestoßen.

Lucien war wie immer vollkommen in Schwarz gekleidet.

Es war seine Lieblingsfarbe, und ich war mir ziemlich sicher, ihn noch nie ein Shirt tragen gesehen zu haben, das heller war als Dunkelgrau.

»Wie oft habe ich dir schon gesagt, du sollst nicht so rumbrüllen?«, rief Lucien seiner Schwester hinterher, die bereits wieder ins Wohnzimmer verschwunden war, aus dem schaurige Laute erklangen.

Lucien stieß ein Seufzen aus, bevor er sich zu mir umwandte. »Sorry, ich hab dich nicht gehört.«

»Nicht schlimm, Amicia und ich haben eine nette Unterhaltung geführt.«

Er stieß ein Grunzen aus, das vermutlich so viel bedeuten sollte wie »Schön wär's«, bevor er fragte: »Wollen wir gleich anfangen?«

»Klar, dafür bin ich hier.« Obwohl ich am Morgen keine Lust gehabt hatte, mit dem Bus quer durch die Stadt zu fahren, war ich nun gespannt, was Lucien für mich vorbereitet hatte.

Ich folgte ihm hinab in den Keller, der sein Reich war. Er hatte ihn gemeinsam mit seinem Vater ausgebaut und vor dessen Tod auch darin geschlafen. Inzwischen lag sein Schlafzimmer im ersten Stock, aber seine Werkstatt hatte er noch immer hier unten.

Tageslichtlampen leuchteten den fensterlosen Raum bis in die letzte Ecke aus. Schränke voller Dosen, Gläser und Kisten, die allesamt etikettiert waren, säumten die Wände ebenso wie Regalbretter, auf denen Büsten standen, die Lucien nutzte, um die Masken auszustellen, die er mit den Jahren entworfen hatte. Die meisten waren ziemlich schaurig und mit jeder Menge Kunstblut versehen.

Lucien hatte eine Vorliebe für Horrorfilme und schon früh entschieden, dass er später einmal gerne als Effekt-Maskenbildner an diesen mitarbeiten wollte. Sein Traum, eine Ausbildung zum Make-up-Artist zu machen, war nach dem Tod seiner Eltern erst einmal geplatzt, aber das hielt ihn nicht davon ab, stetig weiter an seinem Portfolio zu arbeiten.

»Setz dich.« Er deutete auf einen Stuhl, der vor einem Tisch mit gewaltigem Spiegel stand. Darauf hatte er bereits allerlei Utensilien ausgebreitet. Von regulärem Make-up über Kunstblut bis hin zu flüssigem Latex war alles dabei. Ich war schon gespannt darauf, wie mein Gesicht später aussehen würde.

Ich setzte mich auf den Stuhl, und Lucien zog einen Hocker für sich heran.

»Danke, dass ich an dir üben darf.«

»Gerne. Verrätst du mir, was du geplant hast?«, fragte ich, so wie jedes Mal.

Und wie jedes Mal gab mir Lucien dieselbe Antwort: »Nein, das ist eine Überraschung.«

Ich schmunzelte und machte es mir bequem, da ich vermutlich einige Stunden hier sitzen würde.

Lucien rutschte mit seinem Hocker näher, sodass wir nur noch eine halbe Armlänge voneinander entfernt saßen. Aufmerksam studierte er mein Gesicht, bevor er sich an die Arbeit machte.

Anfangs hatte ich es kaum ertragen, seinen Blick zu erwidern. Lucien war mit Abstand der schönste Mann, der mir je begegnet war. Ihn anzusehen, tat beinahe weh. Sein markantes Gesicht wirkte fast unnatürlich symmetrisch, wie von einem Bildhauer geschlagen. Seine wohlgeformten Lippen, seine schmale Nase und seine braunen Augen waren in perfektem Einklang. Sein schwarzes Haar war dicht und voll, und obwohl ich Lucien noch nie ohne Shirt gesehen hatte, ließ sich erahnen, dass sich unter dem Stoff eine sportliche Figur verbarg.

Schließlich griff Lucien nach einer Tube und begann mein Gesicht mit einer Art Feuchtigkeitscreme einzuschmieren.

Sanft massierte er sie in meine Haut ein, die ohnehin immer viel zu trocken war.

»Ist das ein neues Tattoo?«

Lucien folgte meinem Blick zu seiner Hand. Auf dem Knöchel seines rechten Zeigefingers waren zwei kleine schwarze Kreise zu sehen, die mir zuvor noch nie aufgefallen waren.

»Ja, hab es mir letzte Woche stechen lassen.«

»Schlicht. Aber es gefällt mir.«

Ich machte mir nicht die Mühe, ihn zu fragen, ob es eine Bedeutung hatte. Dies war nicht Luciens erstes, zweites oder drittes Tattoo, sondern vermutlich sein fünfzigstes, und die wenigsten seiner Körperbilder hatten einen tieferen Sinn. Er mochte einfach, wie die schwarze Tinte auf seiner Haut aussah. Seine Arme waren beide komplett bedeckt, und auch an seinen Beinen saßen vereinzelte Motive.

Ich erzählte ihm vom Crooked Ink und dass ich dort möglicherweise schon bald arbeiten würde.

Lucien war begeistert, und ähnlich wie Auri wollte er direkt einen Termin mit mir vereinbaren, als wäre ich diejenige, unter deren Nadel sie sich legen würden. Doch zumindest verlangte Lucien nicht von mir, das Motiv für ihn auszusuchen. Wobei ich mich bei ihm sogar wohler damit gefühlt hätte. Nicht weil er mir mehr bedeutete als Auri, sondern weil das Gegenteil der Fall war. Und außerdem besaß Lucien viel mehr Tattoos, sodass ein weiteres kaum auffiel.

»Wirst du dir auch eines stechen lassen, wenn du schon an der Quelle sitzt?«, fragte Lucien, während er meine Haut mit einem Wattepad abtupfte, das er mit irgendeiner Flüssigkeit getränkt hatte.

»Ich denke nicht.« Wenn ich mir irgendwann einmal ein Tattoo stechen lassen würde, dann weil ich es wirklich wollte und es mir ein wichtiges Anliegen war. Denn ich konnte nicht einfach wie ein gesunder Mensch in ein Studio marschieren und mir aus einer Laune heraus ein Arschgeweih verpassen lassen. Mein Diabetes war hinderlich für den Heilungsprozess, der mit einem Tattoo einherging. Das hieß nicht, dass ich mir niemals ein Tattoo stechen lassen konnte, aber es bedeutete für mich ein größeres Risiko als für andere. Ein Risiko, das ich mit meinem Arzt besprechen sollte und das es vielleicht einfach nicht wert war.

Lucien erzählte mir von ein paar Ideen, die er für seine nächsten Tattoos gesammelt hatte, und zeigte mir Beispiele auf seinem Handy. Er hatte eine Vorliebe für realistische Motive mit vielen Schattierungen und Lichtreflexen. Wenn ich die Gesichter seiner Eltern ansah, welche die Unterseite seiner Unterarme zierten, hatte ich das Gefühl, ein altes Schwarz-Weiß-Foto zu betrachten und kein Körperteil.

»Wie war eigentlich die Smith-Hochzeit?«, fragte ich und versuchte mich nicht davon stören zu lassen, dass Lucien gerade dabei war, mein linkes Auge mit einem Stück Latex zu verkleben, um den Anschein einer Wunde zu erzeugen. Auf meiner Stirn hatte er bereits ein paar Hörner befestigt, weshalb ich es kaum mehr wagte, mein Gesicht zu verziehen.

»Ganz gut«, antwortete er, die Augenbrauen konzentriert zusammengezogen. »Allerdings hat die Braut eine halbe Stunde vor der Hochzeit mal wieder so heftig das Flennen angefangen, dass ich ihr Make-up danach in Rekordzeit noch mal komplett neu machen konnte.«

»Was fällt der Frau ein, am wichtigsten Tag ihres Lebens emotional zu werden!«, sagte ich empört.

»Du weißt, wie ich das meine.« Er lehnte sich auf seinem Hocker zurück, um mein neues, gehörntes Gesicht zu betrachten. »Ihr Make-up sah einfach nicht so gut aus, wie es hätte aussehen können, hätte sie nicht geweint. Was bedeutet, dass die Fotos von ihr vermutlich nichts für mein Portfolio sind.«

»Du hast genug Bilder in deiner Mappe«, versicherte ich ihm. Nach dem Tod seiner Eltern hatte Lucien damit begonnen, seine Dienste als Make-up-Artist anzubieten. Meistens wurde er für Hochzeiten gebucht, aber immer häufiger bekam er auch Aufträge für Fotoshootings. Was nicht verwunderlich war, denn er war verdammt gut. Ich kannte niemanden, der besser Eyeliner auftragen und schneller künstliche Wimpern ankleben konnte als Lucien, nicht einmal Aliza. »Und wenn nicht, steh ich dir gerne zur Verfügung.«

Luciens rechter Mundwinkel zuckte, seine Version eines dankbaren Lächelns. »Das wird nicht nötig sein. Ich bin die nächsten drei Wochenenden für Hochzeiten gebucht, da ist sicher was für mein Portfolio dabei.«

»Wer heiratet denn?«, fragte ich, woraufhin er mir noch ein bisschen mehr über die Hochzeiten, die Bräute und das Makeup verriet, das sie sich für ihren großen Tag wünschten. Es war nicht Luciens Traumjob, andere Leute hübsch aussehen zu lassen, dafür liebte er Kunstblut zu sehr, aber die Aufträge brachten gutes Geld.

Er erzählte mir auch, dass Amicia jetzt eine Freundin hatte. Sie hieß Brooklyn. Die beiden hatten sich während des Nachsitzens in der Schule kennengelernt. Alles, was er über die beiden sagte, klang zuckersüß und unschuldig, aber es war deutlich herauszuhören, dass er sich Sorgen machte, weil er nicht wollte, dass Amicia das Herz gebrochen wurde.

Ich versuchte ihm seine Angst zu nehmen, indem ich ihm erklärte, dass dies eine Erfahrung war, die jeder früher oder später einmal machen musste, aber davon wollte er nichts hören. Was nicht verwunderlich war, denn er setzte alles daran, jede Art von emotionalem Schmerz von sich und seiner

Schwester fernzuhalten. Dafür hatte er sogar selbst der Liebe den Rücken gekehrt. Seit wir uns kannten, war er nur auf drei Dates gewesen, und mit keiner dieser Frauen hatte er sich ein zweites Mal getroffen. Er bemühte sich auch nicht, jemanden kennenzulernen, und hatte schon mehrmals behauptet, ich sei seine Freundin, um Flirtversuchen aus dem Weg zu gehen. Die größte Anstrengung, einer Frau näherzukommen, hatte er wohl vor knapp eineinhalb Jahren unternommen, als er mich geküsst hatte. Doch uns war beiden schnell klar geworden, dass zwischen zwei Staubkörnern mehr sexuelle Spannung herrschte als zwischen uns.

Lucien war gerade dabei, mein Gesicht mit schwarzer Farbe zu konturieren, als uns ein Quietschen verriet, dass die Tür zum Keller geöffnet wurde.

»Cassie!«, rief Amicia die Treppe herunter. »Dein Handy klingelt!«

Mist, ich hatte vergessen, es stumm zu schalten. Vermutlich war es ohnehin nur Auri, der wissen wollte, ob er auf dem Heimweg beim Supermarkt haltmachen sollte.

»Ich ruf später zurück!«

»Sicher? Es klingelt schon seit fünf Minuten!«

»Dann bring es runter!«, brüllte Lucien an meiner Stelle zurück.

Es entstand eine Pause, dann erklang ein »Jawohl, Meister!«.

Kurz darauf kam Amicia mit meiner Tasche die Treppe heruntergestampft. Wortlos ließ sie sie in meinen Schoß fallen. Als ich mich bedankte, nahm sie es lediglich mit einem Grunzen zur Kenntnis.

Lucien verdrehte die Augen. »Ich schwöre dir, jeder Papagei ist redseliger.«

Ich holte mein Handy aus der Tasche. Es hatte bereits wieder aufgehört zu klingeln, aber zu meinem Schreck entdeckte ich, dass es nicht Auris Anrufe waren, die ich verpasst hatte, sondern die meiner Mom.

Shit!

Amicia hatte nicht übertrieben. Sie hatte in den letzten sieben Minuten sechsmal versucht, mich anzurufen.

Das war nicht normal. Ein nervöses Ziehen breitete sich in meiner Brust aus, als ich die Rückruftaste drückte.

Meine Mom ging nach dem ersten Klingeln ran.

»Cassie?«, fragte sie mit zittriger Stimme.

Alle Alarmglocken in mir schrillten auf. Es klang, als hätte sie geweint. »Ja«, antwortete ich zögerlich. »Was ist los?«

Ich hörte, wie sie tief Luft holte, als müsste sie um Fassung ringen. Dabei entstand eine Pause, die nicht länger als drei oder vier Sekunden dauerte, aber vollkommen ausreichte, um Ungeduld und Angst in mir zu säen.

Ich warf Lucien einen verunsicherten Blick zu.

»Hermine ist tot.«

»Was?«

»Sie hat heute Morgen einen Giftköder gefressen«, sagte meine Mom mit einem lauten Schniefen. »Wir sind sofort mit ihr zum Tierarzt gegangen, aber der konnte nichts mehr für sie tun, und wir wollten nicht, dass sie leidet.«

Ich schwieg.

Hermine war tot.

Ich konnte es nicht glauben …

Meine Eltern hatten mir die kleine Mischlingshündin zu meinem zehnten Geburtstag geschenkt, nachdem ich mir jahrelang sehnlichst ein Haustier gewünscht hatte. Ich hatte sie schweren Herzens zurückgelassen, als ich nach Mayfield gezogen war. Immerhin war Hermine auf dem Dorf groß geworden. Sie war Wiesen, Felder und Wälder gewohnt, das hatte ich ihr nicht wegnehmen wollen.

»Cassie? Bist du noch dran?«

Ich nickte, bis mir klar wurde, dass meine Mom mich nicht sehen konnte. »Ja.«

»Es tut mir furchtbar leid, mein Schatz.«

»Schon okay«, antwortete ich, obwohl der Tod meiner Hündin alles andere als »okay« war, aber was hätte ich sonst sagen sollen? Meine Mom hatte Hermine den Giftköder gewiss nicht mit Absicht zu fressen gegeben. Sicherlich machte sie sich schon genug Vorwürfe, ohne dass ich es tat.

»Bist du dir sicher?«

Meine Kehle fühlte sich wie zugeschnürt an. »Ja.«

Der Tonfall meiner Mom war sanft und liebevoll, als sie hinzufügte: »Dein Dad möchte sie gerne unter der Fichte im Garten begraben.«

Eine Pause entstand.

»Okay ...«

»Wenn du vorbeikommen möchtest, um dich zu verabschieden ...«, setzte meine Mom an. »Wir können gerne auf dich warten.«

Verdammt!

Tränen stiegen in mir auf, aber ich durfte jetzt nicht weinen, das würde Luciens Arbeit ruinieren.

»Nein, macht ihr nur.«

»Wirklich? Wir bezahlen dir auch gerne den Flug.«

»Danke, aber so ist es besser.« Die Vorstellung, nach Hause zu fahren, um ein letztes Mal meine tote Hündin zu sehen, war zu grausam. Ich wollte sie so in Erinnerung behalten, wie ich sie kannte, und dieses Bild nicht durch den Anblick ihres kalten, leblosen Körpers ersetzen. Allein der Gedanke daran reichte aus, ein schmerzhaftes Echo in meiner Brust zu erzeugen. Ja, sie war schon eine alte Hündin gewesen, aber sie war nicht einfach in Frieden entschlafen. Sie war vergiftet worden und hatte in den letzten Stunden ihres Lebens vermutlich schrecklich gelitten.

»Ich muss jetzt Schluss machen«, sagte ich, da ich befürchtete, doch noch in Tränen auszubrechen, wenn ich nur eine Sekunde länger mit meiner Mom sprach. »Ich ruf später noch mal an.«

»Ich bin für dich da, mein Schatz. Ich hab dich lieb.«

»Ich dich auch«, erwiderte ich und beendete das Telefonat.

Benommen ließ ich mein Handy sinken und starrte auf das Display. Mit einem Klick schloss ich die Anruferoberfläche, sodass der Home-Bildschirm aufleuchtete, auf dem Hermine zu sehen war. Hin und wieder hatte ich auch ein anderes Foto als Hintergrund ausgewählt, war aber früher oder später immer wieder zu einem Bild meiner Hündin zurückgekehrt. Der Anblick ihrer geknickten Ohren und ihres struppigen Fells hatte mir einfach jedes Mal ein Lächeln ins Gesicht gezaubert.

»Ist alles in Ordnung?« Lucien musterte mich mit besorgtem Blick.

Ich nickte.

Seine Skepsis war nicht zu übersehen. »Was wollte deine Mom?«

»Ach, nichts Wichtiges«, log ich und schluckte schwer, um die Tränen herunterzuwürgen. Ich hasste es, vor anderen Menschen zu weinen. Aufgrund meiner Größe hielten mich die meisten ohnehin für zart und schwach, und ich wollte auf Lucien nicht derart verletzlich wirken. »Mach einfach weiter.«

»Bist du dir sicher?«

Ich nickte erneut und zwang mich zu einem Lächeln, das unmöglich echt wirken konnte. Doch nach kurzem Zögern machte sich Lucien wieder an die Arbeit.

Irgendwann fragte ich ihn, ob er Musik anmachen könne,

und einen Moment später plärrte eine seiner Lieblingsbands – Code Orange – durch den Keller. Die Musik war scheußlich, laut und aggressiv, aber genau das, was ich brauchte, um mich nicht in meiner Trauer zu verlieren.

Endlich saß ich im Bus nach Hause. An der übernächsten Haltestelle musste ich aussteigen.

Meine Augen brannten von den ungeweinten Tränen, die ich seit Stunden zurückhielt. Die ganze Fahrt über hatte ich aus dem Fenster gestarrt und die vorbeiziehenden Gebäude mit einer noch nie zuvor da gewesenen Aufmerksamkeit betrachtet, um nicht an Hermine denken zu müssen. Über den Dächern der Stadt zog sich die Sonne bereits zurück, und die ersten blassen Sterne, die sich um eine silberne Mondsichel scharten, waren zu erkennen. Es war der erste Tag seit über zehn Jahren, der ohne Hermine ein Ende finden würde …

Nein, so durfte ich nicht denken!

Ich holte tief Luft und setzte mich so aufrecht, dass die Muskeln in meinem Rücken gegen die unnatürliche Haltung protestierten. Doch zumindest lenkte mich der stechende Schmerz von der quälenden Leere ab, die der Anruf meiner Mutter in meinem Herzen zurückgelassen hatte.

Der Bus stoppte an meiner Haltestelle, und ich stieg aus. Die Luft war warm und schwül, die Stadt schien vor Erwartung eines erfrischenden Sommergewitters geradezu zu vibrieren. Vor unserem Wohnhaus entdecke ich Mr Farmer, unseren Vermieter, der zusammen mit einem Handwerker in leuchtender Sicherheitsweste irgendetwas inspizierte. Ich grüßte die beiden und huschte dann schnell durch die bereits offen stehende Haustür. Mühsam schleppte ich mich die Stufen zur Wohnung hoch, wobei mich jeder Schritt mehr Kraft zu kosten schien als der vorhergehende.

Im dritten Stock angekommen schwang plötzlich die Tür zu Micahs und Julians Wohnung auf.

Ich erstarrte.

Micah kam heraus. »Hey …« Als ihr Blick an meinem Gesicht hängen blieb, hielt sie abrupt in der Bewegung inne. Ihr Lächeln verschwand, während sie mich aufmerksam musterte. »Geht es dir gut?«

»Klar«, log ich mit demselben falschen Lächeln, mit dem ich bereits Lucien abgespeist hatte. Ich war mir sicher, dass er mich geradewegs durchschaut hatte, aber er redete selbst nicht gerne über seine Gefühle, also war er meine Lüge schweigend übergangen.

Micah hingegen trug ihr Herz auf der Zunge. »Es sieht aus, als hättest du geweint.«

»Nein, nein, alles bestens.« Ich durchsuchte meine Tasche nach dem Wohnungsschlüssel, um möglichst schnell aus dem Hausflur flüchten zu können. »Das ist nur eine Allergie.«

»Davon wusste ich gar nichts.« Sie klang nicht überzeugt, und ich konnte weiterhin ihren misstrauischen Blick auf mir spüren. Dabei wollte ich einfach nur ins Bett, um hemmungslos in mein Kissen zu schluchzen.

»Wo willst du hin?«, erkundigte ich mich, bevor Micah die Gelegenheit hatte, weitere Fragen über meine erfundene Allergie zu stellen.

»In den Comicbuchladen. Ted wollte mit mir die neusten Notizen zur *Albtraumlady* durchgehen.«

»Cool. Berichte, wie es gelaufen ist.«

»Möchtest du mit?«

»Nein, ich nehm lieber mein Allergiemittel und leg mich etwas hin.«

Micah ließ sich mit ihrer Antwort eine Sekunde zu lange Zeit, doch schließlich nickte sie. »Gute Besserung.«

»Danke«, erwiderte ich und huschte an meiner besten Freundin vorbei.

Mit zittrigen Fingern schloss ich die Tür zur Wohnung auf und schlüpfte ins Innere. Kraftlos ließ ich mich gegen die Tür sinken. Das war knapp gewesen.

Ich ließ den Blick durch die Wohnung schweifen, aber von Auri war keine Spur zu sehen. Dankbar ließ ich die Tasche von meiner Schulter gleiten, die mit einem dumpfen Geräusch auf dem Boden aufschlug. Dann hastete ich in mein Zimmer und ließ mich geradewegs auf mein ungemachtes Bett fallen.

In der Erwartung von warmen, salzigen Tränen, die mir jeden Augenblick über die Wangen laufen würden, rollte ich mich zusammen. Doch mein Gesicht blieb trocken. Ich konnte die Tränen spüren, aber ich vergoss sie nicht. Es war, als wäre der Staudamm, den ich zwischen der Außenwelt und meiner Trauer errichtet hatte, zu hoch, um überwunden zu werden.

Dennoch blieb ich im Bett liegen. Lethargisch starrte ich die Wand meines Zimmers an. Erinnerungen an Hermine tauchten auf und wurden von anderen Überlegungen abgelöst, nur um begleitet von Schuldgefühlen wieder zurückzukehren. Hätte sie den Giftköder vielleicht nicht gefressen, wäre ich da gewesen, um mit ihr Gassi zu gehen? Sie hatte sich immer so gefreut, wenn ich nach Hause gekommen war. Schwanzwedelnd hatte sie mich stets an der Tür begrüßt, noch bevor meine Eltern Gelegenheit dazu gehabt hatten, mich zu umarmen. Ich würde nie wieder auf diese Weise von ihr begrüßt werden, zumindest nicht in diesem Leben.

Es klopfte an meine Tür, die gleich darauf geöffnet wurde.

Verdammt, ich hatte vergessen abzusperren!

Ich wollte Auri zurufen, dass er draußen bleiben sollte, aber da stand er bereits in meinem Zimmer.

»Hey, ich hab dir dein Insulin aus der Apotheke …« Auri

hielt mitten im Satz inne, als er mich auf dem Bett liegen sah. »Ist alles in Ordnung?«

»Ich bin nur müde«, erwiderte ich. Meine Stimme klang rau und brüchig von den Minuten – oder waren es bereits Stunden? –, in denen ich nicht mehr gesprochen hatte.

Auri neigte den Kopf und musterte mich. Es war, als könnte er geradewegs durch meine Lüge hindurchschauen. »Was ist los?«

»Nichts, es geht mir … gut.« Der Staudamm, der bis zu diesem Augenblick meine Tränen zurückgehalten hatte, beschloss mit dem letzten Wort zu brechen. Dicke Tränen rollten mir über die Wangen und erschütterten meinen Körper.

Fuck!

Ich wandte mein Gesicht von Auri ab, aber natürlich hatte er längst bemerkt, was vor sich ging. Mit fünf großen Schritten war er bei mir. Ohne zu zögern, nahm er mich in die Arme.

»Sch-sch, alles ist gut«, murmelte er in mein Ohr und wiegte mich sanft hin und her.

Innerhalb eines Herzschlags brachte er damit jeden Fluchtinstinkt in mir zum Erliegen. In seinen Armen zu weinen, fühlte sich auf merkwürdige Art und Weise richtig an. Als hätten meine Tränen nicht auf das Alleinsein gewartet, sondern auf Auri, um Trost in seiner Berührung zu finden. Ich konnte es ihm in diesem Moment nicht sagen, aber seine Stimme zu hören, beruhigte mich ungemein. Und plötzlich war ich froh darüber, meine Zimmertür nicht abgeschlossen zu haben.

Ich vergrub mein Gesicht an seiner Brust. Erst jetzt bemerkte ich, dass sein Shirt nass war. Es roch nach Regen und feuchtem Gras. Ich klammerte mich daran fest, um Halt zu finden, als die Trauer mich tiefer und tiefer zu ziehen drohte. Plötzlich vermisste ich Hermine mit einer Intensität, wie ich sie die letzten Wochen nicht verspürt hatte. Der Wunsch, noch einmal mit ihr über eine Wiese zu jagen, war plötzlich übermächtig und ließ meine Tränen noch heftiger strömen. Ich bekam kaum mehr Luft, und es fühlte sich an, als würde etwas von innen gegen meinen Kopf drücken. Ein pochender Schmerz machte sich hinter meinen Schläfen breit.

Auri strich mir zärtlich über den Kopf und flüsterte beruhigende Worte in mein Ohr.

Nach einer Weile ebbten meine Tränen ab, und zurück blieben nur vereinzelte Schluchzer.

Ich hörte ein Rascheln, dann reichte mir Auri mit fragendem Blick ein Taschentuch.

Ich putzte mir die Nase und sah zu ihm auf. »Danke.«

Er lächelte schwach. Der Ausdruck in seinen braunen Augen wirkte gequält, als bereitete es ihm körperliche Schmerzen, mich so verzweifelt zu sehen. Zaghaft legte er eine Hand an mein Gesicht, um die letzten Tränen wegzuwischen.

Als ich unwillkürlich meine Wange in seine Handfläche schmiegte, huschte eine Regung über sein Gesicht, die ich nicht ganz deuten konnte.

»Willst du mir erzählen, was passiert ist?«

Ich atmete tief durch. »Hermine ist tot.«

»Scheiße«, fluchte Auri. Er hatte meine Hündin nie persönlich getroffen, aber er kannte all meine Geschichten über sie und jedes Video von ihr, das auf meinem Handy gespeichert war. »Das tut mir furchtbar leid, Cassie. Kann ich etwas für dich tun?«

»Du bist hier, das ist genug«, antwortete ich und wünschte, er würde mich noch einmal in den Arm nehmen.

Auri schien meinen Gedanken zu lesen. Doch statt mich einfach nur zu umarmen, rutschte er auf die andere Seite meines Bettes und legte sich hin. Auffordernd streckte er mir eine Hand entgegen.

Ich kuschelte mich zu ihm, meinen Kopf auf seine Brust gebettet. Wir lagen öfter auf diese Art vor dem Fernseher, weil es die einzige Position war, in der wir beide bequem während eines Serien- oder Filmmarathons liegen konnten.

»Wie war dein Tag?«, fragte ich, um mich auf andere Gedanken zu bringen.

»Gut. Ich habe zwei der neuen Spieler kennengelernt.«

»Und?«

»Bridger und Zayn, scheinen nette Typen zu sein. Aber ich glaube, sie hatten etwas Angst vor mir.«

»Wie kommst du darauf?«

»Bridger hat mich die ganze Zeit ›Sir‹ genannt.«

Ein Lächeln zerrte an meinen Mundwinkeln. »Du könntest sie zu uns einladen«, schlug ich vor. »Wenn ihr abseits des Spielfelds ein bisschen Zeit verbringt, lockert das sicherlich die Stimmung.«

»Gar keine schlechte Idee. Danke.« Er drückte mir einen Kuss auf den Scheitel.

»Gerne«, erwiderte ich und kuschelte mich enger an ihn.

Es fühlte sich wunderbar an, ihm so nahe zu sein, und für einen kleinen – einen klitzekleinen – Moment vergaß ich, warum ich traurig war. Bis es mir wieder einfiel und ich erneut zu weinen begann. Nicht laut und verzweifelt wie zuvor, sondern leise und andächtig trugen die Tränen meinen Schmerz von innen nach außen.

Ich konnte einfach nicht glauben, dass ich Hermine nie wiedersehen würde. Ich würde nie wieder mit ihr durch den Park spazieren, nie wieder einen Ball für sie werfen, den sie mir mit wedelndem Schwanz zurückbrachte. Und wenn ich in wenigen Wochen nach Hause kam, wäre ihre Hundehütte leer, und ihre Näpfe, die mein halbes Leben lang in der Küche gestanden hatten, wären weg. Genau wie sie.

6. Kapitel

Meine Augenlider waren verklebt von meinen Tränen, und ich brauchte ein paar Sekunden, bis ich sie öffnen konnte.

Ich blinzelte. Langsam klärte sich mein Blick, und ich starrte an die Decke meines Zimmers, bemüht, meinen Verstand leer zu halten. Es funktionierte nicht. Bereits wenige Sekunden später holte mich die Erinnerung an den gestrigen Tag ein. Abermals formte sich ein Kloß in meinem Hals.

Ich rollte mich in meinem Bett herum und schluchzte in mein Kissen. Es roch nach Auri. Er war die ganze Nacht über bei mir geblieben. Am Morgen hatte sein Wecker im Zimmer nebenan so laut Alarm geschlagen, dass wir beide davon wach geworden waren. Mit einer leise gemurmelten Entschuldigung hatte er sich aus dem Bett gequält, um zum Training zu gehen.

Ich bewunderte Auri für seine Disziplin. Um diese Uhrzeit stand ich höchstens auf, wenn ich aufs Klo musste, und das auch nur, wenn es sich um einen superdringenden »Ich kann keine zehn Minuten länger warten«-Notfall handelte.

Ich blieb noch eine Weile im Bett liegen, ehe ich die Energie aufbrachte aufzustehen. Ich maß meine Blutwerte und tauschte meine Insulinpumpe aus, ehe ich mich ins Badezimmer schleifte. In Zeitlupe schälte ich mich aus den muffigen Klamotten, die ich bereits seit dem Vortag trug, und stieg unter die Dusche. Das Wasser stellte ich so warm, dass es dampfend auf mich herabregnete, so wie ich es mochte. Da Auri bereits gegangen war, konnte ich hier so lange bleiben, wie ich wollte.

Den Kopf in den Nacken gelegt, damit das Wasser die getrockneten Tränen von meinem Gesicht waschen konnte, blieb ich reglos unter dem Strahl stehen, bis die Duschkabine einer Sauna ähnelte.

Schließlich stellte ich das Wasser ab und wickelte mich in ein Handtuch. Der Dampf hatte die Luft im Badezimmer feucht und schwer werden lassen. Ich rubbelte mein Haar trocken, bevor ich ans Waschbecken trat. Gerade wollte ich nach meiner Zahnbürste greifen, als ich entdeckte, dass auf dem beschlagenen Spiegel eine Nachricht stand, die erst der Dampf sichtbar gemacht hatte.

Ich denke heute an dich. <3

Beim Anblick von Auris Worten und dem unförmigen Herz, das er dahintergemalt hatte, obwohl er überhaupt nicht zeichnen konnte, verzogen sich meine Lippen unwillkürlich zu einem Lächeln. Eine Woge der Zuneigung erfasste mich. Plötzlich konnte ich meinen Herzschlag im ganzen Körper spüren, und in meinem Bauch breitete sich kribbelnde Hitze aus.

Ich stellte meine Zahnbürste zurück in das Glas auf der Ablage über dem Waschbecken und tapste mit nassen Füßen in mein Zimmer, um mein Handy zu holen, das für gewöhnlich auf dem Nachttisch neben meinem Bett lag.

Es war nicht da.

Suchend blickte ich mich um, bis mir einfiel, dass es vermutlich noch immer in der Tasche steckte, die ich am Vortag achtlos im Eingang auf den Boden hatte fallen lassen.

Zurück im Wohnzimmer, stellte ich fest, dass Auri sie aufgehoben und an die Garderobe gehängt hatte. Ich holte mein Handy heraus, das mich sofort darauf aufmerksam machte, dass ich nur noch fünf Prozent Akku hatte. Rasch drückte ich die Meldung weg und blieb für den Bruchteil einer Sekunde an dem Hintergrundbild von Hermine hängen, bevor ich den Messenger öffnete, um Auri zu schreiben.

Danke! <3

Ich wollte gerade das Handy beiseitelegen und zurück ins Bad gehen, um nicht die ganze Wohnung nass zu tropfen, als überraschend drei hüpfende Punkte am Rand des Displays erschienen. Auri antwortete. Merkwürdig, eigentlich hätte er in einer Vorlesung sitzen sollen.

Auri: *Du bist ja schon wach.*
Cassie: *Es ist 10 Uhr.*
Auri: *Das hat bei dir nichts zu bedeuten.*
Cassie: *Du übertreibst, so eine Langschläferin bin ich auch nicht!*
Auri: *Darf ich dich an letzten Mittwoch erinnern?*
Auri: *Da lagst du noch im Bett, als ich heimkam.*
Auri: *Es war 15 Uhr.*
Cassie: *Da hab ich aber auch bis 5 Uhr* Fullmetal Alchemist: Brotherhood *angeschaut.*
Cassie: *Das war also mehr oder weniger deine Schuld!*
Auri: *Klar, rede dir das nur ein.*
Cassie: *Du wolltest, dass ich mir das anschaue!!*
Auri: *Und du liebst mich dafür.*

Nicht nur dafür.

Cassie: *Ja … <3*

Cassie: *Wie war das Training?*

Auri tippte und tippte und tippte. Immer wieder tauchten die drei hüpfenden Punkte auf, nur um anschließend wieder zu verschwinden. Entweder löschte er das Geschriebene immer wieder, oder mich erwartete eine sehr lange Nachricht.

Auri: *Okay.*

Ich runzelte die Stirn.

Cassie: *Was ist passiert?*

Es war dieselbe Frage, die Auri mir am vergangenen Abend gestellt hatte.

Auri: *Ich hab mich verletzt.*
Cassie: *Schlimm?*
Auri: *Das weiß ich noch nicht …*

»Nein«, brüllte ich mein Handy an, als das Display plötzlich schwarz wurde und mir das Symbol zum Ausschalten angezeigt wurde.

Ich packte den Knoten an meinem Handtuch, damit er sich nicht löste, und rannte in mein Schlafzimmer. Hastig schloss ich das Handy an das Ladegerät an und drückte ungeduldig die Home-Taste, um es wieder einzuschalten.

»Komm schon!«, fauchte ich das nutzlose Ding an, das mir lediglich eine hämisch rot aufleuchtende Batterie anzeigte.

Ungeduldig betätigte ich immer wieder die Taste, bis schließlich das Logo meines Anbieters und kurz darauf mein Home-Display auftauchte. Eilig öffnete ich den Messenger und entdeckte zehn Nachrichten von Auri. Mir war inzwischen schon ganz übel vor Sorge um ihn. Zwar plante er keine Zukunft als Profisportler, doch eine Verletzung konnte ihn sein Stipendium kosten.

Auri: *Mein linker Fuß ist angeschwollen.*
Auri: *Das könnte alles oder nichts sein.*
Auri: *Bin gerade im Krankenhaus.*
Auri: *Der Coach wollte, dass das gründlich gecheckt wird.*
Auri: *Sitze allerdings seit zwei Stunden im Wartezimmer.*
Auri: *Eine Schwester meinte, das könnte noch ein paar Stunden dauern.*
Auri: *Sie haben wohl gerade viele Notfälle wegen der Hitze.*
Auri: *Hitzschlag und so.*
Auri: *Cas, bist du noch da?*
Auri: *Cassie?*

Ich tippte blitzschnell eine Antwort.

Cassie: *Sorry, ich bin noch da!*
Cassie: *Mein Akku war leer.*
Cassie: *In welchem Krankenhaus bist du?*
Auri: *In dem, wo du warst.*
Cassie: *Okay, bin in 20 Minuten da.*
Auri: *Du musst nicht kommen.*
Cassie: *Red keinen Unsinn.*
Cassie: *Bis gleich!*

Ich wartete nicht ab, ob Auri noch etwas schrieb, sondern zog mich hastig an. Mein nasses Haar flocht ich zu einem Zopf, bevor ich mein Handy und ein Kartenspiel, mit dem wir uns die Zeit vertreiben konnten, in meine Handtasche stopfte. Aus eigener leidiger Erfahrung wusste ich, wie lange es dauern konnte, bis man im Krankenhaus an die Reihe kam, wenn man nicht gerade verblutete.

Obwohl erst Vormittag war, herrschte draußen bereits brütende Hitze. Zum Glück musste ich wenigstens nicht lange auf den klimatisierten Bus warten. Er hielt direkt vor dem Krankenhaus, in das mich Auri vor einigen Monaten gebracht hatte.

Die Erinnerung an jenen Tag war bittersüß. Ich hatte mir den Knöchel gebrochen und war wochenlang auf Krücken angewiesen gewesen. Erst nach einer Physiotherapie hatte ich wieder richtig gehen können, und noch heute spürte ich hin und wieder einen leichten Schmerz in meinem rechten Fuß.

Dennoch dachte ich in gewisser Weise gerne an den Vorfall zurück, auch wenn ich mir das nicht oft erlaubte. Denn an jenem Tag hatte ich mir nicht nur das erste Mal in meinem Leben etwas gebrochen. Ich hatte auch das erste Mal Auri geküsst. Oder, besser gesagt, Gorwìn, den Charakter, den er in unserer LARP-Gruppe verkörperte. Und diese Erinnerung wiederum war alles andere als schmerzlich.

Gorwìn und meine Heilerin – Maylin – hegten tiefe, aber verbotene Gefühle füreinander, welchen sie an jenem Tag nachgegeben hatten. Und obwohl inzwischen Monate vergangen waren, hatte sich die Erinnerung an Auris Lippen auf meinen tief in mein Gedächtnis gebrannt. Er hatte mich an sich gepresst und heiß und gierig geküsst, und vermutlich wäre noch mehr passiert, wäre ich nicht über diese verdammte Wurzel gestolpert, die uns aus der Lüge riss, die wir uns damals selbst aufgetischt hatten. Die Lüge, dass es Gorwìn und Maylin waren, die übereinander herfielen. Aber das stimmte nicht. Dafür war die Anspannung zwischen Auri und mir, als wir nach meinem Unfall im Krankenhaus gemeinsam auf einen Arzt gewartet hatten, viel zu groß gewesen. Und auch in den Tagen danach hatte eine komische Stimmung zwischen uns geherrscht, die sich Gott sei Dank irgendwann von selbst wieder aufgelöst hatte. Inzwischen taten wir so, als hätte es den Kuss zwischen uns nie gegeben, und das war vielleicht auch besser so. Auri und ich waren fantastische beste Freunde, aber jedes Mal, wenn wir versuchten, unsere Freundschaft auf eine andere Ebene zu heben, ging etwas gewaltig schief.

Die automatische Tür vor mir glitt beiseite, und ich trat durch einen Schleier kalter Luft ins Innere der Klinik. Fröstelnd zog ich den Cardigan über, den ich mir mitgebracht hatte.

Seit meinem letzten Besuch hatte sich nichts an diesem Ort verändert. Alles war hell, das Licht schimmerte bläulich, und der scharfe Geruch von Desinfektionsmitteln erfüllte die Luft. Respektvolles Flüstern drang an mein Ohr, während in der Ferne eine blechern klingende Stimme einen Namen aufrief. Es war ein trostloser Ort, bei dessen Anblick ich sofort ein mulmiges Gefühl bekam. Am liebsten hätte ich auf dem Absatz kehrtgemacht, aber ich war hergekommen, um Auri beizustehen, und das würde ich jetzt auch tun.

Ich folgte dem Gang in den Wartebereich, der mit den bunten Zeitschriften auf den Tischen, dem knalligen Süßigkeitenautomaten und den farbenfrohen Kinderzeichnungen an der Wand zumindest einen Hauch einladender wirkte.

Es war ziemlich voll. Menschen jedes Alters saßen auf den billigen Kunststoffstühlen. Einigen waren ihre Leiden anzusehen, andere wiederum wirkten kerngesund. Ich entdeckte Auri in einer der hinteren Ecken, er blätterte in einer Sportzeitschrift. Sein Fuß, um den er ein Kühlpack gewickelt hatte, lag auf einem Hocker.

»Hey.« Ich setzte mich auf den freien Stuhl neben ihm.

Auri sah von seiner Zeitschrift auf. Ein feines Lächeln umspielte seine Mundwinkel, als sein Blick auf mich fiel. Ich hätte vielleicht nicht kommen müssen, aber es war ihm deutlich anzusehen, dass er sich über etwas Gesellschaft freute.

»Hey. Wie geht es dir?«

»Müsste ich nicht dich das fragen?«

»Ich hab Schmerzmittel bekommen, also tut der Fuß nicht weh, aber etwas Sorgen mache ich mir schon«, antwortete Auri und hob das Kühlpack an.

Die Schwellung war nicht zu übersehen. Die Haut um seinen Knöchel war so dick und gespannt, dass er nicht einmal einen Schuh tragen konnte. Außerdem hatten sich blaue Flecken gebildet, die zum Teil bereits eine ungesund violette Farbe angenommen hatten.

»Wie ist das überhaupt passiert?«

»Ich bin beim Konditionstraining auf dem feuchten Rasen ausgerutscht und umgeknickt.« Auri verdrehte die Augen, als hätte er sich am liebsten selbst für das Missgeschick geohrfeigt. »So dämlich.«

»Das kann jedem mal passieren.«

»Aber nicht jeder verliert deswegen vielleicht ein Stipendium«, sagte Auri mit einem Kopfschütteln. »Die Krankenschwester am MFC glaubt zwar nicht, dass es ein dauerhafter Schaden ist, aber wenn ich Pech habe, fällt das Training eine Weile flach. Und wenn ich deswegen schlechter spiele und aus der Mannschaft fliege …«

»Das wird nicht passieren«, unterbrach ich Auri, bevor er sich noch tiefer in den Strudel eingebildeter Sorgen hinabziehen ließ. »Du bist ein fantastischer Spieler, und nur weil du an ein paar Trainingseinheiten und Probespielen nicht teilnehmen kannst, verlernst du nicht gleich, wie man Football spielt.«

Auri schwieg einen Moment, bevor er tief Luft holte und widerwillig zugab: »Vermutlich hast du recht.«

»Ich habe nicht nur *vermutlich* recht, sondern ganz sicher«, erklärte ich mit so viel Überzeugungskraft, wie ich aufbringen konnte, und griff nach Auris Hand, um ihn zu bestärken. Seine Haut war kalt und feucht.

»Sorry, Angstschweiß«, entschuldigte er sich mit einem schiefen Lächeln, das ich erwiderte.

»Alles wird gut. Versprochen.«

Er nickte zögerlich. »Ich hoffe nur, dass sie mir kein Blut abnehmen müssen. Ich hasse Nadeln.«

»Dann solltest du dir das mit dem Termin bei Crooked Ink vielleicht noch einmal überlegen«, bemerkte ich mit einem vielsagenden Blick auf sein bereits vorhandenes Tattoo, dessen Ansätze unter dem Ärmel seines Shirts hervorlugten und von dem ich wusste, dass es sich von seinem Brustmuskel bis auf seinen Rücken zog.

»Eine Tattoonadel kratzt nur an der Oberfläche. Das hier ist etwas ganz anderes. Ich hasse die Vorstellung, dass jemand etwas ganz tief in mich reinschiebt …« Auri stockte, blinzelte und sah mich entsetzt an. »Das klang jetzt irgendwie ganz falsch.«

»Mhm«, brummte ich zustimmend und versuchte an mich zu halten, aber es half nichts. Eine Sekunde später brach ich in schallendes Gelächter aus. Laut hallte es durch das Wartezimmer, in dem sich alle aus Respekt vor den Kranken und deren Angehörigen höchstens im Flüsterton unterhielten. Köpfe drehten sich in unsere Richtung, und eine ältere Frau, die uns gegenübersaß, verzog empört das Gesicht.

Ich presste die Lippen zusammen und versuchte mich zu beruhigen. Eigentlich war es gar nicht so witzig, ich wusste, wie Auri es gemeint hatte. Dennoch konnte ich nicht aufhören, über seine ungeschickte Wortwahl zu lachen. Meine Schultern bebten, und ich bekam kaum noch Luft. Schnell drückte ich mein Gesicht gegen Auris Schulter, um meinen Lachanfall zu ersticken.

Es funktionierte, ich beruhigte mich. Langsam lehnte ich mich auf meinem Stuhl zurück und wischte mir die Lachtränen vom Gesicht. Noch immer konnte ich spüren, wie mich die anderen Wartenden ansahen, aber so wirklich nahm ich nur Auri wahr.

Er musterte mich mit einem warmen Ausdruck und einem Funkeln in den Augen.

»Was? Ist mein Mascara verschmiert?«

Auri schüttelte den Kopf. »Es ist nur schön, dich lachen zu hören, nachdem du gestern so deprimiert warst.«

Oh …

Ich wusste nicht, was ich darauf erwidern sollte. Was vor allem an dem Blick lag, mit dem er mich bedachte. In seinen Augen lag eine solche Wärme, dass ich für einen Moment vergaß, an was für einem kühlen, trostlosen Ort wir uns befanden. Mit Auri geschah mir das öfter. Er machte einfach jede Situation erträglicher, und manchmal musste er dafür nicht einmal anwesend sein. Ich dachte an die Nachricht, die er mir am Morgen auf dem Badezimmerspiegel hinterlassen hatte, und eine Böe des Glücks fegte über mich hinweg, als versuchte sie das Fenster aufzudrücken, das meine Gefühle für ihn draußen halten sollte.

Nein, das durfte nicht passieren! Wenn es erst einmal offen stand, konnte der nächste Sturm das wohlbehütete Innere unserer Freundschaft verwüsten.

»Ich hab Lust auf Schokolade!«, erklärte ich so laut, dass es jeder im Zimmer hören musste, und sprang geschäftig auf, um den Moment zu brechen.

Verwirrt sah Auri zu mir auf.

»Willst du auch etwas?«

»Gerne.«

»Und was?«

»Überrasch mich!«

Ich lief zu dem Automaten, der an der gegenüberliegenden Seite des Wartezimmers an der Wand stand. Obwohl ich Auris Blick die ganze Zeit im Rücken spürte, drehte ich mich nicht um.

Während ich in meiner Handtasche nach Kleingeld kramte, atmete ich ein paarmal tief ein und langsam wieder aus, um mein verräterisches Herz zu beruhigen, das noch immer heftig pochte und nicht zu begreifen schien, dass die prickelnden Gefühle, die es hervorrief, fehl am Platz waren. Auri und ich waren Freunde, nicht mehr und nicht weniger, und das reichte mir völlig. Zumindest redete ich mir das ein.

7. Kapitel

Auri hatte Glück. Die Ärztin schob weder etwas tief in ihn hinein, noch gab sie ihm eine Spritze. Sie hatte seinen Fuß lediglich geröntgt und festgestellt, dass die Verletzung keine bleibenden Schäden hinterlassen würde. Es war nichts gebrochen, und seine Bänder waren auch nicht gerissen. Er war schlichtweg ungünstig gestürzt, was wehtat, aber nicht weiter schlimm war. Vermutlich würde er noch eine Weile mit leichten Schmerzen zu kämpfen haben, aber diese sollten ohne Weiteres nach ein paar Tagen vergehen. Die Ärztin hatte ihm dennoch geraten, das Training vorerst ausfallen zu lassen, bis sein Knöchel wieder gesund und stabil war, da ein weiterer Sturz ein erhöhtes Risiko für Folgeverletzungen bedeuten würde.

Auri gefiel der Gedanke an eine Trainingspause nicht, aber die Vernunft siegte über seinen Ehrgeiz, und er beschloss nach Absprache mit seinem Coach, frühestens in zwei Wochen wieder auf den Platz zu kommen. Was ihn jedoch nicht davon abhielt, weiterhin früh aufzustehen und an den Campus zu fahren, um das Training seiner Teamkameraden zu verfolgen.

An diesem Morgen hatte ich mich sogar mit ihm zusammen um halb sechs aus dem Bett gequält. Nicht weil ich wollte oder musste, sondern weil mir meine innere Unruhe keine andere Wahl ließ. Julian hatte mich wissen lassen, dass Ricky mich kennenlernen wollte, also würde ich für ein Vorstellungsgespräch zu Crooked Ink fahren.

Bevor er zum Training aufgebrochen war, hatte Auri versucht, mich aufzumuntern und mir gut zuzureden, aber geholfen hatte es nichts. Ich hasste es, mit Fremden zu sprechen, vor allem wenn ich das Reden übernehmen und Dinge über mich erzählen sollte. Ich war darin einfach nicht gut. Was, wenn ich etwas so Unangemessenes oder Peinliches sagte, dass es auf Julian zurückfiel und er nach dem Sommer seinen Job nicht zurückbekam? Diese Vorstellung, so absurd sie vermutlich auch war, bereitete mir mehr Sorgen als der Gedanke, eventuell den Job nicht zu bekommen. Außer der Tatsache, dass ich im schlimmsten Fall mein Cosplay anders finanzieren musste, hatte ich nichts zu verlieren. Ich würde mir keine besonders hochwertigen Stoffe leisten können, aber das wär's auch schon.

Nachdem die Ärztin Auri aus dem Krankenhaus entlassen hatte, waren wir noch zu Laureen gefahren, um eine erste Auswahl an Materialien für unsere *Witcher*-Kostüme zu treffen. Ich hatte alles da, um mit den ersten Arbeitsschritten zu beginnen – schließlich blieb uns ohnehin nicht mehr viel Zeit –, aber der Gedanke an das bevorstehende Vorstellungsgespräch machte mich so nervös, dass ich stattdessen auf der Couch lümmelte, auf meinem Handy herumspielte und alle zwei Minuten auf die Uhr sah. Dabei waren es noch beinahe drei Stunden, bis Ricky mich im Crooked Ink erwartete. Kurz hatte ich mit dem Gedanken gespielt, meine Eltern anzurufen, aber sie waren arbeiten, und ich wollte sie nicht stören. Außerdem war ich noch nicht bereit, mit ihnen über Hermine zu reden, was bei unserem nächsten Gespräch vermutlich unvermeidbar wäre.

Daher lag ich nichtsnutzig auf der Couch herum, einen Ventilator auf mich gerichtet, da die Klimaanlage wegen des Dauerbetriebs streikte. Im Hintergrund lief eine Folge *Star*

Trek: Discovery, während ich mich durch die Social-Media-Apps auf meinem Handy klickte. Ich suchte ein paar Inspirationen für Geralt und Ciri in Pinterest raus und verfolgte auf Twitter eine Diskussion über die neue *Batwoman*-Serie, ehe ich mich Instagram widmete. Ich folgte vor allem Accounts von Cosplayern, Schauspielern und meinen Freunden. Nachdem ich ein wenig Micah und ihren vermeintlichen Erzfeind Luca gestalkt hatte, klickte ich mich durch Alizas neuste Beiträge, ehe ich zwangsläufig auf Auris Profil landete. Oder vielmehr auf dem Profil des Footballspielers Maurice Remington, seines Sportler-Alter-Ego.

Er hatte eine beeindruckende Followerschaft, die fast ausschließlich aus Footballfans bestand, die auf seinem Account genau das bekamen, was sie wollten. Jedes einzelne Foto hatte mit dem Sport, dem Spiel oder Auris Training zu tun. Die Bilder zeigten ihn auf dem Spielfeld, auf der Pressbank oder in Pose mit seinen Teamkameraden. Auf den Fotos wirkte er wie ein anderer Mensch. Seine Miene war entschlossen, und seine Gesichtszüge wirkten härter, brutaler, aber vielleicht lag das auch nur an der Ausrüstung, die er auf den meisten Bildern trug.

Ich klickte mich durch die Kommentare unter seinem letzten Beitrag. Er musste ihn am Morgen vom Rand des Übungsplatzes aus verfasst haben. Darin berichtete er von seinem Sturz und davon, dass er für ein paar Tage das Training würde ausfallen lassen müssen. Über zweihundert Menschen hatten ihm bereits gute Besserung gewünscht. Unter den Kommentaren waren auch einige Herz- und Kuss-Emojis von Frauen, die in mir ein komisches Gefühl weckten, das Eifersucht ziemlich nah kam. Ich wollte so nicht empfinden – ganz abgesehen davon, dass ich kein Recht dazu hatte –, aber ich tat es dennoch. Und zu meinem Leidwesen hatte sich diese Empfindung seit meinem gescheiterten Date mit Auri und dem Vorfall im Club noch einmal deutlich verstärkt. Diese Frauen – und auch manche Männer – konnten von Auri schwärmen und mit ihm flirten, ohne sich Sorgen darum machen zu müssen, eine Freundschaft kaputt zu machen.

Ich überlegte kurz, Auri ebenfalls ein »Gute Besserung« zu schicken, verwarf die Idee aber sofort wieder. Ich war nicht auf Instagram angewiesen, um mit ihm in Kontakt zu treten. Stattdessen öffnete ich das Fenster unseres Messengers und entdeckte, dass er mir vor einer Minute geschrieben hatte.

Auri: *Ist dir schon mal aufgefallen, dass in »Assassin« zweimal das Wort »Ass« vorkommt?*
Cassie: *Nein, aber … okay.*
Cassie: *Ist dir langweilig?*
Auri: *Ja.*
Auri: *Einer meiner Kurse ist ausgefallen, und jetzt sitze ich in der Bib.*
Auri: *Und lese etwas über Hashtag-Monitoring.*
Auri: *Super spannend!*
Auri: *#bitteerschießmich*
Auri: *#spieltqueenaufmeinerbeerdigung*
Auri: *#wennichalszombiezurückkommebeißichdichalsletztes*
Cassie: *#höraufinhashtagszureden*
Auri: *#okay*

Ich musste lachen.

Auri: *Hättest du Lust, am Freitag auf eine Party zu gehen?*
Cassie: *Was für eine Party?*
Auri: *Jaydens Geburtstag.*
Auri: *Er meinte, ich soll noch Leute mitbringen.*

Cassie: *Das wird also eine große Sache?*
Auri: *Vermutlich.*
Auri: *Du musst nicht, wenn du nicht willst.*

Nein, ich wollte nicht. Wirklich nicht. Dennoch zögerte ich mit meiner Absage, denn Auri und ich unternahmen immer nur Dinge, die mir oder uns beiden gefielen. Ich tat selten etwas für ihn, und das war mir bewusst. Es fiel mir schwer, mich auf etwas einzulassen, das mir fremd war. Und ich hasste es abgrundtief, mich aus meiner Komfortzone herauszubewegen. Das war schon damals mit Eugene ein Problem und einer der Gründe für unsere Trennung gewesen. Wir hatten uns geliebt, aber unsere Interessen hatten sich mit der Zeit in verschiedenen Richtungen entwickelt. Eugene war es leid gewesen, immer Rücksicht auf mich und die Grenzen zu nehmen, die ich mir selbst setzte. Deshalb hatte er Schluss gemacht, bevor ich nach Mayfield gegangen war, um am MFC zu studieren. Zu diesem Zeitpunkt hatte ich bereits gewusst, dass es zwischen uns nicht mehr funktionierte, weshalb ich die Trennung gut verkraftet hatte, aber ich wollte nicht, dass Auri und mir das Gleiche passierte. Doch an manchen Tagen hatte ich das Gefühl, dass dieser Bruch eines Tages unausweichlich sein würde. Er hatte dieses ganze Leben, von dem ich kein Teil war und auch kein Teil werden wollte. Was ich jedoch wollte, war, für Auri da zu sein, und dieser Wunsch manövrierte mich in eine Zwickmühle …

Auf meinem Display leuchtete eine weitere Nachricht auf.

Auri: *Vergiss es.*
Auri: *Ich gehe alleine.*
Cassie: *Was?! Nein! Wieso?*
Auri: *Weil du dort nicht hinwillst.*

Cassie: *Das stimmt nicht.*
Auri: *Dein Zögern sagt etwas anderes.*
Cassie: *Ich war auf dem Klo!*
Auri: *Schon in Ordnung.*
Auri: *Du musst da wirklich nicht hin.*
Auri: *Ich geh einfach mit den Jungs.*
Cassie: *Bist du dir sicher?*
Auri: *Klar.*
Cassie: *Und du bist mir nicht böse?*
Auri: *Ich könnte dir nie böse sein.*
Auri: *Wir unternehmen einfach am Samstag was.*
Cassie: *Badesee?*
Auri: *Gerne.*
Auri: *Ich muss jetzt los.*
Auri: *Viel Erfolg mit Ricky!*
Auri: *Du schaffst das!*
Cassie: *Danke. <3*

Ich las unseren Chatverlauf noch einmal durch und hoffte inständig, dass Auri mir wirklich nicht böse war. Diese Collegepartys waren nicht mein Ding. Ich würde nur seltsam in der Ecke rumstehen, mich an meinem Becher festklammern und mit niemandem reden. Auri würde sich dazu verpflichtet fühlen, bei mir zu bleiben, anstatt sich unter die Leute zu mischen. Und seine Freunde würden sich fragen, warum er die ganze Zeit mit mir rumhing, wo er doch jede Frau haben konnte, die er wollte. Ich wäre wie ein Klotz an seinem Bein und würde ihn und die Stimmung nur runterziehen. Außerdem ersparte ich mir lieber den Anblick von Auri, wie er mit Frauen flirtete, die größer, attraktiver und sportlicher waren als ich. Ich hielt mich ganz bestimmt nicht für hässlich, aber ich war nicht das, was man allgemein als »sexy« bezeichnete. Ich war »süß«

und »niedlich« und wurde daher von den meisten Typen unter der Kategorie »kleine Schwester« verbucht. Was Auri und mir schon des Öfteren ziemlich ekelhafte Blicke eingebracht hatte. Jaja, das kleine weiße Mädchen und der große schwarze Mann, da schrieb sich das Pornoskript fast von selbst. Es war einfach widerlich, und ich verstand nicht, weshalb so viele Leute immer versuchten, aus Auris und meiner Freundschaft etwas Komisches oder Unanständiges zu machen.

Ich schüttelte den Kopf, um meine wirre Gedankenspirale zu durchbrechen, in der ich mich so oft verlor, wenn ich versuchte, Auri und mich durch die Augen der Menschen um uns herum zu betrachten. Es war traurig und frustrierend. Und ich konnte mir kaum vorstellen, wie es Auri damit gehen musste, der mit so viel mehr Vorurteilen, Hass und Verachtung zu kämpfen hatte. Früher hatte ich ihn öfter danach gefragt, aber er wollte nicht darüber reden, zumindest nicht mit mir, und das respektierte ich. Vermutlich hätte er sich den Mund fusselig reden können, um es mir zu erklären, und ich hätte dennoch nicht nachvollziehen können, wie sich Rassismus anfühlte. Zumindest nicht in diesem Leben, in dem selbst Make-up in der Farbe 000 Ivory für mich noch zu dunkel war.

»Du musst Cassie sein!«, waren die ersten Worte, die ich im Crooked Ink zu hören bekam.

Offiziell hatte das Tattoo- und Piercingstudio noch geschlossen. Zögerlich hatte ich an die Tür geklopft, die kurz darauf von einer Frau mit knallroten Haaren geöffnet worden war, die mich nun mit einem breiten Lächeln ansah.

»Ich bin Joelle, aber alle nennen mich Jo.«

»Cassie«, sagte ich etwas überrumpelt, obwohl sie das bereits wusste, und schüttelte ihre Hand. Meine Finger waren vor Aufregung ziemlich feucht.

»Komm rein«, sagte Jo und sperrte die Tür hinter mir wieder ab.

Die Wände des Studios hingen voller Fotos, die verschiedenste tätowierte und gepiercte Körperteile zeigten. Es gab mehrere Schränke mit gläsernen Türen, in denen Piercingschmuck ausgestellt war. Und auf einem Regal hinter der Theke standen Pokale und andere Preise, die das Studio und seine Mitarbeiter gewonnen haben mussten.

Jo trat hinter die Theke. »Warst du schon einmal hier?«

Ich schüttelte den Kopf.

»Okay, warte kurz. Ich hole Ricky.«

Ich nickte und verfluchte mich innerlich, als Jos Lächeln schmaler wurde, kurz bevor sie hinter einem Vorhang in den angrenzenden Bereich des Studios verschwand. Hoffentlich verwechselte sie meine Wortkargheit nicht mit Desinteresse, aber ich war wirklich aufgeregt und hatte Angst, etwas Falsches zu sagen.

Ich holte tief Luft und versuchte, mich zu beruhigen. Selbst Julian hatte diesen Job auf die Reihe bekommen, und seine Sozialkompetenzen reichten nicht viel weiter als meine.

Der Vorhang wurde zurückgeschoben, und Jo kam mit einem bärtigen Kerl zurück, der komplett in Schwarz gekleidet war. Mit seinem dunklen Haar, den tätowierten Armen und den kantigen Wangenknochen erinnerte er mich an eine zwanzig Jahre ältere Version von Lucien. Eine Ähnlichkeit, die mich auf eine gewisse Weise beruhigte.

»Hallo, Cassie, schön, dass du da bist. Ich bin Ricky, mir gehört das Crooked Ink.«

»Ich freue mich, hier zu sein«, erwiderte ich mit einem Blick in Jos Richtung.

»Hast du etwas dagegen, wenn wir uns beim Mittagessen unterhalten?«

»Nein, überhaupt nicht.«

»Super, gegenüber gibt es einen fantastischen Mexikaner. Du bist natürlich eingeladen.« Dann wandte Ricky sich an Jo. »Bist du dabei?«

»Kommt darauf an. Bin ich auch eingeladen?«

Ricky verdrehte die Augen und öffnete die Tür, die er für Jo und mich aufhielt. »Du weißt, dass es überhaupt keinen Unterschied macht, wer von uns beiden bezahlt, oder? Wir teilen uns ein Konto.«

»Es macht einen Unterschied – in meinem Kopf«, sagte Jo mit einem süßen Lächeln und drückte Ricky einen flüchtigen Kuss auf die Wange, als sie an ihm vorbeilief.

Ricky sperrte den Laden ab, und gemeinsam überquerten wir die Straße zu dem Mexikaner.

Der Kellner begrüßte Jo und Ricky mit Namen und führte uns in einen kleinen Garten hinter dem Restaurant. Wir bekamen Karten, und Ricky bestellte für uns alle Wasser.

Ich räusperte mich. »Ihr beide seid verheiratet?«

»Seit acht Jahren«, antwortete Ricky, der deutlich älter war als seine Frau. Ich hatte sie auf den ersten Blick auf Anfang zwanzig geschätzt, aber wenn die beiden bereits seit acht Jahren eine Ehe führten, musste sie mindestens Ende zwanzig sein.

»Ricky hat mich entjungfert«, sagte Jo vollkommen unerwartet.

Ich verschluckte mich an der Luft, die ich gerade eingeatmet hatte, und begann heftig zu husten, was Jo wiederum zum Lachen brachte.

»Ich rede von meinem ersten Tattoo. Ich war Rickys Kundin.« Sie drehte ihren linken Arm und zeigte mir ein Geflecht aus Blüten, das ihren Unterarm zierte.

»Sieht schön aus«, brachte ich krächzend hervor und versuchte, meinen Hustenreiz zu unterdrücken, während mir bereits Tränen in die Augen stiegen. Gott sei Dank eilte in diesem Moment der Kellner zu meiner Rettung heran und brachte uns drei Gläser Wasser. Ich nahm einen großen Schluck, was mir dabei half, meine Atmung wieder etwas zu beruhigen.

»Entschuldigung, ich wollte dich nicht so aus der Fassung bringen.«

»Glaub ihr kein Wort. Sie hat das absichtlich gemacht«, bemerkte Ricky, der jedoch ebenfalls ein Schmunzeln auf den Lippen trug.

Bei den beiden musste ich mir eindeutig keine Sorgen um professionelles Auftreten machen. Eine Erkenntnis, die mich gleich noch ein bisschen ruhiger werden ließ. Und auch die gemütliche Umgebung des Restaurants trug dazu bei, dass ich mich schon wesentlich entspannter fühlte als noch vor ein paar Minuten. Ich konnte dieses Gespräch überstehen.

»Hast du Tattoos oder Piercings?«, erkundigte sich Ricky.

»Nein. Und ich will auch keine«, fügte ich schnell hinzu und senkte den Blick auf mein Wasserglas, an dessen Außenseite sich durch die Kombination aus Hitze und Eiswürfeln Tropfen gebildet hatten. Ich wischte sie mit dem Zeigefinger weg.

»Keine Sorge, das ist keine Pflicht. Jeder darf hier mit seinem Körper machen, was er möchte. Ich war nur neugierig. Julian konnten wir auch noch nicht bekehren.«

»Aber seine Freundin Micah war vor ein paar Wochen bei uns«, sagte Jo und spielte mit den Tunneln in ihren Ohren, die *einige* Zentimeter breit gedehnt waren.

Ich runzelte die Stirn. »Micah hat mir gar nichts von einem Tattoo erzählt.«

»Es ging um ein Piercing.«

Ich rief mir ein Bild von Micah in Erinnerung, aber mir war kein neuer Körperschmuck an ihr aufgefallen.

Jo schien meine Verwirrung nicht zu entgehen, sie schmunzelte. »Es ist an einer ziemlich intimen Stelle.«

»Oh, ach so. Das macht ihr also auch?«

»Wir machen fast alles. Harvey und Amy, die du später kennenlernen wirst, und ich kümmern uns um die Tattoos, Jo sticht die Piercings«, antwortete Ricky und klappte seine Speisekarte zu.

»*Fast* alles? Was macht ihr denn nicht?«

»Scarifications. Und wir tätowieren keine Gesichter. Hälse stechen wir, aber nur bei Leuten, die bereits viele Tattoos haben. Alles, was nicht von Kleidung verdeckt werden kann, sollte gut überlegt sein.«

Ich nickte und vermerkte in Gedanken, später zu googeln, was genau eine Scarification war. Ich hatte keine Ahnung, aber um nicht unwissend oder unvorbereitet zu wirken, wollte ich Ricky auch nicht danach fragen.

Der Kellner kam an den Tisch, um unsere Bestellung zu notieren. Ich nahm nur einen Salat, da ich trotz allem noch zu nervös war, um scharfes Essen zu vertragen. Ricky und Jo hatten damit anscheinend keine Probleme.

Nachdem der Kellner gegangen war, erzählten sie mir noch mehr über das Studio und die Aufgaben, die ich im Shop zu erledigen haben würde. Anschließend fragten sich mich über meine Pläne für die nächsten Wochen aus, um einschätzen zu können, wann ich arbeiten konnte.

Als das Essen kam, waren wir bereits mit dem geschäftlichen Teil durch, also fragte ich Ricky nach seinen Tattoos. Mir war aufgefallen, dass einige fantastische Motive seine Haut zierten, und wie sich herausstellte, war er ein großer Fantasynerd. Damit brach das letzte Eis, und wir führten eine hitzige Diskussion darüber, wie schlecht die letzte Staffel *Game of Thrones* denn nun wirklich gewesen war. Das Mittagessen verging auf diese Weise viel schneller als erwartet, und schließlich unterbrach uns Jo, da sie zurück ins Studio mussten.

Auf dem Bürgersteig vor dem Restaurant blieben wir stehen, um uns zu verabschieden.

»Danke für die Einladung«, sagte ich.

Ricky lächelte. »Gerne. Du hättest dir auch mehr als einen Salat bestellen dürfen. Das war kein Test, ob du dich mit wenig zufriedengibst.«

»Ich hatte wirklich keinen Hunger«, versicherte ich ihm schnell und ein wenig verlegen.

»Es war schön, dich kennenzulernen und etwas in Ruhe reden zu können«, schaltete sich Jo ein und legte ihrem Mann einen Arm um die Schultern. »Uns ist wirklich wichtig, dass im Studio gute Stimmung herrscht und die Leute miteinander klarkommen.«

»Aber Jo und ich denken, dass es da mit dir kein Problem geben sollte. Harvey und Amy werden dich sicherlich mögen«, fügte Ricky hinzu.

Mein Herzschlag beschleunigte sich. »Heißt das, ich hab den Job?«

»Zumindest bis Julian zurück ist. Vielleicht können wir aber auch eine längerfristige Sache draus machen, wenn du möchtest. Das müssen wir natürlich nicht jetzt entscheiden.«

»Wow, danke! Wann soll ich anfangen?«

Ricky lachte. »So übereifrig. Hättest du morgen Zeit?«

»Klar«, antwortete ich, ohne in meinen Kalender zu schauen. Auri hatte ohnehin Kurse, und Micah war voll und ganz damit beschäftigt, sich auf ihr anstehendes Kunststudium vorzubereiten. Sie hatte letztes Jahr angefangen, Jura zu studieren, und war aus Desinteresse durch sämtliche Kurse gefallen, aber für die Kunst war sie zu einem Streber mutiert. »Um wie viel Uhr soll ich kommen?«

»Wie heute? Dann könntest du mit Jo noch einmal alles praktisch durchgehen und Harvey und Amy kennenlernen, bevor der Shop aufmacht.«

»Ich freu mich«, erwiderte ich.

Und damit war es beschlossene Sache. Ich würde von nun an in einem Tattoostudio arbeiten. Und ich konnte es kaum erwarten, Auri davon zu erzählen.

8. Kapitel

»Bitte lass dir kein Tattoo stechen.« Die Stimme meiner Mom klang alarmiert, nachdem ich ihr von meinem neuen Job bei Crooked Ink erzählt hatte.

»Und auch kein Piercing!«, hörte ich meinen Dad im Hintergrund rufen.

Es war Freitagabend, und ich war alleine zu Hause, nachdem Auri zu der Geburtstagsparty aufgebrochen war.

Ich schob meinen Stuhl zurück und schaltete die Nähmaschine aus, an der ich bis vor wenigen Minuten an meinem Ciri-Kostüm gearbeitet hatte. »Keine Sorge, das habe ich auch nicht vor«, beruhigte ich meine Eltern, während ich in die Küche schlenderte, um mir etwas zu essen zu machen. Ich hatte meine erste Schicht im Crooked Ink hinter mich gebracht, und obwohl ich bei meinem ersten Anruf vor Aufregung beinahe gestorben war, hatte ich die Sache als Erfolg verbucht.

Meine Mom seufzte erleichtert. »Gott sei Dank! Warum hast du dir überhaupt einen Job gesucht? Du weißt, dass wir dich gerne jederzeit finanziell unterstützen. Wir wollen, dass du dich ganz auf dein Studium konzentrieren kannst.«

»Ja, das weiß ich, aber ich habe gerade keine Kurse, und die Sache mit dem Job hat sich mehr oder weniger zufällig ergeben«, antwortete ich, während ich den Inhalt des Kühlschranks inspizierte. Mein Blick fiel auf einen halben Käsetoast, den Auri übrig gelassen hatte. »Julian kann wegen eines Praktikums in den Semesterferien nicht bei Ricky arbeiten, und ich bin für ihn eingesprungen, damit ihr nicht auch noch für mein SciFaCon-Kostüm bezahlen müsst.«

»SciFaCon?«, fragte meine Mom verwirrt, als würde sie das Wort zum ersten Mal in ihrem Leben hören, dabei hatte ich schon etliche Male mit ihr darüber geredet.

Ich setzte mich auf die Couch, den Teller mit dem angebissenen Sandwich auf dem Schoß. »Die Science-Fiction und Fantasy Convention in Seattle.«

Meine Mom gab einen wissenden Laut von sich, als würde sie sich wieder erinnern. »Gehst du alleine?«

Ich biss in das Sandwich. »Nein. Micah, Julian und Auri kommen mit«, antwortete ich kauend. »Micah und Julian verkleiden sich als Gamora und Star-Lord aus *Guardians of the Galaxy*. Auri geht als Geralt von Riva und ich als Ciri aus der *Witcher*-Saga«, erklärte ich, obwohl ich wusste, dass meine Mom mit den Namen nichts anfangen konnte. Dennoch seufzte sie entzückt.

»Es ist also ein Pärchenausflug?«, fragte sie hoffnungsvoll.

Ich verdrehte die Augen. »Sozusagen, nur dass Auri und ich kein Paar sind.«

Es entstand eine kurze Pause, gefolgt von einem abrupten Themenwechsel, mit dem meine Mom mir vermutlich einen Gefallen tun wollte. Ich hörte, wie sie im Hintergrund Sachen verräumte. »Und wann kommst du uns besuchen?«

»Ich weiß noch nicht«, antwortete ich mit schlechtem Gewissen. Es war nicht so, dass ich sie nicht sehen wollte, aber ich hatte mich in Mayfield so gut eingelebt, dass mir die Vorstellung, aus meiner täglichen Routine gerissen zu werden, nicht gefiel.

»Wie wäre es mit dem Wochenende nach dieser SciFaCon?«

Ich zögerte. »Das geht leider nicht.«

»Wieso nicht?«

»Da bin ich bei Auri zu Hause«, antwortete ich mit leiser Stimme, als könnte die Art, auf die ich die Worte aussprach, etwas an ihrer Bedeutung ändern. »Er hat mich zur Hochzeit seiner Mom eingeladen, da konnte ich unmöglich Nein sagen.«

»Du bist seine Begleitung?«

»Ja.«

Wieder entstand eine kurze Pause.

»Das ist aber etwas sehr Offizielles.«

»Auri und ich sind nur Freunde«, sagte ich betont langsam, um es ihr verständlich zu machen und um mich selbst daran zu erinnern.

Ich nahm es meiner Mom nicht übel, dass sie aus Auri und mir etwas machen wollte, das wir nicht waren, immerhin redete ich ständig von ihm. Aber wie könnte ich nicht über ihn sprechen? Dafür war er ein zu wichtiger Teil meines Lebens.

»Sicher?«

Ich schnaubte. »Ja, wir sind kein Paar.«

»Und wieso nicht?«

»Weil wir es eben nicht sind.«

»Aber du magst ihn«, stellte sie mit absoluter Gewissheit fest.

»Als Freund und Mitbewohner«, log ich.

Es gab nicht viele Dinge, die ich vor meinen Eltern geheim hielt, aber ich hatte absolut keine Lust, mein Liebesleben mit meiner Mom über das Telefon zu besprechen. Das Witzige daran war, dass sie anfangs so schockiert gewesen waren, dass ich mit zwei Männern zusammenleben würde. Mein Dad hatte sogar angeboten, mir monatlich mehr Geld zu überweisen, damit ich mir eine Wohnung alleine leisten konnte. Vor allem Auri war ihm ein Dorn im Auge gewesen, da er laut eigener Aussage genau wisse, »wie diese Footballtypen drauf sind«. Und meine Mom hatte mich aus Sorge jeden Tag angerufen. Doch nach all meinen Erzählungen mochten sie Auri inzwischen unheimlich gerne. Sie verfolgten seine Spiele und erkundigten sich regelmäßig nach seinem Befinden. Ich vermutete, dass sie insgeheim mit Micah zusammen einen Cassie-und-Auri-Shipping-Fanclub gegründet hatten.

»Du bist schon seit über zwei Jahren Single«, erinnerte mich meine Mom überflüssigerweise. »Warst du überhaupt mit einem Mann aus, seit du dich von Eugene getrennt hast? Oder mit einer Frau?«, fragte sie, wobei ihre Stimme diesen eigenartig quietschigen Ton annahm wie jedes Mal, wenn sie sich freute. In diesem Fall über ihre eigene Toleranz.

»Nein, ich war mit niemandem aus.« Noch eine Lüge, denn ich wollte ganz bestimmt nicht darüber reden, dass mein erstes und vermutlich letztes Date mit Auri damit geendet hatte, dass eine andere Frau auf seinem Schoß saß.

Einer seiner Teamkollegen hatte uns auf dem Weg zum Restaurant abgefangen und so lange auf uns eingeredet, bis ich einknickte und einwilligte, mit in eine Sportsbar zu gehen. Kurz darauf hatte sich Auri mit einer anderen vergnügt. Zuerst war ich traurig gewesen, dann wütend – auf ihn und auf mich –, bis ich beschloss, nie wieder über die Sache zu reden. Mit niemandem. Nicht einmal mit Auri. Wir schwiegen den Abend tot. Er war eine Leiche unter dem Teppich unserer Freundschaft, und so sollte es bleiben.

»Und ich will auch mit niemandem ausgehen«, fügte ich vorsichtshalber hinzu. »Ich bin mit meinem Leben zufrieden, wie es ist. Ich brauche keinen Freund, um glücklich zu sein.«

»Natürlich nicht«, erwiderte meine Mom. »Aber du gehst nur einmal aufs College. Ich möchte nicht, dass du irgendeine Gelegenheit verpasst.«

»Das ist lieb, aber glaub mir, es ist alles so, wie es sein soll.«

»Wenn du das sagst, mein Schatz.«

Sie klang nicht überzeugt, und ich fragte mich, ob sie sich besser fühlen würde, wenn ich nach Hause kam und sie mit eigenen Augen sehen konnte, dass es mir gut ging. Sie machte sich viel zu viele Sorgen um mich, was gewiss auch an meiner Diabetes-Erkrankung lag. Schon als Kind hatte sie deswegen immer ein bisschen mehr auf mich achten müssen als andere Mütter auf ihre Kinder. Auf den ersten Blick schien ich gesund und die Krankheit harmlos, aber sie konnte gefährlich werden, vor allem wenn man nicht auf sich achtete.

Unerwartet hörte ich ein Klopfen.

Mein Blick zuckte zur Tür, als das Hämmern ein zweites Mal erklang. »Ich muss jetzt Schluss machen, da ist jemand an der Tür.«

»Okay, pass auf dich auf. Wir haben dich lieb.«

»Ich euch auch.«

Wir beendeten das Telefonat, und ich ging zur Tür. Als ich sie öffnete, sprang mir Micah praktisch entgegen.

»Ich brauch deine Hilfe.«

Irritiert schloss ich die Tür hinter ihr und beobachtete sie dabei, wie sie mehrere Ordner, Notizbücher und einen großen Zeichenblock auf meinem Couchtisch ablegte. Sie wirkte gestresst. Ihr schwarzes Haar war zerzaust, als wäre sie sich immer wieder mit der Hand hindurchgefahren, und auf ihrem Shirt klebte ein Fleck, der aussah, als wäre ihr eine Spaghetti mit Soße darauf gefallen.

»Ich komm mit der *Albtraumlady* nicht voran«, sagte sie und ließ sich frustriert aufs Sofa plumpsen. Ich setzte mich neben sie. »Ich habe Zeichnungen für alle Charaktere und ein paar Szenenskizzen, aber die Handlung macht mir Probleme.«

»Ich dachte, du hättest eine Lösung gefunden.«

»Das dachte ich auch, bis mir Ted gesagt hat, dass sie scheiße ist.« Die Enttäuschung in ihrer Stimme war nicht zu überhören.

Sofort schaltete ich in den Verteidigungsmodus. »Ted hat keine Ahnung.«

»Derek hat dasselbe gesagt.«

»Oh.«

»Und vier andere Leute im Comicbuchladen auch.«

Okay, vielleicht war da doch was dran.

»Und jetzt?«, fragte ich, weil ich nicht genau verstand, was Micah von mir wollte. Es schien, als hätte sie schon mehr als genug Meinungen eingeholt. Und ich wollte nicht die siebte Person sein, die ihr sagen musste, dass ihre Idee nicht für eine Graphic Novel, sondern nur für den Mülleimer taugte.

»Jetzt frag ich dich, ob du meine Co-Autorin werden willst.«

Ich blinzelte. »Was?«

»Bitte.« Sie legte die Hände wie im Gebet flehend aneinander und sah mich aus ihren großen braunen Augen an. »Ich brauche jemanden, der von Storytelling mehr Ahnung hat als ich, und du studierst doch Literatur.«

»Das macht aus mir aber noch lange keine gute Geschichtenerzählerin.«

»Biiitte.«

Ich seufzte. Es war mir schon immer schwergefallen, meinen Freunden etwas abzuschlagen. »Von mir aus. Ich kann es versuchen, aber nichts versprechen. Ich habe nur einmal in meinem Leben etwas geschrieben, und das war eine FanFiction.«

Woran Micah sich scheinbar nicht störte. Sie beugte sich zu mir herüber und umarmte mich stürmisch. »Danke! Du bist die Beste.«

Nachdem sie mich losgelassen hatte, schenkte ich ihr ein aufmunterndes Lächeln und wandte mich anschließend den

Unterlagen zu, die sie auf den Tisch gelegt hatte. »Dann zeig mal, was du bisher hast.«

Micah öffnete ihre Mappe und breitete die Zeichnungen vor mir aus. Es waren mehrere Dutzend. Dazu kamen noch etliche Skizzen auf verschiedene Zeichenblöcke verteilt und einige digital angefertigte Bilder. Es gab auch mehrere Charakterbiografien und drei komplett verschiedene Handlungsverläufe. Außerdem hatte Micah eine Menge Background-Zusammenhänge zu erzählen, die sie sich nicht aufgeschrieben hatte.

Ich hörte ihr geduldig zu und machte mir ein paar eigene Notizen, um den Überblick zu behalten. Immer wieder stellte ich Fragen zu den Charakteren und dem Aufbau der Welt, in der sich die *Albtraumlady* bewegte.

Micah hatte gute Ansätze, und es kristallisierte sich schnell heraus, was für eine Art Geschichte sie erzählen wollte. Allerdings kratzte sie mit allem, was sie bisher erarbeitet hatte, nur an der Oberfläche. Sie hatte ihren Charakteren die Eigenschaften verpasst, die sie brauchten, um eine Handlung herbeizuführen, aber auch ein Bösewicht sollte mehr sein als das Motiv, das ihn antreibt. Man konnte die Weltherrschaft an sich reißen wollen und trotzdem eine Vorliebe für indisches Essen und Jazzmusik haben.

Ich suchte aus meinen Unterlagen den Charakterfragebogen heraus, den mir meine Dozentin im Kurs Kreatives Schreiben im ersten Semester empfohlen hatte, und legte Dokumente für alle wichtigen Charaktere von Micahs *Albtraumlady* an. Anschließend füllten wir sie gemeinsam aus. Wir schrieben alles auf, von richtig guten bis richtig furchtbaren Einfällen, und lachten uns bei manchen Ideen beinahe schlapp, aber während eines Brainstormings war alles erlaubt. Nebenher fertigte Micah auch noch die ein oder andere Skizze an, um Dinge zu visualisieren, die uns einfielen. Ich war beeindruckt, mit wie wenig Mühe sie Dinge aufs Papier zaubern konnte, die direkt hundertfach besser aussahen als alles, was ich jemals zustande hätte bringen können.

»Wir sollten der *Albtraumlady* wirklich einen Namen geben«, sagte ich und schlug eine neue Seite in meinem Notizbuch auf.

Micah runzelte die Stirn. »Sie hat doch einen Namen.«

»Ich meine den Namen, den ihre Eltern ihr gegeben haben.«

»Ach so. Den hat sie abgelegt.«

»Wir sollten ihn trotzdem wissen«, sagte ich und schob mir eine der kleinen Snackkarotten in den Mund, die ich Micah und mir hingestellt hatte. »So ein Name lässt sich gut für den Inhalt oder die Charakterisierung nutzen, wenn jemand ihren echten Namen rausfindet oder sie ihn jemandem verrät. Vielleicht gibt es irgendwo in der Story auch eine Person, die ihn bereits kennt, weil *Albtraumlady* zu ihr eine engere Bindung hat, als der Leser vielleicht auf den ersten Seiten erkennt.«

Micah schürzte die Lippen und dachte einen Augenblick über meinen Vorschlag nach, dann nickte sie. »Okay, und wie soll sie heißen?«

»Es sollte auf jeden Fall ein alter Name sein.«

»Du meinst so was wie Adelaide?«

»Wie kommst du auf Adelaide?«

Micah hob die Schultern. »Meine Urgroßoma hieß so.«

»Dürfte es auch ein anderer Name sein?«

»Ja, das war nur ein Beispiel.«

»Gut, denn Albtraumlady Adelaide klingt merkwürdig.«

»Stimmt, überlegen wir weiter.«

Ich zog meinen Laptop heran und googelte nach alten Namen.

Gerade als ich auf das erste Ergebnis klicken wollte, war zu hören, wie ein Schlüssel im Schloss herumgedreht wurde.

Die Wohnungstür wurde aufgeschoben, und Auri kam herein. Als er Micah und mich auf der Couch sitzen sah, blieb er wie vom Donner gerührt stehen. »Hey«, sagte er hörbar verwundert. »Ihr seid ja noch wach.«

Mein Blick zuckte zu der Uhr am oberen Rand meines Laptops. Es war bereits nach drei Uhr morgens. Ich hatte gar nicht gemerkt, wie spät es geworden war, dafür hatte ich zu viel Spaß gehabt.

Leicht schwankend ging Auri zu dem Sessel neben der Couch. Er schien nicht völlig betrunken, aber schon gut angeheitert. Mit einem Ächzen ließ er sich hineinfallen und streckte die Beine aus. Seine Kleidung roch nach Bier und Zigarettenrauch, und er trug sein Shirt falsch herum, sodass die Nähte nach außen zeigten. Wobei ich mir sicher war, dass es noch richtig gesessen hatte, als er die Wohnung vor neun Stunden verlassen hatte.

»Wie war die Party?«, fragte ich und versuchte nicht daran zu denken, was Auri veranlasst haben könnte, sein Shirt auszuziehen.

Er lehnte sich vor, um das Handy aus seiner hinteren Hosentasche zu ziehen. Mit einem Stöhnen legte er es auf den Tisch und ließ sich zurück in den Sessel sinken.

»Ganz in Ordnung.«

»Klingt, als hättest du nicht so viel Spaß gehabt«, stellte Micah nüchtern fest.

Mit einem auffordernden Nicken schob ich Auri mein Wasserglas hin.

Er griff danach und nahm einen Schluck. »Irgendwie sind diese Partys in der Theorie immer geiler als in Wirklichkeit. Es sind einfach immer dieselben Leute, die denselben

Scheiß machen.« Er hob die Schultern. »Und was habt ihr gemacht?«

»Wir arbeiten an der *Albtraumlady*«, antwortete ich und deutete auf die Unterlagen, die überall um uns herum verteilt lagen. »Micah hat mich gefragt, ob ich mit ihr an der Handlung bastele.«

Micah schenkte mir ein strahlendes Lächeln. »Sie ist mir jetzt schon eine große Hilfe.«

»Cool, davon musst du mir morgen am Strand mehr zählen.«

Micah horchte auf. »Am Strand?«

Ich nickte. »Wir fahren an den Badesee. Wollt ihr mit?«

»Ich würde gerne, aber Julian hat Samantha versprochen, dass er ihr bei den Vorbereitungen für das Sommerfest hilft, und weil ich die beste Freundin aller Zeiten bin, hab ich ihm gesagt, dass ich mitkomme.« Micah seufzte schwer, als würde sie die Entscheidung bereuen, aber das kaufte ich ihr nicht ab. »Ihr geht auch hin, oder?«

»Julian hat uns schon eingeladen.«

In diesem Moment begann Auris Handy zu klingeln. Er beugte sich vor, um einen Blick auf das Display zu werfen, und auch ich schielte neugierig darauf.

Eine nicht eingespeicherte Nummer.

Eine Furche bildete sich auf Auris Stirn, bevor er sich wieder zurück in den Sessel fallen ließ.

Ich hob die Augenbrauen. »Willst du nicht rangehen?«

Auris alkoholvernebelter Blick wanderte zu mir. »Nein, zu müde. Ich geh duschen und dann ins Bett. Es war ein langer Abend.« Mit einem Stöhnen stand er auf und wankte Richtung Bad.

»Da scheint jemand etwas grumpy zu sein«, stellte Micah fest.

Ich nickte, den Blick noch immer auf die geschlossene Badezimmertür gerichtet. Alkohol machte Auri für gewöhnlich fröhlich, nicht trübselig und nachdenklich. Als ich ihn das letzte Mal betrunken erlebt hatte, war er vor lauter Energie und Enthusiasmus versucht, ein Auto anzuheben – was natürlich nicht geklappt hatte. Dass er jetzt müde und lustlos war, erschien mir eigenartig. Womöglich war auf der Party etwas vorgefallen …

Das Handy auf dem Tisch begann erneut zu klingeln.

Da Auri weg war, bemühte ich mich nicht mehr, diskret zu sein, und beugte mich über das Display. Es war dieselbe nicht eingespeicherte Nummer.

»Du solltest rangehen«, sagte Micah, für die das Wort »Privatsphäre« nicht existierte. Sie war der offenste Mensch, den ich kannte. Sie hatte keinerlei Geheimnisse, und vermutlich hätte sie mir geradeheraus von ihrem Intimpiercing erzählt oder es mir sogar gezeigt, wenn ich sie danach gefragt hätte.

Ich schüttelte den Kopf. »Das geht mich nichts an.«

Das Handy verstummte.

»Okay, ich sollte jetzt wohl besser gehen. Es ist schon spät.« Micah machte sich daran, das Papierchaos aufzuräumen, das wir verursacht hatten, und wir verabredeten uns für Montag, um weiter an der *Albtraumlady* zu arbeiten.

Nachdem Micah gegangen war, räumte ich unsere Gläser und Teller in die Küche. Ich war gerade dabei, mit einem feuchten Lappen über den Tisch zu wischen, als das Handy erneut zu klingeln begann. Ich ignorierte es, und das Läuten verging unbeachtet. Doch kurz darauf ertönte der Signalton einer eingegangenen Nachricht.

Ich biss mir auf die Unterlippe. Zögerte. Doch dann beugte ich mich wider besseres Wissen über das Handy und las den

Anfang der Nachricht, die auch auf dem gesperrten Bildschirm zu erkennen war.

Wo bist du?

Eine zweite Meldung ploppte auf.

Ich schwöre, Maurice, wenn du nicht …

Der Rest der Nachricht war abgeschnitten. Es wäre leicht für mich gewesen, das Display zu entsperren und weiterzulesen, denn ich kannte Auris Pin, aber ich tat es nicht. Wovon auch immer diese fremde Person redete, wenn Auri wollte, dass ich davon erfuhr, würde er es mir erzählen.

Um der Versuchung nicht doch noch zu erliegen, brachte ich den Lappen zurück in die Küche und ging anschließend in mein Zimmer. Es war schon spät, und ich hätte schlafen gehen sollen, fühlte mich jedoch kein bisschen müde. Dennoch schälte ich mich aus meinen Klamotten und zog meinen Schlafanzug an, der bei den Rekordtemperaturen nur aus einem dünnen Top und einer kurzen Hose bestand. Dann legte ich mich aufs Bett und begann auf meinem Handy Artikel zu den Themen »Schreiben« und »Graphic Novels« zu lesen.

Ich war gerade in einen Beitrag über Antagonisten versunken, als es klopfte. Ich wartete darauf, dass Auri reinkam, aber er tat es nicht.

Ich runzelte die Stirn. Merkwürdig.

»Herein!«

Die Tür wurde aufgeschoben, und Auri erschien im Rahmen. Er trug ein Muskelshirt und Boxershorts, und selbst im dämmrigen Licht meiner Nachttischlampe erkannte ich, dass sein Blick nach der Dusche klarer war.

»Darf ich reinkommen?«

Ich nickte und rückte ein Stück zur Seite.

Er kam der stummen Einladung nach und legte sich neben mich, wobei sein Gewicht dafür sorgte, dass sich mein Körper automatisch in seine Richtung neigte.

Ich rollte mich herum, um ihn anzusehen.

Er starrte an die Decke.

»Du benimmst dich komisch. Ist etwas auf der Party passiert?«

»Nein, ich hatte einfach keine gute Zeit.«

»Warum nicht?«

Er drehte sich zu mir und sah mich an. Sein Gesicht war nur wenige Zentimeter von meinem entfernt, und ich konnte seinen nach Minze riechenden Atem wahrnehmen.

»Weil …« Er seufzte schwer. »Egal. Vergiss es.«

»Nein, sag es mir«, ermutigte ich ihn.

Er holte tief Luft, und ich konnte sehen, wie dicht die Antwort unter der Oberfläche schlummerte. Er wollte es mir sagen, aber aus irgendeinem Grund tat er es nicht.

Langsam schüttelte er den Kopf. »Es ist nichts. Ich habe mir einfach gewünscht, dass der Abend anders verläuft. Das ist alles«, log er.

Ich spürte einen Stich in der Brust. Nachdem ich ihm Anfang der Woche erlaubt hatte, mich weinen zu sehen wie noch nie zuvor, hatte ich erwartet, dass er offener mir gegenüber sein würde.

»Noch ist der Abend nicht vorbei«, sagte ich und verdrängte meine Enttäuschung. Ich wollte dennoch für Auri da sein. Behutsam rutschte ich ein Stück näher an ihn heran. »Was können wir tun, damit du dich besser fühlst? Möchtest du ein Eis? Oder willst du dir ein Hörbuch anhören? Wir könnten uns auch einen Porno angucken. Das könnte allerdings auch merkwürdig werden. Andererseits haben wir GoT zusammen geschaut, was fast dasselbe ist.«

Anstatt über meinen Witz zu lachen, betrachtete mich Auri mit einer Ernsthaftigkeit, die seine Augen dunkler erscheinen ließ.

Ein nervöses Flattern breitete sich in meiner Brust aus, und meine Hände wurden schlagartig feucht. Ich wollte ihm sagen, dass das nur ein Scherz gewesen war, aber mein Hals war auf einmal ganz trocken, und es fiel mir schwer, die Worte zu artikulieren.

Oh Gott, was hatte ich mir nur dabei gedacht, diesen Vorschlag zu machen? Auri und ich und ein Video von Menschen, die Sex hatten? Keine gute Idee!

»Ein Hörbuch klingt gut«, sagte Auri plötzlich mit heiserer Stimme, deren Klang mir einen Schauder über den Rücken jagte.

Ich nickte benommen, rollte mich herum und griff nach meinem Handy. Ohne Auri anzusehen, startete ich das Hörbuch, dem er seinen Spitznamen zu verdanken hatte: *Der Name des Windes*.

Es war wieder Abend geworden. Das Wirtshaus zum Wegstein lag in Stille, und es war eine dreistimmige Stille …, begann der Sprecher vorzulesen, doch es fiel mir schwer, den Worten zu lauschen, während Auris warmer Körper so dicht neben meinem lag. Immer wieder wanderte mein Blick zu ihm, und auch er schien der Geschichte nicht wirklich zu folgen. Seine Miene war verschlossen und seine Schultern angespannt, als würde es ihn Mühe kosten, ruhig liegen zu bleiben.

Zum hundertsten Mal fragte ich mich, was auf der Party vorgefallen war. Er stritt es zwar ab, aber es war offensichtlich, dass etwas geschehen war.

Ich wusste nicht, wie lange wir bereits in meinem Bett lagen, aber nach einer Weile schien der Alkohol seinen Tribut zu fordern. Auri blinzelte träge, bis sich seine Augenlider irgendwann nicht mehr hoben. Seine Atmung wurde ruhiger, und seine Gesichtszüge entspannten sich, als die Sorge, die er von der Party mitgebracht hatte, von ihm abfiel.

Ich beugte mich zu ihm. »Auri?«

»Hm?«, brummte er, schon halb im Land der Träume.

»Warum hattest du keine gute Zeit auf der Party?«

Er rollte sich herum, sodass sein ganzer Körper mir zugewandt war.

Ich lächelte. Doch mein Lächeln erstarb mit seinen nächsten Worten.

»Weil du nicht da warst.«

9. Kapitel

Es war der süße Duft von Pancakes, der mich weckte.

Flatternd hob ich die Augenlider und starrte auf mein Bücherregal an der gegenüberliegenden Wand. Es fühlte sich an, als hätte ich bis eben noch in einem tiefen Albtraum gesteckt. Ein schweres Gefühl von Unwohlsein lastete auf meiner Brust. Ich versuchte es zu ergründen und mich an meinen Traum zu erinnern – bis mir einfiel, dass es kein Traum gewesen war, der den drückenden Schmerz in mein Herz gepflanzt hatte.

Weil du nicht da warst.

Auris Worte hatten noch stundenlang in meinem Kopf nachgeklungen. Genau wie jetzt. Viele hätten sie vermutlich als Kompliment verstanden. Ich nicht. Mir führten sie vor Augen, dass ich ihn enttäuscht hatte. Ich wusste, dass es nicht in meiner Verantwortung lag, ihn glücklich zu machen, aber ich wollte es. Vermutlich hätte mir die Party selbst tatsächlich keine Freude gebracht, Auri lächeln zu sehen hingegen schon. Ich hätte dafür nur über meinen Schatten springen müssen. Das war jedoch leichter gesagt als getan.

Wie oft hatte mich mein Ex-Freund Eugene gebeten, mit ihm Ski fahren zu gehen? Oder gemeinsam mit seinen Freunden abzuhängen? Dutzende, wenn nicht sogar Hunderte Male, und mit jeder Absage hatte ich mich schlechter gefühlt. Dennoch hatte ich auch beim nächsten Mal wieder abgelehnt. Ich konnte einfach nicht aus meiner Haut. Es gab Tage, an denen ich mich dazu bereit fühlte, mit Fremden zu sprechen, aber an anderen erzeugte der Gedanke ein solches Gefühl der Beklemmung in mir, dass mir körperlich schlecht davon wurde.

Ich wäre nicht so weit gegangen zu sagen, dass ich an einer sozialen Phobie litt. Mit Leuten Zeit zu verbringen, die nicht zu meinem inneren Kreis zählten, missfiel mir einfach. Es rief ein Unbehagen in mir hervor, das in meiner Jugend besonders schlimm gewesen war, denn damals hatte ich viele Unsicherheiten mit mir herumgetragen. Inzwischen war es besser geworden. Ich hatte an Selbstvertrauen gewonnen, nicht zuletzt durch die Freundschaft mit Auri und den Cosplayern. Trotzdem war es nicht leicht für mich. Nicht umsonst konnte ich meine Freunde an einer Hand abzählen.

Ich schlug die Bettdecke zurück und schwang die Beine über die Bettkante. Die Chance, mit Auri auf die Party zu gehen, hatte ich verstreichen lassen, aber dafür hatten wir den ganzen Samstag vor uns. Der Badesee wartete.

Ich vollführte wie jeden Morgen mein nerviges Diabetikerritual, bevor ich mir meinen Bademantel über die Schultern warf und übernächtigt in die Küche tapste.

Auri stand hinter der Kücheninsel und richtete zwei Teller mit Pancakes an. Im Hintergrund spielte leise Hip-Hop-Musik.

Gähnend setzte ich mich auf einen der Hocker.

Mein zerknautschter Anblick brachte Auri zum Lächeln. »Guten Morgen.«

»Morgen«, erwiderte ich und legte mein Kinn in die Handfläche, um meinen schweren Kopf zu stützen. Auri erweckte einen wesentlich zufriedeneren Eindruck als vergangene Nacht, und ich fragte mich unwillkürlich, ob er sich daran erinnerte, mir die Wahrheit über den gestrigen Abend erzählt zu haben. »Seit wann bist du wach?«

»Acht.«

Mein Blick zuckte zur Uhr am Herd. 9:42 Uhr. Wie um alles in der Welt konnte er so fit sein, obwohl er getrunken hatte, während ich mich wie überfahren fühlte?

»Kaffee?«, piepste ich hilfsbedürftig.

Auri goss mir eine Tasse ein und schob sie mir zu.

Ich hatte mir angewöhnt, meinen Kaffee schwarz zu trinken, um Zucker einzusparen. Was mich daran erinnerte, dass ich meine Werte kontrollieren und meine Pumpe überprüfen sollte. Ich richtete mich aus meiner zusammengesunkenen Position auf und gönnte mir einen großen Schluck Koffein. Ein zufriedenes Seufzen entwich meinen Lippen.

»Vielleicht wärst du weniger müde, wenn du keinen Kaffee trinken würdest«, bemerkte Auri und träufelte Sirup über die Pancakes, deren Teig an manchen Stellen von den Blaubeeren, die darin steckten, lila gefärbt war.

»Ich höre dich reden, aber deine Worte ergeben keinen Sinn.«

»Koffein beeinflusst langfristig deinen natürlichen Schlafrhythmus. Demnach hast du einen gesünderen Schlaf, wenn du darauf verzichtest.«

»Niemals!« Ich klammerte mich an meiner Tasse fest, als könnte Auri sie mir jeden Augenblick entreißen. »Außerdem trinkst du doch auch Kaffee.«

»Aber ich jammere nicht rum, dass ich müde bin.« Er dekorierte die Pancakes mit klein geschnittenen Erdbeeren und übergoss seine Portion zusätzlich mit Ahornsirup, ehe er mir den Teller ohne Sirup zuschob.

Ich bedankte mich und nahm einen Bissen. »Oh mein Gott«, stöhnte ich und gab ein weiteres zufriedenes Seufzen von mir. Auch wenn ich mir nach diesem Frühstück vermutlich ein paar Einheiten mehr spritzen musste, das war es wert.

Auri grinste. »Die hab ich gut hinbekommen, oder?«

Ich hob die Augenbrauen. »Auri?«

»Ja?«

»Deine Lüge wäre glaubhafter, wenn du nicht vergessen hättest, die Verpackung wegzuräumen.« Ich deutete mit meiner Gabel in Richtung der leeren Papiertüte, auf der das Logo einer bekannten Restaurantkette zu erkennen war.

»Ups ... Aber ich habe die Pancakes eigenhändig abgeholt, das zählt auch.«

Amüsiert schüttelte ich den Kopf. »Du bist ein Idiot.«

»Ja, aber ein Idiot, der dich mit Pancakes füttert.« Er lehnte sich über den Tisch und hielt mir seine Gabel vor den Mund.

Ich schnappte nach dem Stück fluffigen Teigs und grinste ihn an. Den nächsten Bissen schob er sich wieder selbst in den Mund.

Eine Weile aßen wir schweigend. Der Kaffee zeigte seine Wirkung, und ich fühlte mich allmählich wieder wie ein funktionierender Mensch.

»In was für eine abscheuliche Kreatur hat Lucien dich eigentlich dieses Mal verwandelt?«, erkundigte sich Auri so unbefangen, wie er sonst auch mit mir umging. Er schien sich wirklich nicht an das zu erinnern, was er kurz vor dem Einschlafen zu mir gesagt hatte. Vielleicht hätte mir das ein Hinweis sein sollen, es auch zu vergessen. Schließlich schien er mir meine Abwesenheit auf der Party nicht nachzutragen.

Oder er ist gut darin, sich zu verstellen.

»Das ist schwer zu beschreiben«, antwortete ich und nahm mein Handy. »Es war eine Art vernarbter, blutiger Teufel ... Warte, ich hab ein Foto.« Ich scrollte durch meine Bildergalerie, welche diese Woche vor allem aus abfotografierten Unterlagen von Auris und meinem Cosplay bestand.

Schließlich entdeckte ich das Bild, das Lucien von mir gemacht hatte, auch wenn ich darauf nicht zu erkennen war. Meine Haut war rabenschwarz und von Pocken übersät. Mein linkes Auge glich einer blutigen, eitrigen Wunde, in die Lucien kleine, helle Stücke eingesetzt hatte, die aussahen wie Maden. Für das rechte Auge hatte er mir eine weiße Kontaktlinse gegeben, hinter der weder Iris noch Pupille zu sehen waren. Weiteres Blut ergoss sich über meinen Hals und tropfte von den Hörnern, die auf meiner Stirn klebten. Dazu trug ich eine schwarze Perücke. Ich hatte in meinem ganzen Leben noch nie angsteinflößender ausgesehen.

»Wow«, raunte Auri und nahm mir das Handy aus der Hand. Er zoomte an mein Gesicht ran. »Heftig. Vielleicht sollten wir Lucien statt Julian mit zur SciFaCon nehmen, er könnte uns mit unserem Cosplay helfen.«

»Er kann nicht, ich hab ihn schon gefragt. Er will Amicia nicht alleine lassen.«

Auri hob eine Augenbraue. »Wie alt ist sie noch mal?«

»Fünfzehn.«

»Mit fünfzehn kann er sie doch sicher mal eine Nacht alleine lassen.«

»Vermutlich, aber Lucien will nicht. Sie macht gerade eine schwere Phase durch.«

»Was soll das heißen?«

»Sie redet kaum und ist sehr verschlossen. Außerdem hat sie zuletzt wohl ein paarmal die Therapie geschwänzt. Lucien macht sich wirklich Sorgen um sie. Ich würde ihm gerne helfen, aber er sagt immer, er kommt zurecht.«

»Vielleicht könntest du etwas mit seiner Schwester unternehmen, damit er mal einen ruhigen Tag hat.«

»Gar keine schlechte Idee, aber was macht man mit einer Fünfzehnjährigen?« Es war zwar noch keine sechs Jahre her, dass ich fünfzehn gewesen war, aber ich war nicht gerade ein typischer Teenager gewesen und gewiss kein Problemkind.

»Auf was steht Amicia denn so?«

»Horrorfilme. Das hat sie sich von Lucien abgeschaut.«

»Und was noch?«

Ich zuckte mit den Schultern und schob mir noch einen Pancake-Bissen in den Mund. »Keine Ahnung.«

»Ihr könntet einen Filmabend machen, aber das ist ziemlich Standard.« Auri neigte nachdenklich den Kopf. »Oder ihr geht in einen Escape Room. Einer aus meinem Team war dort. Man muss Rätsel lösen, um aus einem Raum zu entkommen, und es gibt wohl auch ein Geisterzimmer, in dem man erschreckt wird.«

»Hey, das ist gar keine so schlechte Idee. Danke.« Vermutlich würde ich mir vor Angst in die Hose machen, aber ich konnte mir gut vorstellen, dass es Amicia gefiel.

Ich beschloss, Lucien bei der nächsten Gelegenheit von der Idee zu erzählen. Er konnte wirklich mal einen Tag für sich brauchen, ohne sich Sorgen zu machen, wo Amicia steckte und ob es ihr dort gut ging. Seit dem Unfall ihrer Eltern lebte Lucien in der ständigen Angst, er könnte noch jemanden verlieren. Selbst ich bekam Kontrollnachrichten von ihm, wenn er ein paar Tage nichts von mir gehört hatte. Es war irgendwie süß, aber auch traurig, dass er so von dieser Furcht beherrscht wurde.

Auri grinste mich mit vollem Mund an. »Gerne. Falls sie Bilder davon machen, wie sie dich erschrecken, bring mir gerne ein Foto als Andenken mit.«

»Haha, das werde ich garantiert nicht tun.«

»Schade.« Er legte die Gabel auf seinen bereits leeren Teller.

Ich beeilte mich, ebenfalls fertig zu werden, und stopfte mir einen großen Bissen Pancake in den Mund, damit wir bald loskonnten. Wenn wir zu lange trödelten, wären alle guten Plätze schon vergeben, und das wollte ich nicht. Ich freute mich auf einen langen Tag am Strand. Nur Auri und ich.

10. Kapitel

An einem Samstag mitten im Sommer an den Badesee zu fahren, war vielleicht nicht meine beste Idee gewesen. Der künstlich angelegte Strand war hoffnungslos überfüllt, aber ich versuchte mir von den Menschenmassen nicht den Mut rauben zu lassen.

Wir sperrten unsere Wertsachen in einen der Spinde in der Nähe der Hütte, wo überteuertes Essen und Getränke verkauft wurden, und nahmen nur das Nötigste mit an den Strand. Der Sand schimmerte in der Sonne, und trotz meiner Flipflops hatte ich das Gefühl, auf glühenden Kohlen zu gehen.

Wir mussten eine Weile suchen, ehe wir ein schönes Plätzchen fanden. Auri stellte den Schirm auf, auf den ich bestanden hatte. Er mochte von Natur aus dunklere Haut haben, wodurch er weniger anfällig für einen Sonnenbrand war. Doch ich war blass wie ein Bettlaken, mit mehr Sommersprossen, als man zählen konnte. Ich musste praktisch nur an die Sonne denken, um krebsrot zu werden.

Ich breitete unsere Badehandtücher aus, während Auri die Luftmatratze aufblies, die wir mitgebracht hatten.

Um uns herum räkelten sich die Leute in der Sonne. Kinder bauten Sandburgen, irgendwo spielte Musik, und einige Meter weiter war ein Volleyballnetz gespannt, an dem sich ein paar Jugendliche ein Match lieferten. In der Ferne fuhren Boote über den See. Mütter plantschten mit ihren Kleinkindern im flachen Wasser am Ufer, und ein rassistisches altes Ehepaar starrte Auri an. Sie machten sich nicht einmal die Mühe, ihre giftigen Blicke zu verbergen. Mit vor Ekel verzogenen Mündern starrten sie in unsere Richtung und wechselten dabei leise einige Worte, die ich zwar nicht hören, deren Hass ich dafür aber umso deutlicher spüren konnte.

Unwillkürlich ballte ich die Hände zu Fäusten, als mir die kalte Wut den Nacken emporkroch wie jedes Mal, wenn so etwas passierte – und das war viel zu oft. Ohne eine genaue Vorstellung davon zu haben, was ich sagen wollte, stand ich auf. Die Art, wie diese Fremden Auri ansahen, war nicht akzeptabel. Als würde er mit seiner bloßen Existenz ein Verbrechen begehen.

»Nicht.«

Mein Blick zuckte zu Auri.

Er schüttelte den Kopf. Anscheinend war ihm das Starren des Ehepaars nicht entgangen, was ich mir gewünscht hätte. Er sollte sich mit so etwas nicht rumschlagen müssen.

»Aber …«, setzte ich an, doch Auri unterbrach mich.

»Lass es gut sein.«

Seine Stimme klang ruhig, während meine einen scharfen Ton angenommen hatte. Offenbar vollkommen ungerührt schob er sich die Sonnenbrille auf die Stirn und spähte sehnsüchtig auf den See hinaus.

»Wie kannst du so gelassen bleiben?«

Auri stieß ein Seufzen aus und wandte seinen Kopf wieder in meine Richtung. »Was soll ich deiner Meinung nach denn tun, Cassie? Böse zurückstarren? Oder rübergehen und einen Streit vom Zaun brechen, der mir den ganzen Tag versaut, nur weil zwei Idioten ein Problem mit mir haben? Auf keinen Fall. Ich werde hier liegen, chillen und Pommes essen. Und entweder kommen diese Leute damit klar oder nicht.«

Ich verschränkte die Arme vor der Brust. »Das ist unfair.«

»Ich weiß, aber solche Leute sind die Mühe nicht wert. Und jetzt komm in den Schatten, damit wir dich mit Lichtschutzfaktor zehntausend eincremen können.«

»Haha, sehr witzig.«

Ich blieb noch einen Moment stehen und blickte finster in Richtung des Ehepaares – das sich meiner Wut vermutlich nicht einmal bewusst war, da ich nach außen etwa so bedrohlich wirkte wie ein Kätzchen, dem man kleine Fäustlinge angezogen hatte, damit es sich nicht kratzen konnte. Doch als ich aus dem Augenwinkel eine Bewegung wahrnahm, war meine Aufmerksamkeit augenblicklich anderweitig gebannt.

Auri hatte sich das Shirt ausgezogen, was mir einen ungehinderten Blick auf seinen trainierten Oberkörper erlaubte. Ich hatte ihn in den vergangenen Jahren schon in den verschiedensten Stadien der Entkleidung gesehen, dennoch war es ein Anblick, an den ich mich nie gewöhnen würde. Das zeigte mir nicht zuletzt die Reaktion meines Körpers, der sofort an verschiedenen Stellen zu kribbeln begann.

Auri kickte sich die Schuhe von den Füßen und öffnete seine Hose. Darunter trug er schwarze Badeshorts, die vermutlich locker hätten sitzen sollen. Allerdings nicht an Auris Beinen, die vom täglichen Training kräftig und muskulös waren. Seine Haut, die in der Hitze schimmerte, schien mich geradezu magisch anzuziehen.

Einen Moment lang bewunderte ich das Tattoo, das auf seinem rechten Brustmuskel saß. Es zeigte ein komplexes Mandala, das sich über seine Schulter und Teile seines Oberarms bis auf den Rücken zog. Es war so vielseitig, dass es mir trotz all der Zeit noch nicht gelungen war, es vollkommen zu ergründen. Ich wollte jede einzelne Linie mit den Fingern nachziehen. Oder, noch besser, mit den Lippen ergründen. Nicht zum ersten Mal fragte ich mich, was wohl geschehen würde, wenn ich einfach zu Auri ging und ihn küsste. Nicht als Maylin, sondern als Cassandra King …

Nein!

Das Risiko war unsere Freundschaft nicht wert.

Mit Gewalt riss ich den Blick von meinem besten Freund los – ich hielt es für sinnvoll, mich noch einmal daran zu erinnern – und begann ebenfalls, mich auszuziehen. Meine Flipflops versteckte ich unter dem Badetuch, bevor ich meine Jeans aufknöpfte und das Top mit dem Comic-Con-Logo auszog. Ich seufzte vor Erleichterung, denn selbst diesen wenigen Stoff abzulegen, brachte eine angenehme Kühlung, auch wenn sie vermutlich nur ein paar Sekunden anhalten würde.

Ich faltete gerade meine Sachen zusammen, als mir bewusst wurde, dass ich beobachtet wurde. Nicht von dem verbitterten Ehepaar, sondern von Auri. Er hatte sich auf sein Badetuch gesetzt, den Oberkörper aufgerichtet, und stützte sich auf die Ellenbogen. Eine Position, in der sein fein definiertes Sixpack bestens zur Geltung kam. Sein Blick klebte förmlich an mir.

Schlagartig verschwand das Gefühl der Abkühlung, und die Wärme kehrte zurück. Heißer und glühender als zuvor breitete sie sich in alle Richtungen in meinem Körper aus. Auri betrachtete mich auf dieselbe Art und Weise, auf die ich zuvor ihn angesehen hatte. Anzüglich ließ er den Blick von meinem schwarzen Höschen über meinen Bauch bis hin zu dem raffinierten Bikini-Top wandern. Es wurde von mehreren Bändern gehalten, die um meine Brust und Teile meiner Oberarme gewickelt waren, weshalb ich es mir überhaupt erst gekauft hatte. Auf diese Art versteckte und schützte der Stoff die Geräte, die dort an meinem Körper saßen.

Augenblicklich bereute ich es, mich für diesen Bikini und gegen meinen Badeanzug entschieden zu haben, der deutlich mehr Haut bedeckte. Und gleichzeitig freute ich mich darüber. Es gefiel mir, wie Auri mich ansah, auch wenn es das nicht sollte. In seinem Blick lag nicht nur die Zuneigung, die ich dort schon öfter entdeckt hatte, sondern da war noch etwas anderes, wilderes, das meine Haut zum Prickeln brachte.

Für eine gefühlte Ewigkeit rührte sich keiner von uns, als plötzlich ein Volleyball neben mir im Sand landete. Erschrocken machte ich einen Satz zurück, und der Moment zwischen Auri und mir stob in alle Himmelsrichtungen wie die Sandkörner unter der Wucht des Aufpralls.

»Sorry!«, brüllte ein schlaksiger Junge, der auf uns zugerannt kam. Er schnappte sich den Ball und lief sofort zu seinen Freunden zurück.

Ich sah ihm hinterher, um mich zu sammeln und wieder zur Besinnung zu kommen. Meinem Verstand war vollkommen klar, welche Art Beziehung Auri und ich haben sollten. Doch mein verfluchtes Herz wollte nicht hören. Wie ein trotziges Kind steckte es sich die Finger in die Ohren und grölte herum, um die Argumente der Vernunft nicht hören zu müssen.

Es vergingen einige Sekunden, bis Auri sich vernehmlich räusperte.

Ich nahm all meinen Mut zusammen und sah zu ihm, entschlossen, mich nicht erneut von meinen Gefühlen überrumpeln zu lassen.

»Soll ich dir den Rücken eincremen?«

Ich zögerte, während ich überlegte abzulehnen. Ich war mir nicht sicher, ob es eine gute Idee war, mich ausgerechnet jetzt von ihm berühren zu lassen. Andererseits bestand so das Risiko, dass Auri den Grund für mein Nein sofort erriet – immerhin hatte ich eine dicke Schicht Sonnenmilch bitter nötig –, und das hätte die Situation vielleicht noch merkwürdiger gemacht.

Da ich meiner Stimme nicht traute, nickte ich schließlich wortlos und hockte mich auf das Badetuch, den Rücken Auri zugewandt. Trotz der Hitze glaubte ich, die Wärme seines Körpers zu spüren.

»Vorsicht, gleich wird es kalt«, warnte er mich vor.

Dennoch zuckte ich zusammen, als das kühle Spray auf meinen Rücken traf.

Auri lachte leise, ein dunkler, kehliger Laut, den ich bis in mein Innerstes spürte. Er verteilte noch ein paar Spritzer, bevor er die Creme einmassierte. Andächtig glitten seine Hände von meinen Schultern die Wirbelsäule hinab bis zu meiner Taille. Seine Finger zogen sanfte Kreise über meine Haut.

Ich erschauerte und lehnte mich leicht zurück, kam seinen Berührungen entgegen.

»Ich habe mit meiner Mom telefoniert«, sagte Auri unerwartet. Seine Stimme klang gepresst, als müsste er die Worte aus seiner Kehle zwingen. »Ich soll dich fragen, ob es für dich in Ordnung wäre, in einem Hotel zu übernachten. Sie hätte dich gerne im Haus, aber das ist voller Verwandter, und sie möchte dir nicht zumuten, mit meinen drei Cousinen in einem Zimmer zu schlafen.«

Auris Hände machten es mir schwer, mich auf seine Worte zu konzentrieren. »Ein Hotel klingt gut«, brachte ich mühselig hervor. »Soll ich es buchen?«

»Nein, meine Mom kümmert sich darum. Sie haben für ihre Gäste irgendwelche Sonderkonditionen in einem Hotel in der Nähe ausgehandelt.«

Ich griff mit einer Hand in den Sand, der sich körnig auf meiner Haut anfühlte, und ließ ihn wie bei einer Sanduhr langsam zwischen den Fingern hindurchrieseln. »Aber ich möchte dafür bezahlen.«

»Das wird meine Mom nicht erlauben«, sagte Auri und ließ

seine Hände ein letztes Mal über meinen Rücken gleiten, ehe er sie von meinem Körper nahm.

Augenblicklich vermisste ich das Gefühl seiner rauen Fingerspitzen auf meiner Haut, und es kostete mich einiges an Willenskraft, mir meine Sehnsucht nicht anmerken zu lassen.

»Ich kann das Hotel nicht von deiner Mom bezahlen lassen.«

»Das sieht sie anders.«

»Aber die Hochzeit ist sicherlich schon teuer genug. Sag ihr …«

Auri unterbrach mich mit einem amüsierten Schnauben. »Vergiss es.« Er schüttelte den Kopf. »Ich werde meiner Mom gar nichts sagen. Wenn du wegen des Geldes mit ihr streiten willst: nur zu. Ich halte mich da raus.«

Ich gab einen unzufriedenen Laut von mir. Auri wusste genau, dass ich seine Mom nicht darauf ansprechen würde. Ich hatte Jasmin noch nie getroffen und erst einmal kurz am Telefon mit ihr gesprochen. Bei unserem ersten Kennenlernen wollte ich einen guten Eindruck machen und ihr auf keinen Fall auf die Füße treten. Mir war es wichtig, dass sie mich mochte, immerhin gehörte ihr Sohn zu den wichtigsten Menschen in meinem Leben. Außerdem wollte ich ihr keinen Ärger machen. Eine Hochzeit war schon stressig genug. Ich würde einfach im Internet recherchieren, wie teuer das Hotel war, und den Betrag zu meinem eigentlichen Geschenk dazulegen.

»Das wird nicht klappen.«

Irritiert sah ich Auri an. »Was?«

»Ich weiß, was du denkst, und es wird nicht funktionieren«, sagte Auri, während er sich auf seinem Strandtuch, das anders als meines in der prallen Sonne lag, ausstreckte. »Meine Mom ist nicht auf den Kopf gefallen. Wenn du ihr ganz zufällig genau den Betrag für das Hotel schenkst, wird sie dir davon nur etwas zum Geburtstag kaufen – und noch etwas drauflegen. Lass es einfach gut sein.«

»Deine Mom klingt wie eine ziemlich sture Frau.«

Auri lachte, aber weder bejahte noch verneinte er meine Vermutung. Stattdessen schloss er die Augen und wandte sein Gesicht der Sonne zu.

Damit war das Gespräch wohl beendet. Ich seufzte und machte mich daran, den Rest meines Körpers einzucremen, bevor ich mir die Kopfhörer in die Ohren steckte und mich auf meinem eigenen Badetuch ausstreckte. Meine Füße wippten im Takt der Musik mit, welche die Geräusche der Außenwelt ausblendete. Obwohl ich im Schatten lag, kitzelte die Wärme meine Haut, und es dauerte nicht lange, bis ich in einen leichten Schlaf fiel, aus dem ich immer wieder kurz auftauchte. Es war ein Zustand der Ruhe und Gelassenheit, der mich all meiner Gedanken beraubte.

Eine Bewegung neben mir im Sand riss mich aus meinem benommenen Zustand. Als ich die Augen öffnete, blendete mich das grelle Licht der Sonne. Ich blinzelte, bis ich einen Schatten über mir erkannte, dessen Silhouette sich langsam als Auris herauskristallisierte. Er blickte auf mich herab.

Ich zog mir die Knöpfe aus den Ohren. »Ist was?«

Er schüttelte den Kopf. »Deine Füße waren in der Sonne.«

»Oh.« Ich richtete mich auf und erkannte an den Spuren im Sand, dass er den Schirm verschoben hatte. Noch waren meine Füße nicht gerötet, aber das wäre nur eine Frage der Zeit gewesen, trotz der Creme.

»Ich habe dir deine Tasche aus dem Spint geholt«, sagte Auri und setzte sich mir gegenüber. Wir hatten all unsere Sachen bei der Ankunft eingeschlossen, um nicht die ganze Zeit darauf aufpassen zu müssen.

Ich lächelte, und ein warmes Glühen breitete sich in meiner Brust aus. Es war alles andere als selbstverständlich, wie sehr Auri in den Momenten auf mich achtete und aufpasste, in denen ich vergaß, es selbst zu tun.

Ich prüfte meine Zuckerwerte, die deutlich zu niedrig waren, woraufhin ich mich auf die Weintrauben stürzte, die Auri ebenfalls für mich geholt hatte.

Während wir von dem süßen Obst naschten, erzählte ich ihm von Micah und meinen gemeinsamen Ideen für die *Albtraumlady*. Er hörte gebannt zu und stellte hin und wieder Fragen zur Handlung, die ich, so gut ich konnte, zu beantworten versuchte. Was dazu führte, dass mir noch ein paar coole Einfälle kamen, die ich sofort an Micah schickte. Sie würde vermutlich einen kleinen Schreck bekommen, wenn sie das nächste Mal auf ihr Handy schaute und die sechsunddreißig ungelesenen Mitteilungen von mir entdeckte.

Auri gefielen unsere bisherigen Ideen zu Micahs – und jetzt wohl auch irgendwie meiner – Graphic Novel, was mich stolz machte und meine Vorfreude auf unsere nächste Worksession noch steigerte.

»Ich geh ins Wasser. Kommst du mit?«, fragte Auri, nachdem er die leere Plastiktüte zwischen seine Klamotten gelegt hatte, damit er sie zu Hause noch mal verwenden konnte. Seit er vor ein paar Wochen auf Netflix eine Dokumentation über Umweltverschmutzung gesehen hatte, war er bemüht, etwas nachhaltiger zu leben.

»Was ist mit unseren Sachen?«

»Wir können die Handys einschließen, und auf den Rest kann doch jemand aufpassen«, sagte Auri und wandte sich der jungen Familie zu, die in der Zwischenzeit den Platz des rassistischen Ehepaars eingenommen hatte. »Entschuldigen Sie?« Der Mann blickte von seinem Sohn auf, der gerade versuchte, seinen Fuß im Sand einzugraben. »Könnten Sie ein Auge auf unsere Sachen haben? Meine Freundin und ich würden gerne schwimmen gehen.«

Der Mann sah zu mir. Seine Miene wirkte unpassend ernst, und ich befürchtete schon, dass gleich nichts Nettes über seine Lippen kommen würde. Doch dann lächelte er. »Klar, wir sind noch eine Weile hier.«

Auri bedanke sich und brachte in Windeseile unsere Handys zu den Schließfächern.

Das Licht der prallen Mittagssonne spiegelte sich im See, sodass es beinahe schmerzhaft war, das Wasser mit bloßem Auge zu betrachten. Entlang des Ufers verliefen zahlreiche Stege. An manchen hatten Boote angelegt, andere wiederum dienten als Sonnendecks. Auf der anderen Seite des Sees waren Ferienhäuser aus Holz zu erkennen, deren Silhouetten – wie ich wusste – bei Nacht beinahe vollkommen mit dem Wald verschmolzen. Dann waren sie nur noch zu erkennen, wenn im Inneren Licht brannte.

Ich atmete tief ein, und der Duft von Algen und Sonnencreme stieg mir in die Nase. Alles, was jetzt noch fehlte, war der Geruch von Salz. Ich vermisste das Meer. Es war schon Jahre her, seit ich das letzte Mal dort gewesen war. Allerdings war der See beinahe genauso schön.

Eine kleine Welle schwappte über meine Füße. Ich schnappte erschrocken nach Luft und machte einen Satz zurück ins Trockene.

»Scheiße, ist das kalt!«

Auri betrachtete mich amüsiert, ein feines Lächeln umspielte seine Lippen. »So kalt ist es auch nicht. Du schaffst das.« Ermutigend streckte er mir seine freie Hand entgegen, damit ich mit ihm gemeinsam ins Wasser watete.

Schnell versteckte ich die Hände hinter dem Rücken. »Ich glaube, ich habe es mir anders überlegt.«

»Komm schon. Was hat es für einen Sinn, an einen See zu gehen, wenn man nicht schwimmt? Dann hätten wir uns genauso gut in den Park legen können.« Auri bewegte seine Hand, eine Aufforderung, danach zu greifen.

»Vielleicht, aber es ist echt kalt.«

»Du gewöhnst dich dran«, versicherte er mir mit einem Funkeln in den Augen. Er genoss mein Leid viel zu sehr. »Nur ein kleines Stück reingehen, dann kannst du dich hinlegen.« Er deutete mit dem Kinn Richtung Luftmatratze, die neben ihm im Wasser schwamm.

»Stimmt, ich könnte mich stattdessen aber auch einfach wieder auf mein Badetuch legen.«

»Bitte«, drängte Auri, und es war um mich geschehen. Wie hätte ich jetzt noch ablehnen können, vor allem nach dem Partydebakel?

Ich ergriff seine Hand, was ein breites Grinsen auf sein Gesicht zauberte, und ließ mich von ihm in den See führen.

Als das eisige Wasser meine Knöchel umspülte, presste ich die Lippen aufeinander, um nicht aufzuschreien. Verdammt, war das kalt. Auri hingegen schien mit dem Temperaturunterschied überhaupt kein Problem zu haben. Andererseits nahm er auch diese fürchterlichen kalt-warmen Wechselduschen, aus Gründen, die meiner Ansicht nach nur etwas mit Selbsthass zu tun haben konnten.

»Siehst du, es ist gar nicht so schlimm.«

Ich warf Auri einen finsteren Blick zu. Er hatte leicht reden, ihm reichte das Wasser bisher gerade einmal bis zu den Waden, während es bei mir bereits die Kniekehlen kitzelte. Kurz überlegte ich, an ihm hochzuklettern wie Laurence an seinem Kratzbaum, um der Kälte zu entkommen.

Auri schien mein Versuch, böse zu gucken, eher zu belustigen. Er tat ihn mit einem Grinsen ab und zog die Luftmatratze heran. »Los, rauf mit dir. Ich schieb dich.«

Das ließ ich mir nicht zweimal sagen.

Auri hielt die Matratze für mich fest, während ich es mir darauf bequem machte. Einer der Vorteile meiner Statur war, dass ich problemlos auf diese Teile klettern konnte, ohne unterzugehen oder sie mit literweise Wasser zu fluten. Ich rutschte noch ein Stück weiter vor, um mein Gewicht besser zu verteilen, und stibitzte Auri mit einer geschickten Handbewegung die Sonnenbrille, die er auf dem Kopf trug. Dann klatschte ich auffordernd in die Hände. »Auf, auf!«

»Zu Befehl, Eure Hoheit«, erwiderte Auri mit gestellt näselndem Akzent und schob mich weiter auf den See hinaus.

Je weiter wir uns vom Ufer entfernten, desto weniger Leute waren um uns herum, und desto friedlicher wurde es. Irgendwann ließ Auri die Matratze los und begann Kreise um mich zu schwimmen, bis ihm das anscheinend zu langweilig wurde und er noch weiter rauspaddelte.

Ich schloss die Augen und ließ mich gemütlich treiben. Der seichte Wellengang machte es mir schwer, nicht einzuschlafen, während die Sonne auf mich herabschien. Die Wärme kitzelte auf meiner Haut und erinnerte mich daran, dass ich nicht lange so liegen bleiben können würde, dennoch genoss ich das sanfte Auf und Ab.

Unerwartet spürte ich eine sanfte Berührung an einem meiner Rippenbögen. Blinzelnd öffnete ich die Augen und entdeckte Auri, der neben der Luftmatratze stand. Wassertropfen klebten an seinen Wimpern und glänzten in seinen Haaren. Sanft fuhr er mit den Fingern über eine Stelle an meinem Bauch.

»Warum habe ich diese Narbe noch nie gesehen?«

Mein Blick folgte dem seinen, obwohl ich genau wusste, dass er von dem hellen Striemen unterhalb meiner linken Brust redete. Eines der Bänder meines Bikini-Oberteils hatte das Mal verdeckt, aber es musste verrutscht sein. Es war eine alte, verblasste Narbe, die nur zu erkennen war, wenn man ganz genau hinguckte.

»Ich … ich weiß nicht«, antwortete ich stammelnd, abgelenkt von Auris Berührung. Noch immer streichelte er über die empfindliche Stelle, was es mir schwer machte, mich zu konzentrieren. »Vielleicht, weil ich für gewöhnlich nicht nackt durch die Wohnung laufe?«

Ich glaubte zu hören, wie ein leises »Leider« über Auris Lippen kam, aber das hatte ich mir gewiss nur eingebildet.

»Woher hast du sie?«, fragte er, ohne von mir abzulassen, und mir blieb beinahe das Herz stehen.

»Ich bin als Kind vom Fahrrad gefallen.«

Auri zog die Augenbrauen zusammen, in denen sich ebenfalls Wassertropfen verfangen hatten. »Das ist aber eine komische Stelle für eine Fahrradverletzung.«

»Stimmt, es sei denn, man fällt auf ein Metallblech. Ich bin direkt auf die Kante geknallt. Siehst du die hellen Punkte?« Ich deutete auf die kleinen, kaum sichtbaren Flecken um den länglichen Schnitt. »Da wurde ich genäht.«

»Davon hast du mir nie erzählt«, sagte Auri und legte seine Hand flach auf die Narbe, als könnte er sie auf diese Weise verschwinden lassen und mir den Schmerz von damals nehmen.

Ich zuckte bei der Berührung zusammen. Seine Hand war nass und kalt, doch das war nicht der Grund, weshalb ich trotz der wärmenden Sonnenstrahlen erschauderte. »Es gibt vieles, von dem ich dir noch nicht erzählt habe.«

Auri hob den Kopf. »Warum?«

»Weil es mir nicht wichtig erschien und ich dich nicht langweilen wollte«, gestand ich, aber ich konnte an Auris Miene ablesen, dass dies nicht die Antwort war, die er hatte hören wollen.

»Alles, was mit dir zu tun hat, interessiert mich«, erklärte Auri leise. »Verrate mir etwas über dich, das ich noch nicht weiß.«

Ich überlegte kurz, was ich darauf erwidern sollte, aber es fiel mir schwer, einen klaren Gedanken zu fassen. Auris Hand lag noch immer auf meinem Bauch, und ich konnte beobachten, wie die Sonne die Wassertropfen auf seiner Haut trocknen ließ.

Langsam ließ ich den Blick seinen Arm empor über seine Schultern bis zu seinem Gesicht wandern. Ein Fehler. Seine Lippen waren leicht geöffnet, und das Wasser ließ sie feucht glänzen, als wären sie mit einer Glasur überzogen, die ich nur allzu gerne kosten wollte. Es wäre so einfach gewesen, Auri zu küssen. Er hielt die Luftmatratze fest, und sein Mund war meinem unglaublich nahe. Ich hätte mich nur leicht vorbeugen müssen. Die Verlockung war groß …

»Ich habe in meinem Leben erst drei Männer geküsst«, hörte ich mich leise sagen. »Und du warst der beste Küsser unter ihnen.« Ich wusste nicht, woher die Worte kamen. Ich konnte mich nicht einmal daran erinnern, sie gedacht zu haben, und doch schwebten sie plötzlich zwischen Auri und mir.

Er starrte mich an, und auf einmal hatte ich das Gefühl, keine Luft mehr zu bekommen.

Oh mein Gott, warum hatte ich das nur gesagt? Vorhin noch hatte ich mir selbst einen Vortrag darüber gehalten, warum ich Auri nur als Freund sehen sollte, und nun erklärte ich, dass er ein guter Küsser war? Was um alles in der Welt stimmte nicht mit mir?

Ich biss mir auf die Unterlippe, um mich davon abzuhalten, noch mehr Schaden anzurichten. Doch die kleine Bewegung lenkte Auris Blick zielstrebig auf meinen Mund. Sein Gesichtsausdruck veränderte sich, er war mir fremd und vertraut zugleich. Verlangen. Ich rührte mich nicht.

»Cassie …« Auri ließ mich nicht aus den Augen. Er wollte mich küssen. Ich konnte es spüren, und ich wusste, dass, wenn er es tat, ich ihn nicht von mir stoßen würde.

Ich schluckte trocken und erwiderte seinen Blick. Wie ein Magnet zog er mich an. Zaghaft neigte ich mich zu ihm. Fragend. Bittend. Wasser schwappte auf die Luftmatratze – und dann kippte das gesamte Ding um.

Im einen Moment war ich noch gefangen in dem warmen Gefühl, das Auri in mir auslöste, und im nächsten schlug flüssiges Eis über meinem Kopf zusammen. Ich stieß einen spitzen Schrei aus, was es nur noch schlimmer machte. Wasser flutete meinen Mund und drang in meine Kehle. Blind tastete ich um mich. Ich bekam Auri zu fassen und zog mich an ihm hoch, bis ich meine Arme um seinen Hals legen konnte. Meine Beine schlang ich um seine Hüfte, die Knöchel hinter seinem Rücken verschränkt, sodass mich das Wasser unter keinen Umständen davontreiben konnte. Hustend schnappte ich nach Luft. Mein Herz pochte wild, und ich hörte das Blut in meinen Ohren rauschen – oder war es Wasser? Doch unter dem Rauschen hörte ich noch ein anderes Geräusch: ein Lachen.

Ich blinzelte, bis sich meine Sicht klärte, und blickte geradewegs in Auris amüsiertes Gesicht. Sein Lachen war verstummt, aber seine Lippen waren noch immer zu einem Schmunzeln verzogen.

Ich kniff die Augen zu schmalen Schlitzen zusammen. »Das ist nicht witzig.«

»Oh doch. Du würdest auch lachen, wenn du dich jetzt sehen könntest«, erwiderte Auri. Er hatte einen Arm um meine Taille gelegt, um mich festzuhalten. Mit der anderen Hand strich er mir eine feuchte Haarsträhne aus der Stirn. Eine Geste, die sanfter war, als ich es angesichts seines Grinsens erwartet hätte. »Geht es dir gut?«

Ich nickte. Vermutlich wäre dies ein guter Moment gewesen, um Auri loszulassen. Aber ich tat es nicht. Und auch er hielt sich noch immer an mir fest. Keiner von uns wollte den anderen gehen lassen.

Ich nahm die Kälte des Wassers gar nicht mehr wahr, da war nur noch Auris Wärme. Von einem Moment auf den anderen war ich mir meiner Nähe zu ihm nur allzu bewusst. Meine Brüste drängten gegen seinen Oberkörper. Sein Arm, der mich noch immer umfing, war leicht nach oben gerutscht, sodass seine Hand nun wieder auf der Narbe an meinem Rippenbogen lag. Sein Daumen streifte über die Unterseite meiner Brust.

Mit angehaltenem Atem sah ich zu Auri auf. Was immer ich spürte, das zwischen uns geschah, ihm war es genauso wenig entgangen. Er erwiderte meinen Blick. Seine Pupillen waren geweitet, und das Lächeln war aus seinem Gesicht gewichen. Er beobachtete jede meiner Bewegungen, als wäre er sich unsicher, was er als Nächstes tun sollte.

Ich wusste es auch nicht.

Ein, zwei, drei Herzschläge verharrten wir regungslos, als würden wir darauf warten, dass der Moment vorbeizog wie die kleinen bauschigen Wolken über unseren Köpfen. Aber das tat er nicht.

Auris Lippen teilten sich, als wollte er etwas sagen. Doch er gab keinen Laut von sich. Stattdessen ließ er den Kopf auf meine Schulter sinken, als wollte er sich vor dem verstecken, was sich gerade zwischen uns abspielte.

Jäh streifte sein Atem meine Haut. Der sanfte Hauch ein Vorbote seiner Lippen. Zart begann er, mein Schlüsselbein zu küssen. Es war eine federleichte Berührung, die ich dennoch bis in die Zehenspitzen spürte.

Ich seufzte und klammerte mich fester an ihn.

Träge glitt sein Mund meinen Hals empor. Immer wieder spürte ich seine Zunge, als versuchte er jeden einzelnen Wassertropfen, der meine Haut bedeckte, mit ihr aufzufangen.

Ich erzitterte vor Lust, und ein drängendes Gefühl begann zwischen meinen Beinen zu pulsieren.

Mit der freien Hand strich er mir das Haar über die Schulter, wobei seine Finger einen prickelnden Pfad auf meiner Haut zurückließen, dem er kurz darauf mit seiner Zunge folgte.

Ein erstickter Laut kam über meine Lippen, als er begann, sanft an meinem Ohrläppchen zu knabbern. Er wusste, wie sehr ich das liebte. Ich hatte es ihm in einer betrunkenen Nacht voller Tequila in unserer Wohnung erzählt, nachdem eine seiner Prüfungen ziemlich schlecht ausgefallen war.

»Auri, bitte«, flehte ich, nicht wissend, um was ich ihn eigentlich bat. Meine Fersen gruben sich fest in seinen Hintern. Ich wollte ihm noch näher sein, und ihm schien es ähnlich zu gehen. Auffordernd drängte seine Hüfte gegen meine Mitte.

Ich gab einen erstickten Laut von mir, und mir wurde ein wenig schwindelig, als ich spürte, wie hart er war. Schmerzhaft hart. Ich wollte nichts sehnlicher, als meine Hand in seine Badehose schieben und meine Finger um sein Glied schließen, um ihm Erleichterung zu verschaffen. Doch genau dieser Wunsch war es, der mich wieder zur Besinnung brachte.

Ich blinzelte. Was machten wir hier? Das war das genaue Gegenteil von dem, was wir tun sollten. Wir waren gerade dabei, unsere Freundschaft zu gefährden, und für was? Einen Orgasmus, eine schnelle Nummer in der Öffentlichkeit?

Nein. Dafür war mir Auri zu viel wert. Wenn wir das hier durchzogen, würden wir es bereuen, vielleicht den Rest unseres Lebens. Und ich brauchte Auris Freundschaft mehr als alles andere, was ich von ihm bekommen konnte. Wir hatten es geschafft, uns von dem Kuss im Wald und dem gescheiterten Date zu erholen, aber das hier war etwas ganz anders. Wenn wir jetzt weitermachten, gab es kein Zurück mehr.

»Bitte«, sagte ich atemlos, und dieses Mal wusste ich genau, was ich von Auri wollte. »Lass mich los.«

Er gehorchte. Es gab kein Zögern. Kein Innehalten. Ich wusste nicht, ob es an meiner eindringlichen Bitte lag oder ob er sich unseres Fehlers im selben Augenblick bewusst geworden war. Doch er ließ mich umgehend zurück ins Wasser gleiten.

Ich machte einen Schwimmzug weg von ihm, um die Distanz zu ihm zu schaffen, die ich brauchte, um mein wild schlagendes Herz und meine kribbelnde Mitte wieder unter Kontrolle zu bringen. »Danke.«

Er nickte, erwiderte aber nichts. Sein Gesicht, das ich kurz zuvor so deutlich hatte lesen können, war verschlossen wie ein Buch, das er mir vor der Nase zugeklappt hatte. Nun spürte ich nichts mehr von seiner Wärme.

Ein Ziehen, und keines der guten Sorte, breitete sich in meinem Magen aus.

»Wir sollten zurück«, sagte ich, und wir beide wussten, dass ich damit nicht nur den Strand meinte. Ich wollte zurück in unsere Wohnung. Zurück in mein Zimmer. Und vor allem zurück in eine Zeit, in der ich nicht gewusst hatte, wie sich Auri anfühlte.

11. Kapitel

In den Tagen nach dem Vorfall am Badesee bekam ich Auri nur selten zu Gesicht. Er war schon immer viel beschäftigt gewesen mit seinem Training, dem Studium, seinen anderen Freunden und den Verpflichtungen, die mit seiner Rolle als Footballspieler einhergingen. Bisher hatte er allerdings immer einen Platz für mich in seinem Tagesablauf gefunden, und sei es nur ein kurzes Gespräch im Badezimmer während des Zähneputzens gewesen.

Seit dem Tag am See war es anders. Er ging mir aus dem Weg, verließ früh das Haus und kam erst spätabends wieder zurück, worauf er sich direkt in sein Zimmer verzog. Zwar tauschten wir leere Phrasen aus, aber das war auch schon alles. Jeder Versuch, ein tieferes Gespräch zu führen, endete in peinlicher Stille. Ich hatte das Gefühl, nicht mehr mit Auri, meinem besten Freund, zusammenzuwohnen, sondern mit Maurice, meinem Kommilitonen, in einer Zweckgemeinschaft zu leben. Und das alles nur, weil ich meinen verdammten Mund nicht hatte halten können. Ich hätte Auri Dutzende von unnützen Fakten über mich aufzählen können, die er noch nicht kannte. Er hatte keine Ahnung von dem Schokoladenvorfall, und er wusste auch nicht, dass ich einmal das Gebiss meiner Großmutter gestohlen und es unter mein Kopfkissen gelegt hatte, weil ich dachte, die Zahnfee würde mir dafür Geld bringen. Aber nein, stattdessen hatte ich diesen verfluchten Kuss während des LARPs aufbringen müssen.

Ich war wirklich eine Idiotin und konnte es Auri nicht verdenken, dass er mir aus dem Weg ging. Vielleicht war es aber auch besser so. Etwas Abstand tat uns gut, und auf diese Weise konnte ich unsere Freundschaft nicht mit weiteren kopflosen Aussagen sabotieren. Stattdessen würden wir die Zeit getrennt voneinander nutzen, um uns auf die Art unserer Beziehung zu besinnen, die uns guttat, damit wir in ein paar Wochen mit klarem Kopf und geordneten Gefühlen gemeinsam die SciFaCon besuchen konnten.

Um mich abzulenken, stürzte ich mich in die Arbeit im Crooked Ink und nähte wie eine Besessene an meinem Ciri-Kostüm. Ich kam gut voran, und allmählich fügten sich die Einzelteile so zusammen, dass auch für Außenstehende zu erkennen sein sollte, welche Figur ich darstellte. Meine Hose war bereits fertig, und ich hatte ein günstiges Paar Stiefel erstanden, das ich nur noch nach meinen Wünschen umgestalten musste. Ich verbrachte Stunden vor meiner Nähmaschine und mit der Heißklebepistole, wenn ich nicht gerade Secondhandläden auf der Suche nach Stücken abgraste, die ich in mein Kostüm mit einarbeiten konnte. Ein Shop erwies sich dabei als wahre Goldgrube. Ich fand dort zwei identische Herrenjacken aus dunkelbraunem Leder, die ich zu Hause zerschnitt und zu Schnallen, Gürteln und Umhängetaschen verarbeitete.

Nebenbei versuchte ich mich mit der Serie *Mindhunter* anzufreunden, die mir Lucien empfohlen hatte, was dem Inhalt nach nicht verwunderlich war. Allerdings wurde ich mit der Story nicht so wirklich warm, und ich wechselte schnell wieder zu meinem gewohnten Programm.

Ich unterbreitete Lucien auch meinen Vorschlag, einen Tag mit Amicia zu verbringen. Er reagierte zuerst zögerlich, wobei er sich weniger Sorgen um seine Schwester als um mich zu machen schien. Nachdem ich ihm mehrfach versichert hatte, dass wir gut zurechtkommen würden, stimmte er jedoch schließlich zu.

Amicia war zuerst alles andere als begeistert von der Idee, einen Tag mit einer Bekannten ihres Bruders zu verbringen, doch ihre Vorbehalte schwanden, als ich ihr von dem Escape Room erzählte und ihr erlaubte, ihre Freundin Brooklyn einzuladen mitzukommen.

Es war tatsächlich ziemlich cool. Wie von Auri beschrieben, wurden wir in einen Raum gesperrt, der aussah wie das Wohnzimmer einer verlassenen Villa und in dem irgendwo der Schlüssel zum Ausgang versteckt war. Wir bekamen einen Hinweis und mussten uns den Weg nach draußen durch Rätsel erarbeiteten. Immer wieder erklangen dabei schaurige Geräusche, und einmal sprang sogar ein als Geist verkleideter Kerl hinter einer doppelten Wand hervor. Nachdem wir alle vor Panik laut aufgeschrien hatten, brachen wir angesichts unserer angstverzerrten Gesichter in schallendes Gelächter aus. Nach gut zwei Stunden war der Spaß leider schon vorbei, und wir drehten gemeinsam eine Runde durch den Park, bevor ich die beiden Mädels auf eine Pizza einlud.

Brooklyn war wirklich ein nettes Mädchen und ließ Amicia geradezu aufblühen. Ich hatte sie noch nie so fröhlich und ausgelassen erlebt. Lucien musste sich wegen ihrer Beziehung wirklich keine Sorgen machen. Die beiden waren zuckersüß zusammen und wirklich verknallt ineinander.

Schließlich verabschiedete sich Brooklyn, die noch zur Chorprobe musste, und ich lud Amicia zu mir nach Hause ein, um Horrorfilme zu gucken und Lucien so noch etwas mehr Freizeit zu gönnen. Ich ließ Amicia den Film aussuchen, für den sie eigentlich noch viel zu jung war, aber ich wusste, dass Lucien sich nicht daran stören würde. Er ließ sie alles ansehen, da er davon überzeugt war, dass nichts grausamer sein konnte als der Tod ihrer Eltern.

»Oh mein Gott, was macht er da!«, rief ich und hielt mir ein Kissen vor die Augen, als auf dem Fernsehbildschirm ein Mann versuchte, mit einem Löffel sein eigenes Auge zu entfernen. Den Geräuschen nach, die ich leider nicht ausblenden konnte, gelang es ihm auch. »Sag mir, wenn es vorbei ist.«

Amicia lachte mich aus und griff in die Schale Popcorn, von dem ich seit den ersten fünf Minuten des Films nichts mehr gegessen hatte. »Du kannst jetzt gucken.«

Zögerlich nahm ich das Kissen vom Gesicht, gerade als der Kerl sein eigenes Auge wie ein pochiertes Ei mit einem Messer zum Platzen brachte. »Aaaah«, brüllte ich angewidert und wandte eilig den Blick ab.

Amicia lachte noch lauter.

»Du bist ein böser Mensch«, ließ ich sie mit leiser Stimme wissen.

»Tut mir leid, das musste einfach sein.«

Ich stieß ein Brummen aus und beschloss, für den Rest des Films einfach nicht mehr hinter dem Kissen hervorzukommen. Ich konnte einiges ab, Psychohorror mochte ich von Zeit zu Zeit sogar ganz gern, aber dieser Ekelhorror war nichts für mich.

Gerade als ich glaubte, dass es nicht mehr schlimmer werden konnte, hörte ich, wie ein Schlüssel einrastete und kurz darauf die Wohnungstür aufgeschoben wurde. Nun konnte ich nicht anders, als hinter dem Kissen hervorzublinzeln.

Auri ließ seine Sporttasche auf den Boden fallen. Er trug ein graues Shirt mit dem Logo irgendeiner Eishockeymannschaft und schwarze Jeans, doch was wie magisch meinen Blick auf sich zog, war die Tüte aus Laureens Stoffladen in seiner linken Hand. Auri war noch nie ohne mich bei Laureen gewesen.

Er wusste, wie sehr ich den Laden liebte, und hatte mich bisher immer gefragt, ob ich mitkommen wollte. Das hatte sich offenbar geändert.

»Hey«, grüßte er etwas verklemmt, wobei ich nicht sicher war, ob seine Zurückhaltung unserem Gast oder mir galt. »Wir kennen uns noch nicht, oder? Ich bin Maurice, aber du kannst mich Auri nennen.«

»Amicia«, stellte sich Luciens Schwester vor und schüttelte Auris Hand. »Willst du mitgucken? Der Film ist in zehn Minuten vorbei. Danach ist ein Klassiker an der Reihe. *Texas Chainsaw Massacre*.«

Auri zögerte. Sein Blick zuckte zu mir, als suchte er die Antwort auf Amicias Frage in meinen Augen.

Er würde sie nicht finden, denn ich wusste selbst nicht, was ich wollte. Einerseits wäre es mir am liebsten gewesen, dass Auri ging. Ich hatte den ganzen Tag kaum an ihn und den Zwischenfall am See gedacht. Amicia war eine super Ablenkung gewesen, und ich hatte diesen Frieden in meinen Gedanken sehr genossen. Andererseits vermisste ich Auri, und mit ihm gemeinsam einen Film zu schauen, würde ein Stück Normalität bedeuten – mit Amicia als Puffer zwischen uns.

»Klar, warum nicht«, sagte Auri schließlich und quetschte sich neben Amicia auf die Couch, die eigentlich zu klein für drei Personen war.

Dennoch atmete ich erleichtert auf. Denn der einzige andere freie Sitzplatz war der Sessel, und von dort aus hätten Auri und ich den ganzen Abend einen ungehinderten Blick aufeinander gehabt.

Kaum dass der erste Film in einem blutigen Finale geendet hatte, startete Amicia *Texas Chainsaw Massacre*.

Der Anfang war etwas ruhiger und kam ohne gigantische Mengen an Blut aus. Ich heftete meinen Blick auf den Fernseher, um nicht in Versuchung zu geraten, Auri aus dem Augenwinkel zu beobachten. Doch es war verdammt schwer, ihm keine Beachtung zu schenken. Er war wie ein Unwetter. Ich konnte meine Augen vor den Blitzen verschließen, aber den Donner hörte ich dennoch. Seine Anwesenheit brachte meine Haut zum Kribbeln, und ich war so sehr auf jeden Laut und jede Bewegung von ihm konzentriert, dass ich nach einer Weile feststellen musste, dass ich keine Ahnung hatte, was in dem Film vor sich ging.

Nicht mit Auri zu sprechen, fühlte sich einfach falsch an. Unnatürlich. Als würde ich den Atem anhalten. Die ersten Sekunden waren erträglich, doch von da an wurde es schwerer und schwerer, bis es schließlich unmöglich erschien, noch einen Moment länger durchzuhalten. Der Film lief eine Stunde, als dieser Punkt für mich erreicht war. Ich konnte nicht mehr anders und löste den Blick vom Bildschirm. Meine Augen waren trocken und brannten, da ich vor Anstrengung, den Fernseher anzuschauen, kaum geblinzelt hatte.

Ich sah an Amicia vorbei zu Auri.

Er hatte den Ellbogen auf der Lehne abgestützt und den Kopf in die Handfläche gelegt. Sein Blick war auf den Fernseher gerichtet, aber der Ausdruck in seinen Augen wirkte abwesend. Seine Brust hob sich, als er tief einatmete und leicht den Kopf neigte. Es war nur eine kleine, zufällige Bewegung, doch sie reichte aus, um Auri bemerken zu lassen, dass ich ihn anstarrte. Er wandte sich mir zu, und sein Blick kollidierte mit meinem.

Ein Ruck ging durch meinen Körper, und mein erster Instinkt war wegzusehen, doch etwas hielt mich davon ab. Ich schluckte. Meine Kehle war staubtrocken. Ein Gefühl so unangenehm wie Auris Blick. Schmerz und Enttäuschung spiegelten sich darin wider. Auf einmal verspürte ich das unbändige Verlangen, mich für meine Dummheit zu entschuldigen. Warum hatte ich ihm das mit den Küssen nur erzählen müssen? Nicht jede Wahrheit war dazu bestimmt, laut ausgesprochen zu werden.

Ich ballte die Hände zusammen, bis sich meine Fingernägel in die Handflächen gruben. Es war ein zarter und dennoch willkommener Schmerz. Sekunden verstrichen, die sich in meinem Herzen wie Stunden anfühlten. Ich drohte mich in Auris Blick zu verlieren. Ich liebte das Braun seiner Augen, das aus der Ferne so gewöhnlich wirkte wie das einer Baumrinde. Doch je näher man kam, desto klarer konnte man die detaillierte Maserung und die unterschiedlichen Farbnuancen in seinen Iris erkennen.

Ich öffnete den Mund, um etwas zu sagen, aber mein Verstand war wie leer gefegt. Ich konnte nur daran denken, an was für einer gefährlichen Klippe Auri und ich gerade standen. Früher hatte ich die Mädchen belächelt, die ihre Beziehungen nicht auf die Reihe bekamen, aber nun verstand ich es. Auri und ich waren nicht nur Freunde, wir waren auch Mitbewohner, und ich liebte unsere kleine WG. Jedes falsche Wort konnte aus einer unangenehmen Situation eine untragbare machen.

»Ich …«, setzte ich an, aber der Feigling in mir riss das Ruder herum. »Ich hol mir was zu trinken. Braucht noch jemand was aus der Küche? Cola? Wasser? Chips?« *Mut?*

Amicia schüttelte den Kopf, ohne vom Fernseher aufzusehen. »Nope.«

»Für mich auch nichts«, antwortete Auri mit gepresster Stimme.

Ich wagte es nicht, ihn noch einmal anzusehen. Wie betäubt stand ich von der Couch auf und lief in die Küche, während ich mich innerlich selbst verfluchte. Das Schlimmste war nicht meine Feigheit, sondern mein verräterisches Herz. Es trommelte wild und versuchte mich mit jedem Schlag davon zu überzeugen, dass der falsche Weg, den Auri und ich eingeschlagen hatten, womöglich doch der richtige war. Dass wir am See keinen Fehler begangen hatten.

12. Kapitel

»Adrian und Keith bringen Pizza mit«, verkündete Micah und stellte eine Schale mit Erdnüssen vor uns auf den Couchtisch.

Sie trug ein breites Lächeln zur Schau, das ich nur müde erwidern konnte. Dieser Abend war dazu verurteilt, in einer Katastrophe zu enden. Als Micah mir am Vormittag geschrieben hatte, ob ich am Abend Zeit hätte, war ich davon ausgegangen, dass sie mit mir an der *Albtraumlady* arbeiten wollte.

Ich hatte mich geirrt.

Als ich fünf Minuten vorher zu ihr rübergegangen war, hatte Auri bereits bei ihr auf der Couch gesessen. Micah hatte ihn ebenfalls eingeladen – für einen gemeinsamen Spieleabend. Sie beklagte sich immer darüber, dass Julian im Praktikum zu viel arbeitete und zu wenig Spaß hatte, daher saßen wir nun zu viert in ihrem Wohnzimmer und warteten auf ihren Bruder und dessen Freund. Allerdings bezweifelte ich, dass mir der Abend viel Freude bringen würde. Auri und ich hatten noch immer nicht geredet, und ich wusste einfach nicht, wie ich mich verhalten sollte. Das erste Mal seit Jahren fühlte ich mich in seiner Gegenwart unwohl.

»Wie kommt ihr mit euren Kostümen voran?«, fragte Micah und setzte sich auf Julians Schoß.

Wie von selbst wanderte seine Hand an ihre Taille, und er zog sie ein kleines Stück dichter an sich.

»Sehr gut. Ich muss nur noch ein paar Kleinigkeiten anpassen.« Seit ich nicht mehr mit Auri redete und wir unsere

Abende nicht mehr gemeinsam vor dem Fernseher verbrachten, hatte ich viel freie Zeit zur Verfügung. »Mir fehlt nur noch eine weiße Perücke, aber Lucien will mir damit helfen. Er weiß, wo man günstig die beste Qualität bekommt. Er kann dir sicherlich auch mit deiner Gamora-Perücke helfen, wenn du noch keine hast.«

»Das wäre klasse! Ich bin auch schon fast fertig.«

Überrascht sah ich auf. Micah hatte mich noch kein einziges Mal um Hilfe gebeten, und ich wusste aus sicherer Quelle, dass sie keine Ahnung hatte, wie eine Nähmaschine funktionierte. Bis vor einigen Monaten hatte sie nicht mal gewusst, wie man eine Waschmaschine bediente.

»Lässt du dir das Kostüm schneidern?«

»Sozusagen. Keith hilft mir.« Sie begann abwesend an einer von Julians Locken herumzuzupfen. »Er studiert doch Theater-Zeugs und hat irgendwann mal einen Kostümbildnerkurs belegt. Wir haben einen Deal: Er hilft mir mit meinem Cosplay, und ich bringe ihm dafür etwas Japanisch bei.«

»Du sprichst Japanisch?«, fragte Auri überrascht.

»Hai, mukashi wa anime daisuki datta kara saa.«

Beeindruckt starrte ich Micah an. »Das klang so cool.«

Sie grinste. »Wenn du willst, kann ich es dir auch beibringen.«

»Danke, aber eine Sache nach der anderen. Lass uns erst mal an der *Albtraumlady* arbeiten.«

Micahs Augen leuchteten auf. »Hab ich dir schon erzählt, dass ich eine Idee für einen neuen Charakter hatte?«

»Nein, noch nicht.«

»Du wirst ihn lieben!« Sie klatschte begeistert in die Hände und begann mir alles über Matayo zu erzählen.

Zu meinem Erstaunen hatte sie sich schon jede Menge Details zu der neuen Figur überlegt. Mein Vortrag darüber, wie wichtig Charakterentwicklung war, schien bei ihr angekommen zu sein. Sie redete wie ein Wasserfall, und ich war dankbar dafür. Auf diese Weise kam ich nicht in die Verlegenheit, mit Auri sprechen zu müssen. Womöglich würde es ihr und Julian auf diese Weise gar nicht auffallen, dass es ein Problem zwischen uns gab, von dem wir anscheinend beide noch nicht wussten, wie wir es wieder aus der Welt schaffen sollten.

Schließlich stießen Keith und Adrian inklusive einer großen Familienpizza zu uns.

Ich hatte die beiden erst in den letzten Monaten besser kennengelernt, denn Adrian und Micah hatten anfangs etwas Zeit für sich gebraucht. Nachdem ihre Eltern Adrian vergangenes Jahr mit Keith im Bett erwischt hatten, war er von ihnen verstoßen worden. Daraufhin war Adrian abgehauen. Mehrere Monate lang hatte er mit niemandem aus der Familie Kontakt gehabt. Micah hatte verzweifelt nach ihm gesucht, und obwohl sie die Gründe für sein Verschwinden mittlerweile nachvollziehen konnte, hatte sie es ihm anfangs übel genommen, dass er so sang- und klanglos untergetaucht war. Sie hatte sich große Sorgen gemacht und wochenlang in Angst um ihn gelebt. Danach hatten die beiden erst wieder zueinanderfinden und den Bruch mit ihren Eltern verkraften müssen. Das war ein ziemliches Gefühlschaos gewesen. Doch seit all das überstanden war, bekamen wir Adrian und Keith immer öfter zu Gesicht. Ich war noch nicht bereit, die beiden zu meinem engen Freundeskreis zu zählen, aber wir waren auf einem guten Weg. Ich mochte die zwei sehr. Und möglicherweise konnte ich Adrian irgendwann mit Amicia bekannt machen, damit sie gemeinsam diese scheußlichen Horrorfilme anschauten. Adrian stand genauso auf Splatter wie sie.

»Was macht das Praktikum, Jules?«, fragte Adrian, der vor Keith auf dem Boden hockte, mit vollem Mund.

Julian beugte sich vor und schnappte sich ein weiteres Stück Pizza. »Läuft. Das Einkaufszentrum-Ding ist fast abgeschlossen, und wenn alles nach Plan läuft, muss ich ab übernächster Woche nur noch acht Stunden pro Tag arbeiten. Wie geil wäre das denn?«

»Sehr geil«, antwortete Micah. »Ich freue mich, wenn du endlich wieder Zeit für mich hast.«

»Ich habe jetzt Zeit für dich.«

»Aber auch nur weil ich deine Unterlagen versteckt habe.«

Keith hob die Augenbrauen. »Du hast wirklich seine Unterlagen versteckt?«

»Ja«, sagte Micah und klang dabei beinahe stolz. »Er kann nicht nur arbeiten. Das ist ungesund.«

»Ungesund ist, wenn ich nicht rechtzeitig fertig werde und mein Chef mich umbringt«, erwiderte Julian.

Micah tupfte sich den Mund mit einer Serviette ab. »Zumindest hattest du so vor deinem Tod noch einmal richtig Spaß.«

»Du bist unverbesserlich.«

»Danke.«

»Das war kein … Ach, vergiss es.« Julian schüttelte den Kopf. »Ich liebe dich.«

Micah grinste triumphierend und biss in ihre Pizza.

Julian wandte sich wieder Adrian zu. »Hattest du schon Zeit, dir meine Unterlagen anzugucken?«

»Ja, sie sind superhilfreich«, gab Adrian zurück. Er war für das kommende Semester am MFC eingeschrieben, um dort wie Julian Architektur zu studieren. Um sich einen kleinen Vorsprung zu erarbeiteten, hatte er sich Julians Unterlagen der letzten zwei Semester ausgeliehen. »Ich hoffe, Dr. Walter-Claus bietet im nächsten Semester wieder diesen Kurs über nachhaltiges Wohnen an.«

»Oh ja, die Vorlesung war klasse«, schwärmte Julian, und die beiden verloren sich in einer Unterhaltung über Solarpaneele und Wärmedämmung, die mich nicht weniger hätte interessieren können.

Ich klinkte mich aus dem Gespräch aus und schob mir eine Gabel von dem Salat in den Mund, den ich mir selbst mitgebracht hatte. Es war pure Folter, das Grünzeug zu essen, während es so köstlich nach Käse roch. Doch meine Zuckerwerte waren schon den ganzen Tag im Eimer. Ich wusste nicht, ob ich in der letzten Zeit zu viel Müll gegessen hatte oder ob es womöglich auch an dem Stress und der Anspannung um Auri liegen konnte. So oder so war mein Blutzucker viel zu hoch, weshalb ich lieber etwas vorsichtig war.

»Habt ihr euch schon überlegt, was ihr mit Julians altem Zimmer macht?«, erkundigte sich Micah aus heiterem Himmel und schaute abwechselnd Auri und mich an. Wir saßen gemeinsam auf der Couch, aber jeder in einer Ecke.

»Noch nicht«, antwortete Auri und wich dabei Micahs Blick aus, indem er eine Olive von seiner Pizza pflückte und sich in den Mund schob. »Wir haben Aliza gefragt, ob sie einziehen möchte, aber sie will lieber eine Wohnung für sich haben. Ist vermutlich besser so, sonst könnte ich meinen Ernährungsplan ganz vergessen.«

Micah lachte. »Sagt er und futtert dabei Pizza.«

»Hey, das ist die Belohnung dafür, dass ich heute wieder am Training teilgenommen habe.«

Der Satz ließ mich aufhorchen. »Du warst beim Training?«

Auri nickte. »Meinem Fuß geht es wieder gut.«

»Bist du dir sicher?«, fragte ich skeptisch. »Die Ärztin meinte, du sollst nichts überstürzen.«

»Ich überstürze nichts.« Er hob sein Bein und ließ den Knöchel kreisen, als würde das irgendwas beweisen.

Ich setzte zu einer Erwiderung an, beschloss dann jedoch, die Klappe zu halten. Wäre zwischen Auri und mir alles wie immer gewesen, hätte ich vielleicht noch etwas gesagt, aber bei der angespannten Stimmung, die bereits zwischen uns herrschte, wollte ich keinen Streit riskieren. Außerdem war Auri ein erwachsener Mann, er traf seine eigenen Entscheidungen. Und darüber hinaus passte sein Coach auf ihn auf, der gewiss nicht wollte, dass Auris Übermut ihn einen seiner besten Spieler kostete. Schon gar nicht so kurz vor der neuen Saison.

Micah schien die Spannung zwischen Auri und mir zu entgehen, oder sie ignorierte sie gekonnt. Statt das Gespräch um das leer stehende Zimmer zu vertiefen, erkundigte sie sich bei Keith nach ihrem Cosplay, und die beiden vereinbarten einen Termin für die nächste Anprobe.

Als alle satt waren, stellte Julian die Reste der Pizza in den Kühlschrank. Er brachte mir ein Diät-Soda und den anderen ein Sixpack Bier mit.

»Also, was wollen wir spielen?«, fragte Adrian, als er seine Flasche mit einem Zischen öffnete.

»Ich habe etwas vorbereitet«, erklärte Micah. Sie sprang von ihrem Platz auf und flitzte in das Arbeitszimmer, das sie sich mit Julian teilte. Wenige Sekunden später kam sie mit einem Stapel aus klein geschnittenem Papier zurück. »Scharade!«

Julian verzog das Gesicht zu einer Grimasse. »Ich hasse Scharade.«

»Aber nur weil du es noch nie mit mir gespielt hast«, erklärte Micah. »Das Thema sind Filme, Serien, Songs und Bücher. Ich hab die Liste aus dem Internet ausgedruckt, damit ich nicht im Vorteil bin.«

»Großartig.« Der Sarkasmus in Julians Stimme war nicht zu überhören.

Micah ignorierte ihn. »Wir spielen in Paaren. Keith und Adrian, Cassie und Auri, Julian und ich.«

»Wir könnten die Partner aber auch tauschen«, warf Adrian ein.

In der Zeit, die wir uns kannten, war ich Micahs Bruder noch nie dankbarer gewesen als in diesem Augenblick. Ich wusste nicht, ob ich den Mut aufgebracht hätte, nach einem Partnertausch zu fragen, aber nicht mit Auri in einem Team zu spielen, war eine große Erleichterung.

»Wieso?«, fragte Micah. »Hast du Angst, mit Keith zu verlieren?«

»Verlieren?« Adrian lachte. »Ich will euch anderen nur eine Chance geben.«

Micah hob die Augenbrauen. »Was willst du damit sagen?«

»Dass ihr nicht gegen Keith und mich gewinnen könnt.«

»Einbildung ist auch eine Bildung.«

»Ich meine es ernst, wir machen euch fertig.«

»Pfff«, zischte Micah. »Das könnt ihr vergessen.«

»Es ist nur logisch, dass wir gewinnen. Wir kennen uns am längsten und sind seit fast drei Jahren zusammen.«

Micah verschränkte die Arme vor der Brust. »Das hat nichts zu bedeuten.«

»Lust zu wetten?«, fragte ihr Zwilling, der sich optisch nicht mehr von ihr hätte unterscheiden können. Anders als Micah hatte Adrian keine schwarzen, sondern blonde Haare. Und während sie eine eher durchschnittliche Größe hatte, war er hochgewachsen mit breiten Schultern.

Trotzig reckte Micah das Kinn. »Immer. Das Verliererpärchen lädt zum Brunch ein.«

Adrian schnaubte. »Wie alt bist du? Achtzig?«

»Okay, die Verlierer müssen einen ekligen Cocktail trinken, den die Gewinner mischen.«

Nun war es Julian, der ein Schnauben ausstieß. »Wie alt bist du? Sieben?«

Micah warf ihm einen finsteren Blick zu. »Hast du eine bessere Idee?«

»Nein, aber mir hat der Brunch-Vorschlag gefallen. Ich mag Essen.«

Adrian stand vom Boden auf. »Von mir aus, dann eben das mit dem Bruch. Für das Rentnerpärchen.«

Micah richtete ihren düsteren Blick von Julian auf ihren Bruder. »Du bist genauso alt wie ich.«

»Man ist immer so alt, wie man sich fühlt. Also, haben wir eine Wette?«

»Seid ihr dabei?«, fragte Micah in Auris und meine Richtung.

»Nein.« – »Besser nicht«, sagten wir wie aus einem Mund, nachdem wir uns in der letzten Minute beide ruhig verhalten hatten.

Mein Blick zuckte zu Auri, und für den Bruchteil einer Sekunde sahen wir einander an, ehe wir uns beide schnell wieder abwandten. Obwohl ich ebenfalls abgelehnt hatte, an der Wette teilzunehmen, versetzte mir Auris »Nein« einen Stich. Es bezeugte, dass er in diesem Augenblick ebenso wenig an unsere Freundschaft glaubte wie ich.

»Dann läuft die Wette eben nur zwischen uns«, beschloss Micah.

Sie und Adrian schlugen ein, und Micah riss ein leeres Blatt aus ihrem Zeichenblock, das sie mit Klebestreifen an die Wand pappte. Sie zog drei Spalten und schrieb unsere Kürzel darüber. Anschließend spielten wir Schere, Stein, Papier darum, welches Team anfangen durfte.

Micah und Julian waren als Erste an der Reihe.

»Gibt dein Bestes. Und denk daran, das Thema ist: Filme,

Serien, Songs und Bücher«, ermahnte Micah Julian, als sie ihre Stellung einnahm. Sie zog eine Karte von dem Stapel, las das Wort darauf und legte sie zurück.

»Bereit?«, fragte ich, den Timer meines Handys gestellt.

»Ja.«

»Okay. Drei, zwei, eins … los!« Ich drückte auf »Start«.

Micah legte sofort los. Sie hob zwei Finger.

»Zwei Worte«, erriet Julian.

Sie nickte und deutete die Bewegung einer Kamera an.

»Ein Film!«

Micah nickte erneut und begann mit dem Zeigefinger ein Symbol auf ihre Brust zu zeichnen.

»Kreis. Dreieck. Herz. Rippen. Loch. Loch in Brust. Brust. Brüste?«, rief Julian aufgeregt. Er war bis auf die Kante des Sessels vorgerutscht, sodass er beinahe runterfiel. »Herzschmerz? Julia Roberts? Jennifer Love Hewitt? Eine andere Jennifer? Jennifer Aniston? Jennifer Lawrence?«

Micah schüttelte heftig den Kopf und verdrehte genervt die Augen.

Adrian lachte, und dem gönnerhaften Ausdruck in seinem Gesicht nach zu urteilen, kannte er die Antwort bereits.

Micah hörte auf, auf ihre Brust zu zeichnen, und machte stattdessen eine herunterwischende Bewegung vor ihrem Gesicht.

Julian verzog die Lippen. »Keine Ahnung … Helm?«

Micah sprang in die Höhe. Sie nickte aufgeregt und ballte ihre rechte Hand zu einer Faust. Dabei deutete sie immer wieder auf die Stelle zwischen ihren Brüsten, während Julian vollkommen willkürlich anfing, Titel herunterzurattern. »*The Fast and the Furious? Born to be Wild? Ghostrider? Mission: Impossible?*«

Der Timer ertönte. Eine Minute war abgelaufen.

Resigniert warf Micah die Hände in die Luft, während Adrian und Keith siegessicher dreinblickten. »Wie konntest du das nicht erraten?«, fragte sie vorwurfsvoll. Sie war keine gute Verliererin, das hatte ich schon bei verschiedenen Gelegenheiten festgestellt. Beim Spielen entwickelte sie einen für sie untypischen, vollkommen überzogenen Ehrgeiz.

»Das ist einer meiner absoluten Lieblingsfilme. *Iron Man.*«

Julian runzelte die Stirn. »Wie hätte ich darauf kommen sollen?«

»Die Brust. Der Helm. Die Faust. Wir haben doch kürzlich erst *Endgame* geguckt. Ich bin Iron Man?«

Erkenntnis flackerte in Julians Augen auf. »Aaaah, jetzt versteh ich es.«

»Schön, nur leider zu spät.« Sie schrieb eine große, fette Null unter Julians und ihren Namen und hockte sich statt auf seinen Schoß auf den Boden neben seinem Sessel. »Ihr seid dran.«

Die Aufforderung galt Auri und mir. Keiner von uns rührte sich.

Ich hatte, wenn ich ehrlich war, keine Lust zu spielen, aber ich wollte auch nicht diejenige sein, die den anderen den Abend kaputt machte.

Ich seufzte. »Willst du, oder soll ich?«

»Ich mach«, antwortete Auri, der ebenfalls alles andere als begeistert wirkte.

Er stand auf und stellte sich an die Stelle, an der zuvor Micah ihr Glück versucht hatte. Dann beugte er sich hinunter, um eine Karte zu ziehen. Nachdem er sie durchgelesen hatte, legte er sie zurück und nickte Julian zu, der den Timer übernommen hatte.

»Drei, zwei, eins … los!«, rief Julian.

Auri hob eine Faust an seinen Mund und begann, stumm zu singen.

»Ein Song«, riet ich wenig euphorisch.

Er nickte. Dann deutete er zuerst auf sein Auge und anschließend auf Laurence, der friedlich in seinem Katzenkörbchen neben dem Fernseher schlief und nur hin und wieder leise Traumgeräusche von sich gab.

Ich überlegte kurz. *»Eye of the Tiger?«*

Auri schnippte mit den Fingern. Die Antwort war richtig.

Okay, vielleicht waren wir in diesem Spiel gar nicht so schlecht, auch wenn wir uns gerade aus dem Weg gingen. Immerhin hatten wir schon einen Punkt mehr als Micah und Julian.

Ich setzte mich aufrecht hin, als Auri die nächste Karte vom Stapel zog. Dieses Mal deutete er an, dass es sich um einen Film handelte. Anschließend zeigte er auf seine Zähne und machte eine heulende Bewegung, ohne jedoch einen Laut von sich zu geben.

»Vampire und Werwölfe?«, riet ich, nun schon etwas energischer.

Er nickte.

»Underworld?«

Er schüttelte den Kopf.

»Van Helsing?«

Auri steckte sich den Finger in den Mund und tat so, als müsste er kotzen.

Oh, jetzt verstand ich. *»Twilight!«*

Ein breites Grinsen trat auf Auris Gesicht.

Yes! Noch ein Punkt.

Eilig nahm Auri die nächste Karte. Es war wieder ein Film. Mit den Händen machte er eine rieselnde Bewegung und tat daraufhin so, als würde er sich mit theatralischer Geste einen Hut aufsetzen.

Nein, keinen Hut. Das ergab keinen Sinn. Eine Krone.

»Die Schneekönigin!«

Auri rümpfte die Nase und schüttelte den Kopf.

»Snow White and the Huntsman?«

Auri begann erneut, singende Mundbewegungen zu machen.

Ich sprang von der Couch auf. »Ähm, ähm, ähm … *Frozen!«*

Er nickte und schnappte sich die vierte Karte.

Adrian war das Grinsen inzwischen vergangen. Micah wirkte dagegen nicht mehr ganz so deprimiert. Anscheinend freute sie sich, Auri und mich möglicherweise gewinnen zu sehen.

Ich linste auf den Timer, der auf Julians Handy ablief. Uns blieben noch zehn Sekunden.

Dieses Mal deutete Auri nicht an, ob es sich um einen Film, einen Song oder ein Buch handelte, stattdessen begann er, in die Luft zu boxen. Er setzte zwei, drei, vier kräftige Hiebe.

»Ali?«

Auri stoppte das Schattenboxen und tat stattdessen so, als würde er sich einen Schal umbinden.

Ich lachte, denn ich kannte die Antwort. *»Fight Club!«*, rief ich in dem Moment, in dem der Timer ertönte.

»Richtig!«, brüllte Auri begeistert. Er liebte das Gewinnen mindestens genauso sehr, wie Micah das Verlieren hasste, und für einen Moment schien er sogar zu vergessen, dass wir uns eigentlich aus dem Weg gingen. Begeistert streckte er mir eine Hand für ein High five entgegen.

Ich schlug ein.

»Vier zu null!«, rief er in Micahs Richtung und schnappte sich den Stift. Schwungvoll schrieb er eine Vier in die Spalte neben der Null.

»Wie um alles in der Welt bist du bei dem Letzten auf *Fight Club* gekommen?«, fragte mich Keith.

Ich ließ mich zurück auf das Sofa fallen. »Ganz einfach. Das Boxen stand fürs Kämpfen, und die andere Bewegung war Brad Pitt in *World War Z*, wie er den lächerlichen Schal zurechtrückt, über den Auri und ich uns immer lustig machen.«

»Gegen euch zu spielen, macht wirklich keinen Spaß«, warf Micah ein und schnappte sich eine Erdnuss aus der Schale, die vor ihr auf dem Tisch stand. »Das ist wie gegen ein altes Ehepaar anzutreten.«

»Du bist nur eine schlechte Verliererin«, merkte Julian an.

»Noch haben wir nicht verloren!«, protestierte Micah. »Wir haben nur eine Runde zum Aufwärmen gebraucht.«

Es stellte sich heraus, dass sie sich irrte. Julian und sie mussten sich nicht erst aufwärmen, sie waren einfach wirklich schlecht. Frei nach dem Motto »Auch ein blindes Huhn findet mal ein Korn« machten sie ein paar Punkte, aber sie hatten keine Chance gegen Auri und mich und erst recht nicht gegen Adrian und Keith. Am Ende verloren Micah und Julian mit siebzehn zu sechsunddreißig gegen Auri und mich, und wir verloren gegen Adrian und Keith, die ganze fünfundvierzig Punkte einsammelten.

»Das muss angemessen gefeiert werden«, verkündete Adrian. Er zückte sein Handy, und ein paar Sekunden später ertönte *We Are the Champions* von Queen. Nach ein paar theatralischen Gewinnerposen zog er Keith an sich und küsste ihn innig.

Micah gab ein Würgegeräusch von sich, und ich war plötzlich sehr an dem Etikett meiner Flasche interessiert. Der Anblick der beiden küssenden Männer erinnerte mich viel zu sehr an diese Sache, die ich in der letzten Stunde dank des Spiels erfolgreich hatte verdrängen können.

Auri und ich waren allerdings ein wirklich gutes Team gewesen, das ließ sich nicht von der Hand weisen. Wir hatten fast alle Begriffe des jeweils anderen erraten. Micah hatte nicht ganz unrecht. Wir waren zwar kein altes Ehepaar, aber Auri kannte mich besser als jeder andere Mensch auf dieser Welt. Und das war etwas Wunderbares, das ich mir nicht von einer einzelnen unklugen Handlung kaputt machen lassen wollte. Natürlich konnten wir die Sache aussitzen und darauf hoffen, dass dieser dumme Moment im See in Vergessenheit geriet, aber was, wenn dem nicht so war? Was, wenn wir uns irrten und diese eigenartige Spannung zwischen uns nicht verschwand, sondern nur größer wurde und sich weiter und weiter aufbaute? Das wollte ich nicht riskieren.

Ich sah zu Auri, der wieder neben mir auf der Couch saß und ebenfalls merkwürdig fasziniert von seiner Bierflasche war. Er merkte nicht sofort, dass ich ihn ansah, und so blieb mir ein kurzer Moment, in dem ich ihn ungestört betrachten konnte, bevor er seinen Kopf in meine Richtung drehte.

Fragend hob er die Augenbrauen.

Ich lächelte, um die Sorge aus seinem Blick zu vertreiben. »Wir müssen reden.«

13. Kapitel

Mit einem Klicken fiel die Tür hinter mir ins Schloss, und ich war mit Auri alleine.

Wir müssen reden.

Ich weiß, hallte seine Antwort noch immer in meinen Ohren nach.

Wir hatten uns nicht sofort von den anderen verabschieden können, da Micah auf eine Revanche bestanden hatte. Nicht in Form einer weiteren Runde Scharade, sondern eines Kartenspiels, das Adrian und sie als Kind oft gespielt hatten. Doch ich hatte mich kaum mehr auf die Karten konzentrieren können, denn meine Gedanken waren bereits bei dem Gespräch gewesen, das mir bevorstand.

Ich holte tief Luft und wandte mich zu Auri um, der etwas verloren in unserem Wohnzimmer stand. Er hatte die Hände in die Taschen seiner Shorts geschoben, als wüsste er nicht, was er sonst damit tun sollte.

»Hey«, sagte ich unbeholfen.

»Hi«, gab er ebenso hilflos zurück, wobei ein angedeutetes Lächeln an seinen Mundwinkeln zog.

Ich seufzte. »Das ist echt scheiße.«

Auri lachte verlegen. »Ja.«

Ich wusste nicht, wie ich anfangen sollte. Auri und ich hatten schon viele ernste Gespräche geführt, aber noch nie war es dabei um uns gegangen. Wir hatten über Anthony, Auris älteren Bruder, geredet, als er den dritten Job innerhalb eines Jahres verloren hatte, und über meine Mom, nachdem der Frauenarzt einen Knoten in ihrer Brust ertastet hatte, was sich Gott sei Dank als Fehlalarm erwiesen hatte. Wir hatten über schlechte Klausuren, gescheiterte Freundschaften und zerbrochene Beziehungen geredet, aber nie über uns.

»Willst du noch etwas trinken?«, fragte ich, um Zeit zu gewinnen.

Auri nickte. »Ein Wasser.«

Ich lief zum Kühlschrank und ließ mir Zeit damit, die Flaschen zu öffnen. Die eine behielt ich, die andere schob ich über die Kücheninsel in Auris Richtung. Er griff danach und nahm einen gierigen Zug, mit dem er die halbe Flasche leerte, während ich nur nervös am Etikett rumzupfte. Mein Hals fühlte sich wie zugeschnürt an.

Schließlich holte ich noch einmal tief Luft und heftete meinen Blick an die Decke, um mich zu sammeln. Während des Kartenspiels bei Micah hatte ich mir genau überlegt, was ich zu Auri sagen wollte, aber die Worte zu denken, war leichter gewesen, als sie nun auszusprechen.

Mein Herz pochte wie wild, und ich zwang mich dazu, Auri anzusehen, was es irgendwie leichter und schwerer zugleich machte. »Ich muss mich bei dir entschuldigen«, setzte ich an und umklammerte meine Wasserflasche so fest, dass ich befürchtete, sie könnte unter dem Druck platzen. »Was ich im See gesagt habe, war dumm von mir. Du bist mein bester Freund. In der Vergangenheit hatten wir unsere Ausrutscher, die besser unerwähnt bleiben sollten. Ich habe nicht nachgedacht und damit eine Situation provoziert, die uns beiden geschadet hat.«

Auri starrte mich mit großen Augen an. Er blinzelte, dann nickte er langsam. »Es stimmt. Du hättest nicht sagen sollen, was du im See gesagt hast«, pflichtete er mir bei. Er stellte seine

Flasche ab und stützte sich auf den Tresen. »Aber was zwischen uns passiert ist, ist genauso meine Schuld wie deine, Cassie. Ich bin keine vierzehn mehr. Ich habe mich gehen lassen, obwohl ich mich eigentlich besser unter Kontrolle haben sollte.«

Ich lächelte schwach. »Na ja, ich habe mich auch ziemlich fest an dich geklammert.«

»Trotzdem, ich hätte dich früher loslassen können, anstatt …« Auri brach ab und schüttelte den Kopf, als brächte er es nicht über sich, die Worte auszusprechen.

»Meinen Hals zu küssen?«, beendete ich den Satz für ihn.

Ich wollte nicht um den heißen Brei herumreden, auch wenn die bloße Erinnerung an seine Lippen meine Haut zum Kribbeln brachte. Seine Liebkosungen waren so unendlich zart gewesen, so seicht wie die Wellen, die unsere Körper umspült hatten.

»Genau«, antwortete Auri. Er senkte den Blick und räusperte sich. »Ich habe mich hinreißen lassen.«

»Und ich habe es geschehen lassen.«

»Wir sind also beide schuld«, schlussfolgerte er und sah wieder auf.

Ich nickte. Mir fiel ein riesengroßer Stein vom Herzen.

»Also sind wir wieder Freunde?«

»Wir waren immer Freunde«, erwiderte ich, ohne zu zögern. »Das war nur eine kleine Unebenheit, über die wir gestolpert sind.«

»Stimmt. Und mal ehrlich, wer kann es uns verdenken? Wir sind das Material, aus dem Pornofantasien gemacht sind«, sagte Auri mit neckender Stimme. Es war eine Anspielung auf all die Leute, die ihre Gedanken nicht beherrschen konnten, wenn sie Auri und mich zusammen sahen. Sie wussten es nicht, aber oft sah man es ihren Gesichtern an.

Ich verdrehte die Augen. »Haha, sehr witzig.«

»Du weißt, dass es stimmt, und deshalb ist es witzig.«

»Okay«, gestand ich und nippte an meinem Wasser. »Vielleicht ein bisschen witzig, aber auch etwas frivol.«

»Frivol?« Auri hob die Augenbrauen. »Manchmal steckt auch in dir eine achtzigjährige Frau.«

»Womit wir bei der nächsten Pornofantasie wären.«

»Iiih.« Angewidert verzog Auri die Lippen. »Alte-Menschen-Pornos sind eklig.«

»Hast du schon mal einen angeschaut?«

»Nein. Du etwa?«

Ich schüttelte entrüstet den Kopf. »Nein, natürlich nicht.«

Auri nickte und trank den Rest seines Wassers aus, wobei die ganze Zeit über eine Falte zwischen seinen Augenbrauen ruhte, als hätte ich ihm Bilder in den Kopf gepflanzt, die er lieber früher als später losgeworden wäre. »Okay, anderes Thema. Erzähl mir etwas nicht Frivoles über dich.«

»Dieses Wort wirst du mir jetzt für immer vorhalten, oder?«

Er zuckte mit den Schultern. »Vielleicht. Also, was kannst du über dich erzählen, was ich noch nicht weiß?« Neugierig lehnte er sich über die Kücheninsel und sah mich erwartungsvoll an.

Ich überlegte kurz. Er wusste noch nichts von dem Schokoladenvorfall. Ich hasste die Geschichte, aber meine Mom gab sie immer gerne zum Besten, daher war es vermutlich sowieso nur eine Frage der Zeit, bis Auri davon erfuhr. Und besser er hörte die nüchterne Version von mir als die ausgeschmückte meiner Eltern.

»Versprich mir, dass du mich niemals mit dem aufziehen wirst, was ich dir jetzt erzähle.«

Auri schnaubte. »Sorry, das kann ich nicht versprechen.«

»Von mir aus, du kannst mich aufziehen, aber du darfst es niemandem sagen.«

»Geht klar. Also, lass hören.«

»Als Kind habe ich Schokoladendrops über alles geliebt«, begann ich. »Nachdem meine Mom mir keine mehr geben wollte, hat mir mein älterer Cousin erzählt, dass ich im Garten welche finden kann. Ich bin rausgegangen und habe danach gesucht, wie es wohl jedes Kind tun würde. Und ich habe die Drops gefunden. Sie waren braun und knackig und … hatten viel zu viele Beine.« Ich kniff die Augen zusammen und schauderte vor Ekel.

Auri starrte mich mit offen stehendem Mund an. »Du hast *Käfer* gegessen?«

Ich nickte verlegen. »Meine Mom hat mich gefunden, als ich gerade eine Kellerassel gesnackt habe.«

»Oh mein Gott.« Auri begann lauthals zu lachen. »Das ist Gold wert.«

»Ja, mach dich ruhig lustig über mich, aber ich war noch ein Kind.« Es fühlte sich für mich wichtig an, das noch einmal zu betonen. Ich konnte mich selbst gar nicht an den Tag erinnern, sondern kannte die Geschichte nur aus den Erzählungen meiner Eltern.

Auri lachte noch immer. »Ich war auch mal ein Kind, und ich hab keine Käfer gegessen.«

»Heute ist das voll angesagt«, sagte ich mit so viel Überzeugungskraft, wie ich aufbringen konnte. »Käfer sind voller Proteine und supernachhaltig in der Zucht. Ich war sozusagen ein Trendsetter.«

Auri gab ein Brummen von sich. Er glaubte mir kein Wort. »Red dir das gerne ein, wenn du dich dann besser fühlst.«

Ich verschränkte die Arme vor der Brust. »Was ist mit dir?« Ich funkelte Auri an. »Erzähl mir etwas über dich, das ich nicht weiß. Ich wette, deine Vergangenheit ist auch nicht frei von Schandflecken, Remington.«

Auris Lachen verstummte augenblicklich, und sein Gesicht wurde etwas blass, als reichten alleine meine Worte aus, um eine unangenehme Erinnerung in ihm heraufzubeschwören.

Bingo!

»Es gibt eine Sache über mich, die niemand in Mayfield weiß«, sagte Auri leise. »Wirklich niemand.«

Ich grinste. »Das klingt vielversprechend.«

Auri schnalzte mit der Zunge und schüttelte gleichzeitig den Kopf, als könnte er selbst nicht glauben, was er mir gleich erzählen würde. »Bevor ich hierhergezogen bin, habe ich eine Anfrage von einem Fotografen bekommen, der Stockfotos verkauft. Du weißt schon, diese willkürlichen Bilder von Fremden, die auf Zahnarztbroschüren oder so verwendet werden. Er wollte mich als Model, und ich brauchte das Geld, also hab ich zugestimmt, ohne zu wissen, worauf ich mich einlasse. Ich war dumm und naiv und habe keinen Gedanken daran verschwendet, wofür die Fotos möglicherweise verwendet werden könnten.«

»Oh.« Ich verzog den Mund. »Ich ahne Schlimmes.«

»Vor einem Jahr habe ich herausgefunden, wer meine Fotos gekauft hat«, erklärte Auri und atmete tief ein, bevor er weiterredete, als müsste er sich wappnen. »Es war eine Autorin, die sehr spezielle Erotikromane verfasst … in denen möglicherweise Dinosaurier eine wichtige Rolle spielen.«

Ich schnappte nach Luft. »Nein! Und du bist auf dem Cover?«

Auri nickte.

Ich konnte nicht anders und prustete los. Als jemand, der viel im Internet unterwegs war, wusste ich natürlich, dass diese Art von Büchern existierte, aber ich hatte mir nie etwas dabei gedacht. Nun, da ich wusste, dass Auri eines der Cover zierte, war mein Interesse geweckt. Das war einfach zu gut!

»Wie heißt das Buch?«

»Vergiss es, das sag ich dir nicht.«

»Bitte!« Flehend legte ich die Handflächen aneinander. »Ich muss es wissen.«

Auri schüttelte den Kopf. »Nein.«

»Komm schon.«

»Nur über meine Leiche.«

»Biiiiitte.« Ich sah ihn mit großen Augen an.

»Nein«, antwortete Auri erneut, doch ich konnte seine Entschlossenheit bröckeln sehen.

Ich änderte meine Taktik. »Bist du dir sicher? Ich werde dieses Buch so oder so finden, und wenn das passiert, zeige ich es Micah. Wenn du mir den Titel verrätst, dann bleibt das unser kleines Geheimnis. Was sagst du?«

Auri verengte die Augen zu Schlitzen. »Du siehst vielleicht süß aus, aber in Wahrheit bist du durch und durch böse.«

Ich grinste. »Ist das ein Ja?«

Statt mir zu antworten, zückte Auri sein Handy. Er tippte etwas ein und hielt mir das Display entgegen.

Meine Augen weiteten sich. »Oh. Mein. Gott!«

Ich riss ihm das Gerät aus der Hand und begann erneut zu lachen. Das Buchcover zeigte tatsächlich Auri. Oben ohne, damals noch ohne Tattoo. Er stand in einem tropisch aussehenden Regenwald, hinter ihm war ein Dinosaurier positioniert. Es war das Verstörendste und gleichzeitig Witzigste, was ich jemals in meinem Leben gesehen hatte. Vor Lachen traten mir bereits Tränen in die Augen. Eilig blinzelte ich sie weg und scrollte durch die Seite. Die Inhaltsangabe war einfach nur lächerlich, ebenso wie die drei Rezensionen, die das Buch bekommen hatte. Auri hatte wirklich Glück, dass das Buch anscheinend nicht viral gegangen war, anderenfalls hätten es seine Teamkollegen und Fans garantiert schon gefunden.

»Das ist noch viel besser als mein Schokoladenvorfall«, erklärte ich und wollte gerade die Leseprobe öffnen, als Auri mir das Handy aus der Hand riss und es sich eilig in die Hosentasche steckte.

»Genug davon«, erklärte er mit bemüht störrischer Miene, doch ich konnte seine Mundwinkel zucken sehen. Er kämpfte selbst gegen das Lachen an. »Jetzt hast du es gesehen, und wir werden nie wieder darüber sprechen, verstanden?«

»Verstanden«, erklärte ich mit einem Schmunzeln, heilfroh darüber, wieder normal mit Auri reden zu können.

14. Kapitel

Ich hatte keine Ahnung, was ich mir gerade ansah. Die verschiedenen Rottöne auf der Leinwand erinnerten mich an eine Szene aus dem Horrorfilm, den ich gemeinsam mit Amicia angeschaut hatte. Doch ich bezweifelte, dass das örtliche Kunstmuseum Zeichnungen von hervorquellenden Innereien ausstellte.

Allerdings musste ich diese Meisterwerke auch nicht verstehen. Ich war nur Auris Begleitung. Er und seine Kommilitonen hatten die Aufgabe gestellt bekommen, sich eine Marketingkampagne für das Museum auszudenken. Die beste Präsentation würde dann tatsächlich umgesetzt werden, was sich in jedem Lebenslauf ziemlich gut machen würde.

Neben mir ertönte ein Klicken, als Auri auf den Auslöser der Kamera drückte. Es war ein teures professionelles Gerät, das er sich vom MFC hatte ausleihen dürfen.

Er betrachtete die Bilder auf dem Display. »Ich habe wirklich keine Ahnung, was das sein soll.«

»Damit bist du nicht alleine«, sagte ich und neigte den Kopf, um noch einmal einen anderen Blickwinkel zu bekommen, aber das änderte rein gar nichts. Ich sah nur blutige Eingeweide. »Vielleicht hättest du besser Micah mitbringen sollen. Sie ist die Künstlerin in unserer Gruppe.«

Auri grummelte unzufrieden. »Ich werde ihr heute Abend mal die Fotos zeigen.«

»Und wo willst du als Nächstes hin?«

»Lass uns noch mal zu den Skulpturen gehen. Danach will ich kurz schauen, ob ich einen Mitarbeiter oder womöglich sogar die Leiterin des Museums erwische. Wir haben zwar einige Unterlagen bekommen, aber ich würde auch gerne persönlich mit jemandem reden.«

Ich nickte, und wir folgten der Beschriftung auf dem Boden zu dem Atrium mit den Skulpturen, in dem lokale wie internationale Künstler ausgestellt wurden.

Ich schlenderte gelangweilt durch die Gänge, während Auri seine Fotos machte. Eigentlich hatte ich überhaupt kein Interesse an dem Museum, aber Auri hat mich gefragt, ob ich mitkommen wollte, um anschließend in den Laden für Bastelbedarf zu gehen. Wie hätte ich da noch Nein sagen können? Außerdem war es im Museum wirklich erträglich. Bei dem Wetter und ohne die Schulkinder, die jetzt Ferien hatten, wirkte es wie ausgestorben. Dumpf hallten meine Schritte von den hohen Steinwänden wider. Kein Wunder, dass Auris Kurs eine Marketingkampagne auf die Beine stellen sollte, um mehr Besucher anzulocken.

»Wie läuft es eigentlich im Tattoostudio?«, fragte Auri, während er sich auf den Boden kniete, um eine der Skulpturen von unten zu fotografieren. »Du hast noch nicht viel erzählt.«

Ich zuckte mit den Schultern. »Da gibt es nicht viel zu erzählen. Ricky und die anderen sind sehr nett, aber ich hab nicht viel mit ihnen zu tun. Sie sind meistens mit Kunden beschäftigt. Ansonsten sitz ich rum und warte darauf, dass das Telefon klingelt oder jemand reinkommt.«

»Und der Kontakt zu den ganzen fremden Leuten macht dir keine Probleme?«

»Nein, solange sie keinen Small Talk erwarten, ist alles gut. Was ist eigentlich aus deinem Vorhaben geworden, dir noch ein Tattoo stechen zu lassen?« Ich hatte Auris Worte und seine

»Drohung«, mich das Motiv aussuchen zu lassen, nicht vergessen.

»Das steht noch«, sagte Auri und rappelte sich auf, um weitere Fotos aus einer anderen Perspektive aufzunehmen. »Ich bin bisher nur noch nicht dazu gekommen, das Crooked Ink während deiner Arbeitszeiten zu besuchen.«

»Du weißt, dass die anderen Aushilfen dir ebenso gut einen Termin geben können.«

»Ich will dich aber in Aktion sehen.«

»In Aktion?« Ich schnaubte. »So würde ich das nicht nennen, aber von mir aus.«

»Wann bist du das nächste Mal dort?«

»Ich schick dir meinen Dienstplan.«

»Cool.« Auri stemmte die Hände in die Hüfte. »Ich glaube, ich bin hier fertig. Möchtest du dort auf der Bank warten, während ich versuche, die Leiterin dieses Friedhofs zu finden? Es sollte nicht lange dauern.«

»Klar. Bis gleich.« Ich hockte mich auf die Bank, die zwischen zwei Skulpturen aus Draht stand, und holte mein Handy hervor, um Auri den Plan direkt zu schicken.

Ich wollte gerade das Mailprogramm öffnen, als ich entdeckte, dass ich einen verpassten Anruf von einer nicht eingespeicherten Nummer hatte. Dennoch wusste ich augenblicklich, wer der Anrufer war, ich kannte die Ziffern auswendig. Sie hatten sich bereits vor Jahren in mein Gedächtnis eingebrannt. Kurz überlegte ich, sofort zurückzurufen, aber dafür war später noch immer Zeit.

Ich schickte Auri meinen Dienstplan und öffnete anschließend Instagram. Gedankenverloren scrollte ich durch meine Chronik, während ich wartete. Lucien hatte drei Bilder von meinem blutigen Teufelsgesicht hochgeladen, und Aliza hatte ein riesiges Gewinnspiel gestartet, bei dem man ein Set

High-End-Kochtöpfe gewinnen konnte. Auri hatte ebenfalls ein neues Bild von sich gepostet, wie er bei Nacht auf dem Footballfeld stand und einem seiner Mitspieler ein High five gab. Hinter ihren Rücken leuchteten die Scheinwerfer hell wie strahlende Monde. Es war ein schönes Foto, aber es sah genauso aus wie Hunderte andere zuvor. Allerdings schien das seine Fans nicht zu stören. Sie hatten es begeistert kommentiert und feierten, dass er wieder am Training teilnehmen konnte.

»Da bin ich schon wieder«, hörte ich Auri sagen.

Ich blickte von meinem Handy auf. »Hast du die Leiterin gefunden?«

»Ja, ich hab übermorgen einen Termin bei ihr.«

»Wir können also gehen?«, fragte ich hoffnungsvoll.

»Yep.«

»Cool.« Ich steckte mein Handy weg und wollte gerade aufstehen, als ich bemerkte, dass etwas nicht stimmte. Meine Hände zitterten, und mein Herz schlug viel zu schnell, als hätte ich gerade etwas wahnsinnig Aufregendes erlebt, anstatt in einem langweiligen Museum zu sitzen. Dunkle Flecken begannen vor meinem Sichtfeld zu tanzen, und ich ließ mich zurück auf die Bank plumpsen.

»Cassie?« Besorgt beugte sich Auri zu mir hinunter. »Ist alles in Ordnung?«

Ich schüttelte den Kopf. »Unterzucker.«

»Fuck.« Auri setzte sich neben mich. »Hast du was dabei?«

»Ja.« Ich verließ das Haus niemals, ohne etwas zu essen, zumindest eine Tüte Gummibärchen oder Traubenzucker hatte ich immer dabei. Allerdings war es schon eine Weile her, dass mich mein Unterzucker so kalt erwischt hatte. Normalerweise hatte ich ein gutes Gespür dafür, da ich mich schon lange genug mit dieser Krankheit herumschlug, aber dieses Mal hatte mich mein Körper reingelegt.

Ich griff in meine Handtasche und stopfte mir ein Stück Traubenzucker in den Mund. Ich hasste die Dinger abgrundtief, da ich mit ihrem Geschmack so viele negative und schwache Momente in meinem Leben in Verbindung brachte, aber sie waren für mich kleine Lebensretter.

Auri sah mich verunsichert an. Situationen wie diese machten ihn immer noch nervös, obwohl er in den vergangenen Jahren schon drei oder vier davon miterlebt hatte.

»Hast du noch etwas zu trinken?«

»Nein, meine Flasche ist leer.«

»Ich hol dir was.« Er sprang auf und eilte zu dem Wasserspender am anderen Ende des Raumes, während ich mich daranmachte, meine Blutwerte zu kontrollieren. Nachdem ich alles geprüft hatte und es mir gelungen war, den Traubenzucker runterzuwürgen, holte ich das Sandwich hervor, das ich mir eingepackt hatte.

»Hier«, sagte Auri und reichte mir einen Plastikbecher mit Wasser.

»Danke.« Ich stellte den Becher neben mich.

»Ist es schon besser?«

»Ein bisschen.« Ich hielt ihm die zweite Hälfte meines Sandwiches hin. »Willst du?«

»Nein, iss du erst mal.«

Ich nahm einen Bissen. Erst jetzt bemerkte ich, wie hungrig ich war. Das war wirklich dumm von mir gewesen.

Schweigend saßen Auri und ich nebeneinander, während ich mein Erdnussbutter-Gelee-Sandwich aß. Es war nicht das Leckerste, was ich jemals gegessen hatte, doch bereits nach kürzester Zeit fühlte ich mich etwas besser. Froh darüber, dass Auri sie abgelehnt hatte, biss ich in die zweite Hälfte des Sandwiches.

»Entschuldigen Sie«, erklang plötzlich eine Stimme in unserer Nähe.

Ich blickte auf und entdeckte einen Mann in dunkelblauer Uniform, der mit langen Schritten auf uns zukam.

»Was gibt's?«, fragte Auri.

Der Wachmann blieb vor der Bank stehen und blickte auf uns herab. »Sie dürfen hier nicht essen.«

»Sie ist gleich fertig.«

Der Blick des Aufsehers zuckte zu Auri. »Essen ist in den Ausstellungsräumen verboten«, erklärte er mit ausdrucksloser Stimme, als würde er den Satz von einem Schild ablesen.

Ich wollte das Brot wegpacken, aber Auri stoppte mich mit einer Bewegung, ohne mich anzusehen, den Blick weiterhin fest auf den Wachmann geheftet. »Es ist nur ein Sandwich.«

»Das tut nichts zur Sache«, erwiderte der Aufseher. »Regeln sind Regeln.«

»Kommen Sie, Mann.«

Die Augen des Aufsehers verengten sich, und seine zuvor gelangweilte Stimme nahm einen kühlen Tonfall an. »Packen Sie das Essen weg, oder verlassen Sie das Museum«, verlangte er streng.

»Wir wollten gerade gehen, aber meine Freundin hat Unterzucker bekommen.«

Der Wachmann sah mich an. Geringschätzig ließ er den Blick über meinen Körper wandern. Seine missbilligende Miene blieb unverändert. »Sie sieht nicht krank aus.«

»Ich habe Diabetes«, erwiderte ich.

»Natürlich.« Es war ihm eindeutig anzuhören, dass er mir nicht glaubte. Und wenn ich ehrlich war, wunderte es mich nicht einmal. Es war nicht das erste Mal, dass jemand versuchte, mir meine Krankheit abzusprechen, weil ich als junge, schlanke Frau nicht in das Bild passte, das man für gewöhnlich mit Diabetes assoziierte.

Auri funkelte den Mann wütend an. »Das ist die Wahrheit.«

Der Wachmann schüttelte den Kopf. »Glaubt mir, ich habe diese Ausreden alle schon gehört. Und jetzt verschwindet.«

»Wir brauchen nur noch eine Minute«, drängte Auri.

»Verstehst du meine Sprache nicht, oder was?«, keifte der Aufseher, dessen Kopf inzwischen eine leicht rote Farbe angenommen hatte. »Verschwindet. Oder ich rufe die Polizei und lasse euch entfernen.«

»Auri, lass uns gehen«, bat ich und stand von der Bank auf. Ich wollte nicht, dass die Situation eskalierte. Nicht meinetwegen.

Auri sah mich an. Sein Gesicht war wutverzerrt, aber sein Zorn beraubte ihn Gott sei Dank nicht jeder Vernunft. Er stand ebenfalls auf, wandte sich aber noch einmal zu dem Aufseher um. »Ich werde mich bei Ihrem Vorgesetzten beschweren.«

Eine Drohung, für die der Wachmann nur ein müdes Lächeln übrig hatte. »Nur zu.« Er musterte Auri mit arrogantem Blick von oben bis unten. »Jemandem wie dir wird eh niemand glauben.«

Auris Augenbrauen schossen in die Höhe. »Jemandem wie mir? Was soll das heißen?«

Der Wachmann schnaubte. »Das weißt du ganz genau.«

»Nein, sagen Sie es mir«, verlangte Auri und straffte die Schultern.

Für einen kurzen Moment konnte ich so etwas wie Verunsicherung in den Augen des Aufsehers aufblitzen sehen.

»Sagen Sie, dass mir niemand glauben wird, weil ich schwarz bin und Sie ein Arschloch sind.«

Auris letzte Worte fegten die Verunsicherung aus dem Gesicht des Mannes. »Wie hast du mich gerade genannt?«

Bevor Auri den Satz wiederholen oder etwas anderes sagen konnte, das ihn in Schwierigkeiten brachte, packte ich seine

Hand. »Ich will gehen. Sofort«, erklärte ich energisch und zerrte mit so viel Kraft, wie ich aufbringen konnte, an seinem Arm.

Zu meiner Überraschung leistete Auri keinen Widerstand und ließ sich ohne Gegenwehr von mir wegführen. Mein Herz raste, und kurz fürchtete ich, der Wachmann könnte uns folgen, aber er tat es nicht. Trotzdem blieb ich erst stehen, als wir den Ausgang des Museums erreicht hatten und in die pralle Mittagssonne hinaustraten.

Ich ließ Auris Hand los und wirbelte zu ihm herum. Mein Schwindel war inzwischen vollkommen von dem Adrenalin vertrieben worden, das durch meinen Körper rauschte. »Was stimmt nicht mit dir?«, keifte ich wütend. »Was hast du dir dabei gedacht, diesen Aufseher als Arschloch zu bezeichnen?«

»Er war ein Arschloch«, brummte Auri.

»Ja, ein Arschloch, das dich hätte verhaften lassen können.«

»Er war im Unrecht.«

Ich stieß ein tiefes Seufzen aus. »Ich weiß, ich war dabei, aber was wäre passiert, hätte er die Polizei gerufen? Vermutlich hätten sie dir die Schuld zugeschoben und dich festgenommen. Und was dann? Womöglich würden sie dich aus dem Kurs schmeißen oder Schlimmeres. Das ist dieser Idiot nicht wert. Vergiss ihn.«

Auri presste die Lippen so fest aufeinander, dass seine Kiefermuskulatur deutlich hervortrat. Seine Nase blähte sich auf, als er geräuschvoll ein- und wieder ausatmete, um sich zu beruhigen. »Ich hasse solche Menschen«, erklärte er mit einem enttäuschten Kopfschütteln und warf einen bösen Blick in Richtung Eingang zurück.

Beschwichtigend legte ich eine Hand auf seinen Arm. »Ich auch, und er wird nicht ungestraft davonkommen. Du hast übermorgen einen Termin mit der Leiterin. Erzähl ihr von dem Vorfall. Sie wird dir zuhören.«

Auri holte noch einmal tief Luft, dann nickte er.

Ich lächelte ihn bestärkend an, auch wenn es mich einiges an Überwindung kostete, so ruhig zu bleiben. Innerlich tobte ich, aber das Letzte, was ich wollte, war, dass Auri meinetwegen festgenommen wurde. Wer wusste schon, was dann passieren würde? Fair wäre es gewesen, wenn man ihn anschließend schnell wieder freigelassen hätte; aber jeder, der die Nachrichten verfolgte, wusste, dass unser Rechtssystem so nicht funktionierte, zumindest nicht für jemanden mit Auris Hautfarbe. Und das machte mich wirklich wütend. Doch ich verbarg meinen Zorn hinter dem Lächeln, das ich Auri schenkte, um ihn zu beruhigen. Behutsam ließ ich meine Finger seinen Arm hinabgleiten, bis ich seine Hand in meiner hielt.

Augenblicklich wurde sein Blick weicher und zuckte zu unseren miteinander verschränkten Fingern.

»Lass uns zum Bastelladen gehen«, sagte ich, und das nicht nur, weil ich mich bereits den ganzen Tag darauf freute, sondern auch, weil ich wusste, dass es uns auf andere Gedanken bringen würde, wenn wir an unseren Cosplays weiterarbeiteten.

»Es war total nett von der Verkäuferin, uns einen Rabatt zu geben«, sagte Auri, als wir den Laden verließen.

»Ja, sie war wirklich lieb.« Ich blieb stehen und fischte meine Sonnenbrille aus der Handtasche.

Fast zwei Stunden hatten wir damit verbracht, die Auslagen zu durchstöbern. Wir hatten einige Sachen für unsere Cosplays gefunden, aber auch für unsere LARP-Kostüme waren wir fündig geworden. Allerdings würde es noch eine Weile dauern, bis unsere Gruppe wieder zusammenkam, da die meisten Studierenden die Semesterferien bei ihren Familien verbrachten. Und nur mit der halben Gruppe zu spielen, machte keinen Spaß.

»Wo wollen wir als Nächstes hin?«, fragte Auri und sah sich auf der Straße um.

Wir waren in der Innenstadt, und anders als im Museum war es hier ziemlich voll. Die Menschen erledigten ihre Samstagseinkäufe, bummelten an den Schaufenstern vorbei oder genossen einen kühlen Eiskaffee. Es war ein idyllischer Anblick, der bei mir allerdings Herzrasen verursachte, vor allem nach dem Zwischenfall mit dem Aufseher. Mir reichte es für heute.

»Ich möchte gerne nach Hause.«

Fragend sah Auri mich an. »Sicher?«

Ich nickte. »Ich bin durch.«

»Und was wollen wir zu Hause machen?«

»Ich weiß nicht … Wir könnten an unseren Kostümen arbeiten«, schlug ich das Offensichtliche vor. »Oh, und dabei könnten wir uns das *Witcher*-Let's-Play von TR anschauen. Oder kennst du das schon?«

»Ich glaube nicht.«

»Super.« Begeistert von meinem eigenen Vorschlag klatschte ich in die Hände.

Auri erhob keine Einwände. Vorher wollte er sich allerdings noch einen Salat mit Hähnchenbrust von seinem Lieblings-Deli holen.

Als ich mit einem Blick durch das Schaufenster feststellte, dass der kleine Laden vor Menschen beinahe überquoll, beschloss ich, vor dem Eingang zu warten. Während Auri sich seinen Salat besorgte, schrieb ich eine Antwort auf Luciens Nachricht, die er mir bereits vor einer Stunde geschickt hatte. Er hatte mich gefragt, ob es okay wäre, wenn er Amicia und Brooklyn zum Sommerfest von Bright Canopy begleitete. Ich schickte ihm Julians Nummer, damit er ihn fragen konnte. Zwar waren Eltern und andere Familienmitglieder auf dem

Fest erwünscht, aber ich wollte mich lieber noch einmal rückversichern.

»Hey«, hörte ich plötzlich jemanden neben mir sagen.

Ich sah auf und entdeckte Colby ein paar Schritte von mir entfernt. Beinahe hätte ich ihn nicht erkannt, denn er hatte das Cap mit dem Logo seiner Footballmannschaft tief in die Stirn gezogen.

»Hey.«

»Du bist doch Maurice' Mitbewohnerin … Clara«, sagte er, ziemlich überzeugt, und kam näher. In den Händen hielt er mehrere Einkaufstüten, die aus den verschiedensten Klamottenläden stammten.

»Cassie«, korrigierte ich.

»Ah, natürlich. Sorry. Bist du alleine unterwegs?«

»Nein, Auri ist gerade da drin und besorgt uns was zu essen.« Ich machte eine Kopfbewegung in Richtung Deli.

»Auri? Ist sie eine Freundin von dir?«

»Was? Nein.« Ich schüttelte den Kopf. »Auri … Maurice.«

Colby runzelte die Stirn, doch kurz darauf trat ein breites Grinsen auf sein Gesicht. »Auri«, wiederholte er säuselnd. »Natürlich. Das ergibt Sinn.«

Ich nickte verhalten und hoffte, dass der Kerl bald wieder verschwand. Ich mochte ihn nicht. Mit seinen blonden Haaren und den blauen Augen sah er vielleicht aus wie der Schwiegersohn, den sich jede Mom wünschte, aber er hatte etwas Schmieriges an sich, das mir nicht gefiel.

Colbys sah auf die Tasche in meiner Hand. »Wart ihr shoppen?«

Ich wollte ihm gerade antworten, als ich unterbrochen wurde.

»Colby, mit wem redest du da?«, rief eine Frau, die aus dem Schmuckladen neben dem Deli getreten war. Sie hatte langes braunes Haar und war in Colbys und meinem Alter. Seine Freundin, vermutete ich, nicht zuletzt aufgrund des prüfenden Blicks, mit dem sie mich von oben bis unten musterte.

»Mit niemandem. Ich komme«, gab Colby zurück und fügte an mich gewandt hinzu: »Ich muss los. Grüß *Auri* von mir.«

»Mach ich«, erwiderte ich mit einem verkniffenen Lächeln und sah Colby nach, wie er hörig zu seiner Freundin rannte. Diese musterte mich ein letztes Mal über ihre Schulter hinweg, ehe sie etwas zu Colby sagte, das ihn heftig den Kopf schütteln ließ. Aus irgendeinem Grund brachte mich das zum Schmunzeln.

»War das Colby?«, fragte Auri, als er kurz darauf aus dem Deli kam.

»Ja, er wollte nur eben Hallo sagen.« Ich lächelte. »Hast du deinen Salat bekommen?«

Auri nickte, und wir machten uns auf den Weg nach Hause.

15. Kapitel

»Ich geh jetzt!«, rief ich in den hinteren Teil des Tattoostudios.

Das Surren der Maschinen verstummte, und die anderen wünschten mir einen schönen Feierabend.

Ich lächelte und schob den Riemen meiner Tasche auf der Schulter zurecht, ehe ich das Crooked Ink verließ. Kurz überlegte ich, den Bus nach Hause zu nehmen, entschied mich dann aber dafür zu laufen. Ich war voller Energie und noch immer beflügelt von meinem Wochenende mit Auri. Es war fantastisch gewesen. Wir hatten auf der Couch rumgelümmelt, an unseren Cosplays gearbeitet und vor allem viel geredet – über Filme, Bücher und Musik, aber auch über unser Studium und unsere Familien. Ich hatte Auri sogar dazu überreden können, mich die Leseprobe des Buches lesen zu lassen, dessen Cover er zierte. Zuerst war er nicht allzu begeistert gewesen, aber am Ende der Leseprobe hatten wir beide vor Lachen geweint. Es war das perfekte Wochenende gewesen, und ich hoffte sehr, dass Auri und ich am Abend daran anknüpfen konnten. Ich war unheimlich froh, dass wir über den Zwischenfall am See geredet hatten, und auf eine merkwürdige Art und Weise hatte ich das Gefühl, dass uns das Gespräch einander noch näher gebracht hatte. Aber womöglich lag das auch an den eigenartigen Geschichten, die wir miteinander geteilt hatten.

Ich sperrte die Haustür auf und stieg die Stufen zur Wohnung hoch. Bereits im zweiten Stock hörte ich einen Chor aus tiefen Stimmen. Ein ungutes Gefühl beschlich mich, und wie befürchtet führte mich das Gelächter geradewegs vor meine Wohnungstür.

Auri hatte Teamkollegen mit nach Hause gebracht.

Meine Vorfreude auf den Abend verpuffte. Ich hatte nichts gegen Auris Freunde, aber ich kam nicht gut mit ihrer Art zurecht. Bestimmt waren sie, wenn man sie besser kannte, ganz nette Typen, aber was ich bisher von ihnen mitbekommen hatte, machte sie nicht gerade zu der Art Mensch, mit der ich gerne Zeit verbrachte. Und das Grölen, das bis ins Treppenhaus hinaus erklang, bestätigte mich nur einmal mehr in meiner Ansicht. Anscheinend schauten sie sich irgendein altes Footballspiel an.

Kurz überlegte ich, bei Micah zu klopfen und mich bei ihr zu verstecken, bis Auris Freunde weg waren, aber ich wollte mich von ihnen auch nicht aus meiner eigenen Wohnung vertreiben lassen. Also wappnete ich mich innerlich und schloss die Tür auf.

»Was für ein Drecksack, dem sollte man die Eier abschneiden!«

Obwohl ich mit dem Lärm gerechnet hatte, zuckte ich bei den harsch klingenden Worten zusammen.

Wie erwartet, lief gerade ein Spiel. In der Luft lag eine Geruchsmischung aus Pizza, Bier und etwas Herbem, Pflanzlichem. Hatte einer der Jungs gekifft?

Sie waren zu fünft. Zusammengequetscht saßen sie auf der Couch und den Sesseln. Jeremy Preston, der Quarterback der Mannschaft, Colby, zwei andere Typen, die ich noch nie gesehen hatte, und ein schlecht gelaunt dreinblickender Auri.

»Hey«, begrüßte ich die Jungs.

Sie wandten die Köpfe in meine Richtung.

Bildete ich mir das ein, oder wurde Auris Gesichtsausdruck bei meinem Anblick tatsächlich noch düsterer?

»Hey, Cas«, erwiderte Colby mit einem schiefen Grinsen.

»Ich hoffe, es ist okay, dass ich ein paar der Jungs eingeladen habe«, sagte Auri.

»Klar.« Was hätte ich auch sonst sagen sollen? Diese Wohnung gehörte Auri ebenso wie mir. Außerdem waren seine Freunde schon da, und ich würde sie ganz bestimmt nicht einfach so rausschmeißen.

»Meine Mitbewohnerin Cassie«, stellte mich Auri vor. »Das sind die beiden Neuen, von denen ich dir erzählt habe. Bridger«, er deutete auf den weißen Kerl mit der Glatze und dem silbernen Nasenring, »und Zayn.« Zayn hatte braune Haut und dichte schwarze Wimpern, die seine grünen Augen perfekt einrahmten.

Schüchtern hob ich die Hand zum Gruß. »Hey. Freut mich, euch kennenzulernen.«

»Bist du nicht die Kleine aus der Sportsbar? Von vor ein paar Monaten?«, fragte Jeremy. Er war ein beeindruckender Typ mit kantigen Gesichtszügen und einem unglaublich muskulösen Körper.

Ich nickte, sagte aber nichts. Das war ein Abend, an den ich mich nur ungern zurückerinnerte. Eigentlich hatten Auri und ich auf unser erstes Date gehen wollen, das Micah arrangiert hatte. Es war das einzige Mal gewesen, dass Auri und ich wirklich zugegeben hatten, dass wir beide nicht nur an einer platonischen Beziehung miteinander interessiert waren. Doch das Date hatte mit einer anderen Frau auf seinem Schoß und mir auf Luciens Couch geendet, und wir hatten nie wieder darüber gesprochen. Und das würde ich jetzt gewiss nicht ändern.

»Magst du dich zu uns setzen?«, fragte Zayn. Seine Einladung klang aufrichtig freundlich.

Ich schüttelte den Kopf, da ich weder das Verlangen verspürte, mit diesen Typen abzuhängen, noch, ein altes Footballspiel zu sehen. Außerdem empfing ich komische Schwingungen von Auri, die ich mir nicht erklären konnte. Als wir uns am vergangenen Abend Gute Nacht gesagt hatten, war noch alles in Ordnung gewesen, doch in diesem Moment betrachtete er mich mit einer Mischung aus Zorn und Verdruss; aber vermutlich galten diese Gefühle nicht mir.

»Lieber nicht.«

»Ach komm schon«, drängte Colby, vor dem bereits zwei leere Bierflaschen standen. Außerdem hatte ich das Gefühl, dass der Grasgeruch von ihm ausging. »Du wohnst seit zwei Jahren mit unserem Auri zusammen, und wir kennen dich kaum. Schnapp dir eine Flasche, und mach es dir gemütlich.«

»Lass sie in Ruhe«, fuhr Auri ihn an. »Sie muss sich nicht zu uns setzen, wenn sie nicht will.«

Abwehrend hob Colby die Hände. »Immer mit der Ruhe. Niemand zwingt sie.«

»Genau«, pflichtete Zayn ihm bei. »Außerdem wäre es unhöflich, sie nicht zu fragen. Immerhin wohnt sie auch hier.«

»Also, wie sieht's aus? Willst du dich zu uns setzen?«, erkundigte sich Jeremy.

Ein weiteres »Nein« lag mir bereits auf der Zunge, doch dann hielt ich inne. Es brannte mir wirklich auf den Nägeln herauszufinden, was mit Auri los war. Und außerdem war das hier meine Chance, endlich auch Auris andere Freunde etwas besser kennenzulernen, ohne ihn auf eine dieser Partys begleiten zu müssen.

»Okay«, antwortete ich schließlich. »Ich zieh mich nur kurz um. Bin gleich zurück.«

Colby grinste. »Cool.«

Ich huschte in mein Zimmer und sperrte zur Sicherheit die Tür ab, damit keiner der Jungs hereinkam, während ich gerade im BH dastand. Meine Handtasche hängte ich an einen

Kleiderhaken an der Wand, ehe ich mir das Shirt über den Kopf zog. Ich warf es in den Wäschekorb und wollte mich gerade meinem Schrank zuwenden, als mein Blick auf einen Berg aus Stoff fiel, der auf meinem Bett lag. Am Morgen war der noch nicht da gewesen.

Ich blinzelte. Es dauerte ein paar Sekunden, bis ich erkannte, was da lag. Mein Cosplay. Meines und das von Auri. Achtlos auf mein Bett geschmissen. Als ich die Wohnung vor fünf Stunden verlassen hatte, waren die Sachen noch ordentlich neben meiner Nähmaschine auf dem Esstisch angeordnet gewesen. Diese stand nun auf dem Boden neben meinem Bett, das Kabel unaufgerollt daneben.

Ich ballte die Hände zu Fäusten und zwang mich, ruhig einzuatmen. Ich war nicht dumm. Ich wusste, was passiert war. Auri hatte die Sachen hier reingeworfen, um sie vor seinen Freunden zu verstecken. Er wollte nicht, dass Jeremy und die anderen sein Kostüm sahen. Die Erkenntnis versetzte meinem Herz einen Stich, und meine Lust, den Abend mit Auris Teamkollegen zu verbringen, die zuvor schon kaum vorhanden gewesen war, löste sich gänzlich in Luft auf. Ob es den Jungs auffallen würde, wenn ich einfach in meinem Zimmer blieb und nicht wieder herauskam?

Vermutlich schon.

Ich würgte das Gefühl des Verrats hinunter, schnappte mir ein frisches T-Shirt aus dem Kleiderschrank, zog es über und trat wieder ins Wohnzimmer.

Auri und seine Kumpels starrten gebannt auf den Fernseher, auf dem gerade ein Spieler zu sehen war, der mit dem Ball unter dem Arm über das Feld hechtete.

Ich verstand den Reiz dieser Sportart einfach nicht, obwohl mein Dad ein riesengroßer Fan der Seattle Seahawks war und mich früher sogar zu ein paar Spielen mitgenommen hatte.

Ich holte mir eine Diät-Limo aus dem Kühlschrank und schnappte mir einen Stuhl vom Esstisch, den ich neben die Couch stellte, da ich mich nicht zwischen die Jungs quetschen wollte.

Auris Blick zuckte kurz in meine Richtung, ohne dass er mich wirklich ansah, bevor er sich wieder dem Spiel zuwandte.

Niemand sagte etwas, nur die Stimme des Spielkommentators schallte durch den Raum.

Ich nippte an meiner Limo und versuchte ebenfalls, dem Spiel zu folgen. Doch als ich meine Aufmerksamkeit dieses Mal auf den Fernseher richtete, bemerkte ich, dass sich etwas verändert hatte. Etwas fehlte. Das Sideboard, auf dem unser Fernseher stand, war bis auf ein paar Staubflocken leer. Sämtliche *Herr der Ringe*-Ausgaben aus Auris und meiner Sammlung waren verschwunden.

Das konnte nicht sein Ernst sein.

Ich sah zu Auri. Er saß vorgebeugt auf der Couch, den Blick krampfhaft auf den Fernseher gerichtet. Die Anspannung in seinen Schultern war nicht zu übersehen. Doch ich glaubte keine Sekunde, dass diese etwas mit dem Spiel zu tun hatte. Er war sich seiner Schuld bewusst. Er hatte nicht nur unser gemeinsames Cosplay in meinem Zimmer verschwinden lassen, sondern auch unsere Sammlung versteckt.

Ich verstand es einfach nicht. Warum behandelte Auri unser gemeinsames Hobby wie ein schmutziges Geheimnis, von dem keiner etwas wissen durfte?

Ein schmerzhaftes Stechen breitete sich in meiner Brust aus. Ich fühlte mich verraten und hintergangen. Was sagte dieses Verhalten über unsere Freundschaft aus? Würde Auri mich auch einfach verstecken und unter den Teppich kehren, wenn es sein Ruf von ihm verlangte? War das der Grund, weshalb er so komisch drauf war und Colby und Zayn zurückgepfiffen hatte, als sie mich zum Mitgucken eingeladen hatten? Ich hatte geglaubt, dass Auri nur nett sein und mir einen Ausweg hatte bieten wollen, doch nun war ich mir dessen nicht mehr so sicher. Hatte er Angst, dass ich etwas sagen könnte, was ihn vor seinen Freunden blamierte? Schämte er sich für mich?

Bei der Vorstellung wurde mir übel. Auri und seine Freundschaft bedeuteten mir die Welt, und ich hatte geglaubt, ihm ginge es ähnlich. Aber womöglich hatte ich mich getäuscht, wenn es ihm so leichtfiel, all die Dinge zu leugnen, die unsere Beziehung definierten.

Meine Kehle fühlte sich wie zugeschnürt an. Ich hielt es hier nicht mehr aus. Ich musste weg. Womöglich konnten mir Micah und Julian für ein paar Stunden Unterschlupf gewähren.

Ich wollte gerade aufstehen, als Bridger nach der Fernbedienung griff und die Stumm-Taste drückte. Ich hatte gar nicht bemerkt, dass das zweite Quarter vorbei war und die Halbzeit begonnen hatte.

»Ich muss pissen«, verkündete Bridger und stand von der Couch auf, als der erste Werbeclip begann – womit meine Chance, mich möglichst unauffällig aus dem Staub zu machen, während die Jungs auf das Spiel konzentriert waren, verstrich.

»Will noch jemand ein Bier?«, fragte Auri in die Runde, ohne mich anzusehen.

»Ich nehm eins«, antwortete Jeremy.

»Ich auch«, rief Colby.

Zayn hob seine Flasche. »Hab noch.«

Ich sagte nichts, und Auri hakte nicht nach. Wenn es den anderen auffiel, kommentierten sie es zumindest nicht.

Für ein paar Herzschläge herrschte betretenes Schweigen, das nur von dem plätschernden Geräusch aus dem Badezimmer durchbrochen wurde.

Igitt. Ich versuchte es zu ignorieren und trank einen Schluck meiner Limo. Sie schmeckte auf einmal fahl und abgestanden.

»Also, Cassie«, brach Zayn schließlich die Stille und wandte sich mir zu. »Erzähl mal etwas über dich.«

Sämtliche Augenpaare – mit Ausnahme von Auris – richteten sich auf mich.

Scheiße.

Mein Herz begann schneller zu schlagen, und ich konnte spüren, wie mir die Flasche in meiner Hand zu entgleiten drohte, das Glas schlagartig feucht von meinem Schweiß. Ich schluckte schwer und überlegte krampfhaft, was ich sagen konnte. Doch mein Gehirn war wie leer gefegt, während mich die drei großen Footballspieler erwartungsvoll anstarrten. Vor genau solchen Situationen fürchtete ich mich.

»Ähm … Ich … Also …«

»Cassie arbeitet bei Crooked Ink«, rettete mich Auri.

Ich schenkte ihm ein dankbares Lächeln, bis mir einfiel, dass er mir vermutlich nur zu Hilfe gekommen war, um das Gespräch auf das Tattoostudio zu lenken, bevor ich anfangen konnte, über die SciFaCon oder unsere gemeinsame LARP-Gruppe zu reden.

»Cool, das ist ein richtig angesagter Laden. Ich hab selbst zwei Tattoos von Ricky.« Jeremy stellte seinen rechten Fuß auf den Couchtisch, sodass wir alle seine muskulöse Wade bewundern konnten. Auf seinem Unterschenkel war ein Footballhelm zu erkennen, um den einige weitere Symbole angeordnet waren, die man mit dem Sport in Verbindung brachte. Darunter stand ein Datum und das Wort »Legend«.

»Sieht gut aus«, sagte ich, da Jeremys erwartungsvoller Blick auf mir ruhte.

»Ja. Ich wollte es eigentlich etwas anders haben, aber Ricky meinte, so würde es geiler aussehen. Und er hatte recht.« Jeremy strich liebevoll über die Tätowierung, bevor er sein Bein zurück auf den Boden stellte. »Allerdings ist er verdammt teuer. Ich spar immer noch für das nächste Tat. Könntest du bei ihm einen Rabatt für mich rausschlagen?«

Ich lächelte verhalten. »Eher nicht. Ich bin Aushilfe, und das auch nur für ein paar Wochen.«

»Schade.«

»Hast du Tattoos?«, fragte Zayn und machte Platz für Bridger, der wieder zurück war.

Ich schüttelte den Kopf. »Du?«

»Nein, ich auch nicht.«

Auri kam zurück ins Wohnzimmer. Er hatte drei Bier und eine Schüssel Chips dabei, die er auf den Tisch stellte. Die Flaschen, die er sich zwischen die Finger geklemmt hatte, reichte er den Jungs. Mir hingegen schenkte er keine Beachtung. Nicht einmal ein flüchtiger Blick in meine Richtung, als würde er sich regelrecht dazu zwingen, mich nicht anzusehen.

Hatte er Angst, dass die anderen herausfinden könnten, wie gut wir befreundet waren, wenn er zu viel Interesse an mir zeigte?

»Danke, Auri«, säuselte Colby, als er ihm sein Bier reichte.

Auri warf ihm einen bösen Blick zu. »Nenn mich nicht so.«

»Wieso nicht? Ein zuckersüßer Name für einen zuckersüßen Jungen.« Colby beugte sich vor und kniff Auri in die Wange, als wäre er ein kleiner Junge.

»Lass das!«, fauchte Auri mit düsterer Miene und schlug die Hand seines Teamkameraden weg.

»Oooh, ist Auri böse?«, flötete Colby. Der Spitzname klang aus seinem Mund wie eine Beleidigung.

Auri ballte die Finger so fest um die Flasche in seiner Hand, dass die Haut über seinen Knöcheln spannte. »Alter, bist du taub, oder was?«

»Sei nicht so ein Spielverderber.« Mit einem verschlagenen Lächeln auf den Lippen wandte sich Colby an mich. »Sag mal, Cassie, woher kommt überhaupt der Name ›Auri‹ für unseren Maurice? Nennt seine Mom ihn so? Oder hast du dir den ausgedacht?«

Scheiße. Ich wusste, dass das eine Fangfrage war, und ich hatte keine Ahnung, wie ich darauf antworten sollte. Bestimmt wollte Auri nicht, dass Colby den wahren Ursprung des Namens herausfand.

Verunsichert sah ich in Richtung Fernseher. Wie lange dauerte diese Halbzeitpause noch? Und war den Jungs nicht bewusst, dass sie die Aufnahme vorspulen konnten, um die Werbung zu überspringen?

»Das ist nur eine Abkürzung«, antwortete Auri an meiner Stelle. »Wenn du Idiot das ABC beherrschen würdest, wüsstest du, dass die Buchstaben A-U-R-I in meinem Namen stecken. Und jetzt halt die Klappe. Es ist nur ein Scheißspitzname.«

Seine Worte trafen mich wie ein Schlag ins Gesicht. *Nur ein Scheißspitzname?* Wie konnte er etwas so Grausames sagen? Er hatte den Namen von mir in einer warmen Septembernacht bekommen. Wir hatten beide nicht schlafen können und waren vor dem Kühlschrank ineinandergelaufen. Kurz entschlossen waren wir noch einmal rausgegangen und durch den Park spaziert. Wir hatten geredet und geredet und geredet, über Gott und die Welt, und irgendwann hatte ich ihn Auri genannt. Nicht nur weil sich die Buchstaben in seinem Namen versteckten, sondern weil ich in ihm einen unverhofften Freund gefunden hatte, so wie Kvothe in seiner Auri. Doch ihm bedeutete das alles anscheinend nichts.

Die Enttäuschung, die ich über das versteckte Cosplay und unsere verschwundene Sammlung verspürt hatte, machte Platz für brennenden Zorn. »Auri ist aber auch der Name eines Charakters aus einem unserer Lieblingsbücher«, erklärte ich wütend. Ich konnte vieles ertragen, aber nicht, von Auri so verleugnet zu werden.

Colbys Mundwinkel zuckten. »Ernsthaft?«

Ich nickte und ignorierte dabei den Blick, mit dem Auri mich offensichtlich zum Schweigen bringen wollte. »Ja, sie ist ein kleines blondes Mädchen, das in der Kanalisation lebt.«

Colby und die anderen Jungs begannen lauthals zu lachen. Sie bekamen sich gar nicht mehr ein. So witzig war die Geschichte auch wieder nicht, andererseits hatten sie alle schon mehrere Bier intus.

Nur einer lachte nicht: Auri. Mit aufeinandergepressten Lippen saß er da und starrte mich an, doch ich empfand kein Mitleid. Immerhin hatte ich nur die Wahrheit ausgesprochen. Was er dagegen unserer Freundschaft angetan hatte, war um einiges schlimmer.

»Der Name passt wirklich perfekt. Ein kleines, schwaches Mädchen, gefangen in etwas Großem, Dunklem, das zum Himmel stinkt«, sagte Colby prustend und deutete vielsagend auf Auri, bevor er noch lauter zu lachen begann.

Sein schrilles Gelächter gepaart mit seinen Worten erstickte von jetzt auf gleich jedes Gefühl der Schadenfreude in mir. Auri benahm sich mir gegenüber vielleicht wie ein Arschloch, und ich hatte ihm eins auswischen wollen, aber das gab Colby nicht das Recht, ihn wegen seiner Hautfarbe mit einer Kanalisation zu vergleichen. Damit überschritt er nicht nur eine Grenze, sondern schoss weit über sie hinaus.

Ich starrte Colby wütend an. »So etwas solltest du nicht sagen.«

»Was?«, fragte er, noch immer schmunzelnd.

»Dein Vergleich gerade. Der war ziemlich uncool.«

Colby schnaubte. »War nur ein Witz.«

»Na und? Er war trotzdem beleidigend.«

»Du übertreibst.«

»Cassie hat recht, Mann«, kam mir Zayn zu Hilfe. »So was zu sagen, ist voll daneben.«

»Maurice weiß, wie es gemeint war. Oder, Kumpel?«

Auris Blick zuckte von mir zu Colby. »Ja. Trotzdem solltest du so einen rassistischen Müll nicht von dir geben.«

Colby verdrehte die Augen. »Ihr seid alle zu empfindlich.«

Und du bist ein zu großes Arschloch, schoss es mir durch den Kopf, aber das traute ich mich nicht zu sagen.

»Entschuldige dich bei Maurice«, verlangte Jeremy im Befehlston, auf einmal völlig nüchtern. Er sprach nun nicht mehr als Jeremy, der ein Bier mit seinen Freunden trank, sondern als Captain des Footballteams, der nicht wollte, dass etwas zwischen seinen Spielern stand.

Colby seufzte. Er wirkte genervt. Es war ihm anzusehen, dass er sich seiner Schuld nicht wirklich bewusst war, dennoch wandte er sich an Auri. »Sorry, das war ein Scheißvergleich.«

Auri sagte nichts. Er nickte nur und stellte den Ton des Fernsehers wieder an. Die Halbzeitpause war vorbei.

Alle wandten sich wieder dem Spiel zu, aber es herrschte nicht mehr dieselbe unbeschwerte Stimmung wie noch vor wenigen Minuten. Die Stille, die nur von dem Kommentator gefüllt wurde, wirkte dichter und angespannter. Das Schweigen hatte beinahe etwas Unheimliches, und noch mehr als zuvor wollte ich mich aus dieser Situation befreien, aber ich wagte es nicht, mich zu bewegen.

Immer wieder konnte ich Colbys Blick auf mir spüren, als würde er mir die Schuld dafür geben, dass er zurechtgewiesen worden war. Und auch Auri sah von Zeit zu Zeit in meine Richtung.

Ich ignorierte ihn. Was Colby gesagt hatte, war unter aller Kanone gewesen, aber sein idiotisches Verhalten machte Auris eigenes Benehmen nicht weniger schlimm. Er hatte mich zutiefst verletzt.

Ich wollte nur noch in mein Zimmer und weinen, um meinen Frust rauszulassen. Mein Magen schmerzte von all den bitteren Gefühlen, und ich kam mir erbärmlich und irgendwie wertlos vor. Anscheinend war meine Freundschaft zu Auri nicht so kostbar, wie ich angenommen hatte.

16. Kapitel

Ich lag auf der Couch und balancierte einen Becher Eiscreme auf meinem Bauch. Er war mir schon zwei- oder dreimal umgekippt und hatte Flecken auf meinem Shirt hinterlassen, was mir allerdings vollkommen gleichgültig war.

Erneut schob ich mir einen Löffel von der inzwischen flüssigen Masse in den Mund. Ein paar Tropfen gingen daneben. Ich wischte sie mit meinem Finger auf und streckte ihn Laurence entgegen, der erwartungsvoll neben mir auf dem Boden saß.

Gierig begann er, meine Finger abzulecken. Als seine raue Zunge auf meiner Haut kitzelte, musste ich unwillkürlich schmunzeln. Obwohl mir seit dem Abend, den ich mit Auri und seinen Freunden verbracht hatte, eigentlich nicht mehr zum Lachen zumute war. Ich fühlte mich miserabel wegen dem, was Colby gesagt hatte, noch schlechter fühlte ich mich allerdings wegen dem, was Auri unserer Freundschaft angetan hatte. Ich wusste nicht, wie ich darüber hinwegkommen sollte und ob das überhaupt je möglich war.

Ich schob mir einen weiteren Löffel geschmolzene Eiscreme in den Mund und tastete nach dem Handy, das neben mir auf der Couch lag. Nachdem ich den Bildschirm entsperrt hatte, wurden mir keine neuen Nachrichten angezeigt, doch ich hatte einen weiteren verpassten Anruf der nicht eingespeicherten Nummer. Ich markierte die Meldung als gelesen und legte mein Handy wieder beiseite, bevor mich die Sehnsucht überfallen konnte und ich Auri eine Nachricht schrieb. Zuerst musste er sich entschuldigen.

Ich konnte einfach nicht glauben, dass wir uns schon wieder aus dem Weg gingen. Erst die Sache am See und jetzt das. Allerdings hätten die Gründe dafür, dass wir einander ignorierten, nicht unterschiedlicher sein können. Das eine Mal hatte Auri mich an sich gezogen und mich fühlen lassen, wie sehr er mich wollte – und mich damit verunsichert. Das andere Mal hingegen hatte er mich von sich gestoßen, und ich hatte die Kälte seiner Ablehnung zu spüren bekommen. In meinem Herzen herrschte Chaos, und mein Verstand wusste nicht, wie er es ordnen sollte. Es war alles so wirr und durcheinander, und ich hatte das Gefühl, nichts mehr zu verstehen.

Als die Wohnungstür geöffnet wurde, rechnete ich mit Micah, die den Tag mit Keith und Adrian hatte verbringen wollen. Doch es war Julian.

Er stockte, als er mich auf der Couch liegen sah.

Laurence verließ sofort seinen Platz an meiner Seite und stürmte zu seinem Herrchen. Erfreut strich er um Julians Beine und stieß ein klägliches Miauen aus, als hätte ich ihn nicht eben noch mit meinem Eis gefüttert.

»Was machst du hier?«, fragte Julian stirnrunzelnd, während er seine Aktentasche an die Garderobe hängte. Er trug ein weißes Hemd und eine Stoffhose, die zerknittert war von den Stunden, die er im Büro gesessen hatte.

»Ich verstecke mich vor Auri«, antwortete ich und richtete mich auf.

Nachdem Auris Freunde gegangen waren, war auch ich aus der Wohnung geflüchtet. Die letzten zwei Tage hatte ich bei Lucien auf der Couch verbracht, aber heute war ich umgesiedelt, um seine und Amicias Gastfreundschaft nicht überzustrapazieren. Dabei hatte sich Luciens kleine Schwester sogar bereit erklärt, ihren Kleiderschrank mit mir zu teilen. Das fleckige Shirt, das ich gerade trug, gehörte ihr. Ich musste es unbedingt reinigen lassen, bevor ich es zurückgab, oder, noch besser, ich kaufte ihr gleich ein neues.

Julian setzte sich zu mir auf die Couch. »Was ist passiert?«

Ich schüttelte den Kopf. »Ich will nicht drüber reden.«

»Sicher?« Julian nahm mir den Eisbecher aus der Hand. Skeptisch betrachtete er die geschmolzene Masse, bevor er einen Löffel probierte – und kurz darauf angeekelt das Gesicht verzog. »Oh mein Gott, was ist das für eine Geschmacksrichtung? Alter Schuh?«

»Vanille.«

»Warum schmeckt das so furchtbar?«

»Ich hätte dich warnen sollen. Das ist Diät-Eis für Diabetiker.«

»Willst du dich selbst für etwas bestrafen?«

»Man gewöhnt sich an den Geschmack.«

»Mhm, rede dir das nur ein.« Julian gab mir den Becher zurück.

Schulterzuckend nahm ich sie entgegen. »Laurence mochte es.«

»Ja, aber Laurence leckt sich auch den eigenen Hintern«, sagte Julian und streichelte den Kater, der ihm gefolgt und zu uns auf die Couch gesprungen war. Aufgeregt drückte er sein Köpfchen gegen Julians Hand und begann auf seinem Schoß herumzutreten. Einen Moment wirkte Julian wegen seiner Anzughose verunsichert, doch er stoppte den Kater nicht und kraulte ihn stattdessen hinter den Ohren. Sogleich begann Laurence zu schnurren, und jegliche Bedenken verschwanden aus Julians Blick.

Ein paar Sekunden saßen wir schweigend beisammen und lauschten auf das sanfte Schnurren des Katers.

Schließlich hob Julian den Kopf und sah mich an. Er betrachtete nicht nur mein Gesicht, sondern auch die Flecken auf meinem Shirt und mein zerzaustes Haar, das ich seit gestern nicht mehr gekämmt hatte. »Also, was ist zwischen Auri und dir vorgefallen?«

»Nichts.«

»Lüg nicht. Ihr habt euch schon während des Spieleabends so komisch verhalten.«

Fuck. Ich stellte den Eisbecher auf den Tisch. »Das ist dir aufgefallen?«

»Mir und allen anderen.«

»Sorry.«

Julian lächelte mitfühlend. »Du musst dich nicht entschuldigen. Erzähl mir lieber, was passiert ist.«

Ich seufzte und ließ mich tiefer in das Polster sinken, die Arme um meinen Oberkörper geschlungen, wie um mich an mir selbst festzuhalten. »Die Sache vom Spieleabend hat sich längst geklärt. Auri und ich hatten da so einen komischen Moment am Badesee, aber wir haben darüber geredet, und danach war alles okay.«

»Bis es wieder nicht okay war?«, hakte Julian nach und begann Laurence' Nasenrücken zu reiben.

Ich nickte und senkte den Blick. An den Abend des Footballspiels zurückzudenken, tat weh. Es war kein körperlicher Schmerz, sondern ein seelischer. Wie nach Hermines Tod und doch völlig anders. Denn während der Verlust von Hermine vor allem Trauer in mir hervorgerufen hatte, erfüllten mich die Gedanken an Auri gleichzeitig mit Zorn und Bitterkeit. Es war ein toxischer Gefühlscocktail, der sich durch mein Inneres brannte und mir Magenschmerzen bereitete. Es fühlte sich ein wenig an wie emotionales Sodbrennen, gegen das es vermutlich keine Medizin gab.

Julian hörte auf, Laurence zu streicheln, und schob seinen Arm stattdessen über die Sofalehne. Ich konnte seine Nähe spüren, ohne dass er mich berührte. Seine Version einer Umarmung.

»Komm schon, Cassie, du kannst mit mir reden. Ich bin ein guter Zuhörer, und wenn mein Ratschlag Mist ist, kannst du noch immer zu Micah gehen.«

Oh nein.

Ich würde den Teufel tun und mit Micah reden. Sie war meine beste Freundin, aber alles andere als objektiv, wenn es um Auri und mich ging. Sie liebte die Vorstellung von uns als Paar. Wir waren ihr OTP – ihr One True Pairing, wie sie es einmal genannt hatte –, und nach unserem Kennenlernen im vergangenen Jahr hatte sie alle Hebel in Bewegung gesetzt, um Auri und mich zusammenzubringen. Ein Plan, der kein gutes Ende genommen hatte. Und sosehr ich Micah auch schätzte, ich wollte nicht, dass sie sich noch einmal in unsere Freundschaft einmischte.

»Auri hat sich mal wieder wie ein Arschloch verhalten«, offenbarte ich Julian.

Er hob die Augenbrauen. »Mal wieder?«

Ich nickte und zog die Beine zu mir auf die Couch. »Seine Teamkollegen haben herausgefunden, dass ich ihn Auri nenne, und ziehen ihn seitdem mit dem Namen auf, weil er nicht supermännlich klingt. Total witzig. Doch anstatt ihnen die Stirn zu bieten, hat er behauptet, Auri wäre ein Scheißspitzname, und das stimmt einfach nicht! Es ist ein toller Name, von dem ich dachte, dass er uns beiden etwas bedeutet. Mit dem Namen wurden wir beste Freunde. Vorher waren wir nur Maurice und Cassie, zwei Leute, die sich eine WG teilen. Ich weiß, das klingt total übertrieben und vielleicht auch ein bisschen verrückt, aber so empfinde ich es eben.«

»Das klingt überhaupt nicht verrückt«, widersprach mir Julian und klang dabei absolut aufrichtig. »Aber ich weiß aus eigener Erfahrung, wie kraftvoll Namen sein können. Ich habe kein Problem, mit euch über meinen Deadname zu reden, weil ich weiß, dass ihr ihn nicht gegen mich verwenden würdet. Dennoch möchte ich nicht, dass ihn jeder kennt. Das ist zwar nicht dasselbe wie mit Auri, aber ich verstehe, was du meinst.«

»Danke. Es ist einfach verletzend. Manchmal gibt mir Auri das Gefühl, ich wäre sein schmutziges Geheimnis«, gestand ich und erzählte Julian von dem Zwischenfall mit Colby auf dem Flohmarkt. »Er hat sich dafür entschuldigt, aber dann ist es wieder passiert. Vorgestern Abend waren vier seiner Teamkollegen in unserer Wohnung. Sie haben sich ein altes Footballspiel angeschaut. Keine große Sache. Doch dann ist mir aufgefallen, dass Auri unsere Cosplays und die HdR-Sammlung versteckt hatte, damit seine Jungs sie nicht sehen.«

Julian neigte den Kopf. »Bist du dir sicher, dass er die Sachen versteckt und nicht nur weggeräumt hat?«

»Absolut! Das Cosplay hat er total achtlos auf mein Bett geschmissen. Und was für einen Grund sollte er sonst gehabt haben, die Bücher umzustellen, nur weil er Besuch bekommt?«, fragte ich aufgebracht, während ich spürte, wie meine Enttäuschung einmal mehr von meiner Wut abgelöst wurde. »Ich begreife es einfach nicht. Wenn wir zu zweit sind, ist er der liebste Mensch überhaupt, und wir führen die besten Unterhaltungen. Ich kann mit niemandem so reden wie mit ihm, und ich weiß, dass es ihm genauso geht. Er hat mir Dinge über sich erzählt, die sonst keiner weiß. Doch seinen Freunden gegenüber tut er so, als wäre da nichts. Er leugnet alles, was uns miteinander verbindet. Das tut einfach weh.«

»Mhm«, brummte Julian ohne die erhofften Worte des Zuspruchs und des Trostes.

Fragend runzelte ich die Stirn. »Was ›Mhm‹?«

Julian zögerte. »Kann ich ehrlich mit dir sein?«

»Natürlich.«

»Ich finde, du bist Auri gegenüber etwas unfair«, sagte Julian leise, als könnte der Flüsterton seinen Worten die Schärfe nehmen.

Ich blinzelte irritiert. »Wieso bin *ich* unfair zu ihm?«

Mit fahrigen Bewegungen begann Julian erneut, Laurence zu streicheln, als würde ihn meine mögliche Reaktion auf das, was er mir zu sagen hatte, nervös machen. »Du meintest eben, dass dir Auri Dinge über sich verraten hat, die niemand sonst weiß.«

Ich nickte, unsicher, worauf er hinauswollte.

»Hast du dir schon mal überlegt, was für ein Privileg das ist? Du solltest ihm nicht böse sein für die Dinge, die er vor seinem Team verheimlicht, sondern dankbar für diejenigen, die er mit dir teilt.«

»Das bin ich«, versicherte ich Julian. »Aber ich wünschte, er würde nicht alles leugnen, was uns verbindet.«

»Ist dir schon mal der Gedanke gekommen, dass es bei dieser ganzen Sache möglicherweise gar nicht um dich und eure Freundschaft geht?«, fragte Julian auf diese bestimmte Art und Weise, welche die richtige Antwort eigentlich schon impliziert. »Manchmal ist es einfach leichter, nicht jede Facette seines Lebens für alle offenzulegen. Die Leute in der Architekturfirma wissen nichts von meiner Vergangenheit. Und Ricky und Jo hab ich auch nie erzählt, dass ich trans bin. Ich glaube, sie ahnen es, aber sie würden mich nie einfach so darauf ansprechen.«

»Wieso solltest du ihnen auch davon erzählen? Es hat nichts mit deinem Job zu tun.«

»Ja, und genauso wenig hat Auris Footballkarriere etwas mit euren Hobbys zu tun.«

Ich schüttelte den Kopf. »Das ist doch etwas ganz anderes.«

Julian atmete hörbar aus. »Die Angelegenheit mag eine andere sein, aber das Problem ist das gleiche. Wenn es für Auri leichter ist, sich ins Team zu integrieren, wenn seine Mitspieler nicht wissen, dass er an LARPs teilnimmt und Bücher sammelt, ist das etwas, das du akzeptieren solltest.«

Was Julian sagte, ergab in gewisser Weise Sinn. Natürlich mussten Colby und die anderen nichts über Auris Hobbys wissen, um mit ihm Football spielen zu können. Mir war es nur seltsam erschienen, dass Auri ein Geheimnis daraus machte, während ich jedem von meinen Vorlieben erzählte, ohne ein Blatt vor den Mund zu nehmen. Allerdings studierte ich im Fachbereich Literatur mit einem Haufen Nerds und Geeks zusammen, von denen die meisten noch größere Büchersammlungen besaßen als ich. Auri hingegen hatte es mit einer Horde Kerle zu tun, die einem Sport nachgingen, bei dem toxische Männlichkeit so großgeschrieben wurde wie wohl bei kaum einer anderen Sportart. Für Colby hatte bereits sein Spitzname ausgereicht, um sich über Auri lustig zu machen. Ich wollte mir gar nicht erst vorstellen, was für idiotische Sprüche dieser Hornochse loslassen würde, sollte er erfahren, dass Auri sich auch abseits von Halloween gerne verkleidete und gelegentlich als Elfenkrieger ausgab.

»Auris Beziehung zu seinen Mitspielern ist oberflächlich, weil sie ihm nichts bedeuten«, sagte Julian eindringlich, da ich ihm vermutlich zu lange geschwiegen hatte. »Aber zu dir ist er ehrlich. Weil du ihm alles bedeutest. Und das kann ich mit absoluter Gewissheit sagen, immerhin hab ich fast zwei Jahre mit euch zusammengewohnt.«

»Vermutlich hast du recht. So habe ich das noch gar nicht betrachtet.«

Julian lächelte. »Dann freut es mich, dass ich dir mit einer neuen Perspektive dienen konnte.«

Das Gespräch mit Julian hatte mir wirklich geholfen. Ich wusste zwar noch nicht, was ich zu Auri sagen würde, wenn wir uns das nächste Mal sahen, aber ich hatte das Gefühl, ihn dank Julian jetzt besser zu verstehen. Und womöglich hatte ich wirklich vorschnell über sein Verhalten geurteilt.

17. Kapitel

»Einen Augenblick, ich bin gleich für dich da«, sagte ich, ohne vom Laptop aufzublicken, als die Klingel ertönte, die Kundschaft im Crooked Ink ankündigte. Ich war gerade dabei, sämtliche Termine der kommenden Woche für Harvey zu verschieben, da er sich irgendeinen fiesen Virus eingefangen hatte.

Mittlerweile war ich gut eingearbeitet. Ich kannte das Kalender- und Rechnungssystem und hatte mich sogar damit abgefunden, mit Fremden reden zu müssen. Ich stellte mir einfach vor, dass ich all diesen Leuten einen fachlichen Vortrag hielt. Diese Kunst hatte ich mir dank des Studiums inzwischen angeeignet. Ich hatte alle Fakten rund um Tattoos, Piercings und die Terminvergabe auswendig gelernt und leierte sie inzwischen einfach nur noch runter. Das Ganze hatte nichts mit mir persönlich zu tun, und das machte es mir leichter. Zudem versuchte ich es zu vermeiden, den Leuten direkt in die Augen zu sehen. Das half ebenfalls, auch wenn manche es womöglich als unfreundlich empfanden.

»Ich würde mir gerne einen Penis auf den Hals tätowieren lassen«, hörte ich eine vertraute Stimme sagen.

»In Kombination mit deinem Arschgesicht würde das sicherlich gut aussehen.« Ich hob den Kopf und blickte geradewegs in ein Paar warmer brauner Augen. Mein Herz machte vor Freude einen Satz.

»Danke, auf mein Arschgesicht bin ich auch besonders

stolz«, erwiderte Auri mit einem Grinsen, das meinen Herzschlag noch weiter in die Höhe trieb.

Wir waren uns in den letzten drei Tagen aus dem Weg gegangen. Das Gespräch mit Julian hatte mir geholfen, die Dinge klarer zu sehen, aber ich hatte noch eine Nacht über alles schlafen wollen. Mein Plan war es gewesen, nach meiner Schicht etwas zu essen von unserem Lieblingsasiaten zu holen und das Gespräch mit Auri zu suchen. Offenbar war er mir zuvorgekommen.

»Ist das mein Siebzehn-Uhr-Termin?«, rief Jo, die aus dem hinteren Teil des Studios kam. Sie trug ein sommerliches Kleid, das farblich perfekt auf ihre roten Haare abgestimmt war.

»Nein, der ist noch nicht da«, antwortete ich mit einem flüchtigen Blick auf den Kalender. »Das ist Maurice, mein Mitbewohner.« Ich wollte nicht noch einmal den Fehler begehen, jemandem seinen Spitznamen zu offenbaren, der kein Recht darauf hatte, ihn zu kennen. »Und das ist Jo.«

»Freut mich, dich kennenzulernen, Jo.« Auri streckte ihr die Hand entgegen.

Ein Ausdruck des Entzückens trat auf Jos Gesicht, und ein Funkeln brachte ihre Augen zum Leuchten. »Und mich erst. Du bist Maurice Remington, nicht wahr?«

»Ähm ...« Auri blickte verlegen drein. »Ja, der bin ich.«

Jo schnappte aufgeregt nach Luft, und ihr Lächeln wurde noch eine Spur breiter. »Mein Neffe ist ein Riesenfan von dir! Könntest du mir etwas für ihn signieren? Damit würdest du ihm eine große Freude machen.«

»Klar, kein Problem.« Auri lachte nervös, was mich wunderte. Ich hatte ihn schon unzählige Male seine Unterschrift auf irgendwelche Dinge setzen sehen, so etwas passierte ihm ständig. Selbst über die Grenzen von Mayfield hinaus wussten begeisterte Footballfans, wer er war.

»Großartig!« Jo schnappte sich ein leeres Blatt Papier und einen schwarzen Marker vom Empfangstisch und reichte beides Auri.

Er zog den Deckel vom Stift. »Wie heißt dein Neffe?«

»Jacob.«

Auri beugte sich über die Theke. Doch er kritzelte nicht einfach nur Jacobs und seinen Namen auf das Papier, sondern nahm sich die Zeit, ihm eine Nachricht zu schreiben, die er mit den Worten beendete: *PS: Du hast eine coole Tante.* Anschließend gab er Jo den Zettel zurück.

Sie drückte ihn an ihre Brust. »Danke!«

»Keine Ursache.« Auri sah von Jo zu mir, und sein Gesichtsausdruck wandelte sich leicht. Die Veränderung war so minimal, dass sie einem Fremden vermutlich nicht aufgefallen wäre, für mich war sie allerdings nicht zu übersehen. In seinem Blick lag etwas Ängstliches. »Könnte ich mir im Gegenzug Cassie für ein paar Minuten ausleihen?«

Jo zuckte mit den Schultern. »Gerne, wenn sie nichts dagegen hat.«

Ich zögerte, unsicher, ob es eine gute Idee war, das Gespräch, das Auri und ich führen mussten, schnell irgendwo dazwischenzuquetschen. Doch Auri hatte sich extra die Mühe gemacht herzukommen, und wenn ich ehrlich war, wollte ich nicht mehr länger warten, um diese hässliche Sache zwischen uns endlich aus der Welt zu schaffen.

»Ich bleib nicht lange weg«, versprach ich Jo.

»Lass dir Zeit«, sagte sie großzügig.

Ich schnappte mir meine Handtasche und folgte Auri nach draußen. Obwohl die Hitzewelle inzwischen nachgelassen hatte, war es draußen noch immer unerträglich heiß. Schnell streifte ich den Cardigan ab, den ich mir wegen der Klimaanlage im Crooked Ink übergezogen hatte. Darunter trug ich ein schwarzes Shirt mit Fledermausärmeln, die über meine Oberarme reichten. »Wo willst du hin?«

»Ich weiß nicht.« Auri hob die Schultern. »Hast du Hunger?«

Ich schüttelte den Kopf. Mein Magen hatte sich in den letzten Sekunden in einen harten, nervösen Knoten verwandelt, ich hätte unmöglich etwas runterbringen können. »Nicht wirklich, lass uns doch einfach Richtung Park gehen.«

Schweigend liefen wir nebeneinanderher. Obwohl wir nur gemütlich spazierten, schlug mein Herz so schnell wie nach einem Marathon, angetrieben von den unausgesprochenen Worten, die zwischen Auri und mir in der Luft hingen. Mehrfach hörte ich ihn tief ein- und wieder ausatmen, als würde er Mut sammeln, mir zu sagen, was immer er zu sagen hatte.

An einer roten Fußgängerampel blieben wir stehen. Auri rechts, ich links von der Metallstange, an der sie befestigt war. Autos rauschten an uns vorbei, während wir auf das grüne Licht warteten.

»Ich glaube, ich muss mich bei dir entschuldigen«, sagte Auri schließlich.

Ich sah ihn an, aber er blickte starr geradeaus, als wollte er meine Reaktion auf seine Worte nicht sehen. »Nein, du musst dich nicht entschuldigen.«

Das ließ Auri aufhorchen. Nun sah er mich an, die Stirn gerunzelt. »Muss ich nicht?«

»Okay, vielleicht doch, aber ich muss mich genauso bei dir entschuldigen«, antwortete ich und lief los, da die Ampel umgeschaltet hatte.

Für ein paar Sekunden rührte sich Auri nicht, dann joggte er mir hinterher. Die Furche zwischen seinen Augenbrauen hatte sich vertieft. »Wieso solltest du dich entschuldigen? Du hast nichts falsch gemacht. Es war uncool, Colby von meinem

Spitznamen zu erzählen, aber ich war selbst schuld. Ich habe mich wie ein Idiot verhalten.«

Auf der anderen Straßenseite blieb ich stehen. »Ein bisschen, aber ich weiß, wieso du es getan hast.«

»Wirklich?«

»Ja, Julian hat es mir erklärt.«

»Julian?« Auri klang ehrlich überrascht.

Angesichts seines verwirrten Gesichtsausdrucks musste ich schmunzeln. »Ja, er hat mich mit einem großen Becher Eiscreme auf seiner Couch erwischt, und dann haben wir geredet. Über dich und mich und die ganze Situation.«

Auri gab ein zweifelndes Brummeln von sich.

Ich holte tief Luft und hielt kurz inne, um ein letztes Mal meine Gedanken zu sortieren. »Ich werde nicht lügen. Es hat wehgetan, als du den Namen Auri so schlechtgeredet hast. Und es war auch nicht leicht zu sehen, dass du unsere Cosplays und unsere Bücher versteckt hast. Aber wenn es für dich so leichter ist und du dir dadurch gewisse Probleme und Diskussionen mit deinen Teamkollegen ersparst, muss ich das akzeptieren. Es ist dein Leben. Du entscheidest, wer was über dich wissen darf. Das hat nichts mit mir und unserer Freundschaft zu tun.«

»Absolut nichts«, bestätigte Auri und schüttelte heftig den Kopf. »Das darfst du keine Sekunde glauben. Es ist, wie du sagst. Manchmal ist es einfach leichter, den Jungs bestimmte Dinge *nicht* zu erzählen. Wir sind ein Team, aber nicht alle beste Freunde. Den weißen Jungs wie Colby bin ich oft zu schwarz und den schwarzen Typen zu weiß, weil ich nicht rede wie sie und mich nicht immer für dieselben Dinge interessiere.«

»Oh«, entfuhr es mir. Davon hatte mir Auri noch nie erzählt. Allerdings war das genau die Art Thema, über die er grundsätzlich nur selten mit mir redete, da ich selbst nicht davon betroffen war. Daher konnte ich ihm auch keinen Rat geben. Ich konnte nur für ihn da sein.

Ich ergriff seine Hand. »Das tut mir leid.«

»Muss es nicht«, versicherte mir Auri mit einem sanften Lächeln und drückte meine Finger. »Gerade hab ich ein gutes Mittelding am Laufen, mit dem ich glücklich bin. Das will ich mir nicht kaputt machen. Daher sag ich den Jungs bestimmte Dinge nicht. Sie wissen auch nicht, dass wir gemeinsam auf die SciFaCon gehen, aber das hat rein gar nichts mit dir zu tun. Du weißt, dass du einer meiner Lieblingsmenschen bist.«

Ich erwiderte Auris Lächeln. All die Wut, die ich in den letzten Tagen empfunden hatte, erschien mir plötzlich wie eine weit entfernte Erinnerung. »Das ist lieb von dir. Und jetzt lass dich drücken.«

Ich breitete die Arme aus, und Auri kam meiner Bitte nach. Er umarmte mich fest, und ich schmiegte mich an seine Brust, als könnte ich so die vergangenen drei Tage, die wir getrennt voneinander verbracht hatten, nachholen.

Ich war froh, Auri wiederzuhaben. Erst in diesem Moment wurde mir bewusst, wie sehr ich ihn vermissen würde, wenn in einigen Wochen die neue Footballsaison startete und er mit seinem Team von Spiel zu Spiel reisen würde. Das würde eine harte Zeit werden. Ich kam zwar auch ohne Auri gut klar, aber Tatsache war: Ich war nicht gerne von ihm getrennt. In seiner Nähe zu sein, machte mich glücklich, nicht zuletzt weil er die beschissensten Momente in meinem Leben erträglicher machte.

Ich löste mich aus unserer Umarmung, bevor sie uns unangenehm werden konnte, und wir setzten unseren Weg fort.

»Ich finde, du schuldest einem deiner Lieblingsmenschen für das ganze Drama noch ein Geheimnis.«

Auri schnaubte. »Warum wusste ich, dass du das sagen wirst?«

»Weil du mich so gut kennst?« Erwartungsvoll sah ich zu ihm auf.

»Lass mich überlegen …« Nachdenklich schürzte Auri die Lippen und schwieg einige Sekunden. »Okay, ich war sechzehn und total in dieses eine Mädchen verknallt. Wochenlang habe ich mich nicht getraut, sie um ein Date zu bitten, aber schließlich hab ich meine Angst überwunden und sie gefragt. Sie hat Ja gesagt. Doch ich war vor dem Date so nervös, dass ich versehentlich das Parfüm meiner Mutter aufgetragen habe. Das Mädchen dachte, ich würde nach einer anderen riechen. Sie ist, noch bevor wir unser Essen bestellen konnten, durch die Hintertür abgehauen. Ich hab es nicht gecheckt und eine ganze halbe Stunde auf sie gewartet.«

»Aw, das ist irgendwie traurig.«

Auri zuckte mit den Schultern. »Das mit uns hätte eh nicht geklappt. Und jetzt du.«

»Ich habe keine peinliche Date-Geschichte, aber als ich elf Jahre alt war, war ich furchtbar verliebt … in Edward Cullen.« Das auszusprechen, war mir wahnsinnig peinlich. Ich war damals ein großer *Twilight*-Fan gewesen, und Robert Pattinson mochte ich noch heute, aber meiner Schwärmerei für Edward war ich schon lange entwachsen.

»Ich fand Jacob immer besser«, bemerkte Auri, anstatt mich auszulachen. Was mich eigentlich nicht hätte überraschen dürfen. Immerhin wusste ich, dass er die Bücher gelesen hatte. Wir hatten sogar schon zwei- oder dreimal darüber geredet, waren dabei aber nie bis in die Tiefen meines früheren Fangirl-Herzens vorgedrungen. »Er ist sportlich und kann sich in einen Wolf verwandeln. Ich mag Wölfe.«

Ich grinste. »Und ich mag Glitzer.«

»Das stimmt nicht. Du hasst Glitzer.«

Ich verzog die Lippen. »Erwischt, aber nur weil man das Zeug nicht mehr loswird! Ich schwöre dir, einmal hab ich eine Geburtstagskarte damit verziert und noch drei Wochen danach Glitter an Stellen gefunden, an denen er wirklich nichts zu suchen hat.«

»Redest du von der Karte, die du für Micah gemacht hast?«

Wir hatten den Park erreicht. Der asphaltierte Bürgersteig unter unseren Füßen mündete in einen Kiesweg.

»Ja. Einmal und nie wieder!« Ich schüttelte den Kopf bei der Erinnerung.

Auri lachte, wurde kurz darauf aber ernst. Er räusperte sich. »Apropos Glitzer … Ich wollte dir das schon die ganze Zeit vorschlagen. Was hältst du davon, wenn wir aus Julians altem Zimmer ein Nerd- und Bastelzimmer für uns machen?«

Ich blinzelte, etwas irritiert von der plötzlichen Überleitung. »Sagst du das nur, um unsere Sachen vor deinen Teamkollegen verstecken zu können?«

»Auch, aber nicht nur«, antwortete Auri und fuhr sich nervös mit der Hand über den Kopf, als befürchtete er, womöglich das Falsche gesagt zu haben. »Ich glaube, es wäre wirklich cool. Und seien wir mal ehrlich, Cas, keiner von uns will einen neuen Mitbewohner. Wäre es so, hätten wir uns schon längst einen gesucht.«

»Du willst wirklich keinen neuen Mitbewohner?«, hakte ich hoffnungsvoll nach.

»Nein. Warum auch? Mit uns läuft es super, und jemand Neues würde nur die Dynamik kaputt machen.«

Bei seinen Worten wurde mir ganz warm. »Wirklich? Dasselbe habe ich auch schon die ganze Zeit gedacht.«

»Und warum hast du nichts gesagt?«

»Keine Ahnung. Dasselbe könnte ich dich fragen«, redete

ich mich raus und senkte verlegen den Kopf, aber bereits kurz darauf blickte ich wieder zu Auri auf.

Ohne zu blinzeln, sah er mich an. Sein Blick hatte eine Intensität, die mich in ihren Bann zog. »Dann waren wir wohl beide etwas feige.«

»Sieht ganz danach aus.«

18. Kapitel

»Hast du mich vermisst, mein Süßer?«

»Schon ein bisschen«, antwortete Julian mit einem Grinsen.

Ich verdrehte die Augen, hob Laurence vom Boden auf und drückte den Kater an meine Brust. Er versteifte sich ein wenig, ließ die aufgezwungenen Streicheleinheiten aber über sich ergehen, während ich meine Nase in seinem Fell vergrub und glücklich seufzte.

Laurence und ich hatten zwar unsere Startschwierigkeiten gehabt, und ich wusste, dass ich nicht sein Liebling war, aber ich vermisste es, das Fellknäuel um mich zu haben. Mit ihm war ich nie alleine zu Hause gewesen, und während der kälteren Monate hatte er sich oft neben mich gelegt und sich an mich geschmiegt. Das würde ich diesen Winter sehr vermissen. Vielleicht konnte ich mir Laurence wenigstens hin und wieder ausleihen, so wie Micah, als sie mit Julian eine schwere Zeit durchgemacht hatte.

Mit dem Kater auf dem Arm ging ich zu Micah, die auf der Couch saß und gebannt auf den Fernseher starrte. In den Händen hielt sie einen Controller. Sie hatte sich die PlayStation vergangenes Jahr gekauft, aber bis vor Kurzem kaum gezockt. Das hatte sich in den letzten Wochen der Semesterferien und mit Julians häufiger Abwesenheit geändert. Sang- und klanglos war dieser bereits wieder im Arbeitszimmer verschwunden.

»Nein. Fick dich! *Nein!*«, brüllte Micah verzweifelt und stieß ein Knurren aus, als ihr Avatar ein Messer durch die Brust gestoßen bekam und die Meldung angezeigt wurde, sie habe die Runde verloren. »Verdammter Drecksack!«

Ich schnaubte. »Du bist wirklich eine schlechte Verliererin.«

»Das hat damit gar nichts zu tun.« Micah warf den Controller achtlos neben sich auf die Couch. »Dieses Mistvieh kotzt mich einfach nur an. Ich versuche es bereits seit Tagen zu besiegen und schaffe es nicht.«

Das war einer der Gründe, weswegen ich mir zwar gerne Let's Play anschaute, aber nie selbst spielte. Ich hatte einfach nicht die Geduld und die Nerven dafür. Stattdessen lag ich viel lieber herum und sah anderen dabei zu, wie sie sich an den Spielen abmühten.

»Du könntest nach einer Strategie googeln.«

Schockiert sah mich Micah mit weit aufgerissenen Augen an. »Niemals! So was macht man nicht!«

»Es würde dir Zeit sparen«, konterte ich.

»Das wäre Schummeln.«

Amüsiert beobachtete ich, wie Laurence versuchte, seinen Kopf in die weiten Ärmel meines Oversize-Pullovers zu schieben.

»Wer sagt das?«

»Ich und jeder andere Gamer, der etwas auf sich hält.« Micah schaltete den Fernseher aus und sprang auf die Beine. Von den Stunden, die sie vermutlich schon auf dieser Couch verbracht hatte, war ihr Shirt hoffnungslos zerknittert. »Aliza meinte, sie kommt etwas später und dass sie dafür was zu essen mitbringt.«

Augenblicklich bekam ich Appetit. »Hat sie gesagt, was?«

»Hab nicht gefragt.« Micah öffnete den Kühlschrank und hielt eine Flasche hoch. »Möchtest du eine Diet Coke?«

Ich nickte, und sie schenkte uns zwei Gläser ein.

Laurence hatte seinen Versuch, in meinen Pullover zu kriechen, aufgegeben und sich stattdessen neben mir auf das Sofa gelegt, sein kleines Köpfchen gegen meinen Oberschenkel gedrückt. Ich lächelte auf ihn herab und kraulte ihn sanft hinter den Ohren, was ihm ein leises Schnurren entlockte, das von meinen Ohren geradewegs in mein Herz wanderte.

Micah reichte mir mein Glas. »Ihr solltet euch auch eine Katze holen. Dann könnten wir für die beiden Spiel-Dates arrangieren. Das wäre einfach supersüß.«

»Gibt es auch etwas und jemanden, den du nicht verkuppeln möchtest?«

Micah zuckte mit den Schultern. »Ich bringe Menschen und Tiere einfach gerne zusammen. Aber ernsthaft, wollt ihr wirklich keine Katze? Auri vermisst Laurence doch sicherlich auch.«

»Schon, aber das ist nicht so einfach«, sagte ich und nippte an meiner Cola. »Auri hat viel um die Ohren, und das Semester geht bald wieder los. Wir wären nicht so oft zu Hause. Und was, wenn das Studium vorbei ist? Wer von uns bekommt die Katze?« Dass Auri und ich eines Tages nicht mehr zusammenwohnen würden, war eine Realität, der ich mich irgendwann stellen musste. Doch nicht heute. Nicht jetzt. Ich wollte einen schönen Abend mit Micah und Aliza verbringen, also schob ich den Gedanken weit von mir und wechselte schnell das Thema. »Wie geht es Lilly?«

»Gut, wir schreiben fast jeden Tag und telefonieren oft.« Micah ließ sich wieder neben mich auf die Couch plumpsen. »Sie sagt, sie vermisst Mayfield, aber es war die richtige Entscheidung umzuziehen, auch wenn sie mit New Jersey noch nicht ganz warm geworden ist.«

»Das kommt sicherlich bald.«

Micah nickte zustimmend. Dann zog sie ihr Handy aus der hinteren Hosentasche und zeigte mir Fotos von Lillys und Tanners gemeinsamer Wohnung, die absolut umwerfend und um einiges größer war als das Apartment, das ich mir mit Auri teilte. Jedes Möbelstück wirkte handverlesen. Ich vermutete, dass dort ein Innenarchitekt am Werk gewesen war, schließlich stammten die beiden aus reichen Familien mit genügend Geld.

Anschließend quatschten Micah und ich noch ein wenig über die *Albtraumlady*, deren Geschichte allmählich Form annahm. Micah hatte weitere Szenen skizziert und die ersten fünf Seiten, die bereits ausgearbeitet waren, koloriert. Die Farbtöne waren grau und verwaschen, sodass alleine der Anblick eine trübselige Stimmung erzeugte. So wie es hoffentlich die gesamte Story tun würde, wenn sie irgendwann einmal fertig war. Ich hatte außerdem noch einige Notizen für die Handlung angelegt, die ich allerdings erst in eine sinnvolle Reihenfolge bringen musste.

»Was hältst du von der Idee, Rückblenden einzubauen? Man könnte sie in Schwarz-Weiß zwischen die einzelnen Kapitel setzen«, sagte Micah, bevor sie aufsprang, um den Summer für die Haustür zu drücken, da es gerade geklingelt hatte.

»Würde das den Leser nicht zu sehr aus der eigentlichen Handlung rausreißen?«

»Glaubst du? Es wäre ja immer nur eine Seite, höchstens zwei.«

Nachdenklich neigte ich den Kopf. »Aber gerade in den finalen Kapiteln bremst das schon etwas aus.«

Micah spähte durch den Spion in den Hausflur, bevor sie wieder zu mir sah. »Okay, dann keine Rückblenden.«

»Wir können ja noch mal darüber nachdenken, wenn die Hauptstory fertig ist«, schlug ich vor. Die eigentliche Geschichte sollte nicht unter den Rückblenden leiden, aber sie würden Micah und mir die Möglichkeit geben, den Leuten näherzubringen, warum die *Albtraumlady* war, wie sie war. »Vielleicht finden wir einen Weg, die Rückblenden mit der gegenwärtigen Handlung zu verknüpfen, damit es runder wirkt.«

»Klingt gut«, sagte Micah und öffnete die Tür für Aliza. »Hey!«

»Hey. Sorry, dass ich zu spät bin. Dafür hab ich Essen mitgebracht.« Sie hob die gläserne Schüssel hoch, die sie in den Händen hielt.

Micah nahm sie ihr ab und spähte hinein. »Was ist das?«

»Biryani mit angebratenem Reis, aber ohne Fleisch, dafür mit karamellisiertem Tofu und verschiedenem Gemüse. Allerdings habe ich es ein bisschen mit den Kräutern übertrieben«, antwortete Aliza und hängte ihre Tasche an die Garderobe.

Sie sah weniger herausgeputzt aus als sonst, ohne Make-up, die Haare zu einem unordentlichen Knoten auf dem Kopf zusammengebunden. Aliza war nicht übermäßig eitel, aber inzwischen postete sie häufiger auch Fotos von sich auf ihrem Blog oder Instagram; dass sie sich dafür herrichtete, war nur verständlich. Ich hätte mich wohl auch nicht im Gammel-Look Hunderttausenden von Leuten präsentieren wollen – Menschen waren im Internet oft noch gemeiner als im echten Leben. Ich hatte unter Alizas Postings schon so manch eine Beschimpfung gelesen. Aber nicht alle fiesen Kommentare waren Beleidigungen, oft waren es auch einfach unüberlegte Bemerkungen, die jedoch ebenso verletzend sein mussten.

»Es wird trotzdem super schmecken. Ich wärme es in der Mikrowelle auf.«

»Was? Nein!« Aliza entriss Micah die Schüssel wieder und lief zielstrebig in die Küche, in der sie sich problemlos zurechtfand. Sie schaltete den Herd ein und holte einen Topf, in den sie das Biryani gab, das sie langsam umrührte, während das Ceranfeld warm wurde. »Das lassen wir jetzt zehn Minuten köcheln.«

»In der Mikrowelle wären es nur zwei Minuten«, warf Micah ein.

Aliza holte sich ein Wasser aus dem Kühlschrank. »Vielleicht, aber so schmeckt es besser. Vertrau mir.«

Micah nickte brav, da Aliza es nun mal wirklich besser wusste.

»Wie war dein Tag bisher?« Ich schob Laurence, der noch immer an mich gekuschelt lag, vorsichtig zur Seite, um aufzustehen. Er hob den Kopf und warf mir einen trägen Blick zu, bevor er sich wieder zu einer haarigen Kugel zusammenrollte, wobei gefühlt die Hälfte seines Fells an meiner Leggins kleben blieb.

Aliza ließ sich auf einen der Hocker vor der Küchentheke fallen. »Stressig. Eigentlich sollte ich gar nicht hier sein. Ich muss bis morgen ein Paper abgeben, und in meinem Postfach befinden sich gefühlt eine Million ungelesene Mails, die darauf warten, beantwortet zu werden. Außerdem hat Estelle mich heute angerufen und …«

»Warte, wer war noch mal Estelle?«, hakte ich ein.

»Meine Lektorin.«

»Ah, okay. Sorry. Ich bin echt schlecht mit Namen.«

Vor einigen Monaten, nachdem der Artikel mit ihr im *Cooking Delicious Magazine* erschienen war, hatte Aliza ein Angebot von einem Verlag erhalten, ein Kochbuch zu veröffentlichen. Was einer der Gründe war, weshalb wir sie nur noch halb so oft zu Gesicht bekamen, wie uns lieb war.

»Und was wollte sie?«, fragte Micah, die am Herd stand und den Reis umrührte.

»Der Verlag hat beschlossen, meine Veröffentlichung vorzuziehen. Sie wollen das Buch noch dieses Jahr rausbringen. Im Oktober.«

Mein erster Reflex war, Aliza dazu zu gratulieren, doch ihre grimmige Miene verriet mir, dass dies in ihren Augen eher keine erfreuliche Nachricht war.

Micah hielt in der Bewegung inne. »Und das findest du nicht gut?«

Aliza schüttelte den Kopf und stützte das Kinn auf ihren Händen ab. »Versteht mich nicht falsch. Ich freu mich riesig auf das Buch, es ist eine tolle Chance, aber ich weiß gerade nicht, wie ich das alles unter einen Hut bekommen soll. Ich hab die Veröffentlichung nächstes Jahr genau durchgeplant und extra vor die Frühjahrsferien legen lassen, damit ich das richtig genießen kann und Zeit habe.«

Ich nickte verständnisvoll. »Kannst du das dem Verlag nicht sagen?«

»Habe ich, aber die lassen nicht mit sich reden«, antwortete Aliza, wobei ihre Stimme einen verzweifelten Klang annahm, der mir ein wenig Sorgen bereitete. »Sie meinen, mit Thanksgiving, Black Friday und Weihnachten wären bessere Umsatzzahlen zu erwarten, und nachdem sie mir nicht gerade wenig bezahlt haben, kann ich das verstehen. Es ist trotzdem scheiße. Ich will die Veröffentlichung nicht nur halbherzig angehen, aber nächstes Semester müssen meine Noten besser werden, sonst war's das.«

»Scheiße.«

Micah holte drei Teller aus dem Schrank. »Das klingt anstrengend. Kannst du kein Urlaubssemester einlegen?«

»Auf keinen Fall. Ich will das Studium nicht schleifen lassen.«

»Du würdest ja nur eine kleine Pause machen«, wandte ich ein.

»Schon, aber ich hab Angst, dass ich es nicht schaffe, danach wieder einzusteigen. Das Studium ist mir wirklich wichtig.«

»Genau wie dein Buch.« Es war keine Frage, sondern eine Feststellung.

»Natürlich.«

»Und was willst du jetzt machen?«, fragte Micah, während sie das Reisgericht auf drei Teller verteilte. Es roch absolut köstlich und sah genauso gut aus.

Aliza zuckte mit den Schultern. »Keine Ahnung.«

»Falls du Hilfe brauchst, ich bin jederzeit für dich da.«

»Ich auch!«, warf ich eilig ein.

»Danke, das weiß ich«, sagte Aliza mit einem Lächeln. Sie wirkte noch immer nachdenklich, aber etwas weniger besorgt. Manchmal musste man eben nur hören, dass man nicht alleine und immer jemand da war, der bereit war zu helfen, wenn man Hilfe nötig hatte. »Und wie war euer Tag?«

»Entspannt.« Ein anderes Wort fiel mir nicht ein.

Ich war erst gegen Mittag aufgewacht, eine Nachricht von Auri hatte mich geweckt. Vom Bett war ich direkt auf die Couch gefallen, wo ich einige Stunden verbracht hatte, ehe ich mich dazu hatte aufraffen können, wenigstens kurz zu duschen, bevor ich zu Micah rüberging. Manchmal fühlte ich mich schlecht, dass ich so faul war, während anscheinend jeder um mich herum mehr zu tun hatte, aber gleichzeitig genoss ich es. Ich wusste, dass dieser Zustand nicht mehr lange anhalten würde.

Während wir aßen, erzählte Micah Aliza ausführlich von dem Boss-Kampf, den sie in ihrem Spiel ausfocht und zu gewinnen versuchte. Anschließend fütterten wir Laurence und machten es uns auf der Couch bequem. Wir beschlossen, einen Film zu gucken, und überließen Aliza die Auswahl. Zwar mochte sie Serien wie *Stranger Things* oder *Good Omens*, aber ihre große Leidenschaft galt dramatischen Liebesgeschichten, weshalb ihre Wahl auf einen Bollywood-Film namens *Yeh Jawaani Hain Deewani* fiel. Der Film war ganz okay, aber ich ertappte mich dabei, wie mein Griff immer wieder zum Handy ging, um mit Auri zu schreiben, der mit ein paar seiner Teamkollegen unterwegs war.

Gegen Ende des Films kam Julian endlich aus dem Arbeitszimmer. Er trug einige Mappen und einen Laptop unter den Arm geklemmt. »Ich muss noch mal ins Büro.«

Micah griff nach der Fernbedienung und stoppte den Film. Ihre amüsierte Miene angesichts des Kitschs, der sich vor unseren Augen abspielte, war einem ernsten Gesichtsausdruck gewichen. Mit zusammengezogenen Brauen sah sie Julian an. »Ernsthaft? Es ist schon nach zehn.«

Julian seufzte. »Ich weiß, aber es gibt ein Problem mit einem der Entwürfe.«

»Kann sich nicht jemand anders darum kümmern?«

»Vermutlich, aber sie haben mich gefragt.«

Micah verschränkte die Arme vor der Brust.

Langsam beschlich mich das unbestimmte Gefühl, dass dies nicht das erste Mal war, dass Julian so spät noch arbeiten ging.

»Warum hast du nicht abgelehnt? Du bist nur der Praktikant. Es ist nicht deine Aufgabe, dafür zu sorgen, dass der Laden läuft.«

»Micah …« Julian hielt inne. Er schluckte schwer, zögerte und ging schließlich neben Micah in die Hocke. Die Augen wie ein Hundewelpe aufgerissen, sah er sie an. »Es tut mir leid, aber es geht nicht anders. In zwei Stunden bin ich zurück, dann ist Feierabend. Versprochen.«

»Mhm«, brummte Micah und klang dabei alles andere als überzeugt.

»Ich meine es ernst«, erwiderte Julian. Er hielt noch einmal kurz inne, dann legte er eine Hand auf ihre Knie. Eine Berührung, die sie dazu zwang, ihn anzusehen. »Ich liebe dich.« Die Worte waren nur ein Flüstern, dennoch waren sie in diesem Moment klar und deutlich zu hören.

Micah verdrehte genervt die Augen, als würde sie sich selbst dafür hassen, Julian nicht widerstehen zu können. Ihre Gesichtszüge wurden weicher. »Ich liebe dich auch.«

Julian lächelte sie an, und in diesem Augenblick schien nur Micah für ihn zu existieren. Dann beugte er sich zu ihr und küsste sie zart auf die Lippen. Es war ein so intimer Moment, dass ich den Blick abwandte und erst wieder aufblickte, als ich hörte, dass Julian sich aufrichtete. Er wünschte uns noch einen schönen Abend, bevor er eilig aus dem Zimmer huschte.

Schweigend blickten wir ihm nach.

Es war Aliza, welche die folgende Stille mit einem schweren Seufzen durchbrach. »Ihr zwei seid echt ekelhaft süß zusammen. Ich bin neidisch.«

»Auf einen Freund, der zu viel arbeitet?«

Aliza schnaubte. »Hätte ich eine Beziehung, wäre ich der Freund, der zu viel arbeitet. Aber genau aus dem Grund lerne ich eh niemanden kennen. Von daher: Hashtag ForeverAlone.«

Micah musterte Aliza interessiert. »Willst du denn eine Beziehung?«

»Nicht wirklich.« Aliza zog ihr rechtes Bein auf die Couch und umschlang es mit den Händen. »Ich hätte wirklich keine Zeit. Aber manchmal wäre es schon nett, jemanden zu haben.«

»Ich bin auch Single«, warf ich ein. »Wir können zusammen niemanden haben.«

Aliza warf mir einen zweifelnden Blick zu. »Du hast Auri.«

»Er ist nicht mein Freund.«

»Schon, aber ihr wohnt zusammen, schaut zusammen Filme und habt diese ganzen Insider-Witze.«

»Und ihr kuschelt auf der Couch«, warf Micah wenig hilfreich ein und grinste dabei verwegen. »Außerdem hat Julian öfter beobachtet, wie Auri aus deinem Schlafzimmer gekommen ist oder du aus seinem.«

Um den Blicken der beiden auszuweichen, griff ich in die Popcornschüssel, die auf dem Tisch stand. »Ich weiß nicht, was du damit andeuten willst. Wir hatten keinen Sex.«

»Das hab ich nicht behauptet, aber ihr habt eindeutig beieinander übernachtet.«

»Was absolut nichts zu bedeuten hat«, wiegelte ich ab, obwohl mein kräftig pochendes Herz etwas anderes behauptete und mir einmal mehr meine verworrenen Gefühle für Auri vor Augen führte, vor denen ich mich mehr fürchtete als vor allem anderen. Ich hatte Angst, dass sie das, was Auri und ich hatten, eines Tages kaputt machen könnten. Denn wir hatten zwar ähnliche Interessen, aber tief in uns drin waren wir grundverschiedene Menschen. Es war nur eine Frage der Zeit, bis Auri das erkannte und sich mit mir langweilen würde. Er redete oft davon, dass er nach dem Abschluss reisen und die Welt kennenlernen wollte. Mein größter Wunsch für die Zukunft war dagegen ein sicherer Nine-to-five-Job, der mir genug Geld einbrachte, um mich nach Feierabend sorglos auf die Couch legen und Serien gucken zu können. Er war offen für neue Dinge. Ich nicht. Er war gerne unter Menschen. Ich nicht. Er war neugierig auf die Welt. Ich nur auf die nächste Staffel meiner Lieblingsserie.

»Ihr wärt ein wirklich süßes Paar«, bemerkte Micah.

Aliza nickte zustimmend.

»Sind wir aber nicht.« Bildete ich mir das ein, oder hatte sich da ein enttäuschter Unterton in meine Stimme geschlichen?

Ich schob mir eine Handvoll Popcorn in den Mund und schnappte mir die Fernbedienung, um den Film weiterlaufen zu lassen.

Gebannter als zuvor starrte ich auf den Fernseher, dennoch war ich mir Micahs Blick nur allzu bewusst. Ich ignorierte sie, und nach ein paar Sekunden ließ sie von mir ab.

Ich wusste, dass sie es nur gut meinte. Sie wollte Auri und mich glücklich sehen. Und wäre sie an meiner Stelle gewesen, hätte sie sich vermutlich Hals über Kopf in die Sache hineingestürzt und jeden Zweifel einfach beiseitegeschoben. Ich hingegen war mir nicht sicher, ob ein Moment des Glücks den Preis unserer Freundschaft wert war.

19. Kapitel

»Wie findest du die Farbe?« Ich trat einen Schritt von der Wand zurück, um meinen Pinselstrich zu betrachten. Ich hatte die weiße Wandfarbe mit einem Klecks Blau und Grün vermischt, sodass ein zartes Türkis entstanden war. »Oder soll ich es noch intensiver machen?«

Auri blickte auf. Er saß auf dem Boden und war gerade damit beschäftigt, einen Tisch aufzubauen.

Wir hatten am Morgen eine große Runde durch Baumärkte und Möbelhäuser gedreht, damit wir den Rest des Wochenendes damit verbringen konnten, unser neues Bastelzimmer einzurichten.

»Mir gefällt es, aber du kannst es auch gerne noch etwas dunkler machen.«

Ich neigte den Kopf und betrachtete den farbigen Striemen. »Ich lass es erst mal trocknen.«

»Gute Idee«, nuschelte Auri, der sich eine weitere Schraube zwischen die Lippen geklemmt hatte. Kurz darauf ertönte das nervige Kreischen der Bohrmaschine.

Langsam, aber stetig setzte sich der Raum zu einem Ganzen zusammen. Die Regale für unsere Bücher, DVDs und Spiele standen bereits. Es würde einen Schrank für Stoffe und andere Materialien geben und eine Kommode mit vielen Schubladen für kleinere Utensilien. Wir hatten auch günstig eine gebrauchte Couch erstanden, und in ein paar Tagen würden zwei Schneiderbüsten geliefert werden, auf die wir unsere Kostüme stecken konnten. Die SciFaCon war dann zwar schon vorbei, aber in einigen Wochen würde das LARP weitergehen, und ich hatte ein paar neue Ideen für die Outfits von Gorwìn und Maylin.

»Ich mach uns mal was zu essen«, brüllte ich über den Lärm hinweg und ging in die Küche.

Der Kühlschrank war fast leer, aber ich fand noch ein paar Eier, aus denen ich Omelett mit Spinat zauberte. Ich prüfte meine Blutwerte und meinen Insulinspiegel, bevor ich mit den beiden Tellern zurück in das Bastelzimmer ging.

Auri hatte den Tisch inzwischen zusammengebaut und arbeitete an dem ersten von zwei Stühlen.

Ich hockte mich neben ihn auf den Boden. »Wir hatten leider nicht mehr viel da.«

Dankbar nahm Auri mir einen der Teller ab. »Besser als nichts.«

Ich nickte. »Hast du gesehen, dass Aliza an die Gruppe geschrieben hat?«

»Nein, was denn?«, fragte Auri und nahm einen Bissen.

»Sie fragt, ob sie das Essen für das Sommerfest bei uns vorbereiten kann. Ihre Mom braucht nächstes Wochenende wohl auch die Küche bei ihnen zu Hause, und sie will nicht, dass es deswegen Stress gib.«

»Klar, kein Problem.«

»Perfekt, dann schreib ich ihr später.«

Wir aßen unsere Omeletts, gefolgt von drei Orangen als Nachtisch, die ebenfalls noch vom letzten Einkauf übrig waren.

Auri erzählte mir, dass er sich noch einmal mit der Leiterin des Kunstmuseums getroffen hatte. Anscheinend hatte der unfreundliche Aufseher eine Verwarnung bekommen. Allerdings bezweifelte Auri, dass er jetzt noch eine Chance hatte, mit seiner Kampagne zu gewinnen.

Insgeheim stimmte ich ihm zu, sprach es aber nicht laut aus. Stattdessen ermutigte ich ihn, denn schließlich konnte er noch immer eine gute Note für seinen Entwurf bekommen.

Nachdem wir aufgegessen hatten, machten wir uns wieder an die Arbeit. Auri baute die Stühle zusammen und setzte sich dann an die Kommode, die mit ihren vielen Schubladen vermutlich einige Stunden in Anspruch nehmen würde. Derweil strich ich die Wand und begann die Regale zu füllen. Ich liebte diesen Raum schon jetzt und konnte es kaum erwarten, unsere Ciri- und Geralt-Kostüme hier fertigzustellen.

»Kannst du mir mal den Hammer geben?«, fragte Auri.

Ich wollte gerade danach greifen, als sein Handy zu klingeln begann, das direkt neben dem Werkzeug lag. Automatisch warf ich einen Blick auf das Display.

»Wer ist es?«, fragte Auri.

»Jeremy. Soll ich es dir bringen?«

»Nimm einfach an und stell auf Lautsprecher.«

Ich gehorchte.

»Hey, J«, grüßte Auri seinen Team-Captain.

»Jo, Maurice, was geht?«, hallte Jeremys Stimme durch das Zimmer. Seine Worte wurden von einem steten Rauschen begleitet, als würde er im Auto sitzen.

»Nicht viel. Und bei dir?«

»Auch nicht, aber später geht's auf die Party von Colby. Bist du dabei?«

Die unschuldige Frage reichte aus, um mir schlagartiges Unwohlsein zu bereiten. Nervös trat ich von einem Fuß auf den anderen und wich Auris Blick aus. Er würde zusagen und mich fragen, ob ich ihn begleiten wolle. Und meine Antwort darauf wäre dieselbe wie jedes Mal: Nein. Vor allem nach dem letzten Aufeinandertreffen mit seinen Teamkollegen hatte ich keine Lust auf ein Wiedersehen.

»Heute nicht«, antwortete Auri jedoch, ohne zu zögern.

Verblüfft zog ich die Brauen hoch.

»Komm schon«, drängte Jeremy. »Ohne dich ist es nicht dasselbe.«

Auri lachte. »Ich wette, du hast auch ohne mich deinen Spaß.«

Jeremy schwieg einen Augenblick. »Ist es immer noch wegen diesem dämlichen Spruch von Colby?«

»Nein, das hat nichts damit zu tun. Ich fühl's heute einfach nicht.« Auri zuckte mit den Schultern, bevor er in meine Richtung sah.

Unsere Blicke trafen sich.

Unwillkürlich hielt ich den Atem an, und das Unwohlsein, das ich eben noch empfunden hatte, wurde von einem angenehmen Kribbeln abgelöst.

»Sicher? Du verpasst was.«

»Damit komm ich klar.«

Jeremy schnaubte. »Deine Entscheidung, Mann, dann bis Montag.«

»Bis Montag«, echote Auri, und das Telefonat war beendet.

Eine seltsame Stille senkte sich über den Raum. Seit wir mit unserer Renovierungsaktion begonnen hatten, war es in dem Zimmer noch keine Sekunde ruhig gewesen. Entweder hatten wir geredet, oder der Lärm der Bohrmaschine hatte alles übertönt.

Ich räusperte mich. »Du musst meinetwegen nicht zu Hause bleiben.«

»Ich weiß, aber ich möchte.« Auri lächelte. »Lieblingsmensch. Schon vergessen?«

»Oh … okay«, erwiderte ich, und meine Mundwinkel wanderten wie von selbst in die Höhe.

20. Kapitel

»Kannst du die Cupcakes nehmen?«, fragte Aliza und schielte über den Turm Frischhaltedosen, den sie balancierte, in meine Richtung.

»Klar!« Ich schnappte mir die beiden Transportboxen von der Rückbank von Auris Wagen.

Die Boxen waren mit über sechzig Cupcakes gefüllt. Langsam fragte ich mich, ob sich Aliza dazu bereit erklärt hatte, das komplette Sommerfest mit ihrem Essen zu versorgen. Sie hatte stundenlang in unserer Küche gestanden. Das Ergebnis waren eine unüberschaubare Menge gefüllter Teigtaschen, die Aliza »Samosas« nannte, besagte Cupcakes und vier Auflaufformen Mac'n'Cheese – darunter auch eine vegane und laktosefreie Variante –, die Auri trug.

»Danke!« Aliza neigte den Kopf, um an den Dosen vorbeisehen zu können.

Wir waren gemeinsam zu Bright Canopy gefahren, wo in weniger als einer Stunde das Sommerfest beginnen sollte, das Julian seit Wochen plante. Noch war es ruhig, und nur die Stimmen der Helfer waren zu hören, die letzte Vorbereitungen trafen.

Das Tor zum LGBTQ+ Zentrum stand offen, sodass wir einfach eintreten konnten. Ich war bisher noch nie hier gewesen und kannte das Gelände der alten Autowerkstatt nur aus Julians und Micahs Erzählungen. Es gab einen weitläufigen Hof, auf dem früher vermutlich Dutzende von Autos geparkt gewesen waren. Dahinter lag ein eingeschossiges Gebäude mit Flachdach und großen Garagentoren, die einen Blick ins Innere gewährten.

Julian und die anderen Helfer hatten ganze Arbeit geleistet. Ich hatte keine Ahnung, wie das Zentrum für gewöhnlich aussah, aber heute wirkte es supergemütlich und festlich. Zahlreiche Bierbänke reihten sich im Hof aneinander, große Schirme spendeten Schatten, und zwischen ihren Metallstangen waren Lampionketten gespannt. Die Tische für das Büfett und einige Kühlschränke für Getränke waren ebenfalls schon vorbereitet, und unweit davon war eine kleine Bude aufgebaut worden, auf der groß *Kasse* stand.

»Ach du meine Güte!«, rief eine hochgewachsene Frau, als sie Aliza, Auri und mich entdeckte, und eilte auf uns zu. Sie trug ein sommerliches Kleid und Pumps und hatte langes braunes Haar, das ihr in einem geflochtenen Zopf über die Schulter fiel. Vorsichtig nahm sie eine der Dosen von Alizas wackeligem Tupper-Turm. »Du hast es ja gar nicht übertrieben, meine Liebe.«

»Ich hab gefragt, wie viel ich machen soll, und du sagtest: viel. Also hab ich viel gemacht.« Aliza zuckte mit den Schultern, allerdings nur ganz leicht, um ihren Turm nicht ins Wanken zu bringen. »Sieh es als meine Spende an.«

Die Frau lächelte und warf Aliza einen Luftkuss zu. »Du bist die Beste. Und wer sind deine Helfer?«

»Das sind Auri und Cassie. Julians ehemalige Mitbewohner.«

»Ah, Jules hat mir von euch erzählt. Ich bin Samantha, die Gründerin und Leiterin des Bright Canopy. Schön, dass ihr heute mit dabei seid. Das wird ein toller Tag. Wir haben so viel geplant und vorbereitet. Ihr werdet begeistert sein.« Samantha sprudelte vor Energie fast über, und ich fragte mich unwillkürlich, ob sie immer so quirlig war oder ob es an der Aufregung vor dem großen Fest lag.

»Wo können wir die Sachen abstellen?«, fragte Aliza.

»Folgt mir.«

Samantha führte uns ins Innere des Zentrums, vorbei an einer Sofa- und Sessellandschaft und einer Tischtennisplatte. Girlanden baumelten von der Decke, und an den Wänden hingen Zettel, welche über das Angebot und die Preise informierten. Neben spaßigen Aktivitäten und leckerem Essen gab es anscheinend auch zwei Beratungsräume für Betroffene und Angehörige, die durchgehend besetzt waren. Samantha und ihre Helfer hatten wirklich an alles gedacht und keine Mühen gescheut.

»Wie viele Leute erwartet ihr?«, fragte ich.

Samantha stieß eine Tür auf und lehnte sich dagegen, um sie für uns offen zu halten. »Wir hoffen auf ein paar Hundert.«

Ich riss die Augen auf. Meine Finger begannen zu prickeln. »So viele?«

Sie nickte. »Die Veranstaltung ist nicht nur für unsere Mitglieder, sondern auch für deren Freunde, Verwandte und Leute gedacht, die ganz generell an unserer Arbeit interessiert sind. Wir haben Flyer verteilt und auch eine Anzeige in der Zeitung geschaltet. Bright Canopy soll ein offener Raum für jedermann sein. Niemand wird ausgeschlossen. Außerdem ist das Fest vor allem da, um Spenden für das Zentrum zu sammeln. Wir können von vielen Gästen also nur profitieren.«

»Das hört sich toll an«, sagte ich mit einem leicht verkrampften Lächeln. Ich hatte mich nicht auf so viele Menschen eingestellt, und das machte mich etwas fahrig, aber ich würde mich einfach an Auri halten, dann würde schon alles gut werden.

Samantha hatte uns in die Küche gebracht, in der bereits

allerlei Vorräte für das Fest bereitstanden. Während wir noch nach einem freien Platz für Alizas Köstlichkeiten suchten, musste sich Samantha direkt wieder verabschieden, da ihre Anwesenheit noch an anderer Stelle erforderlich war. Vermutlich würde sie nicht zur Ruhe kommen, bis das Fest vorbei war.

»Wollen wir uns ein bisschen umschauen?«, fragte ich.

Auri nickte. »Julian und Micah sind auch schon hier, vielleicht können wir ihnen noch bei was helfen.«

»Gute Idee«, erwiderte Aliza mit einem prüfenden Blick auf das andere Essen.

Wir verließen die Küche und wollten gerade wieder nach draußen gehen, als uns Julian entgegenkam. Er wirkte gehetzt. Unter seinen Achseln hatten sich Schweißflecken gebildet, und sein lockiges Haar war zerzaust. »Da ist der Mann, den ich suche!«, rief er erfreut. Die Begrüßung sparte er sich. »Ich bräuchte deine Hilfe, Auri. Der Getränkelieferant ist da, aber er will die Kisten nicht reintragen, und die sind verdammt schwer. Könntest du mit anpacken?«

»Kein Problem, das bekomm ich hin.«

Julian atmete erleichtert auf. »Perfekt.«

»Sollen wir auch helfen?«, erkundigte ich mich. Ich fühlte mich etwas schlecht, da ich offenbar die Einzige war, die nicht wirklich etwas zu dem Fest beitrug. Julian, Adrian, Keith und Micah halfen seit Wochen bei den Vorbereitungen, Aliza hatte eine halbe Ewigkeit in der Küche verbracht, und jetzt schleppte Auri Kisten.

»Nichts gegen dich, Cassie, aber die Kisten sind wirklich schwer«, sagte Julian mit einem entschuldigenden Lächeln.

Ich nahm es ihm nicht übel. Er hatte ja recht. Mir wäre vermutlich nach vier oder fünf Kisten die Puste ausgegangen, während Auri problemlos zwei oder drei gleichzeitig trug.

»Ihr könntet aber Micah suchen, vielleicht braucht sie noch Hilfe.«

Ich lächelte verhalten. »Geht klar.«

»Hier, mein Autoschlüssel, falls ihr Alizas Kamera holen wollt.« Auri reichte mir den Schlüssel und beugte sich anschließend zu mir herunter, um mir einen flüchtigen Kuss auf die Wange zu geben. Nachdem er mir noch ein aufmunterndes Lächeln geschenkt hatte, beeilte er sich, Julian einzuholen, der schon wieder losgerannt war.

Ein paar Sekunden blickte ich Auri nach. Vermutlich ahnte er, dass ich mich etwas nutzlos fühlte.

»Er ist wirklich süß zu dir.«

Ich wandte mich zu Aliza um, die mich mit einem breiten Grinsen betrachtete. »Er ist zu allen süß.«

»Mag sein, aber zu dir ganz besonders.« Sie zwinkerte mir zu.

Ich wusste ganz genau, worauf sie anspielte. Doch ich beschloss, nicht darauf einzugehen. Ich wollte einfach einen schönen Tag mit meinen Freunden verbringen und nicht über meine komplizierte Beziehung zu Auri nachdenken. Ich hatte meine Gefühle für ihn zwar nach draußen verbannt und das metaphorische Fenster geschlossen, aber allmählich kam es mir so vor, als wäre es undicht.

Aliza und ich machten uns auf die Suche nach Micah. Doch wir wurden abgelenkt, als wir einen Raum entdeckten, in dem ein Flohmarkt aufgebaut war. Bücher, Kleidung, Schmuck und anderer Kleinkram waren auf mehreren Stühlen und Tischen ausgestellt. Laut einem Plakat, das an der Wand hing, alles Spenden. Die Erlöse würden dem Zentrum zugutekommen.

Aliza fand ein weißes Kleid, das ihr gefiel. Ich hätte in dem Teil ausgesehen wie ein Gespenst, doch zu ihrem braunen Teint passte es perfekt.

Während sie bezahlte, erstand ich einen Schmuckständer aus Metall, der wunderbar in Auris und mein neues Bastelzimmer passte.

Anschließend brachten wir die Sachen zum Auto und holten direkt Alizas Kamera.

Hinter der alten Werkstatt entdeckten wir einen Garten mit sorgfältig bepflanzten Beeten. Zwischen mehreren Bäumen, in deren Ästen Lichterketten mit kleinen Lampions hingen, waren Hängematten gespannt. Auf der gegenüberliegenden Seite waren Bänke zum Dosenwerfen aufgestellt worden, und dazwischen befand sich eine kleine Hütte, die aussah, als würde dort normalerweise Gartenwerkzeug gelagert. Doch heute war sie zweckentfremdet worden. In der Hütte standen zwei Stühle. Auf einem saß Micah, die Augen geschlossen, und auf dem anderen Lucien, eine Lidschatten-Palette in der Hand.

Ich trat an die Hütte heran. »Hey.«

Lucien sah zu mir, sein rechter Mundwinkel hob sich leicht. »Hey, was geht?«

»Nicht viel, und bei euch so?«, fragte ich, als würde mich der Anblick der beiden nicht im Geringsten überraschen.

Micah hatte inzwischen die Augen geöffnet. Lucien hatte ihr ein umwerfendes Make-up in der Farbe eines Regenbogens verpasst, der über ihre Lider verlief.

»Hi, ihr seid ja schon da!«

»Ja, schon eine Weile, wir haben Aliza geholfen, das Essen herzubringen.«

Luciens Blick wanderte von mir zu Aliza. Er sah sie an, blinzelte, und ein Ausdruck, wie ich ihn noch nie zuvor an ihm gesehen hatte, trat in seine Augen. »Hey.« Er legte den Pinsel beiseite und streckte ihr die Hand entgegen. »Ich glaube, wir kennen uns noch nicht. Ich bin Lucien.«

»Aliza.« Sie ergriff seine Hand.

Und dann geschah etwas Merkwürdiges. Er lächelte. Lucien lächelte nie, zumindest nicht unter normalen Umständen. Es veränderte sein ganzes Gesicht. Seine dunklen Augen wirkten mit einem Mal wärmer und seine kantigen Züge weicher.

»Ich mag dein Make-up.«

»Danke.« Verlegen senkte Aliza den Blick auf den Boden. »Bist du Make-up-Artist?«

»Nein, BWL-Student. Das mach ich nur in meiner Freizeit.«

»Oh, ungewöhnliche Kombination.«

»Eigentlich interessiere ich mich vor allem für Special-Effect-Make-up.«

Ich sah von Lucien zu Aliza und wieder zurück. Bildete ich mir das ein, oder spielte sich da gerade etwas zwischen den beiden ab? Ich hatte Lucien selten so redselig erlebt, wenn er nicht gerade mit Amicia oder mir zusammen war.

Aliza hob interessiert die Augenbrauen. »Du meinst Narben und so Zeug?«

»Genau. Cassie hat mir dafür schon ein paarmal Modell gestanden.« Lucien holte sein Handy heraus und zeigte Aliza ein Bild unserer vorletzten Session. Damals hatte er mich in einen klassischen Zombie mit aufgequollenem, blutigem Gesicht verwandelt. Er hatte sogar eine Zahnprothese besorgt und eine Perücke, die es so aussehen ließ, als hätte ich die meisten meiner Haare verloren.

»Beeindruckend«, murmelte Aliza. »Das sieht wahnsinnig echt aus. Du bist wirklich gut.«

Lucien steckte sein Handy wieder weg. »Danke.«

»Kann man dich buchen?«

»Um auszusehen wie ein Zombie?«

Aliza lachte. »Nein, für normales Make-up.« Sie deutete auf

Micah, wobei ich das auffällige Regenbogen-Make-up wohl nicht als »normal« bezeichnet hätte. »Ich hab einen Blog, und in letzter Zeit kommen immer mehr Anfragen für Fotoshoots mit mir rein. Da könnte ich Hilfe mit meinem Gesicht brauchen.«

»Dein Gesicht braucht keine Hilfe«, erwiderte Lucien, noch immer lächelnd.

Okay, das bildete ich mir eindeutig nicht ein!

Aliza schob sich eine Strähne ihres dunklen Haars hinter das Ohr. »Nett, dass du das sagst, aber wenn ich darf, würde ich mich trotzdem bei dir melden. Ich bezahl dich selbstverständlich auch.«

»Gerne, Cassie kann dir meine Nummer geben.«

»Yep!«, rief ich eifrig und hätte am liebsten direkt mein Handy rausgeholt. Es war das erste Mal überhaupt, dass ich das Gefühl hatte, dass Lucien Interesse an jemandem zeigte. Und ich war mir ziemlich sicher, dass es nicht nur an der bezahlten Arbeit lag, die Aliza ihm gerade angeboten hatte.

»Da seid ihr ja.« Auri gesellte sich zu uns in die Hütte, in der es inzwischen ziemlich voll war. »Hey, Lucien. Ich wusste gar nicht, dass du auch da bist.«

»Ja, ich wollte meiner Schwester und ihrer Freundin das Zentrum mal zeigen.«

»Und Julian hat ihn dann direkt zur Arbeit verdonnert«, fügte Micah hinzu.

»Er meinte, es wäre cool, wenn sich die Leute von mir schminken lassen können.«

»Lieb von dir, dass du mitmachst«, sagte ich.

Er zuckte mit den Schultern. »Ich konnte schlecht Nein sagen. Meine gute Tat für dieses Jahr.«

Ich schnaubte. Lucien tat gerne so, als wäre er ein Bad Guy, aber in Wahrheit gehörte er zu den Guten, und das wusste er auch. Trotzdem ließ ich ihn mit seinem Spruch davonkommen und wandte mich stattdessen an Auri. »Seid ihr fertig mit den Getränkekisten?«

»Schon lange. Und die Kühlschränke sind auch aufgefüllt«, antwortete er. »Ich sollte euch nur suchen, um euch zu sagen, dass die ersten Gäste da sind. Wir sollten uns besser einen Platz sichern. Und wenn du schöne Fotos vom Büfett machen willst, wäre jetzt der richtige Zeitpunkt«, sagte er zu Aliza.

Ein Ruck ging durch ihren Körper, und sie klammerte sich an ihre Kamera. »Dann mal los!«

Das Sommerfest war ein Erfolg auf ganzer Linie. Die Bänke im Innenhof waren voll besetzt, und zahlreiche Menschen schwirrten über das Gelände. Vor Luciens Hütte stand stets eine kleine Schlange, und als ich einen Blick in das Flohmarkt-Zimmer warf, hatte sich der Bestand dort schon mindestens halbiert. Auch das Essen ging gut weg. Die Menschen waren fröhlich und ausgelassen, und ich war froh, dabei zu sein, auch wenn ich mich aufgrund der vielen Leute nicht hundertprozentig wohlfühlte.

Am Abend lichteten sich die Reihen der Besucher merklich. Samantha ließ es sich nicht nehmen, jeden einzelnen zu verabschieden, auch wenn ihr mittlerweile die Erschöpfung deutlich anzumerken war. Es war nicht zu übersehen, dass sie das Zentrum innig liebte und dass sie vermutlich alles für ihre Schützlinge getan hätte.

»Werdet ihr etwas spenden?«, fragte ich Adrian und Keith, die als Einzige noch bei mir saßen. Die anderen hatten sich über das Gelände verstreut. Ich konnte nur noch Julian ausmachen, der ein paar Bänke weiter mit einer Mutter und ihrer Tochter saß und augenscheinlich ein intensives Gespräch mit den beiden führte.

Adrian folgte meinem Blick zu den Spendenkörben am Ausgang. »Ja, vermutlich schon.«

»Glaubt ihr, zehn Dollar sind genug?« Ich hielt meine Geldbörse in der Hand. Es war alles, was ich an Bargeld dabeihatte. Dummerweise hatte ich nicht daran gedacht, mehr einzustecken. Doch nachdem ich als Einzige nichts zum Fest beigetragen hatte, hatte ich das Gefühl, Samantha mehr schuldig zu sein als zehn Dollar.

»Natürlich ist das genug«, versicherte mir Keith. »Jeder Cent zählt.«

»Außerdem hast du dir etwas zu trinken und zu essen gekauft, das sind auch Spenden«, fügte Adrian hinzu, der neben Keith auf der Bank saß, eine Hand auf dessen Oberschenkel. Sie hatten den ganzen Tag die Hände nicht voneinander lassen können, wie ein frisch verliebtes Paar. Bisher hatte ich sie in der Öffentlichkeit noch nie so viel Zuneigung zeigen sehen wie heute in diesem geschützten Raum.

»Hey!« Aliza rutschte neben mir auf die Bank.

»Hey«, gab ich zurück. »Wo warst du die ganze Zeit?«

»Fotos machen.« Sie legte die Kamera auf den Tisch. »Ich hab mit Samantha gesprochen, und wir haben überlegt, dass ein Feature über Bright Canopy auf meinem Blog cool wäre. Das ist zwar nicht mein üblicher Content, aber wenn ich genug Bilder vom Büfett einfüge und dazu meine Rezepte poste, geht das klar.«

»Hört sich toll an.«

»Ich freu mich auch.« Sie lächelte, wurde aber sofort wieder ernst. »Wollen wir gehen? Ich hab morgen noch einiges zu erledigen. Da ist diese Hausarbeit, die ich schreiben muss, und mein Postfach ist auch schon wieder voll.« Sie stieß ein erschöpftes Seufzen aus.

»Von mir aus gerne. Wir müssten nur Auri finden.« Ich sah

mich nach ihm um, konnte ihn aber auf Anhieb nirgendwo entdecken.

Aliza stand von der Bank auf. »Suchst du ihn? Dann hol ich meine Sachen aus der Küche.«

»Brauchst du Hilfe?«, fragte Adrian.

»Wenn du mitgehen könntest, wäre das toll.«

»Ich komme auch mit«, sagte Keith.

»Cool.« Aliza sah zu mir. »Treffen wir uns dann am Auto?«

Ich nickte und begab mich auf die Suche nach Auri. Zuletzt hatte er zu dem Basketballkorb am Rande des Innenhofes gehen wollen, aber dort war er nicht mehr. Also durchquerte ich das Zentrum und schlenderte in den Garten, in dem es inzwischen ziemlich ruhig geworden war. Lucien war vor einer halben Stunde mit Amicia und Brooklyn aufgebrochen, und für das Dosenwerfen interessierte sich niemand mehr.

Die Lampions in den Bäumen schimmerten verträumt und warfen ihr mattes Licht auf die Hängematten. Ich bemerkte, dass sich eine davon leicht hin und her bewegte. Als ich näher herantrat, entdeckte ich Auri, der gedankenverloren zu den Ästen hinaufblickte.

»Da bist du ja«, sagte ich mit gesenkter Stimme, um ihn nicht zu erschrecken.

Auri löste den Blick von den Bäumen und sah mich an. Er wirkte entspannt. »Sorry, ich wollte nicht so lange wegbleiben.«

»Schon gut, aber es wird langsam Zeit zu gehen.«

»Gleich.« Er seufzte. »Hier ist es gerade so gemütlich.«

Ich lächelte auf ihn herab. »Das glaub ich dir.«

»Leg dich zu mir.«

»Aliza wartet auf uns.«

»Nur ein paar Minuten«, bat Auri und streckte einladend eine Hand nach mir aus.

Wie hätte ich ablehnen können? Schnell schlüpfte ich aus

meinen Sandalen und kletterte zu Auri in die Hängematte, die dabei heftiger zu schwanken begann. Ich versuchte mich neben ihn zu legen, was jedoch leichter gesagt war als getan. Ungeschickt landete ich stattdessen auf Auri. Als ich versuchte, meine Körperteile zu sortieren, begann er schallend zu lachen – was die Hängematte nur noch stärker schaukeln ließ.

»Jetzt leg dich schon hin«, sagte Auri schließlich mit einem Schmunzeln und zog mich an sich, sodass ich immerhin nur noch zur Hälfte auf ihm lag. Mein Oberkörper drückte gegen seine Brust, und mein Kopf rollte wie von selbst auf seine Schulter. Seinen rechten Arm schlang er um mich, damit ich aufhörte herumzuzappeln.

Ich gab nach und ließ mich in die Berührung fallen. Ich musste zugeben, es war gemütlich. Das seichte Auf und Ab der Hängematte, das dämmrige Licht und Auris Wärme lullten mich ein. Ich schmiegte mich an ihn und schob einen Arm über seine Brust, um ihn an mich zu drücken.

Eine Weile lagen wir einfach nur nebeneinander und beobachteten die Falter, die sich um die Lampions versammelt hatten und flatternd um sie herumtanzten. Keiner von uns sagte etwas, aber in diesem Augenblick waren Worte überflüssig. Die Welt um uns herum verblasste. Ich fühlte mich bei Auri geborgen wie bei niemandem sonst. Und wenn ich einfach für den Rest meines Lebens an diesem Ort mit ihm hätte liegen dürfen, wäre das völlig in Ordnung für mich gewesen.

Ich spürte eine federleichte Berührung an meiner Schläfe. Zuerst dachte ich, es wäre womöglich ein kleiner Falter, der sich verirrt hatte, doch es waren Auris Fingerspitzen, die sanft durch meine Haare kämmten.

Ich hob den Blick. Er sah noch immer in die Bäume und schien sich seiner Geste überhaupt nicht bewusst zu sein. Lächelnd beobachtete ich ihn dabei, wie er verträumt in das Blattwerk über uns guckte, das im Wind leicht raschelte.

Ein warmes Gefühl breitete sich in meinem Körper aus, und mein Herzschlag beschleunigte sich, als würde ich mit den Faltern durch den Nachthimmel tanzen. In diesem Moment wurde ich mir einer Sache endgültig bewusst: Ich liebte Auri. Und es spielte keine Rolle, ob wir Freunde, Liebhaber oder Partner waren. Oder ob sich unsere Leben in vollkommen unterschiedliche Richtungen entwickelten. Ein Teil von mir, der Teil, der im Hier und Jetzt existierte, würde ihn für immer lieben.

Auri musste meinen Blick auf sich gespürt haben. Er sah mich an, und ein Lächeln, bei dem mir die Luft wegblieb, trat auf seine Lippen. Das Licht der Lampions spiegelte sich in seinen Augen. Sie leuchteten voller Wärme.

Ich wusste, ich sollte atmen. Ich sollte zurückweichen. Ich sollte diesem Blickkontakt sofort ein Ende bereiten. Doch ich tat nichts davon, denn ich war Auri verfallen. Ich krallte mich in sein T-Shirt und zog mich noch näher an ihn heran.

Seine Atmung geriet ebenfalls ins Stocken, und seine Hand glitt auf meine Schulter. Fest, aber nicht schmerzhaft, grub er die Finger in meine Haut. Sein Lächeln wurde schmaler, und sein Blick senkte sich auf meinen Mund.

Mir wurde ein wenig schwindelig, obwohl ich lag. Und plötzlich konnte ich nur noch daran denken, wie gern ich Auri küssen wollte. Die Stimme in meinem Kopf, die seit Wochen um unsere Freundschaft kämpfte, schrie, ich solle mich beherrschen. Doch ihre Widerworte klangen immer leiser und rückten mit jeder Sekunde weiter in den Hintergrund. Vielleicht war dies kein Fehler. Vielleicht war es nur der natürliche Lauf unserer Beziehung, und Auri und ich versuchten die ganze Zeit, etwas aufzuhalten, das ohnehin unvermeidbar war. Er und ich. Zusammen.

Als Auris warmer Atem meinen Mund streifte, überzog eine Gänsehaut meinen Körper. Ich klammerte mich noch fester an ihn. Wie von selbst teilten sich meine Lippen, und ich kam ihm entgegen.

Sanft strich sein Mund über meinen. Noch war es kein Kuss, nur ein Vorgeschmack. Ein Versprechen.

»Cas«, wisperte Auri an meinen Lippen. Seine Stimme voller Sehnsucht.

Ich seufzte und schloss die Augen. Mein Herz pochte wild …

»Auri? Cassie? Seid ihr hier?«

Ich erstarrte. Aliza. Ich hatte sie vollkommen vergessen.

»Ach, da seid ihr … Oh, sorry.«

Blinzelnd sah ich zu den Lampions auf und entdeckte Aliza direkt über uns, einen überraschten und zugleich entschuldigenden Ausdruck auf dem Gesicht.

»Ich wollte euch nicht stören.«

Ich schluckte, wusste aber nicht, was ich sagen sollte.

»Du hast nicht gestört«, kam mir Auri zu Hilfe. Seine Stimme klang rau und enttarnte seine Worte als Lüge.

Er nahm seine Hand von mir, und ich löste meine Finger aus seinem Shirt. Ich fühlte mich wie betäubt. Meine Glieder kamen mir merkwürdig schwer vor, als ich versuchte, aus der Hängematte aufzustehen.

Aliza reichte mir eine Hand, um mir zu helfen. Ihre Finger fühlten sich kalt an im Vergleich zu meinen, die von der Nähe zu Auri warm geworden waren.

Als Auri hinter mir aus der Hängematte kletterte, wirkte er dabei ebenso benommen wie ich. Als hätte man uns aus einem gemeinsamen Traum gerissen. Sein Blick zuckte zu mir, und für den Bruchteil einer Sekunde sahen wir einander an, Bedauern in unseren Augen.

»Lasst uns gehen«, sagte Auri und wandte sich abrupt ab. Aliza und ich folgten ihm.

Ich war vollkommen durcheinander und konnte nicht anders, als mich noch einmal zu der Hängematte umzudrehen, in der soeben etwas unglaublich Bedeutsames passiert war, das ich noch nicht ganz begreifen konnte.

»Es tut mir leid«, flüsterte Aliza neben mir. »Ich wollte euch wirklich nicht stören.«

»Schon in Ordnung«, erwiderte ich.

Aber in Wahrheit war nichts in Ordnung. Auri hatte sich einen Stein genommen und ihn in das Fenster geworfen, das meine Gefühle für ihn draußen halten sollte. Nun war es eingeschlagen, das Glas gesprungen, und vor mir lag ein Scherbenhaufen. Die Splitter scharf und spitz, dazu geschaffen, mich zu verletzen, wenn ich nicht aufpasste.

21. Kapitel

»Was glaubst du? Haben wir genug grüne Farbe?«, fragte Micah mit einem skeptischen Blick in unseren Einkaufskorb.

Wir waren in die Stadt gefahren, um die letzten Besorgungen für die SciFaCon zu erledigen. Ich konnte nicht glauben, dass ich die Convention nach all den Jahren, die ich sie bereits online verfolgte, morgen endlich persönlich besuchen würde. Nichts konnte meine Vorfreude darauf trüben.

»Ich denke schon, aber wenn du dir unsicher bist, nimm noch eine Tube«, antwortete ich und warf eine Packung Abschminktücher in den Korb, der schon ziemlich voll war. Von Snacks über Blasenpflaster bis hin zu Make-up war alles darin.

Allmählich machte ich mir ein bisschen Sorgen, dass Auris Wagen für uns vier und all das Zeug, das wir mitnehmen wollten, zu klein sein könnte.

Micah zögerte kurz, dann nahm sie noch zwei der Tuben mit der grünen Körperfarbe, die sie für ihr Gamora-Cosplay benötigte, und legte sie in den Korb. »Bist du mit deinem Kostüm fertig?«

»Fast, es fehlen nur noch ein paar Kleinigkeiten.« Ich konnte es kaum erwarten, mein Cosplay später ein letztes Mal vor dem großen Tag anzuprobieren. Es war bei Weitem nicht das professionellste Cosplay, das auf dieser Welt existierte, aber ich war stolz auf das Ergebnis. »Und du?«

»Ich bin durch, aber an Julians Star-Lord müssen wir noch ein bisschen arbeiten.«

»Hat er mit seinem Praktikum überhaupt Zeit für die SciFaCon?«

Micah stieß ein schweres Seufzen aus. Anscheinend hatte ich einen wunden Punkt getroffen. »Eigentlich nicht. Er hat in den letzten Tagen wieder Hinweise fallen lassen, dass er vielleicht nicht mitkommen kann. Und als ich ihn darauf angesprochen habe, hat es einen fetten Streit gegeben.«

»Oh nein.«

»Oh doch. Ich verstehe, dass das Praktikum wichtig ist und eine tolle Chance für ihn, aber es ist unbezahlt, und er hat im letzten Monat keine Woche unter fünfzig Stunden gearbeitet. Eher mehr. Und dann will er uns auch noch dieses Wochenende kaputt machen, auf das ich mich so sehr freue. Wenn ich ehrlich bin, ist die SciFaCon selbst inzwischen nebensächlich. Ich freu mich einfach auf etwas Quality Time mit meinem Freund, ohne dass er ständig an seinem Laptop hängt.«

Ich nickte. »Das ist verständlich.«

»Ja, und ich glaube, Julian hat es nach dem Streit auch begriffen«, sagte Micah und bog in den nächsten Gang ab, um zum Apothekenschalter zu gelangen. »Mit seinem Studium und den ganzen Aushilfsjobs ist er es gewohnt, viel zu arbeiten. Und es gab so lange niemanden in seinem Leben, der sich ernsthaft darum bemüht hat, Zeit mit ihm zu verbringen, dass er sich erst wieder daran gewöhnen muss.«

»Darum würde ich mir keine Sorgen machen«, versicherte ich Micah und stellte mich in der Schlange für die Medikamente an. »Er liebt dich und wird dich immer an erste Stelle setzen, auch wenn du ihn manchmal daran erinnern musst.«

»Danke.«

»Es ist nur die Wahrheit.«

Micah trat in der Schlange einen Schritt vor. »Übrigens war ich gestern im Capes and Books und habe mit Ted über unsere Ideen für die *Albtraumlady* gesprochen.«

»Oh. Und, was sagt er?«

»Er findet sie großartig.« Micah grinste zufrieden. »Er war total begeistert und hat direkt ein paar Vorschläge gemacht, welche Themen und Probleme wir für Volume zwei und drei aufgreifen könnten. Und von Matayo war er auch sehr angetan. Er fand den Gedanken, ihn trans zu machen, superspannend, daher werde ich mal mit Julian reden, was er davon hält.«

»Matayo und Valeriya werden einfach das süßeste Pärchen.«

Micahs Lächeln wurde noch breiter. »Oh ja. Wir sollten uns nach der SciFaCon auf jeden Fall wieder zusammensetzen.«

»Unbedingt. Das Wochenende drauf bin ich allerdings mit Auri in Kalifornien bei der Hochzeit seiner Mom.«

»Wann fliegt ihr?«

»Gar nicht, Auri hat doch Flugangst.«

»Ach ja, stimmt. Und wann fahrt ihr los?«

»Am Donnerstag. Ziemlich früh, damit wir nicht allzu spät ankommen und am Freitag noch bei den Vorbereitungen helfen können. Samstag ist dann der große Tag.«

Ich freute mich schon darauf, Auris Mutter und seine Familie kennenzulernen, doch je näher der große Tag rückte, umso nervöser wurde ich auch. Vor der SciFaCon hatte ich keine Angst, denn dort würde ich mit niemandem reden müssen außer mit Auri, Julian und Micah; auf der Hochzeit allerdings würde ich gezwungen sein, mich mit Fremden zu unterhalten. Schließlich konnte ich nicht die ganze Zeit Auri in Beschlag nehmen.

Micah stöhnte. »Puh, das wird eine lange Autofahrt.«

»Schon, aber vermutlich schmeißen wir uns einfach ein Hörbuch an.« Ich zuckte mit den Schultern. »Gerade hören wir uns noch einmal die *Königsmörder-Chronik* von Patrick Rothfuss an.«

Micah gab ein Brummen von sich und wich meinem Blick aus. Ein klares Indiz dafür, dass sie die Reihe immer noch nicht angefangen hatte, obwohl Auri und ich sie bereits seit einem Jahr dazu ermutigten. Man konnte Leute einfach nicht zu ihrem Glück zwingen. Irgendwann würde Micah die Bücher schon noch lesen und dann bereuen, so lange gewartet zu haben.

»Der Nächste bitte«, sagte die Frau hinter dem Apothekenschalter.

Ich trat vor, um mir neues Insulin zu holen.

Anschließend bezahlten Micah und ich für unseren Einkauf und fuhren heim. Im Hausflur verabschiedeten wir uns voneinander und beschlossen, am nächsten Morgen um sechs Uhr früh loszufahren, damit wir rechtzeitig zur Eröffnung der SciFaCon in Seattle waren.

In der Wohnung schlüpfte ich in eine Leggins und ein bequemes Top und machte es mir mit einer bunten Schüssel Salat und einer Diät-Limo vor dem Fernseher gemütlich. Danach würde ich meinen Koffer packen.

Ich startete die nächste Folge *Mindhunter*, auch wenn ich immer noch nicht wusste, was ich davon halten sollte.

Es fiel mir nicht ganz leicht, mich auf das Geschehen auf dem Bildschirm zu konzentrieren. Meine Gedanken wanderten zur SciFaCon, zu all den Dingen, die ich noch vorbereiten musste, und zu Auri. Immer und immer wieder zu Auri. Seit dem Sommerfest war er ein Dauergast in meinem Kopf. Ich konnte es nicht verhindern. Sobald ich alleine war, musste ich an ihn und an das, was sich zwischen uns abgespielt hatte, denken.

Cas … Ich konnte nicht vergessen, wie er meinen Namen geflüstert hatte. Noch immer spürte ich die Silbe auf meinen

Lippen vibrieren, als er mir so nahe gewesen war, ohne mich richtig zu küssen. Ich verfluchte Aliza für die Unterbrechung. Doch zugleich war ich ihr dankbar, mich vor einem impulsiven Fehler bewahrt zu haben. Je länger und öfter ich allerdings über den Moment in der Hängematte nachdachte, desto unsicherer war ich mir, ob Auri und ich wirklich dabei gewesen waren, etwas Falsches zu tun.

Er wollte mich.

Und ich wollte ihn.

Wir waren zwei Erwachsene, die sich eindeutig zueinander hingezogen fühlten. Anderenfalls hätten wir uns nicht ständig in Situationen wie jener wiedergefunden. Möglicherweise sollte uns das ein Hinweis sein. Und Hinweise waren dazu gedacht, verfolgt zu werden. Dennoch konnte ich nicht aufhören, an die katastrophalen Folgen zu denken, die dies möglicherweise für unsere Freundschaft haben konnte. Was mich wieder zurück zur SciFaCon brachte und der Schlafsituation, in der wir uns dort wiederfinden würden.

Auri und ich hatten das Hotelzimmer gemeinsam gebucht und würden im selben Bett schlafen. Es konnte nichts passieren. Es konnte alles passieren. Doch Auri darauf anzusprechen, hätte bedeutet, über das Sommerfest reden zu müssen, und das war ein Gespräch, dem wir beide in den letzten Tagen aus dem Weg gegangen waren. Ein Teufelskreis.

Ich fragte mich gerade, ob ich das Hotel anrufen sollte, um mich zu erkundigen, ob man unser Doppelbettzimmer womöglich auf zwei Einzelbetten umbuchen konnte, als plötzlich mein Handy zu klingeln begann.

Ich stellte den Fernseher leise. Kurz hoffte ich, dass es Auri war, der mich anrief, vielleicht um mir meine Entscheidung abzunehmen. Doch ein Blick auf das Display verriet mir, dass der Anruf nicht von ihm kam, sondern von der nicht eingespeicherten Nummer, die mich bereits seit einer Weile immer wieder zu erreichen versuchte. Ich hatte ganz vergessen zurückzurufen.

Ich wischte über das Display und stellte den Lautsprecher an. »Hey, Eugene«, begrüßte ich meinen Ex-Freund und legte das Handy auf meinen Schoß, um nebenbei weiteressen zu können.

»Hallo, Cassie. Stör ich gerade?« Eugenes Stimme kam mir fremd und vertraut zugleich vor. Jahrelang hatte ich sie jeden Tag gehört. Er hatte mir mit ihr Geheimnisse, Sehnsüchte und Wünsche ins Ohr geflüstert. Und mir damit schmutzige Dinge zugeraunt, in Nächten, in denen wir nackt in einem Bett gelegen hatten. Doch das war lange her. Sehr lange.

»Nein, ich sitz gerade nur auf der Couch rum.«

Eugene lachte amüsiert. »Natürlich, was auch sonst.«

Ich wusste, dass er es nicht böse meinte, ich war eben sehr durchschaubar. Dennoch trafen seine Worte einen Nerv. Vermutlich weil genau diese Berechenbarkeit einer der Gründe für unsere Trennung gewesen war.

»Was gibt's? Wie läuft das Studium?«

»Kann mich nicht beklagen. Die Noten sind gut, und die Dozenten hassen mich nicht. Was will man mehr?« Ich konnte sein typisch lässiges Schulterzucken förmlich vor mir sehen. »Im letzten Semester hatte ich einen Finanzkurs, in dem ich öfter an dich denken musste.«

»Weil er langweilig und vorhersehbar war?«

»Nein, weil unser Prof seinen Kaffee immer aus einer *Final Fantasy*-Tasse getrunken hat.«

»Klingt, als wäre er ein cooler Prof.«

»Yep, ziemlich cool«, pflichtete Eugene mir bei. »Und was ist bei dir so los?«

»Nicht viel.« Ich lehnte mich zurück und stocherte mit der

Gabel in meinem Essen herum. Zwar war die Trennung zwischen Eugene und mir friedlich verlaufen, keiner hatte dem anderen das Herz gebrochen. Dennoch hatten wir seit Monaten nicht mehr miteinander gesprochen und auch sonst keinerlei Kontakt gehabt. Das machte es irgendwie seltsam, jetzt mit ihm zu reden. »Ich hab Ferien und einen Aushilfsjob in einem Tattoostudio angenommen.«

»Einem Tattoostudio?«, fragte Eugene erstaunt. »Was sagen Allison und Matthew dazu?« Er wusste, wie sehr meine Eltern Tattoos und überhaupt jegliche Art Körperschmuck verabscheuten.

»Sie waren etwas geschockt, aber sie kommen damit klar.«

»Cool. Ich hab mir tatsächlich neulich mein erstes Tattoo stechen lassen.«

Ich hob überrascht die Augenbrauen. »Wirklich?«

»Ja, zusammen mit Danielle.« Eugene räusperte sich. »Du weißt, wer sie ist?«

»Klar.« Danielle hatte gemeinsam mit uns die Highschool besucht, und wäre unser Leben eine Teeniekomödie gewesen, hätte sie ihrem Aussehen nach die gemeine Ziege gespielt. Sie war groß, blond, sportlich, Cheerleaderin, und anders als ich hatte sie keine einzige Sommersprosse. Doch wir lebten nicht im Film, sondern in der Wirklichkeit, und in der war Danielle ein liebenswerter Mensch. Ich hatte sie immer gemocht, auch wenn wir nie Freundinnen gewesen waren.

»Um ehrlich zu sein, ist Danielle auch der Grund, weswegen ich anrufe«, sagte Eugene. Er klang auf einmal nervös. »Wie du sicherlich weißt, sind wir seit gut einem Jahr zusammen.«

»Ja, meine Mom hat mir davon erzählt.« Ich schob mir einen Bissen Salat in den Mund. »Wie läuft's?«

»Gut.« Ich konnte ein Lächeln in Eugenes Stimme hören. »Sehr gut. Wir haben uns verlobt.«

Ich erstarrte und würgte das Salatblatt in meinem Mund hinunter. Dummerweise blieb es mir im Hals stecken, und ich begann zu husten. Tränen stiegen mir in die Augen. Kurzatmig japste ich nach Luft.

»Cassie, geht es dir gut?«

»Ja«, brachte ich keuchend hervor. Ich konnte nicht glauben, dass Eugene sich verlobt hatte. In unserer Beziehung war immer er derjenige gewesen, der sich nicht binden, der Abenteuer erleben und unabhängig bleiben wollte. Wir hatten sogar einmal kurz – sehr, sehr kurz – über Kinder geredet, und er hatte gesagt, dass er auf keinen Fall Vater werden wolle, bevor er dreißig war. Und jetzt heiratete er mit zwanzig? »Ich hab mich an meinem Salat verschluckt. Du bist also verlobt?«

Eugene zögerte kurz, bevor er antwortete. »Ja, ich habe ihr einen Antrag gemacht.«

»Wow, das freut mich für euch«, erklärte ich, und es stimmte. Ich freute mich wirklich für die beiden. Sie waren wunderbare Menschen, und obwohl ich sie nie als Paar erlebt hatte, konnte ich sie mir süß zusammen vorstellen. Dennoch war es kein schönes Gefühl zu erfahren, dass er es kaum erwarten konnte, mit Danielle sesshaft zu werden, während er meinen Wunsch nach Sicherheit immer abgetan hatte.

»Danke, Cassie. Ich wollte es dir unbedingt persönlich sagen.«

»Das ist lieb von dir.« Ich nippte an meiner Limo und wünschte mir, es wäre etwas Stärkeres. Ein Glas Wein oder, noch besser, Whisky. »Wann ist die Hochzeit?«

»Irgendwann nach unserem Abschluss. Zuerst wollen wir uns auf das Studium konzentrieren.«

»Das ist sehr vernünftig.«

»Ja. Und außerdem können wir so Danielles Eltern beweisen, dass wir nicht heiraten, weil sie schwanger ist.«

»Zwei Fliegen mit einer Klatsche.«

»Sozusagen.« Eugene klang wirklich glücklich und ein bisschen aufgeregt, obwohl bis zur Hochzeit noch Monate vergehen würden. Ich hoffte trotzdem inständig, keine Einladung zu bekommen. Als seine Ex-Freundin dort aufzutauchen, wäre einfach zu schräg. »Und wie sieht es bei dir aus? Gibt es einen neuen Mann in deinem Leben?«

»Nein.«

»Echt nicht? Was ist mit diesem Footballspieler, den deine Mom mal erwähnt hat?«

»Auri ist mein Mitbewohner, nicht mein Freund«, antwortete ich, und das erste Mal überhaupt hatte ich das Gefühl, in dieser Hinsicht gelogen zu haben.

»Oh, dann hab ich das wohl falsch verstanden. Aber keine Sorge, deine bessere Hälfte wird auch noch auftauchen. Davon bin ich überzeugt.«

»Mhmmm«, brummte ich, obwohl ich es hasste, wenn Leute das sagten: deine bessere Hälfte. Was sollte das heißen? War man ohne Partner etwa nur eine halbe Person? Jeder war für sich genommen vollkommen. Auch ich. Natürlich wünschte ich mir, irgendwann einen Mann zu finden, mit dem ich den Rest meines Lebens verbringen konnte, aber ich war auch ohne ihn ein ganzer Mensch. Ich brauchte Auri nicht, um mich vollwertig zu fühlen.

Warte. Auri?

Nein. Nicht Auri.

Irgendjemanden. Irgendeinen Mann.

Und dieser Mann war irgendwo dort draußen. Vermutlich saß er gerade ebenfalls auf der Couch und sah sich eine Serie an. Oder er spielte mit seinen Freunden *Dungeons and Dragons.* Womöglich saß er auch an seinem Schreibtisch und lernte. Oder er surfte im Internet auf der Suche nach *Star*

Trek-Sammlerstücken, weil er ebenfalls nicht das Verlangen verspürte, mit seinen Freunden feiern zu gehen. Diesen Mann gab es, und er war perfekt für mich.

Doch wenn dem so war, warum konnte ich dann nicht aufhören, an meinen verdammten besten Freund zu denken?

22. Kapitel

Ich war im Paradies. Ein anderes Wort fiel mir für diesen Ort nicht ein.

Mit etwas Verspätung waren wir vor knapp zwei Stunden in Seattle angekommen. Wir hatten unsere Sachen ins Hotel gebracht und uns in der Toilette auf engstem Raum umgezogen und geschminkt, da wir noch nicht auf unsere Zimmer konnten. Aber nun waren wir endlich hier – auf der SciFaCon. Und es war genau so, wie ich es mir immer erträumt hatte. Vielleicht sogar noch besser.

Die Luft war erfüllt von den aufgeregten Stimmen Tausender Fantasy- und SciFi-Fans. Es gab zahlreiche Stände, die Merchandising zu meinen Lieblingsserien und -filmen verkauften. Es war bunt und schrill, und wohin man auch schaute, überall entdeckte man kostümierte Menschen. Einige von ihnen stellten Charaktere dar, die ich kannte, andere waren mir vollkommen fremd. Manche Cosplays waren aufwendig geschneidert und sehr detailgetreu, während andere das jeweilige Original nur minimalistisch nachahmten.

»Ich will hier nie wieder weg«, verkündete ich und winkte einer Frau zu, die ebenfalls als Ciri verkleidet war. Wie ich trug sie eine enge Lederhose, ein dazu passendes Korsett und eine weiße Bluse. Ergänzt wurde das Outfit durch Lederschnallen und -gürtel und ein Plastikschwert, das bei der Waffenkontrolle ausgiebig inspiziert worden war.

»Wart erst mal ab, wir sind erst eine Viertelstunde hier«,

sagte Julian in verhaltenem Ton. Dabei machte er als Star-Lord eine ziemlich gute Figur, zumal er tatsächlich eine entfernte Ähnlichkeit mit Chris Pratt hatte, die mir noch nie zuvor aufgefallen war. Das dichte, wellige braune Haar. Die grünen Augen. Die spitze Nase.

»Sei nicht so zynisch und sag mir lieber, ob ich grünen Lippenstift auf den Zähnen hab.« Micah verzog den Mund und sah Julian mit einem breiten Grinsen an.

Er verdrehte die Augen. »Nein, immer noch nicht. Und jetzt hör auf, mich alle fünf Minuten danach zu fragen.«

»Sorry, aber das macht mich wirklich paranoid«, sagte sie und fuhr sich mit der Zunge über die Zähne. Ihren Körper mit der grünen Farbe anzumalen, hatte uns auf der Toilette wohl am meisten Zeit gekostet, und vermutlich würde Micah am Abend mindestens genauso lange brauchen, sich das Zeug wieder vom Körper zu waschen.

»Entschuldigung«, erklang eine Stimme neben uns.

Wir drehten uns zu dem jungen Mädchen um, das uns angesprochen hatte. Sie konnte nicht älter als fünfzehn, vielleicht sechzehn Jahre alt sein. Ihr schwarzes Haar kräuselte sich in einem Afro um ihren Kopf, und sie trug ein *Guild Wars*-Shirt, das ich nur erkannte, weil ich TRGames das Spiel hatte zocken sehen. Hinter ihr stand ein stämmiger Mann, der desinteressiert dreinblickte. Vermutlich ihr Vater.

»Dürfte ich ein Bild mit Ihnen machen?«, fragte sie Auri, das Handy bereits in den Händen.

Auri lächelte. »Klar doch.«

»Soll ich?«, bot ihr Vater an.

»Nein! Du kannst das nicht richtig.«

Die Augenbrauen des Vaters hoben sich, und ich musste ein Lachen unterdrücken. Ich hatte denselben Satz mindestens ein Dutzend Mal zu meinen eigenen Eltern gesagt.

»Ich kann das Foto machen«, bot ich an und stellte meine Tasche, die ich in Lederoptik meinem Kostüm angepasst hatte, zwischen meine Beine. Bereitwillig überließ das Mädchen mir ihr Handy. Ich strich mir eine weiße Haarsträhne meiner Perücke hinter das Ohr und schoss einige Fotos.

Auri veränderte seine Pose immer wieder leicht. Es war ihm deutlich anzumerken, dass er es gewohnt war, Fotos mit seinen Fans zu machen, auch wenn er dabei normalerweise seine Footballmontur trug.

Ich gab dem Mädchen das Handy zurück. »Ich hoffe, es ist ein schönes Foto dabei.«

»Ganz sicher. Danke!« Sie grinste übers ganze Gesicht, als sie mit ihrem Vater davonlief. Und auch Auri konnte nicht aufhören zu lächeln.

Gemeinsam mit Micah und Julian schlenderten wir durch die Hallen, um uns einen Überblick zu verschaffen. Wir bewunderten die Kostüme der anderen Cosplayer und die Stände der verschiedensten Aussteller, die wirklich alles boten, was das Fanherz begehrte. Ich war froh, meine Kreditkarte im Hotel gelassen zu haben, anderenfalls hätte ich wohl ein kleines Vermögen auf der SciFaCon ausgegeben.

Wir wurden auch noch ein paarmal angehalten, weil jemand ein Foto mit uns machen wollte. Vor allem Auri war gefragt, was ich den Leuten kaum verdenken konnte. Er sah in seinem Geralt-von-Riva-Kostüm einfach beeindruckend aus. Zwar hatte er optisch nicht viel mit dem Hexenjäger gemein, aber die lederne Kampfmontur mit den zwei Schwertern auf seinem Rücken saß wie angegossen und verbarg nichts von seiner sportlichen Statur. Meine Lieblingselemente seines Kostüms waren allerdings die katzenhaft gelben Kontaktlinsen und sein Haar, das er sich mit weißer Farbe angesprüht hatte, anstatt eine Perücke zu tragen. Ich hätte nicht sagen können, was genau ich daran so anziehend fand, doch jedes Mal, wenn ich ihn ansah, wurde mir wärmer.

»Suchst du jemanden?«, fragte ich Micah, als wir in den nächsten Gang einbogen. Bereits seit einer Weile sah sie sich immer wieder mit gerecktem Hals um, zeigte dabei jedoch nur wenig Interesse an den Ständen.

»Nope«, antwortete sie einsilbig. Eindeutig eine Lüge, denn noch während sie das Wort aussprach, spähte sie erneut über ihre Schulter, als befürchtete sie, wir könnten verfolgt werden.

Fragend sah ich Julian an.

Er schnaubte. »Sie sucht nach Luca.«

Ich hob die Augenbrauen. »Luca-Luca? Ihrem Erzfeind Luca?«

»Yep, genau der.«

Auri, der zwei Schritte vor uns lief, drehte sich um. Meine Tasche hing inzwischen über seiner Schulter, nachdem er angeboten hatte, sie mir abzunehmen. »Micah hat einen Erzfeind?«

»Ja, so ein Typ, mit dem sie sich online über Comics streitet.«

»Verstehe«, brummte Auri. »Und halten wir nach diesem Luca Ausschau, um ihm aus dem Weg zu gehen oder damit wir ihn finden und in Brand setzen können? Nur damit ich Bescheid weiß.«

Julian zuckte mit den Schultern. »Das konnte ich auch noch nicht herausfinden.«

»Ich werde niemanden in Brand setzen«, schaltete sich Micah ein und seufzte. »Ich möchte ihn wirklich gerne treffen. Wir folgen uns schon seit Jahren auf Goodreads, und auf seine eigene schräge, unangemessene und geschmacklose Art und Weise ist er wirklich ein netter Kerl.«

Ich lachte über ihre Wortwahl. »Wow. Julian, pass besser auf, sonst bist du heute Abend wieder Single.«

Micah machte eine wegwerfende Handbewegung. »Keine Sorge, Luca würde Sage nie für mich verlassen.«

»Aber du würdest mich für Luca verlassen?«, fragte Julian mit gerunzelter Stirn.

»Das wollte ich damit nicht sagen.« Micah hakte sich bei ihrem Freund unter und schenkte ihm ein strahlendes Lächeln. »Dich würde ich höchstens gegen Jason Momoa eintauschen.«

Die Falte zwischen Julians Augenbrauen wurde noch eine Spur tiefer. »Ähm, danke?«

»Gerne«, erwiderte Micah mit einem Schmunzeln und gab Julian einen flüchtigen Kuss, der auf seinen Lippen einen Hauch grüne Farbe hinterließ. Sie wischte sie mit dem Daumen ab, und Julian schnappte mit den Zähnen nach ihrem Finger, was Micah zum Lachen und Julian wiederum selbst zum Grinsen brachte.

Die beiden waren wirklich zu süß zusammen. Für Auris und mein Seelenwohl hoffte ich, dass unser Hotelzimmer nicht neben ihrem lag, denn ich hatte die Vermutung, dass die beiden heute nur wenig Schlaf finden würden.

Wir beschlossen, uns etwas zum Mittagessen zu holen, ehe wir uns im Anschluss aufteilen wollten, um weiter das Gelände zu erkunden.

Julian und Micah zogen weiter in die Halle für die Illustratoren und Zeichner, während Auri und ich uns zu den Veranstaltungssälen aufmachten. Wir hörten uns ein Panel über Randgruppen und Minderheiten in der Fantasy an und besuchten anschließend einen Cosplay-Contest. Es war wirklich beeindruckend, wie viel Zeit und Mühe die Leute nicht nur in ihre Kostüme, sondern auch in ihre Performance gesteckt hatten. Eine Jury aus professionellen Cosplayern wählte die Sieger. Darunter war auch ein ziemlich beeindruckender Geralt von Riva, mit dem Auri dann doch nicht ganz mithalten konnte. Am Ende der Darbietungen reihten wir uns in eine Schlange ein, um gemeinsam mit ihm ein Foto zu machen. Er lobte unsere Kostüme und positionierte mich für das Bild zwischen sich und Auri.

Anschließend schrieb ich Micah eine Nachricht, wo wir uns treffen wollten. Mittlerweile war es später Nachmittag, und ich konnte nicht glauben, dass sich dieser wundervolle Tag langsam dem Ende zuneigte. Ich litt bereits unter Trennungsschmerz und wünschte mir, ich hätte noch ein bisschen länger an diesem Erlebnis festhalten können. Doch die Erinnerungen und Fotos würden mir für immer bleiben, und vielleicht konnte ich nächstes Jahr zurückkehren. Meine Vorfreude darauf war schon jetzt groß.

»Geht es dir gut?«, fragte Auri und ließ sich neben mir auf den Boden gleiten.

Ich grinste. »Ja, es könnte nicht besser sein.«

»Sicher?« Die Sorge in Auris Stimme war nicht zu überhören. »Willst du vielleicht etwas essen? Ich habe noch einen Schokoriegel, der ist nur etwas angeschmolzen.«

»Alles gut«, versicherte ich ihm.

Es war wirklich lieb, wie er sich um mich kümmerte. Ich musste zugeben, dass ich anfangs auch etwas Sorge wegen all der Menschen, der Hitze und der stickigen Luft in den Messehallen gehabt hatte, aber es war auszuhalten, und ich nutzte jeden Toilettengang, um meine Zuckerwerte zu messen, denn ich wollte nicht, dass der beste Tag meines Lebens mit Unterzucker im Krankenhaus endete.

»Hat Micah geantwortet?«, erkundigte sich Auri.

Wir waren seit Stunden auf den Beinen, und obwohl wir während der Panels hatten sitzen können, waren wir beide ziemlich erschöpft.

Ich schaute auf mein Handy. »Noch nicht.«

»Wollen wir hier einfach warten oder uns noch was anschauen?«

Ich sah zu Auri auf. »Gibt es denn etwas, das du noch sehen willst?« Bisher hatten wir vor allem Sachen gemacht, die ich mir ausgesucht hatte. Er war mir einfach gefolgt.

Auri schüttelte den Kopf. »Ich bin nur froh, wenn ich diese Hose ausziehen kann.«

»Willst du zurück ins Hotel?«

»Ich bleib hier, solange du willst.«

Ich lächelte und lehnte mich bei ihm an. »Du bist zu gut zu mir.«

»Ich weiß«, sagte er neckisch und gab mir einen Kuss auf die Stirn.

Seine Lippen hinterließen ein warmes Prickeln auf meiner Haut, und ich musste unweigerlich an den Beinahe-Kuss während des Sommerfestes denken und daran, wie sein Atem meinen Mund gestreift hatte. In jenem Moment war ich mir seiner Nähe so bewusst gewesen wie noch nie zuvor. Stärker noch als während des Augenblicks, den wir im See geteilt hatten. Die Erinnerung an seine Lippen, die meinen unendlich nah und zugleich unendlich fern gewesen waren, ließ sich einfach nicht abschütteln und hatte mich seither fast jede Nacht heimgesucht. Dutzende Male hatte ich mir vorgestellt, wie sich der Kuss wohl angefühlt hätte, und mittlerweile musste ich mir eingestehen, dass ich mir wünschte, dass die Fantasie Wirklichkeit wurde. Ich hatte keine Ahnung, ob es eine gute Idee oder ein gigantischer Fehler war, darauf zu hoffen, aber ich kämpfte schon zu lange gegen die Gefühle an, die ich mit der Zeit für Auri entwickelt hatte. Egal wie schnell und weit ich rannte, um sie abzuschütteln, sie holten mich immer wieder ein.

Vielleicht war es an der Zeit, stehen zu bleiben, all meinen Mut zusammenzunehmen und mich ihnen zu stellen.

23. Kapitel

»Die anderen sind in Halle 3«, verkündete ich, nachdem ich die Nachricht von Micah gelesen hatte, mit der sie mir kommentarlos die Hallen- und Standnummer geschickt hatte. Ich zeigte Auri das Display.

Er nickte, und wir standen vom Boden auf. Es war zu spüren, dass sich der heutige Convention-Tag dem Ende neigte, der Besucherandrang ließ allmählich nach und machte das Vorankommen in den Gängen leichter. Doch so erschöpft ich inzwischen auch war, ich wollte unbedingt bis zum Schluss bleiben, um jede Sekunde auszukosten.

Auri passte seine langen Schritte meinen kurzen an, und wir legten noch einen Stopp bei den Toiletten ein, bevor wir in Halle 3 hinübergingen. Sie war weniger schrill als die anderen, denn hier gab es keine Händler, die versuchten, ihre Sammelfiguren und Kissen mit sexy Aufdrucken zu verkaufen. Die Stände gehörten zu Verlagen und Autoren, die ihre Bücher auf etwas seriösere Weise präsentierten. Wir suchten nach der Standnummer, die Micah uns geschickt hatte, und entdeckten, dass sie zu einer Buchhandlung für alte und gebrauchte Bücher gehörte, um die Auri und ich am Mittag gezielt einen Bogen gemacht hatten.

»Da vorne sind sie«, sagte Auri und deutete in die Richtung.

Ich folgte seinem Blick und entdeckte Micah und Julian sofort, allerdings waren sie nicht alleine. Neben ihnen stand eine als Jesse Quick verkleidete Frau und ein hochgewachsener

Mann, der als The Flash kostümiert war. Der hautenge rote Anzug saß wie angegossen und versteckte nichts von seinen Muskeln, die zu fein und definiert wirkten, um nur Teil des Outfits zu sein. Er hatte seine Maske abgenommen, und obwohl ich bisher nur Fotos auf Instagram von ihm gesehen hatte, erkannte ich ihn sofort: Micahs Erzfeind. Luca. Zwischen den beiden schien jedoch Waffenstillstand zu herrschen. Denn anstatt sich Beleidigungen an den Kopf zu werfen, wie sie es häufig taten, wenn sie online über Comics diskutierten, führten sie anscheinend eine ruhige Unterhaltung. Micah lächelte sogar. Julian hingegen wirkte nicht ganz so glücklich, und wer hätte es ihm verdenken können? Immerhin unterhielt sich Micah gerade äußerst angeregt mit einem buchliebenden Adonis.

»… auf jeden Fall wird es damit enden, dass die Traummaschine …«

»Hey!«, platzte ich in die Unterhaltung und schnitt Micah damit das Wort ab.

»Da seid ihr ja!« Micah umarmte mich, als hätten wir uns bereits seit Tagen nicht mehr gesehen. Ihre grüne Körperfarbe war zum Teil verschmiert und an manchen Stellen zu einem helleren Ton verblasst, sodass ihr Teint nicht mehr perfekt ebenmäßig war; und auch der grüne Lippenstift war von ihrem Mund verschwunden. Als ich Spuren davon auf Julians Gesicht entdeckte, fragte ich mich unwillkürlich, was die beiden wohl alles getrieben hatten, während wir getrennt gewesen waren. »Das sind Luca und seine Schwester April.«

»Hi, ich bin Cassie«, grüßte ich.

Auri schüttelte den beiden die Hand. »Hey. Auri.«

»Coole *Witcher*-Cosplays«, sagte April mit einem Lächeln. Obwohl sie eine Maske trug, die den Großteil ihrer Augenpartie verdeckte, war nicht zu übersehen, dass auch sie in der Genlotterie gewonnen hatte. Sie war groß und schlank mit strahlenden blauen Augen und seidigen blonden Haaren, die sie zu einem Zopf gebunden hatte. Statt des roten Jesse-Quick-Anzugs aus der Serie trug sie die kurzen gelben Shorts aus den Comics, was ich nur wusste, weil ich irgendwann einmal in einem Heft aus Micahs Sammlung geblättert hatte.

Ich lächelte zurück. »Danke, eure Kostüme sind auch toll.«

»Ich habe den beiden gerade von der *Albtraumlady* erzählt«, schaltete sich Micah ein.

Meine Augenbrauen schossen in die Höhe. »Wirklich?«

Luca nickte. »Was ihr da vorhabt, klingt echt gut.«

»Ach ja?«

»Ja«, versicherte er mir.

»Wenn du nichts dagegen hast, könnte Luca einer unserer Testleser sein«, sagte Micah, die ganz begeistert von der Idee klang. »Wir haben zwar Ted und Derek, aber noch etwas mehr Feedback kann sicherlich nicht schaden. Und wenn Luca es scheiße findet, wissen wir, dass wir auf dem richtigen Weg sind.«

»He!« Luca verschränkte die Arme vor der Brust. »Wenn ich sage, dass es Müll ist, ist es auch Müll. Im Gegensatz zu anderen Personen in dieser Runde habe ich nämlich Geschmack und finde die *DC Icons*-Romane nicht, Zitat, ›ziemlich gut‹.«

Micah funkelte Luca finster an. »Sie sind wirklich gut!«

Er schnaubte. »In deinen Träumen.«

»Du hast sie nur nicht verstanden.«

»Was gibt es da schon zu verstehen? Die Bücher sind flach wie ein Blatt Papier.«

»Nur weil du etwas nicht begreifst, ist es noch lange nicht flach«, erklärte Micah.

»Und nur weil du behauptest, dieser Müll hätte Tiefgang, ist es noch lange nicht wahr.«

Micah stieß ein genervtes Stöhnen aus. »Du hast einfach keine Ahnung.«

Hilfe suchend sah ich zu Auri.

Er zuckte ratlos mit den Schultern, wobei sich die Schwerter auf seinem Rücken mitbewegten.

Das würde etwas geben, wenn Luca tatsächlich Testleser für die *Albtraumlady* werden sollte. Vermutlich würden die beiden einander umbringen, bevor wir es überhaupt schafften, Volume eins fertigzustellen. Doch ich würde mich in diesen Streit nicht einmischen. Das war Micahs Angelegenheit, und da es noch immer ihre Grundidee war, sollte sie entscheiden, wer mitlesen durfte und wer nicht. Hauptsache, Auri war unter den Testlesern.

»Wollen wir uns ein bisschen umschauen?«, fragte Auri wie aufs Stichwort.

Ich nickte. Diesem Gezanke musste ich wirklich nicht zuhören.

Wortlos seilten wir uns von der Gruppe ab und wandten uns den ausgestellten Büchern zu.

Der Stand hatte eine bunte Mischung aller Genres zu bieten, nicht nur Fantasy und SciFi, auch Krimis, Thriller, Kinderbücher und Sachbücher waren darunter. Einige der Bücherkisten waren inzwischen schon ziemlich leer gekauft, aber zwei junge Männer waren gerade dabei, sie für den nächsten Tag mit Vorräten aus dem Lager wieder aufzufüllen. Auri und ich schlichen ihnen hinterher, um uns die neuen Sachen direkt anzuschauen.

Ich entdeckte ein Buch zum Thema Nähen, das supergünstig war, da die Schnittmuster, die eigentlich hätten beiliegen sollen, fehlten. Und Auri sicherte sich alle drei Bände einer Trilogie eines australischen Autors, die er bereits seit einer Weile lesen wollte. Wir beide wussten ganz genau, weshalb wir diesen Stand am Mittag ausgelassen hatten, aber nun war die Falle zugeschnappt, und es tat mir nicht einmal leid.

Ich holte einen Korb, damit wir die Bücher nicht die ganze Zeit in der Hand halten mussten. Als ich zurückkam, blickte Auri schelmisch drein und versteckte etwas hinter seinem Rücken, so wie ich es damals auf dem Flohmarkt getan hatte, als ich die indonesische *Herr der Ringe*-Ausgabe entdeckt hatte.

»Rate mal, was ich gefunden habe?«, fragte er. Es waren beinahe die gleichen Worte, wie ich sie verwendet hatte.

Ich neigte den Kopf, als müsste ich nachdenken. »Eine HdR-Ausgabe, die wir noch nicht haben?«

»Nein, das wäre zu einfach, aber du bist nah dran.«

»Sag schon«, drängte ich.

Auri zog das Buch hinter seinem Rücken hervor.

Es war ein englischsprachiges Exemplar von *Der Name des Windes*, das ich bisher aber noch in keinem Buchladen gesehen hatte. Womöglich eine britische oder australische Ausgabe.

Er reichte es mir. »Was hältst du davon, wenn wir noch eine Sammlung anfangen?«

Ich sah von dem Buch zu ihm auf. »Wirklich?«

»Ja, warum nicht?« Er zuckte mit den Schultern, als wäre es nur eine Kleinigkeit.

Aber das war es nicht.

Nicht für mich.

Diese Sammlung wäre eine weitere Sache, die wir miteinander teilten. Etwas, das uns miteinander verband. Dessen musste sich Auri bewusst sein, dennoch legte er das Buch ohne jedes Zögern in unseren Korb.

Das leise Klicken des Schlosses unserer Hotelzimmertür weckte in mir zugleich ein Gefühl der Erleichterung und der Enttäuschung. Erleichterung, weil ich mit meinen Kräften am

Ende war und nach einer heißen Dusche nur noch ins Bett kriechen wollte. Meine Füße taten weh, und meine Muskeln waren steif vom vielen Laufen. Enttäuscht war ich, weil mein Geist anders als mein Körper hellwach war. Ich sehnte mich zurück in die heiligen Hallen der Convention. Ich konnte einfach nicht glauben, dass dieser Tag, auf den ich so lange hingefiebert hatte, nun wirklich und endgültig vorbei war. Und ich würde ein Jahr warten müssen, ehe ich zurückkehren konnte.

»Welche Seite vom Bett möchtest du haben?«, fragte Auri, während er unsere Taschen vor dem Schreibtisch gegenüber abstellte.

Es war ein nettes, aber kein übertrieben schickes Hotel. Die Möbel hatten eindeutig schon ein paar Jahre auf dem Buckel, aber es war sauber, jedes Zimmer hatte sein eigenes Bad, und am Morgen erwartete uns ein Frühstücksbüfett, das von anderen Gästen sehr gut bewertet worden war.

»Die rechte, wenn das für dich okay ist.« Es war die Seite, die weiter von der Tür entfernt war.

»Klar.« Auri lächelte und öffnete die Gürtelschnallen, welche die Schwerter auf seinem Rücken gehalten hatten. Ächzend legte er die Plastikwaffen ab. »Das Kostüm ist cool, aber wirklich alles andere als bequem.«

»Wem sagst du das?« Ich ließ mich auf meine Seite des Bettes fallen und zog meine Stiefel aus. Am Morgen noch waren sie bequem gewesen, aber die Absätze waren den Tag über zu einer wahren Qual geworden. Ich war heilfroh gewesen, dass Micah und ich daran gedacht hatten, Blasenpflaster zu kaufen.

Als die Schuhe von meinen Füßen rutschten, seufzte ich erleichtert und streckte meine Beine aus, die sich plötzlich unsagbar schwer anfühlten. Am liebsten hätte ich mich einfach hingelegt, aber ich wollte nicht mit all dem Schweiß und Dreck der Convention auf der Haut schlafen gehen.

»Möchtest du zuerst duschen?«

Auri schüttelte den Kopf. »Mach du ruhig. Ich muss meine Mom anrufen.«

Ich runzelte die Stirn. »Ist alles in Ordnung?«

»Keine Ahnung. Sie hat geschrieben, ich soll mich melden, sobald ich kann. Vermutlich geht es mal wieder um die Hochzeit. Sie ist langsam ein bisschen am Durchdrehen, obwohl sie meinte, sie sieht das Ganze entspannt … Überraschung: Tut sie nicht.«

Ich lachte. »Okay, dann lass ich dich ungestört telefonieren und geh zuerst ins Bad.«

Mühevoll rappelte ich mich wieder vom Bett auf, wobei mein ganzer Körper protestierte, holte meinen Kulturbeutel aus dem Koffer und schnappte mir eines der zwei Badehandtücher, die auf der Matratze bereitlagen. Im Badezimmer schälte ich mich aus meinem Ciri-Cosplay, was sich als gar nicht so leicht herausstellte, und nahm meine Perücke ab. Mit einem Wattepad entfernte ich die Klebereste und mein Make-up. Es war etwas traurig, mit anzusehen, wie aus Ciri wieder Cassie wurde, aber vielleicht konnte ich das Kostüm zu Halloween noch einmal tragen.

Schließlich stieg ich unter die Dusche und drehte das Wasser auf. Die Leitung gluckerte kurz, bevor es auf mich herabregnete. Zufrieden ließ ich das Kinn auf die Brust sinken, sodass der Wasserstrahl meinen Nacken treffen konnte. Das tat gut. Ich stellte die Temperatur noch etwas höher und stand eine Weile einfach nur da, bevor ich die Kraft fand, mich zu waschen. Ich würde heute schlafen wie ein Stein.

Nachdem ich mich eingeseift und abgebraust hatte, stieg ich aus der Dusche und wickelte das Handtuch um meinen Körper. Der warme Dampf hatte den Spiegel beschlagen lassen. Ich musterte meine verschwommene Reflexion, bevor ich mich über das Waschbecken beugte, um Auri eine Nachricht zu hinterlassen. Überall dort, wo mein Finger das Glas berührte, wurde mein Spiegelbild klarer, und ich war deutlicher zu erkennen. Fasziniert beobachtete ich, wie die Buchstaben langsam, aber sicher verschwanden, während die Luft abkühlte.

Nachdem meine Botschaft verschwunden war, steckte ich meine Haare hoch, putzte mir die Zähne und trocknete mich ab. Ich wollte das Handtuch gerade fallen lassen und mich anziehen, als mir auffiel, dass ich vergessen hatte, Klamotten mit ins Bad zunehmen. Verdammt. Ich hatte nicht mal an Unterwäsche gedacht. Schnell schlang ich das Handtuch erneut um meinen Körper und kontrollierte mehrfach den Knoten, der es über meiner Brust zusammenhielt, bevor ich das Badezimmer verließ.

Auri saß auf dem Bett, den Blick auf sein Handy gerichtet. Er hatte sein Geralt-Kostüm bereits abgelegt, nur noch sein weiß angesprühtes Haar und die Kontaktlinsen erinnerten an den Hexenjäger.

»Meine Mom wollte mir nur sagen, dass sie sich dafür entschieden hat, eine vegane statt eine vegetarische Alternative anzu…bieten.« Auri stolperte über das letzte Wort, als er aufsah und mich entdeckte.

Verlegen zupfte ich am Saum meines Handtuchs, das ziemlich kurz war. Es bedeckte gerade so das Nötigste. »Ich hab meine Sachen vergessen.«

»Verstehe.« Bildete ich mir das ein, oder war Auris Stimme tatsächlich tiefer geworden? Er räusperte sich. »Dann sollte ich jetzt wohl mal besser …« Er deutete Richtung Badezimmer.

Ich nickte, während sich die Hitze von den Wangen aus in meinem ganzen Körper ausbreitete. In meinem Magen setzte ein Ziehen ein, und ich fragte mich, was Auri wohl tun würde, wenn ich das Handtuch einfach fallen ließ. Die Versuchung, es auszuprobieren, war groß, meine Vernunft allerdings noch größer. Regungslos sah ich ihm dabei zu, wie er seine Sachen zusammensuchte und ins Badezimmer verschwand.

Erst als ich hörte, wie das Wasser in der Dusche aufgedreht wurde, wagte ich es wieder, mich zu bewegen. Erleichtert atmete ich aus und holte mir ein Oberteil und Shorts aus meiner Tasche. Eilig streifte ich mir die Sachen über und hängte mein Handtuch über einen Stuhl, bevor ich auf meiner Seite des Bettes unter das Laken schlüpfte – und ein wohliges Stöhnen ausstieß.

Oh. Mein. Gott. Dies war genau das, was ich gebraucht hatte. Eine bequeme Matratze und eine kuschelige Decke. Ich ließ mich tiefer in die Kissen sinken. Vielleicht war doch nicht die SciFaCon, sondern das hier das Paradies.

Ich döste vor mich hin und lauschte dem Rauschen des Wassers aus dem Badezimmer, bis das Geräusch verstummte und Auri kurz darauf zurück ins Zimmer trat.

Ich blinzelte ihn müde an. Er hatte die Farbe aus seinen Haaren gewaschen und die gelben Kontaktlinsen rausgenommen, sodass er nun wieder ganz er selbst war. Und sosehr ich den Anblick von ihm als Geralt auch genossen hatte, diese Version von ihm mochte ich noch um einiges lieber.

»Soll ich das Licht ausschalten?«

»Mhm«, brummte ich.

Die Deckenlampen erloschen, nur noch die kleine Leuchte auf seiner Seite des Bettes brannte.

Die Matratze gab nach, als Auri sich zu mir legte, und wie von selbst rutschte ich leicht in seine Richtung.

Er stieß ein Seufzen aus. »Oh mein Gott, Liegen ist so geil.«

Ich schmunzelte. »Dasselbe hab ich auch gerade gedacht.«

Auri rollte sich zu mir herum, sodass wir Angesicht zu Angesicht lagen, unsere Nasen nur eine Handbreit voneinander entfernt. Der Geruch nach der kernigen Hotelseife stieg mir in die Nase. Sie duftete an ihm so viel besser als an mir.

»War die SciFaCon so, wie du sie dir vorgestellt hast?«

»Ja, das war einer der schönsten Tage in meinem Leben.« Ich fühlte mich an neuen Orten selten wohl, aber die Convention war mir vom ersten Augenblick an wie ein zweites Zuhause erschienen. Ich hatte ganz ich selbst sein können; und die Leute waren alle so gut gelaunt und freundlich gewesen. »Was hat dir am besten gefallen?«

»Ich weiß nicht.« Nachdenklich zog Auri die Augenbrauen zusammen. »Dir?«

»Alles.«

In Auris Augen war ein zärtlicher Ausdruck getreten. »Es freut mich, dass du so viel Spaß hattest.«

»Ja, und das lag vor allem an dir«, gab ich eine Spur leiser zurück. »Danke, dass du das alles über dich hast ergehen lassen.«

»Red keinen Unsinn, für dich mach ich das gerne.«

Ich hielt Auris Blick fest, der unentwegt auf mir ruhte und eigenartige Dinge mit mir und meiner Müdigkeit anstellte. Diese war auf einmal wie verflogen, und an ihre Stelle war ein nervöses Kribbeln getreten, das zwischen meinem Magen und meiner Brust hin- und herzuwandern schien.

»Hast du meine Nachricht am Spiegel gesehen?«

»Ja.«

Unruhig rieb ich meine Füße unter der Bettdecke aneinander. »Und?«

Auri schnaubte. »Natürlich will ich auch nächstes Jahr mit dir zur SciFaCon. Was für eine Frage.«

»Ernsthaft?«

Ungläubig sah Auri mich an. In seinen Augen lag ein warmes Funkeln, ein liebevolles Lächeln umspielte seinen Mund. »Klar. Hast du wirklich gedacht, ich würde Nein sagen?«

Ich nickte zögerlich, denn ein Teil von mir hatte es tatsächlich befürchtet. Der Teil, der einfach nicht glauben konnte, dass so ein wunderbarer Mensch wie Auri seine Zeit mit mir verbringen wollte. Er hatte seine Fehler, keine Frage, aber seine guten Seiten überwogen um ein Vielfaches. Und die Sorge, dass er mich eines Tages verlassen könnte, war allgegenwärtig. Ich konnte sie einfach nicht abschütteln. Was vermutlich daran lag, das bisher all meine Freundschaften ein Ablaufdatum besessen hatten.

Verwirrt runzelte Auri die Stirn. »Warum sollte ich das tun?«

»Weil …« Ich stockte, unsicher, ob dieses Geheimnis zu jenen gehörte, die ich Auri anvertrauen konnte, aber natürlich konnte ich das. *Lieblingsmensch. Schon vergessen?* »Ich habe Angst davor, dass dir eines Tages bewusst wird, wie langweilig all das ist. Und … und wie langweilig ich bin. Und dass du dann keine Zeit mehr mit mir verbringen willst.«

Auri sah mich an und blinzelte. Einmal, zweimal, dreimal. »Cassie.« Mein Name war kaum mehr als ein Seufzen auf seinen Lippen. »Das wird nicht passieren.«

Ich schüttelte den Kopf. »Das kannst du nicht wissen.«

»Doch«, widersprach Auri voller Überzeugung und stützte sich auf seinem Ellenbogen auf, sodass er über mir aufragte. Mit eindringlichem Blick musterte er mich.

Mein Magen zog sich zusammen. Ich wusste, ich sollte etwas sagen, aber mir fehlten die Worte. Stattdessen erwiderte ich schweigend seinen Blick.

Auf einmal wich alles Störrische aus seinem Gesicht. Der Zug um seinen Mund wurde weich, und der Ausdruck in seinen Augen zärtlich. »Du bist wie *Herr der Ringe*, Cassie.«

»Was?« Das Wort war nur ein kaum hörbares Krächzen.

Auris Mundwinkel zuckten, als fände er meine Verwirrung amüsant. »Ich kann dich hundertmal lesen und tausendmal anschauen und werde dich trotzdem niemals langweilig finden«, erklärte er und beugte sich zu mir. Sanft strich er mir eine Haarsträhne aus der Stirn. »Ich entdecke jeden Tag neue Details und Facetten an dir, die zu dem Gesamtwerk beitragen, das ich so sehr liebe.«

Mir stockte der Atem – und das Herz. Und ein Teil von mir beschloss, dass dies der Moment war, mutig zu sein.

Ohne noch länger nachzudenken, zu grübeln und zu hinterfragen, lehnte ich mich Auri entgegen und gab ihm einen flüchtigen Kuss. Nicht auf die Stirn oder die Wange, sondern auf den Mund. Es war eine Einladung. Eine Erlaubnis. Eine Ermutigung, den nächsten Schritt mit mir zu gehen, wenn er denn wollte. Dieser Augenblick war nicht wie die vorherigen, von hier aus gab es kein Zurück mehr. Und ich würde diese Grenze nur gemeinsam mit Auri überschreiten.

Ich sah ihn an, unsere Lippen kaum voneinander getrennt, und suchte in seinen Augen nach einem Anzeichen dafür, dass er diese Art der Nähe zu mir nicht wollte. Doch da waren nur Erstaunen und Begehren in seinem Blick.

Und ehe ich michs versah, überbrückte Auri die kurze Distanz zwischen unseren Mündern und küsste mich, wie ich bereits seit langer Zeit von ihm geküsst werden wollte.

24. Kapitel

Das Gefühl von Auris Lippen auf meinen war mir fremd und vertraut zugleich. Es war, als hätte mir der Kuss zwischen Gorwìn und Maylin vor knapp einem Jahr nur einen klitzekleinen Vorgeschmack auf diesen Moment gegeben, aber dieser Kuss bedeutete so viel mehr. Unsere Gefühle waren nicht länger kostümiert, sie waren nackt und roh und so ehrlich, wie sie nur sein konnten.

Auri legte eine Hand an meinen Hals. Mir lief ein Schauder über den Rücken, als seine Finger sanft über meinen Nacken strichen. Das nervöse Kribbeln, das ich zuvor verspürt hatte, ballte sich zu einem heißen Glühen in meiner Brust. Ich zog meine Hände unter der Bettdecke hervor, um mich an Auri festzuhalten, denn nur so konnte ich sicher sein, dass das hier real war und keine Einbildung.

Doch es war echt. Auri war hier. Und er küsste mich. Endlich.

Mein Herz schlug mir bis in die Kehle. Ich seufzte in den Kuss hinein und krallte mich an Auris Shirt fest.

Er zog mich dichter an sich und brachte unsere Gesichter einander näher. Es gab kein langsames Herantasten, kein vorsichtiges Ausprobieren, kein schüchternes Kennenlernen. Wir stürzten uns mit diesem Kuss kopfüber in die Flut und atmeten einander ein. Es war, als hätten wir in den letzten Jahren die Luft angehalten, um in diesem Moment gemeinsam erleichtert auszuatmen.

Auri stieß ein zufriedenes Brummen aus, das tief aus seiner Brust kam.

Ungeduldig fuhr ich mit meiner Zunge zwischen seine Lippen. Sein Geschmack umnebelte mich, und die Hitze in meiner Brust wanderte tiefer, immer tiefer bis in meinen Unterleib. Instinktiv drängte ich mich Auri entgegen und verfluchte mich selbst dafür, das hier all die Jahre verpasst zu haben. Wieso hatten wir so lange gewartet? Etwas, das sich so richtig anfühlte, konnte unmöglich falsch sein. Mit jedem Herzschlag, der verging, wurde mir mehr und mehr bewusst, dass ich mich geirrt hatte. Das Paradies war kein Ort, sondern eine Person. Es war weder die SciFaCon, noch dieses Bett. Es war Auri.

Ich konnte unmöglich sagen, wie lange wir nebeneinanderlagen und uns einfach küssten und die Nähe und Wärme des jeweils anderen genossen. Jeder Gedanke, den ich zu greifen versuchte, driftete davon, zu flüchtig, um ihn festzuhalten. Doch mit der Zeit ebbte die Flut ab, die uns angetrieben hatte, und unsere Küsse wurden zu seichten Wellen. Wir ließen uns auf ihnen treiben und verloren uns in den sanften Bewegungen.

Nach einer Weile bemerkte ich, dass nicht nur meine Gedanken drifteten, sondern auch ich, erschöpft von den Anstrengungen des Tages.

Langsam lösten wir unseren Kuss, aber keiner von uns schien wirklich bereit, den anderen ganz loszulassen.

Mit glasigen Augen sah Auri mich an. Er strich über meine Wange, und sein Atem streifte meine Haut, die überempfindlich auf jede seiner Berührungen reagierte.

Sofort breitete sich ein Gefühl der Sehnsucht in meiner Brust aus.

»Das«, hauchte Auri plötzlich dicht an meinen Lippen und küsste erst meinen linken, dann meinen rechten Mundwinkel. »Das hier hat mir an diesem Tag am besten gefallen.«

»Mhm«, brummte ich, nicht in der Lage zu sprechen. Keine Worte dieser Welt hätten erfassen können, was ich in diesem Augenblick fühlte. Wäre ich gezwungen gewesen, jede Erinnerung an diesen Tag aus meinem Gedächtnis zu streichen bis auf eine, hätte ich an diesem Moment festgehalten. Ich hätte jede Sekunde auf der SciFaCon geopfert, um mich für den Rest meines Lebens an diesen Kuss zu erinnern.

Die Andeutung eines Lächelns umspielte Auris Lippen, und im nächsten Moment zog er mich an sich. Nicht um mich erneut zu küssen, sondern um mich zu umarmen. Er vergrub sein Gesicht in meinen Haaren und rollte uns herum, sodass ich halb auf ihm lag. Dann begann er mit den feuchten Spitzen meiner Haare zu spielen.

Seine zarten Berührungen lullten mich ein, und ich musste gähnen. Ich versuchte es zu unterdrücken, aber Auri bemerkte es dennoch.

Ein leises Lachen ließ seine Brust vibrieren. Er streckte sich nach dem Lichtschalter, ohne mich loszulassen, und einen Augenblick später hüllte uns Dunkelheit ein, die sich warm und gemütlich anfühlte.

»Schlaf gut, Cassie«, murmelte Auri an meinem Scheitel, kurz bevor seine Lippen meine Stirn streiften und er schützend eine Hand auf meine Taille legte.

»Du auch«, erwiderte ich in dem Wissen, dass kein Traum schöner sein könnte als die Realität, die Auri und ich gerade für uns erschaffen hatten. Diese Nacht war der Anfang von uns, nicht das Ende.

Am nächsten Morgen erwachte ich mit einem Lächeln auf den Lippen. Ich konnte mich nicht daran erinnern, wann ich mich das letzte Mal so gefühlt hatte, als würde ich schweben. Der gestrige Tag auf der SciFaCon war einfach perfekt gewesen, aber die Nacht hatte es geschafft, den Tag noch zu toppen. Erinnerungen an Auris Küsse stiegen in mir auf. Ich konnte den Druck seiner Lippen auf meinen und die Geborgenheit seiner Umarmung noch immer spüren.

Mit einem zufriedenen Gähnen streckte ich eine Hand nach Auri aus. Sehnsüchtig tastete ich nach ihm, aber alles, was ich zu greifen bekam, war sein Kissen. Blinzelnd öffnete ich die Augen und sah mich im Raum um, der nur schummrig von dem Licht beleuchtet wurde, das durch die Ritzen zwischen den Vorhängen drang.

Auri saß vornübergebeugt auf dem Bett. Seine dunkle Silhouette hob sich nur schwach von den Schatten ab. Er hatte einen Fuß auf die Bettkante gezogen und band sich den Schuh zu.

»Ist alles in Ordnung?«, fragte ich in das Halbdunkel hinein.

Auri erstarrte in der Bewegung. Langsam drehte er sich zu mir um. »Oh, ich wollte dich nicht wecken.«

»Hast du nicht«, erwiderte ich, obwohl ich nicht wusste, was genau mich geweckt hatte.

Ich richtete mich auf. Augenblicklich protestierten meine Muskeln, und ich spürte einen drückenden Schmerz im Nacken vom Tragen meiner Tasche, obwohl Auri sie mir eine ganze Weile abgenommen hatte. Ich griff nach meinem Handy. 5:56 Uhr. Wir waren erst in über zwei Stunden mit Micah und Julian zum Frühstück verabredet.

»Wieso bist du schon wach?«

Auri wandte sich wieder seinen Schuhen zu. »Konnte nicht schlafen.«

Ich schaltete die Lampe neben mir ein und kniff die Augen zusammen, als das grelle Licht aufflackerte. Ich blinzelte die glühenden Schatten davon und betrachtete Auri. Er hatte das zerknitterte Shirt von letzter Nacht gegen seine Sportkleidung getauscht. Ein Anblick, der eigentlich ein wohliges Prickeln in mir hätte auslösen sollen, stattdessen stieg nur stumpfe Unsicherheit in mir auf.

»Wo willst du hin?«

»Ich hab gesehen, dass das Hotel ein Fitnessstudio hat.«

»Du willst zum Sport? Jetzt?«

»Klar, wieso nicht?«

Weil ich jetzt auch wach bin und du mich ebenso gut weiter küssen könntest, ging es mir durch den Kopf, aber ich sprach die Worte nicht aus. Unweigerlich fragte ich mich, ob Auri anders über den Kuss dachte als ich. In diesem Augenblick fühlte es sich an, als würde er davonlaufen, als wäre der Weg ins Fitnessstudio eine Flucht. Hatte er seine Meinung geändert? Bereute er den Kuss?

Ich tat es nicht, auch wenn mir nun Zweifel kamen. Auri zu küssen, hatte sich absolut richtig angefühlt, wie vorherbestimmt, als hätten wir all die Tage, Wochen und Monate, die wir miteinander verbracht hatten, nur auf diesen einen Moment hingearbeitet. Aber was, wenn nur ich so fühlte und er nicht? Womöglich war er gestern im Hoch des Tages gefangen gewesen, und nun bemerkte er, was für einen schrecklichen Fehler er begangen hatte.

Auri stand vom Bett auf. »Ich weiß noch nicht, wie lange ich brauche. Falls ich nicht rechtzeitig zurück bin, geh schon mal zum Frühstück. Ich komm dann nach. Bis später.«

»Bis später«, echote ich beinahe tonlos, ohne meinen Blick von Auri zu lösen in der Hoffnung, er würde mich zum Abschied küssen, und sei es nur auf die Wange. Ein kleines Zeichen, um mir zu zeigen, dass ich mich irrte. Dass unser Kuss etwas zu bedeuten gehabt hatte. Dass er ihn nicht bereute. Aber als er sich vorbeugte, griff er nur nach seinem Handy und der Zimmerkarte, bevor er mir den Rücken zuwandte und ging.

Mit einem Klicken fiel die Tür hinter ihm ins Schloss, und zurück blieben nur Stille und Selbstzweifel. Ich wusste, dass Auri mir nichts schuldig war, aber ich hatte geglaubt, dass wir auf einer Wellenlänge waren und der Kuss von Bedeutung gewesen war. Wie hatte ich die Situation nur so falsch einschätzen können?

Verwirrt rollte ich mich im Bett herum und starrte benommen auf die zugezogenen Vorhänge. An Schlaf war nicht mehr zu denken. Meine Gedanken und Gefühle waren vollkommen durcheinandergewürfelt. Nach all der Zeit, all den Verboten und all den Bedenken hatte ich mir endlich erlaubt, Auri zu küssen, und nichts hatte sich je richtiger angefühlt. Und dennoch musste ich mich nun fragen, ob es ein Fehler gewesen war. Womöglich war Auri gestern schon zu dieser Erkenntnis gekommen und hatte deswegen nicht schlafen können.

Wie ferngesteuert griff ich nach meinem Handy und öffnete Instagram. Durch die Bilder zu scrollen half, bis ich auf das erste Foto von Auri stieß, das ihn wie immer auf dem Footballfeld zeigte. Schnell schloss ich die App wieder und wechselte zu Netflix, um mich von einer meiner Lieblingsserien ablenken zu lassen. Doch nach ein paar Minuten war mir klar, dass auch das nicht funktionieren würde. Ich konnte mich nicht auf die Handlung konzentrieren. Immer wieder lauschte ich, ob ich Schritte draußen auf dem Flur hörte, voll Hoffnung, dass Auri zurückkam, sich zu mir ins Bett legte und mich in die Arme schloss. Dass sein Drang, zum Sport zu gehen, nur der Gewohnheit geschuldet gewesen war. Eine Routine, die ihm das jahrelange Footballtraining eingetrichtert hatte.

Meine Hoffnung blieb jedoch unerfüllt, und mit den Minuten, die nur so dahinzuschleichen schienen, schlug meine Enttäuschung langsam in Wut um, die sich gegen mich selbst richtete. Warum regte ich mich überhaupt so auf? Es war nur ein

Kuss gewesen. Ein Kuss, wie ich ihn mit Lucien nach unserem Kennenlernen geteilt hatte. Damals hatte ich auch nicht jeden Gedanken tausendfach gewälzt …

Aber Lucien hast du niemals geliebt.

Fuck! Das war wirklich das Letzte, woran ich jetzt denken wollte.

Energisch schlug ich die Decke zurück und stand auf. Mit wackeligen Beinen ging ich ins Badezimmer, um mich fertig zu machen. Fester als nötig schrubbte ich mir die Zähne, und nachdem ich mir den Mund ausgespült hatte, flocht ich meine Haare zu einem Zopf, zog mich um und kontrollierte meine Zuckerwerte.

Anschließend packte ich meinen Koffer, damit ich nach dem Frühstück direkt bereit war für die Heimfahrt. Gestern noch hatte ich diesen Ort nicht verlassen wollen. Nun konnte ich es kaum erwarten, nach zu Hause kommen.

Leider musste ich mich bis dahin noch etwas gedulden, es war noch Zeit bis zum Frühstück mit Micah und Julian. Allerdings wollte ich auch nicht so lange alleine rumsitzen. Kurz entschlossen schnappte ich mir meine Handtasche und verließ das Zimmer.

Im Flur war es noch vollkommen still, und auch im Foyer herrschte eine beinahe andächtige Ruhe. Frische Morgenluft schlug mir entgegen, als ich das Hotel verließ. Ich erschauderte und zog meine Strickjacke enger um mich. Auf den Straßen war es ebenfalls noch ruhig. Nur wenige Leute und ein paar Taxis waren unterwegs, welche vermutlich die letzten Partygäste der vergangenen Nacht heimfuhren.

In der Ferne ragte die Space Needle, das Wahrzeichen von Seattle, in den Himmel auf. Ich folgte ihr wie einem Wegweiser, bis ich einen kleinen Park erreichte. Obwohl in meinem Unterbewusstsein wie jedes Mal, wenn ich eine neue Person traf oder einen neuen Ort besuchte, die Angst gärte, war ich froh, nicht im Hotel geblieben zu sein. Die Eindrücke hielten meinen Kopf beschäftigt, sodass meine Gedanken nur hin und wieder zu Auri wanderten.

Ich wünschte mir nichts sehnlicher, als dass Auri in diesem Augenblick bei mir wäre. Stattdessen folgte ich alleine einer verlassenen Allee. Dennoch inspirierte mich die wunderschöne Einsamkeit, und ich machte ein Foto, das ich in meine InstaStories stellte.

Guten Morgen, Seattle, schrieb ich darunter.

Kaum dass ich das Bild hochgeladen hatte, bekam ich eine Nachricht von Lucien als Antwort auf das Foto.

Lucien: *Wie war die SciFaCon?*

Cassie: *Der Hammer! Ich hab noch nie so viele Cosplayer auf einmal gesehen.*

Lucien: *Das hört sich gut an.*

Cassie: *Du hättest dabei sein müssen.*

Lucien: *Nächstes Jahr vielleicht …*

Cassie: *Wieso bist du schon wach?*

Lucien: *Schon wach? Haha. Ich war noch nicht mal im Bett.*

Cassie: *Du solltest schlafen.*

Lucien: *Bald. Ich arbeite gerade noch an einer Maske.*

Eine Sekunde später ploppte ein Bild auf meinem Display auf, dessen Anblick ich mir lieber erspart hätte. Es zeigte eine Maske, die eine realistische Nachbildung eines menschlichen Gesichts war. Der Unterkiefer fehlte ebenso wie ein Auge, an dessen Stelle viele kleine Löcher saßen, die an eine Bienenwabe erinnerten. Blut und Eiter quollen aus den Wunden, und blaue Adern schienen durch die blasse, dreckige Haut. Es sah so verdammt echt aus. Und so verdammt ekelhaft.

Cassie: *Wow, wie lange hast du daran gearbeitet?*
Lucien: *Zu lange.*
Cassie: *Aber es hat sich gelohnt!*
Lucien: *Danke.*
Lucien: *Ist eine Auftragsarbeit von so einem Typ, den ich auf einer der Hochzeiten kennengelernt habe.*
Cassie: *Cool.*
Cassie: *Ich will dich nicht länger aufhalten.*
Cassie: *Mach die Maske fertig, und dann geh ins Bett.*
Lucien: *Ist das ein Befehl?*
Cassie: *Ja.*
Lucien: *Wenn das so ist …*
Lucien: *Gute Heimfahrt.*
Cassie: *Danke.*

Ich betrachtete noch einmal das Foto, das Lucien mir geschickt hatte, dann steckte ich mein Handy weg und machte mich auf den Rückweg, um die anderen nicht warten zu lassen. Inzwischen hatte ich auch schon ziemlichen Hunger, dennoch ging ich langsamer als gewöhnlich – und das nicht nur wegen des Muskelkaters in meinen Oberschenkeln. Ich hatte Angst davor, Auri wiederzusehen, auch wenn er objektiv betrachtet nichts Schlimmes getan hatte. Dennoch ließ sich das ungute Gefühl, das er am Morgen in mir ausgelöst hatte, nicht abschütteln. Und dann war da noch der Kuss …

Als ich das Hotel betrat, ging es in der Lobby bereits deutlich lebhafter zu. Zahlreiche Stimmen drangen aus dem Restaurant, in dem das Frühstücksbüfett aufgebaut war. Offensichtlich waren wir bei Weitem nicht die einzigen SciFaCon-Besucher, die sich hier eingebucht hatten. Weshalb sonst hätte man an einem Sonntag freiwillig so früh aufstehen und frühstücken gehen sollen.

Ich betrat das Restaurant und hielt nach den anderen Ausschau. Schließlich entdeckte ich Micah und Julian an einem Tisch nahe einem Fenster. Auri schien noch nicht da zu sein, zumindest waren die beiden Plätze ihnen gegenüber leer. Ich durchquerte den Raum, zog einen der Stühle zurück und ließ mich wortlos darauf fallen.

Micah blickte von ihren Pancakes auf. Ihr Haar war zerzaust, und in ihren Augen lag dieses glückselige Leuchten, das deutlich zeigte, dass Lucien nicht der Einzige war, der diese Nacht wenig geschlafen hatte.

»Guten Morgen!«

»Morgen«, erwiderte ich und griff nach der Kaffeekanne, die auf dem Tisch bereitstand. Nachdem ich die bittere Flüssigkeit in wenigen großen Schlucken heruntergestürzt hatte, schenkte ich mir direkt noch einmal nach.

»Wo ist Auri?«, fragte Julian, der an einem Melonenstück knabberte.

»Er wollte zum Sport.«

Micah hob die Augenbrauen. »Warum? Und wie? Ich kann meine Beine kaum mehr spüren.«

Ich zuckte mit den Schultern und kippte etwas Milch in meinen Kaffee. Vermutlich wäre es besser gewesen, wenn ich gar kein Koffein zu mir genommen hätte, um die Autofahrt nach Hause zu verschlafen. Ich wollte gar nicht daran denken, wie komisch es sein würde, für drei Stunden mit Auri in seinem Wagen eingesperrt zu sein.

»Hast du gut geschlafen?«, erkundigte sich Micah und tunkte ein Stück Pancake in den See aus Ahornsirup auf ihrem Teller.

»Mhm«, brummelte ich und wich ihrem Blick aus, indem ich interessiert die Frühstücksauswahl unserer Tischnachbarn betrachtete. »Und ihr?«

»Auch«, erwiderte Micah, während sie mich skeptisch musterte. »Ist alles in Ordnung?«

»Ja. Wieso sollte etwas nicht in Ordnung sein?«, antwortete ich kühl.

»Keine Ahnung, deswegen frag ich dich ja.«

»Alles bestens«, log ich. Ich wollte jetzt nicht über den Kuss reden, zumindest nicht mit Julian und Micah. Mit Auri hätte ich gerne gesprochen, aber er hatte sich offensichtlich entschieden, mich sitzen zu lassen. Entschlossen zog ich meinen Stuhl zurück. »Ich hol mir was zu essen. Will noch jemand was?«

Micah schüttelte den Kopf. »Nein danke.«

Julian verneinte ebenfalls, und ich gesellte mich zu den anderen Menschen, die sich ähnlich einer Herde Flamingos um das Büfett versammelt hatten, um mit langen Hälsen die Tische zu inspizieren, während sie darauf warteten, dass sie drankamen. Ich entschied mich für ungesüßten Naturjoghurt mit ein paar Löffeln buntem Obstsalat.

Als ich zurück an den Tisch kam, war Auri noch immer nicht da.

»Wie war es gestern noch mit April und Luca?«, fragte ich, nachdem ich mich wieder gesetzt hatte. Nach der Convention waren wir noch gemeinsam mit den beiden Geschwistern in ein Sushi-Restaurant gegangen, aber Auri und ich waren früher zum Hotel aufgebrochen als die anderen.

Micah nippte an ihrem Kaffee. »Gut. Luca ist im echten Leben viel erträglicher als online.«

Julian schnaubte. »Die beiden sind jetzt beste Freunde.«

»Du brauchst gar nicht so tun. Wer hat denn bitte seine Telefonnummer mit April getauscht?«

»Wir haben uns wirklich gut über unser Studium unterhalten«, antwortete Julian mit einem Schulterzucken.

Ich schob mir eine Weintraube in den Mund. »Studiert sie auch Architektur?«

»Nein, Mathe und Physik, aber da gibt es ein paar Überschneidungen im Lehrplan und … Oh, hey, Auri.«

Ich versteifte mich auf meinem Stuhl. Nicht gerade die Reaktion, die man auf den Mann haben sollte, den man vor weniger als zwölf Stunden noch heiß und innig geküsst hatte. Ich starrte auf meinen Teller und stopfte mir einen überfüllten Löffel mit Joghurt und Obst in den Mund. Vielleicht hatte ich Glück und erstickte daran.

»Hey.« Auri ließ sich auf den Stuhl neben mir fallen.

Mein Magen zog sich zusammen. Wie schon am Abend zuvor stieg mir der Duft der Hotelseife in die Nase. Wider besseres Wissen schielte ich zu ihm hinüber.

Auri entging mein Blick nicht. Er fing ihn auf.

Eilig wandte ich mich ab, als wäre er ein Fremder, der mich versehentlich beim Starren in der U-Bahn erwischt hatte.

Der Blickkontakt war zu schnell vergangen, als dass ich in seinen Augen hätte lesen können, was er fühlte, aber vielleicht war das auch besser so. Hätte ich Reue oder gar Ekel darin entdeckt, hätte es mir auf immer das Herz gebrochen.

Auri griff nach der Kaffeekanne, die vor mir stand, und schenkte sich eine halbe Tasse ein. »Du bist vorhin nicht im Zimmer gewesen. Wo warst du?«

»Spazieren.«

»Alleine?« Er klang überrascht, aber nicht vorwurfsvoll.

»Ja, du warst schließlich beim Sport«, antwortete ich, und das wiederum klang durchaus vorwurfsvoll. Andererseits war ich auch nicht diejenige gewesen, die versucht hatte, sich aus dem Hotelzimmer zu schleichen, um ins Fitnessstudio zu flüchten. Auri wäre mit Sicherheit einfach gegangen, wäre ich nicht zufällig aufgewacht.

Etwas zu kraftvoll stellte er die Kaffeekanne wieder ab. »Ich wäre mitgekommen, wenn du mich gefragt hättest.«

»Und ich hätte dich gefragt, wenn du da gewesen wärst.«

Auri antwortete nicht, aber ich konnte ihn tief durchatmen hören, als hätte er sehr wohl etwas zu sagen. Stattdessen schob er jedoch nur seinen Stuhl zurück. »Ich hol mir was zu frühstücken.«

Micah räusperte sich und stand von ihrem Platz auf. »Warte, ich komme mit. Ich will noch Pancakes, bevor alle weg sind.« Sie wandte sich an Julian. »Möchtest du auch noch was?«

»Ein Glas Saft wäre nett.«

»Sollst du bekommen.« Sie schnappte sich sein leeres Glas und eilte Auri hinterher, der sich bereits am Büfett angestellt hatte.

Schweigen senkte sich über den Tisch, während die Gespräche rings um Julian und mich anhielten. Ein paar Sekunden war daran nichts merkwürdig, aber mit der Zeit wurde die Stille zwischen uns seltsam. Ich konnte Julians fragenden Blick auf mir spüren, aber ich gab nicht nach. Stattdessen operierte ich konzentriert einen Kern aus dem Stück Wassermelone auf meinem Teller.

»Okay«, sagte Julian schließlich und legte seine Gabel beiseite. »Was ist los?«

»Was meinst du?«, fragte ich unschuldig.

»Auri und du. Habt ihr euch gestritten?«

Ich schüttelte den Kopf. Das letzte Mal hatte es gutgetan, sich Julian anzuvertrauen, aber heute waren meine Empfindungen noch zu nackt und roh, zu empfindlich. Auri und ich hatten uns nach dem Kuss weder die ewige Treue noch die große Liebe geschworen, aber ich war mir meiner Gefühle für ihn bewusster als jemals zuvor. Gefühle, die er anscheinend nicht erwiderte. Und ich wusste nicht, wie ich damit umgehen sollte.

25. Kapitel

»Cassie? Cassie? *Cassie!*«

Ich zuckte zusammen, als plötzlich Jos Gesicht vor meinem auftauchte. Ihre roten Lippen, die sonst immer zu lächeln schienen, hatte sie zu einem schmalen Strich zusammengepresst.

»Sorry«, murmelte ich, noch immer etwas neben der Spur. Ich war vollkommen in meinen Gedanken versunken gewesen. »Was hast du gesagt?«

»David und ich sind fertig«, sagte sie und deutete auf einen jungen Mann neben sich, der das Studio mit einem nagelneuen Augenbrauenpiercing verlassen würde. »Könntest du abkassieren und die Geräte desinfizieren, bevor du gehst?«

»Klar.«

Jo warf mir noch einen skeptischen Blick zu, ehe sie wieder im hinteren Bereich des Studios verschwand und mich mit David alleine ließ.

Ich setzte ein falsches Lächeln auf und spielte das Memo ab, das ich vor Wochen auswendig gelernt hatte. Ich erzählte ihm, wie er sein Piercing zu pflegen hatte, bot ihm einen Zwanzigprozentgutschein auf Schmuck an und stellte ihm eine Rechnung aus. Körperlich war ich anwesend und erledigte meine Arbeit, aber in Gedanken war ich bei Auri.

Am Morgen nach unserem Kuss hatte ich vor allem Wut und Enttäuschung empfunden, mittlerweile, einen Tag später, war Verwirrung die vorherrschende Empfindung. Monatelang hatte ich meine Gefühle für Auri geleugnet, vor mir selbst versteckt, mir verboten, ihnen nachzugeben. In Seattle hatte ich mir endlich erlaubt loszulassen in der festen Überzeugung, dass unsere Zeit gekommen war. Dass sich etwas verändern würde. Aber anscheinend hatte ich mich getäuscht. Nichts hatte sich geändert. Zumindest nicht für Auri. Für ihn schien der Kuss nicht mehr gewesen zu sein als ein weiterer Ausrutscher. Ein weiterer Fehler, den wir totschwiegen, um unsere Freundschaft nicht zu gefährden.

Ich verstand einfach nicht, wie etwas, das mir so viel bedeutete, Auri so gleichgültig sein konnte. Es war, als hätte es diesen magischen Moment zwischen uns nie gegeben. Während des Frühstücks im Hotel war er mir noch etwas gereizt erschienen, als wäre er wütend, aber bereits während der Fahrt nach Mayfield war seine miese Laune verflogen; und zu Hause angekommen, hatte er den restlichen Sonntag gemeinsam mit mir auf der Couch verbracht. Wir hatten nicht viel miteinander geredet, was sicherlich auch unserer Erschöpfung zuzuschreiben gewesen war, aber es hatte sich normal angefühlt. Er hatte mich sogar auf die Hochzeit seiner Mom angesprochen. Ich war fest davon überzeugt gewesen, dass er mich ausladen wollte, doch stattdessen hatte er mir angeboten, mit mir zusammen ein Kleid kaufen zu gehen. Er kannte mich zu gut und wusste, dass ich die Besorgung bis zuletzt hinausgezögert hatte. Aus einem Reflex heraus hatte ich abgelehnt, denn mein Fluchtinstinkt sagte mir, dass es keine gute Idee war, Auri ausgerechnet jetzt auf diese Familienfeier zu begleiten. Ich hatte Angst davor, dass etwas passierte. Und zugleich hatte ich Angst davor, dass nichts passierte. Ich vertraute mir selbst nicht mehr. Aber ich hatte es Auri und vor allem seiner Mom versprochen, ihn zu begleiten, und ich wollte ihr an diesem besonderen Tag keinen Kummer bereiten. Auch wenn mir Auris Anblick und die Erinnerung an unseren Kuss jedes Mal aufs Neue einen Stich versetzte.

»Kann ich Jo Trinkgeld geben?«, fragte David, nachdem er seine Rechnung mit Kreditkarte beglichen hatte.

»Klar.« Ich deutete auf ein Glas, das am Rande der Theke stand. David stopfte einen Fünfdollarschein hinein und verabschiedete sich.

Nachdem ich ihm einen schönen Tag gewünscht hatte, zückte ich mein Handy. Ich öffnete meine Kontakte und tippte eine Nachricht: *Hast du Zeit?*

Lucien: *Wann? Jetzt?*
Cassie: *Ja.*
Lucien: *Klar, aber nur für 2–3 Stunden.*
Cassie: *Das sollte reichen.*
Lucien: *Wofür?*
Cassie: *Um mit mir ein Kleid zu kaufen.*

Ich trat aus der Umkleide. »Was meinst du?«

»Sieht gut aus«, antwortete Lucien, der auf einem Sessel vor der Kabine lümmelte. Meine Handtasche auf seinem Schoß, sein Handy in der Hand.

Wir waren in einem Geschäft für elegante Abendbekleidung, und obwohl sich Lucien beruflich bedingt immer wieder an Orten wie diesen wiederfand, passte er mit seinen dunklen Jeans, der ausgeblichenen Lederjacke und dem mürrischen Gesichtsausdruck so überhaupt nicht in die Umgebung.

»Dieselbe Antwort hast du mir bei den letzten fünf auch schon gegeben.« Ich stellte mich vor den Spiegel und betrachtete mich in dem sommerlichen Kleid. Es war vintagerosa und schlicht geschnitten, ärmellos mit luftig fallendem Rock und einem glänzenden Gürtel um die Taille.

»Es ist nur die Wahrheit«, sagte Lucien mit einem Schulterzucken. »Bisher standen dir einfach alle Kleider ziemlich gut. Wenn du keine Lust mehr hast, nimm einfach das erste.«

»So funktioniert das nicht. Ich will alle anprobieren.«

In der Umkleide lagen noch sieben weitere Kleider. Begeistert davon, dass überhaupt eine so große Auswahl bestand, hatte ich in der Abteilung für Sondergrößen einfach alles mitgenommen, was mir irgendwie gefiel. Denn einer der Gründe, weshalb ich es normalerweise so hasste, shoppen zu gehen, war der, dass es fast nie etwas in meiner Größe gab. Ich war einfach zu klein und schmal, was bedeutete, dass ich meistens in der Kinderabteilung endete.

»He, keine Beschwerden«, moserte Lucien. »Du wolltest mich schließlich hierhaben.«

»Und langsam fange ich an, es zu bereuen«, sagte ich neckend und drehte mich, um mich von hinten zu betrachten.

Lucien steckte sein Handy weg und stützte den Arm auf der Sessellehne ab. »Warum hast du überhaupt mich gefragt? Was ist mit Micah? Oder dieser anderen. Wie hieß sie noch mal? Alice? Alisha?«

Sein Versuch, Desinteresse zu heucheln, amüsierte mich. »Ihr Name ist Aliza, und das weißt du ganz genau. Vermutlich liegt irgendwo bei dir zu Hause sogar ein Zettel, auf den du ganz oft ihren Namen geschrieben hast. Mit Herzchen drumherum.«

Er zog gelangweilt die Brauen hoch. »Wovon redest du?«

Ich verdrehte die Augen. »Jetzt tu nicht so. Wir alle haben gesehen, wie du sie auf dem Sommerfest angeschaut hast. Du hast gelächelt, Lucien. Ge-läch-elt.«

»Na und? Ich lächle oft.«

Ich ging zurück in die Kabine, um das nächste Kleid anzuprobieren. »Nein, tust du nicht.«

»Vielleicht nicht in deiner Anwesenheit.«

»Lucien …«

»Was?«

Ich öffnete den Reißverschluss an der rechten Seite, und der rosa Stoff fiel zu Boden. Nachdem ich das Kleid aufgehängt hatte, nahm ich mir das nächste, das einen ähnlichen Schnitt besaß, aber violett war und bis zum Boden reichte. »Warum gibst du nicht einfach zu, dass sie dir gefällt?«

Lucien ließ mich so lange auf eine Antwort warten, dass ich bereits vermutete, dass er aufgestanden und gegangen war, als ich doch noch ein schweres Seufzen hörte. »Na gut, ich geb es zu: Sie gefällt mir.«

Ich trat aus der Umkleide und stellte mich mit dem Rücken zu Lucien. Es brauchte nicht mehr als diese stumme Aufforderung, damit er den Reißverschluss zuzog.

»Soll ich Aliza fragen, ob ich dir ihre Handynummer geben darf?«

Lucien runzelte die Stirn. »Wieso solltest du das tun?«

»Damit du sie um ein Date bitten kannst«, sagte ich und betrachtete mich erneut im Spiegel. Das Kleid gefiel mir überhaupt nicht, der Rock war viel zu lang. Es sah aus, als würde ich in dem Stoff ertrinken. Ich bedeutete Lucien, den Reißverschluss wieder zu öffnen.

»Ich werde nicht mit Aliza ausgehen.«

Ich schlüpfte zurück in die Kabine und zog mich aus. »Wieso nicht?«

»Für so was habe ich keine Zeit.«

»Aber du hast Zeit, mit mir shoppen zu gehen?«

Das nächste Kleid, das ich anprobierte, war das wohl ungewöhnlichste auf meinem Haufen. Der Stoff war schwarz und mit unzähligen Blüten und Federn in leuchtendem Blau, Grün und Türkis verziert. Der Rock reichte mir bis zu den Kniekehlen. Das Oberteil war schulterfrei, besaß aber Ärmel, die meine Geräte verdecken würden. Was praktisch war, da ich nicht wollte, dass jeder auf der Hochzeit mir Fragen dazu stellte. Das Raffinierteste an dem Kleid war allerdings der Gürtel aus schwarzer Spitze, der direkt in das Kleid eingenäht war, sodass an ein paar ausgewählten Stellen ein Hauch von Haut zu sehen war. Reizvoll, aber elegant.

»Das ist etwas anderes«, sagte Lucien. Ich konnte hören, wie er vor der Umkleide auf und ab lief. »Ich habe meine Schwester, das Studium und mein Hobby, aus dem vielleicht eines Tages mehr werden könnte. Da bleibt keine Zeit für eine Beziehung.«

Ich zog den Vorhang zurück. »Niemand hat etwas von einer Beziehung gesagt.«

Lucien blieb stehen. »Du willst, dass ich einen One-Night-Stand mit deiner Freundin habe?«

»Nein.« Ich schüttelte den Kopf. »Aber wieso muss es unbedingt das eine oder das andere sein?«

»Weil es mir sonst zu kompliziert ist.«

Nun war es an mir, die Stirn zu runzeln. Aufmerksam betrachtete ich Luciens Reflexion im Spiegel. Als er sich mit der Hand durch das dunkle Haar fuhr, stand es ihm anschließend wirr in alle Richtungen vom Kopf ab. Es juckte mich in den Fingern, es sofort wieder zur richten.

»Ein unverbindliches Treffen ist dir zu kompliziert?«

»Ja.« Er ließ seine Hand sinken. »Können wir jetzt bitte über was anderes reden?«

»Von mir aus.« Ich richtete meine Aufmerksamkeit wieder auf das schwarze Kleid. »Was hältst du von dem?«

Er betrachtete mich. »Sieht gut aus.«

»Lucien!«, rief ich empört genug, um die Blicke einiger anderer Kunden auf uns zu ziehen.

»Was? Das ist eben meine Meinung.« Er zuckte mit den Schultern und ließ sich wieder in den Sessel fallen. »Ich verweise dich gerne wieder an Micah oder Aliza. Oder an Auri. Warum hast du ihn nicht mitgenommen?«

Mit einer fahrigen Geste fuhr ich mit den Handflächen über den Stoff des Kleides. Es gefiel mir von allen, die ich bisher angehabt hatte, am besten. »Er wollte mitkommen, aber ich habe abgelehnt«, sagte ich so leise, als würde ich mit mir selbst sprechen.

Lucien verengte nachdenklich die Augen. »Wieso? Weil er dich vorher nicht in dem Kleid sehen soll? Newsflash, Cassie: Du bist nicht die Braut.«

Ich atmete tief ein und wieder aus. »Das ist es nicht.«

»Was dann?«

»Wir … wir haben uns geküsst.« Ich hatte zuerst niemandem davon erzählen wollen, aber was machte es schon für einen Unterschied, ob ich mit Lucien darüber redete oder nicht? Der Kuss war bereits geschehen und konnte nicht rückgängig gemacht werden.

Lucien wirkte nicht im Geringsten überrascht. »War der Kuss schlecht?«

Frustriert lehnte ich mich gegen die Wand neben dem Spiegel. »Nein, im Gegenteil. Er war perfekt.« Ich seufzte, dann erzählte ich – nicht nur von dem Kuss an sich, sondern auch, wie es dazu gekommen war. An einigen Stellen waren Lucien die Informationen sichtlich zu detailliert, aber ich musste einfach alles loswerden, um zu verhindern, dass mich meine eigenen Gedanken verrückt machten. »Und jetzt tut Auri so, als hätte es den Kuss nie gegeben!«

»So, wie ihr es damals *beide* nach dem LARP getan habt?«, hakte Lucien nach.

Seufzend rieb ich mir über die Stirn. »Ja, aber das war etwas völlig anderes. Damals haben sich Maylin und Gorwìn geküsst. An diesem Wochenende waren es wirklich wir.«

»Verstehe«, murmelte Lucien und sah mich mit seinen braunen Augen durchdringend an. Meist wirkte er nur gelangweilt und verschlossen, als würde er sich einen Scheiß für die Welt um sich herum und die Menschen darin interessieren, aber wer ihn besser kannte, wusste, dass das genaue Gegenteil der Fall war. »Und dieses Mal möchtest du den Kuss nicht ignorieren?«

»Nein.«

»Hast du ihm das gesagt?«

Ich biss mir auf die Unterlippe. »Nein.«

»Wieso nicht?«

»Weil ihm das klar sein sollte.« Ich warf die Hände in die Luft. »Hast du mir eben nicht zugehört?«

»Doch, aber lass mich das mal zusammenfassen. Du erwartest von Auri, dass er auf den Kuss reagiert, aber selber sagst und tust du nichts, weil es angeblich offensichtlich ist?«

Gequält verzog ich das Gesicht. »Wenn du es so ausdrückst, klingt es dumm.«

Er erwiderte meinen Blick, ohne zu blinzeln. »Es klingt nicht nur dumm, es *ist* dumm.«

Ich stieß ein Brummen aus, aber langsam dämmerte mir, dass Lucien recht hatte. Meine Gefühle für Auri waren so vorherrschend, dass ich angenommen hatte, sie wären nicht zu übersehen. Was, wenn Auri genauso empfand? Es war nicht abzustreiten, dass wir einander mochten und uns zueinander hingezogen fühlten. Alles, was noch fehlte, war eine Entscheidung. Die Entscheidung, aus unserer platonischen Beziehung eine romantische zu machen. Und diese konnten wir nur zusammen treffen. Doch auch nach allem, was Auri und ich bereits geteilt hatten, hatte ich Angst. Angst vor Veränderung. Angst vor Abweisung. Angst vor dem Alleinsein. Auri war mein bester Freund. Mein Zufluchtsort. »Meine Person«, wie Meredith aus *Grey's Anatomy* sagen würde. Doch so, wie es im Moment zwischen uns stand, konnte es nicht weitergehen.

»Ich … ich sollte mit Auri reden.«

»Yep, das solltest du«, pflichtete Lucien mir bei, und ich glaubte, die Andeutung eines Lächelns auf seinem Gesicht zu erkennen. »Und du solltest das Kleid nehmen. Es sieht viel besser aus als die anderen.«

Ich blickte an mir herab und strich andächtig über den seidigen Stoff. Mein Herz raste, und meine Finger zitterten. Ich schluckte schwer, bevor ich wieder zu Lucien aufsah. »Danke.«

»Gern geschehen«, erwiderte er, und wir beide wussten, dass weder ich noch er von dem Kleid sprachen.

26. Kapitel

Ich holte tief Luft, um meine Nerven zu beruhigen, dann drehte ich den Schlüssel zu unserer Wohnungstür herum. Das Kleid für die Hochzeit steckte in einer Papiertüte, deren Henkel vermutlich bald reißen würde, weil er von meinen feuchten Händen vollkommen durchgeweicht war. Doch ich würde keinen Rückzieher machen. Auri und ich brauchten ein klärendes Gespräch, so sehr wie die *Albtraumlady* die Träume der Menschen. Sie konnte ohne sie nicht existieren, so wie Auri und ich nicht ohne den jeweils anderen. Unsere Freundschaft würde langsam zugrunde gehen, wenn wir nicht endlich miteinander redeten und unsere Gefühle offenbarten. Keine Beziehung war dafür geschaffen, so vielen Unsicherheiten und Ängsten standzuhalten.

Ich schob die Tür auf und betrat die Wohnung in dem Augenblick, in dem Auri aus seinem Zimmer gelaufen kam. Er trug ein schwarz-rot kariertes Flanellhemd, an dem er gerade die letzten zwei Knöpfe schloss, und dunkle Jeans, die seine langen Beine betonten. An seinem Handgelenk sah ich die goldene Armbanduhr aufblitzen, die Trevon ihm zum einundzwanzigsten Geburtstag geschenkt hatte und die er nur zu besonderen Anlässen trug.

Als er mich bemerkte, blieb er abrupt stehen. »Hey.«

»Hi«, sagte ich und legte meine Tüte auf der Couch ab. Mein Magen rumorte vor Aufregung. Hoffentlich konnte Auri das nervöse Gurgeln nicht hören. »Willst du heute noch irgendwo hin?«, fragte ich, obwohl es offensichtlich war, dass er sich nicht dermaßen aufgebrezelt hatte, um sich auf die Couch zu lümmeln.

»Ja. Einer aus dem Team schmeißt eine Party.«

Erstaunt hob ich die Augenbrauen. »An einem Montag?«

»Er versucht wohl irgendein Mädchen zu beeindrucken.« Auri zuckte mit den Schultern und lief zum Schuhregal. Er zog ein paar Sneakers hervor und setzte sich auf die Couch, um sie zuzubinden.

Ich wollte ihm die Vorfreude auf die Party nicht verderben, indem ich jetzt ein Gespräch über unsere Gefühle anzettelte. Stattdessen räusperte ich mich und fragte: »Darf ich mitkommen?«

Auri blickte überrascht auf. »Auf die Party?«

Ich nickte.

Eine kleine Falte bildete sich auf seiner Stirn. »Bist du dir sicher? Da wird es ziemlich voll.«

Bei seinen Worten wurde mir noch etwas flauer im Magen, aber ich wollte ihm unbedingt beweisen, dass er und ich auch außerhalb der Blase existieren konnten, die wir für uns und unsere Freunde geschaffen hatten. Ich wollte mit ihm nicht den gleichen Fehler begehen wie mit Eugene. Es würde mich einiges an Überwindung kosten, aber für Auri war ich gewillt, es zumindest zu versuchen.

»Ja, aber nur, wenn es dir nichts ausmacht.«

Auris misstrauische Miene löste sich in einem erfreuten Grinsen auf. »Absolut nicht. Ich freu mich, wenn du dabei bist. Und wenn es dir zu viel wird, können wir jederzeit wieder gehen.«

Ich erwiderte sein Lächeln. »Gib mir eine Viertelstunde. Dann können wir los.«

Dröhnende Bässe nahmen uns in Empfang. Die Tür zum Haus der Studentenverbindung war nicht abgeschlossen, wir konnten einfach eintreten. Die Luft war stickig und geschwängert vom Geruch von Schweiß und Alkohol, als wäre die Party bereits seit Stunden im Gange. Ein Remix von Lizzos *Good as Hell* hallte von den Wänden wider und animierte die Leute zum Tanzen. Überall um uns herum wippten Körper im Beat der Melodie und drängten sich aneinander.

Bereits nach wenigen Sekunden klingelten mir die Ohren. Ich tastete nach Auris Hand und klammerte mich an ihm fest.

Seine Finger schlossen sich fest um meine, und er warf mir einen ermutigenden Blick über die Schulter zu, während er mich durch das Gedränge führte.

Vorsichtig sah ich mich um auf der Suche nach vertrauten Gesichtern. Ich entdeckte Jeremy, der gerade heftig mit einer Brünetten rumknutschte, und noch ein paar weitere Mitglieder des Footballteams. Die anderen Leute waren mir fremd, obwohl sie Auri anscheinend alle kannten. Sie lächelten ihm zu, klopften ihm auf die Schultern und brüllten gegen die Musik an.

»Hey, Maurice!«

»Geiler Pass heute!«

»Yo, Maurice.«

»Maaaaurice!«, grölte ein muskelbepackter Kerl, die Arme von sich gestreckt und in jeder Hand einen roten Plastikbecher. Er musste auch aus dem Team sein, aber ich konnte ihm keinen Namen zuordnen.

Auri begrüßte ihn mit einem knappen Nicken und führte mich weiter.

Wir ließen den Eingangsbereich und das Wohnzimmer mit den tanzenden Körpern hinter uns und betraten die Küche, in der sich noch immer zahlreiche Leute tummelten, aber es war etwas weniger eng. Hinter dem Küchentresen stand eine Frau, die offensichtlich für die improvisierte Bar verantwortlich war.

»Was möchtest du trinken?«, fragte Auri.

»Gerne ein Bier.«

»Bist du dir sicher?«

Ich nickte. Ich trank nur selten, aber heute und unter diesen Umständen erlaubte ich es mir. Ich würde später einfach kurz ins Badzimmer verschwinden, um meinen Blutzucker zu messen und notfalls nachzuspritzen.

Auri lehnte sich über den Tresen und brüllte der Barkeeperin über die Musik hinweg etwas zu.

Sie nickte, und ein paar Sekunden später reichte sie ihm zwei rote Plastikbecher.

Ich nahm Auri einen ab, ohne seine Hand loszulassen. Mir war nicht entgangen, dass dies die Aufmerksamkeit einiger Leute auf uns gezogen hatte. Neugierig und teils auch kritisch musterten sie mich. Verdenken konnte ich es ihnen nicht. Auri war in diesen Kreisen so etwas wie eine Berühmtheit, dennoch gefielen mir die Blicke überhaupt nicht. Insgeheim wünschte ich mir, ich hätte mir mit meinem Aussehen etwas mehr Mühe gegeben. Ich trug einen kurzen karamellfarbenen Jumpsuit und dazu Sandalen aus braunem Leder, die ich eigentlich ganz süß fand, die man aber kaum als sexy bezeichnen konnte. Die Haare fielen mir unfrisiert über die Schultern, und außer einer Schicht frischer Wimperntusche hatte ich kein Make-up aufgetragen, um Auri nicht warten zu lassen. Quer über meiner Brust spannte meine Tasche, die wie immer riesig war. Ich beneidete die Mädchen und Frauen, die alles, was sie brauchten, in einer schmalen Clutch unterbrachten; davon konnte ich nur träumen.

Ich trank einen Schluck Bier. »Und jetzt?«

»Sehen wir uns um.«

Ich glaubte zwar nicht, dass es noch viel mehr zu sehen gab als weitere tanzende, verschwitzte und betrunkene Körper. Aber ich wollte Auri seiner Illusion nicht berauben, also folgte ich ihm aus der Küche zurück ins Wohnzimmer und in den Garten. Auch hier spielte laute Musik, und ich fragte mich, wie lange es wohl noch dauern würde, bis die Nachbarn die Polizei alarmierten. Auf einem Tisch wurde Bier Pong gespielt, und aus einem Gartenhaus drang so schiefer Gesang, dass ich vermutete, dass dort eine Karaokemaschine aufgestellt worden war.

»Maurice!« Ein Typ in einem Metallica-Shirt winkte uns zu sich. Sein langes braunes Haar fiel ihm flüssig wie Seide über die Schultern.

»Hey, Mann, was geht?«, rief Auri und hob zur Begrüßung seine geballte Faust.

Der andere Kerl schlug seine Knöchel dagegen. »Nicht viel. Cool, dass du es geschafft hast.«

»Klar, ich war bisher doch auf jeder eurer Partys.«

»Nice! Und wer ist deine Freundin?«, fragte der Typ, während er mich neugierig musterte, bevor er den Blick auf unsere verschränkten Hände richtete.

Mich an Auri festzuhalten, fühlte sich so natürlich an, dass ich nicht einmal in diesem Moment daran dachte, ihn loszulassen.

»Das ist Cassie«, sagte Auri, ohne ihn hinsichtlich seines Freundinnen-Kommentars zu korrigieren.

»Hey.« Ich hob zum Gruß meinen Bierbecher.

Der Kerl stieß mit seinem dagegen. »Ich bin Franco.«

»Franco ist der Sohn vom Coach«, fügte Auri hinzu.

Das erklärte, wieso ich ihn nie auf einem der Mannschaftsfotos gesehen hatte. In den Uniformen war es manchmal schwer, die Spieler auseinanderzuhalten, aber seine Haare wären mir garantiert aufgefallen.

»Spielst du nicht?«

»Nah.« Franco machte eine wegwerfende Handbewegung. »Football ist cool, aber ich bin zu faul, um meinen Arsch um sechs Uhr früh zum Training zu bewegen. Ich studiere Musik- und Theaterwissenschaften.«

»Wirklich?« Überrascht hob ich die Augenbrauen. Ich kannte Auris Coach nur vom Sehen. Er war ein stämmiger Kerl mit finsterer Miene, der auf mich den Eindruck machte, als könnte er ein Problem damit haben, dass sein Sohn sich für die Schönen Künste interessierte. »Kennst du Keith?«

Franco runzelte die Stirn. »Keith. Keith. Keith ... Ah, der Filipino? Kleiner, dunkle Haare?«

Ich nickte.

»Ah ja, Keith ist cool. Wir saßen mal zusammen an einer Gruppenarbeit für ein kleines Kunsttheater hier in der Stadt. Der Junge kennt sich aus«, sagte Franco und winkte jemandem zu, der an uns vorbeilief. »Ich interessiere mich eher weniger für Theater, aber es ist nicht schlecht, sich ein bisschen auszukennen. Erhöht die Chancen auf dem Arbeitsmarkt. Es sei denn, meiner Band und mir gelingt doch noch der Durchbruch.«

»Du bist in einer Band?«

»Ja. Ich bin Gitarrist und Leadsänger. Soll ich was spielen?« Ich glaubte zu hören, dass Auri ein leises Hüsteln von sich gab, aber da es mir unhöflich erschien abzulehnen, nickte ich.

Franco holte sein Handy hervor, und eine Sekunde später plärrte ein Song aus den Lautsprechern, der im besten Fall nach viel Lärm klang. Die Drums gaben einen unmöglich schnellen Beat vor, und der sogenannte Gesang bestand mehr oder weniger nur aus Gegrunze. Es war die Art Musik, die Lucien so sehr liebte.

Franco stoppte den Krach. »Und?«

»Wow.« Ich lachte etwas verlegen. »Das war …«, *grauenhaft*, »intensiv.«

»Ja, der Song haut richtig rein. Wir haben ihn erst letzte Woche aufgenommen.«

Ich setzte ein Lächeln auf, weil ich keine Ahnung hatte, was ich sonst tun oder sagen sollte. Aber zum Glück kam mir Auri zu Hilfe, indem er ein Gespräch über den Coach anfing.

Wir unterhielten uns noch eine Weile mit Franco, wobei vor allem er und Auri das Reden übernahmen. Ich stand daneben und nippte an meinem Bier. Abgesehen von der ohrenbetäubenden Musik erschien mir Franco aber wie ein netter Kerl. Nach einer Weile verabschiedeten wir uns von ihm und drehten weiter unsere Runde.

Mit jeder Minute, die verging, fragte ich mich einmal mehr, wieso Leute eigentlich gerne auf Partys gingen. Ich empfand es als unglaublich anstrengend, hier zu sein. Die ganzen Menschen. Der Lärm. Wieso tat man sich das freiwillig an? Ich verstand es nicht und sehnte mich bereits jetzt nach meiner Couch, obwohl gerade mal eine Stunde vergangen war.

Auri versuchte, mich zum Tanzen zu animieren, aber ich hatte keine Lust, mich zur Lachnummer zu machen, und schickte ihn für zwei, drei Songs alleine auf die Tanzfläche, während ich mich erst im Badezimmer und dann im Wohnzimmer versteckte; unscheinbar genug, um keine Aufmerksamkeit zu erregen, wofür ich sehr dankbar war. Zwar war ich im Kopf ein paar ungefährliche Gesprächsthemen durchgegangen, mit denen ich mich nicht hätte blamieren sollen, aber was sich in meinen Gedanken abspielte, war nicht immer zwangsweise das, was mir über die Lippen kam, wenn ich nervös war.

Gott sei Dank ließ mich Auri nicht lange alleine. Nachdem

er mich aus meiner Ecke abgeholt hatte, machten wir uns erneut auf den Weg zur Bar, um uns frische Getränke zu holen. Ich bestellte ein zweites Bier in der Hoffnung, es würde mich etwas lockerer machen, Auri nahm ein Wasser.

»Trinkst du nichts mehr?«, fragte ich.

Wir hatten uns eine schummrige Ecke nahe der Treppe gesucht, die in den ersten Stock hinaufführte. Ein Absperrband sollte die Leute davon abhalten, diesen Bereich des Hauses zu betreten.

»Nah, morgen ist Training, und ich will den Coach nicht verärgern, nachdem er mir für die Hochzeit zwei Tage freigegeben hat.«

»Freust du dich schon auf deine Familie?«

Auri nickte. »Ja, auch wenn es sicherlich stressig und laut wird. Trevon und meine Mom haben wirklich die ganze Verwandtschaft eingeladen. Anthony bringt übrigens seine neue Freundin mit. Du wirst also nicht als Einzige den Remingtons zum Fraß vorgeworfen.«

Ich zog die Nase kraus. »Das beruhigt mich nicht im Geringsten.«

»Keine Sorge. Es wird ein tolles Wochenende«, versicherte er mir mit weicher Stimme. »Meine Mom freut sich sehr drauf, dich kennenzulernen. Jedes Mal, wenn wir telefonieren, fragt sie mich, wie es dir geht.«

Ich musste lächeln, obwohl mir das Herz auf einmal bis zum Hals schlug. »Wirklich?«

»Ja. Das heißt, du musst keine peinlichen Fragen beantworten. Sie weiß schon alles über dich, was es zu wissen gibt.« Auri neigte verlegen den Kopf.

Oh-oh, das war kein gutes Zeichen …

»Leider habe ich ihr allerdings auch die Geschichte von dir und den Schoko-Käfern erzählt.«

Ich verschluckte mich beinahe an meinem Bier. »*Was?* Das hast du ihr erzählt? Ernsthaft?«

Beschwichtigend hob er die Hände. »Sie war am Durchdrehen wegen ihres Brautkleids. Ich wollte sie ablenken, und mir ist nichts Besseres eingefallen. Sorry!«

Am liebsten wäre ich an Ort und Stelle im Boden versunken. »Im Ernst, dir ist keine einzige andere Ablenkung in den Sinn gekommen?«

»Na ja, über mich weiß sie schon alles.« Er zuckte hilflos mit den Schultern. »Falls es dich beruhigt: Ich bin mir sicher, du wirst am Wochenende jede Menge peinliche Geschichten aus meiner Kindheit hören.«

»Das hoffe ich für dich, anderenfalls muss ich deiner Mom wohl dein Buchcover zeigen.« Ich nahm einen großen Schluck von meinem Bier und beobachtete, wie Auris Augen schmaler wurden.

»Das würdest du nicht tun.«

Herausfordernd erwiderte ich seinen Blick. »Wer weiß … Vielleicht. Vielleicht auch nicht.« Ich ahmte sein Schulterzucken nach, als müsste ich es mir noch überlegen, obwohl ich es nicht tun würde. Einerseits, weil ich Auri nicht blamieren wollte. Und andererseits, weil es mir viel zu peinlich gewesen wäre, mit seiner Mom eine Unterhaltung über dieses Cover oder, noch schlimmer, solche Art Bücher zu führen.

»Wenn du mir versprichst, ihr nichts zu sagen, verrate ich dir noch ein Geheimnis.«

Neugierig spitzte ich die Ohren. »Ich höre.«

Auri beugte sich zu mir und brachte seinen Mund ganz nah an mein Ohr, obwohl die Musik so laut war, dass ohnehin niemand unser Gespräch belauschen konnte. Als sein Atem über meine Haut strich, begann sie zu prickeln, obwohl er mich nicht einmal richtig berührt hatte. »Ich denke Tag und Nacht an den Abend mit dir im Hotel und daran, wie es war, dich zu küssen«, wisperte er.

Ich erschauderte, und die Härchen an meinen Armen stellten sich auf, während seine Worte langsam in mein Bewusstsein sanken. Dennoch war ich kaum in der Lage, sie zu begreifen. Auri war mir so nahe, dass mein Verstand aussetzte. Sein erdiger Duft kitzelte in meiner Nase, und jedes Mal, wenn er einatmete, streifte seine Brust meine Schulter. Als er auch noch vollkommen unverhofft mein Ohr mit dem Mund berührte, keuchte ich auf. Vor Seattle hätte ich mir niemals erlaubt, eine solche Reaktion zu zeigen, aber nun sah ich keinen Grund mehr, sie zurückzuhalten.

Auri gab ein leises Brummen von sich und kam mir noch näher, bis ich zwischen ihm und der Wand förmlich gefangen war. Mit einem Arm stützte er sich an der Wand ab, als er begann, wie damals am Badesee an meinem Ohrläppchen zu knabbern.

Mit einem Seufzen ließ ich mich gegen die Mauer sinken, mit letzter Kraft bemüht, meinen Becher festzuhalten.

Auri ließ von meinem Ohr ab und wandte sich stattdessen meinem Hals zu, um einen Kuss nach dem anderen darauf zu verteilen. Er musste meinen Puls unter seinen Lippen pochen spüren, so kräftig wie mein Herz inzwischen schlug.

Wie von selbst krallte sich meine freie Hand in sein Hemd. Ich konnte seinen harten Körper spüren, und sofort stiegen Erinnerungen an die glatte Haut, die sich unter dem Stoff verbarg, in mir auf. Mir wurde unsäglich heiß, und das lag nicht am Alkohol.

Ich hatte längst vergessen, über was Auri und ich zuletzt gesprochen hatten, als er seine Lippen über meine Kehle zur anderen Seite meines Halses wandern ließ. Er schlang einen Arm um meine Hüfte und legte seine freie Hand flach auf meinen

Rücken. Durch den dünnen Stoff meines Jumpsuits konnte ich die Wärme seiner Finger spüren. Sie verweilten einen Moment in meinem Kreuz, bevor sie tiefer wanderten, meinen Hintern hinab und zwischen meine Beine.

Ich keuchte auf. »Auri …«

Der leichte Druck auf meine Mitte stellte meine Selbstbeherrschung einmal mehr auf die Probe. Ein weiteres Seufzen, lauter als das vorherige, drohte mir zu entweichen, aber dieses Mal biss ich mir auf die Unterlippe. Der winzige Teil meines Verstandes, der noch funktionierte, erinnerte sich daran, dass wir auf einer Party waren und alles andere als alleine, auch wenn niemand sehen konnte, wo genau Auris Hand sich befand. Sanft, aber bestimmend drückte ich gegen seine Brust.

Auri ließ von mir ab. Schwer atmend sah er mich an. Mein eigenes Verlangen spiegelte sich in seinen Augen wider.

Ich befeuchtete mir die Lippen. »Nicht hier.«

Sein Blick wanderte zu meinem Mund. Ich konnte förmlich spüren, wie sehr er mich küssen wollte. Einen Moment verharrte er regungslos, dann sah er mir wieder in die Augen. »Willst du denn gehen?«

Ich musste nicht über meine Antwort nachdenken, sondern nickte sofort.

Ohne zu zögern, nahm Auri mir das Bier aus der Hand und stellte es auf einen Beistelltisch, auf dem bereits eine ganze Sammlung an Bechern und Flaschen stand, bevor er erneut nach mir griff. Wir verließen die Party, wie wir sie betreten hatten – Hand in Hand. Als wir in die kühle Abendluft hinaustraten, spürte ich die Kälte kaum.

Wir waren hergelaufen, da unser Apartment nur ein paar Blocks entfernt lag, aber nun steuerte Auri eines von drei Taxis an, die vor dem Haus standen. Vermutlich hatte sich unter den

Fahrern rumgesprochen, dass eine Party stattfand. Wo gefeiert wurde, gab es auch immer Betrunkene, die nach Hause chauffiert werden mussten.

Auri hielt mir die Tür auf. Ich stieg ein, und er rutschte hinter mir in das Fahrzeug, bevor er dem Fahrer unsere Adresse nannte.

Während der Fahrt sagte keiner von uns ein Wort, aber die Stille hatte nichts Unangenehmes. Sie barg vielmehr etwas Erwartungsvolles, als würden wir den Atem vor dem spannenden Finale eines Films anhalten, der auf seinen Höhepunkt zusteuerte. Und ich konnte es kaum erwarten, das Ende zu sehen.

Wenige Minuten später hielt das Taxi vor unserem Haus. Wir legten zusammen, um den Fahrer zu bezahlen, da keiner von uns viel Geld mitgenommen hatte.

Mein Herz flatterte vor Aufregung, als Auri die Tür aufschloss. Doch meine jetzige Nervosität war eine andere als diejenige, die ich früher am Abend beim Betreten der Wohnung empfunden hatte. Unbeholfen ging ich zur Couch hinüber, auf der noch immer die Tüte mit meinem neuen Kleid stand, und legte meine Tasche daneben.

Ein Kribbeln setzte in meinem Nacken ein, und als ich mich umdrehte, bemerkte ich, dass Auri mich beobachtete. Unsere Blicke trafen sich, und einen Augenblick später war Auri wieder bei mir und küsste mich stürmisch. Drängender als zuvor, nun, da wir endlich alleine waren. Unsere Zähne schlugen aneinander, unsere Körper so dicht beieinander, dass kein Blatt Papier dazwischengepasst hätte.

»Das wollte ich schon den ganzen Abend tun«, flüsterte Auri atemlos zwischen zwei Küssen und vergrub seine Hände in meinen Haaren. Mit sanftem Druck zog er daran, bis ich den Kopf in den Nacken legte und er meinen Mund mit seinem teilen konnte. Zärtlich strich er mit seiner Zunge an meiner entlang.

Ich gab ein Seufzen von mir und trat einen kleinen Schritt zurück, nicht um vor Auri zurückzuweichen, sondern um Platz für meine Hände zu schaffen. Mein Puls raste, als ich begann, an seinem Hemd zu nesteln, um den lästigen Stoff, der uns voneinander trennte, endlich loszuwerden. Obwohl Auris Küsse wild und fahrig waren, gelang es mir problemlos, einen Knopf nach dem anderen zu öffnen, mein Verlangen nach seiner nackten Haut dringlicher als das Zittern meiner Finger.

Als ich seinen Bauch mit dem tadellosen Sixpack berührte, stieß Auri ein kehliges Brummen aus. Es war ein rauer Laut, der durch meinen ganzen Körper vibrierte. Mein Blut kochte vor Verlangen. Noch nie in meinem Leben hatte ich eine solche Begierde empfunden. Nicht für Eugene. Nicht für Lucien. Und auch für niemanden sonst. Nur für Auri.

Er packte meine Hüfte und schob mich drängend in Richtung Couch. Ich rechnete damit, dass er mich auf das Sofa werfen und sich auf mich stürzen würde, doch stattdessen ließ er mich sanft auf das Polster sinken.

Er über mir. Eine neuartige Leidenschaft flackerte in mir auf – als ich plötzlich ein Knistern hörte. Es war die Tüte mit meinem Kleid. Das Kleid, das ich zur Hochzeit seiner Mom tragen würde.

Ich wollte den Gedanken an seine Familie ignorieren, um dem Verlangen meines Körpers nachgeben zu können. Ich verzehrte mich nach Auri und wollte ihn spüren – an mir, auf mir, in mir. Doch ein letzter Funke Vernunft war mir geblieben, und dieser erinnerte mich daran, dass Auri und ich kein lustgetriebener One-Night-Stand waren, sondern mehr. Viel mehr.

Ich löste unseren Kuss.

Auri folgte mir mit seinen Lippen, wie um meinen Mund wieder einzufangen. Doch als er bemerkte, dass ich nicht mehr bei der Sache war, öffnete er die Augen. Brennend bohrte sich sein Blick in meinen.

»Was ist?«, hauchte er.

Sein unregelmäßiger Atem streifte meine Mundwinkel. Ich konnte nicht glauben, dass ich Maurice Remington, der problemlos mehrere Meilen rannte, atemlos gemacht hatte.

»Ist alles in Ordnung?«

Ich nickte. »Ja, aber wir sollten reden, bevor wir ... Du weißt schon.« Zwar hatte ich das Gefühl, dass wir dieses Mal auf einer Wellenlänge waren und es eigentlich nichts mehr zu sagen gab. Doch das Gleiche hatte ich bereits nach dem Kuss in Seattle gedacht, und ich wollte ein weiteres böses Erwachen unbedingt vermeiden.

Auri nickte und richtete sich auf, sodass ich ungehinderte Sicht auf seine Brust hatte – deren Anblick meine Entscheidung, reden zu wollen, doch etwas ins Wanken brachte.

Bevor ich es mir anders überlegen konnte, rutschte ich ans gegenüberliegende Ende der Couch, um einen klaren Kopf zu bewahren. »Könntest du dein Hemd zuknöpfen?«

Auri grinste verschmitzt, folgte meiner Bitte aber. Es war ein Jammer, seinen Körper hinter all dem Stoff verschwinden zu sehen. »Okay«, sagte er, als er wieder vollständig angezogen war.

Betretenes Schweigen breitete sich zwischen uns aus. Es war eine merkwürdige Situation. Hätte mir bei meinem Einzug jemand gesagt, dass ich mich in zwei Jahren mit Auri hier wiederfinden würde, hätte ich ihn ausgelacht.

Nervös wischte ich meine feuchten Hände am Stoff des Sofas ab und nahm all meinen Mut zusammen. »Hast du es bereut, mich in Seattle geküsst zu haben?«

»Was?« Völlig verständnislos starrte Auri mich an. »Hast du mir vorhin nicht zugehört? Ich denke seitdem an nichts anderes mehr. Wie kommst du darauf?«

»Na ja …« Ich zog eines der Kissen auf meinen Schoß wie einen weichen Schutzschild. »Du konntest nicht schlafen und wolltest dich am nächsten Morgen aus dem Hotelzimmer schleichen, um zum Sport zu gehen. Und beim Frühstück warst du ziemlich schlecht gelaunt.«

Auri blinzelte. »Das … das meinst du nicht ernst, oder?« Er schüttelte den Kopf. »Cas, das hatte rein gar nichts mit dir zu tun. Ich habe unseren Kuss nicht bereut. Keine Sekunde. Das musst du mir glauben.«

Ich atmete erleichtert aus. »Wirklich nicht?«

»Nein«, erwiderte er ohne jedes Zögern. Sein Lächeln wirkte vollkommen aufrichtig. »Ich habe mich beim Sport mit so einem Idioten gestritten. Er hat kein Handtuch benutzt, und als ich ihn darauf angesprochen habe, hat er mich einen verfickten Du-weißt-schon genannt. Die Sache ist etwas eskaliert. Deswegen war ich mies drauf. Nicht deinetwegen. Ich war höchstes etwas angefressen, weil ich mit dir darüber reden wollte und du nicht mehr im Zimmer warst.«

Ich gab ein »Oh« von mir, aber bevor ich mehr dazu sagen konnte, ergriff Auri erneut das Wort.

»Und schlafen konnte ich nur nicht, weil es mich wahnsinnig gemacht hat, so dicht neben dir zu liegen. Hast du eine Ahnung, wie gut du riechst? Oder was für süße Geräusche du im Schlaf von dir gibst? Ich wollte dich die ganze Zeit aufwecken, um dort weiterzumachen, wo wir aufgehört hatten. Der Sport sollte mir dabei helfen, einen klaren Kopf zu bekommen. Hättest du mich gebeten zu bleiben, wäre ich sofort wieder zu dir ins Bett gestiegen, aber das hast du nicht getan.«

Ich stieß ein erleichtertes und zugleich nervöses Lachen aus, während sich eine wohlige Wärme in meinem Körper ausbreitete. »Natürlich nicht. Du kennst mich. Du weißt, wie unsicher ich bin.«

»Und genau deshalb wollte ich dir die Entscheidung nicht abnehmen«, sagte Auri und streckte seinen Arm aus, als wollte er mich berühren. »Wenn du mit mir zusammen sein willst, solltest du dir sicher sein. Sicher genug, um mir sagen zu können, was du willst.«

Ich wusste nicht, was genau es war, aber irgendetwas an Auris Worten rührte mich zu Tränen. Ich konnte sie meine Kehle emporkriechen spüren. »Gut«, sagte ich mit gepresster Stimme, bemüht, den Kloß in meinem Hals runterzuschlucken. »Dann will ich, dass du entscheidest.«

Auri schien genau zu merken, was seine Worte in mir ausgelöst hatten. Vorsichtig rutschte er näher und strich zärtlich mit den Fingerknöcheln über meine Wange, als wollte er die noch nicht vergossenen Tränen wegwischen. »Ich sag dir das nur ungern, aber so funktioniert das nicht.«

»Stimmt.« Ich fing seine Hand auf und verschränkte meine Finger mit seinen, hielt ihn fest. Fest genug, um ihn wissen zu lassen, wie ernst es mir war. »Wir müssen zusammen entscheiden, wie es weitergeht. Du bist mein bester Freund, und ich will dich nicht verlieren.«

»Das wirst du nicht«, versicherte er mir. Sein Tonfall hatte etwas unglaublich Dringliches, als würde sein Leben davon abhängen, mich von seinen Worten zu überzeugen. »Versprochen.«

Einmal mehr schnürte es mir die Kehle zu. »Aber was ist, wenn das mit uns nicht funktioniert und du mich danach hasst?«

Auri schüttelte den Kopf. »Ich könnte dich niemals hassen, Cassie. Und ja, sollten die Dinge zwischen uns nicht laufen, wie wir uns das wünschen, wird es eine Weile hart werden, aber wir werden einen Weg finden, Freunde zu bleiben. Ich lasse nicht zu, dass du aus meinem Leben verschwindest. Auf keinen Fall.«

Ich drückte Auris Hand noch fester. »Ich will auch nicht, dass du aus meinem verschwindest. Aber …«

»Hör auf damit«, unterbrach er mich und rückte so nah an mich heran, dass ich problemlos auf seinen Schoß hätte klettern können. »Hör auf damit, Gründe dafür zu suchen, warum wir angeblich nicht zusammen sein können. Haben wir dieses Spiel nicht schon lange genug gespielt? Ich will dich, Cassie. Nicht nur als Mitbewohnerin oder als beste Freundin. Sondern als *meine* Freundin. Wenn du das nicht möchtest, sag es mir, aber hör auf, mich mit fadenscheinigen Gründen hinzuhalten«, sprudelte es aus ihm heraus, bevor er auf geradezu schüchterne Weise den Kopf neigte. »Also, was sagst du?«

Mein Herz machte einen Satz, und ein breites Grinsen explodierte in meinem Gesicht. Vielleicht hätte ich mich cooler, gelassener geben sollen, aber warum verbergen, wie ich wirklich fühlte? Auri und ich in einer Beziehung, alleine diese Worte zu denken, fühlte sich unwirklich an. Und die Empfindung dahinter war noch surrealer.

»Ja«, antwortete ich mit wild pochendem Herz, und anders als auf der Party verspürte ich auf einmal das unbändige Verlangen zu tanzen. »Ich will auch mit dir zusammen sein.«

»Und wieso reden wir dann noch? Lass es uns versuchen. Vielleicht fallen wir auf die Schnauze, aber ich könnte mir niemals verzeihen, die Sache mit uns unversucht gelassen zu haben.«

Er hatte recht. Seit zwei Jahren war Auri eine Konstante in meinem Leben. Er war mein Ein und Alles. Hin und wieder waren wir uns uneinig, und es gab Streit, aber ich wusste, dass ich mich immer auf ihn verlassen konnte. Er würde mich niemals im Stich lassen, nicht wenn ich ihn brauchte, genauso wenig wie ich ihn. Er war der wichtigste Mensch in meinem Leben, und es war an der Zeit, dass ich mir das eingestand und den Mut bewies, es der Welt zu zeigen.

»Okay«, sagte ich, denn mehr gab es nicht mehr zu sagen.

Ein Lächeln umspielte Auris Lippen, so strahlend, dass sich gleichzeitig ein warmes Funkeln in seine Augen stahl. Ich erwiderte es, und bevor ich wusste, wie mir geschah, umfasste er mein Gesicht mit beiden Händen und küsste mich.

Es war ein inniger Kuss, mit dem Auri mir nicht nur den Atem raubte, sondern auch mein Herz. Es gehörte nun ganz und vollkommen ihm, und ich wollte es nie wieder zurückhaben.

27. Kapitel

»Ein großer schwarzer Kaffee für Casey!«, rief der Barista mit der roten Schürze.

Ich zögerte und sah mich um, ob jemand anderes vortrat, aber niemand rührte sich. Dann war ich wohl Casey und das mein Kaffee. Ich bedankte mich, schnappte mir die Tasse und lief zurück zu dem Tisch, an dem Micah und ich bereits seit über drei Stunden an der *Albtraumlady* arbeiteten. Obwohl ich todmüde war, hatten wir es geschafft, mehrere Szenen durchzusprechen, zu denen Micah nun Skizzen anfertigen konnte.

Ächzend ließ ich mich auf den durchhängenden Sessel fallen und nippte an meiner dritten Tasse Kaffee. Normalerweise hielt sich mein Koffeinkonsum in Grenzen, aber ich hatte die letzte Nacht kaum ein Auge zugemacht. Nach unserem Gespräch waren Auri und ich zwar sofort ins Bett gegangen, aber viel geschlafen hatten wir nicht. Und selbst nachdem wir schließlich das Licht ausgeschaltet hatten, waren mir seine Berührungen, seine Küsse und Worte noch stundenlang im Kopf herumgegeistert.

»Was meinst du, soll das Kapitel mit Fredericks Tod enden oder ein paar Szenen vorher, wenn man noch nicht weiß, wie die Sache zwischen ihm und der Lady ausgehen wird?«, fragte Micah und tippte sich mit dem Stift ihres Zeichenboards gegen das Kinn.

Ich stellte meine Tasse ab. »Vorher. Die Ungewissheit animiert zum Weiterlesen.«

»Seh ich auch so.« Micah machte sich eine Notiz in ihren Skizzen. »Mein Akku ist bald leer.«

»Wir sind ja auch schon ziemlich lang hier.« Ich sah mich um. »Gibt's hier keine Steckdosen?«

»Doch, aber ich hab das Ladegerät nicht dabei. Ein paar Minuten haben wir noch.« Micah trank den letzten Schluck ihres Karamell-Lattes. »Okay, bevor die Lady Freddy tötet, machen wir einen Schnitt zum nächsten Kapitel. Er stirbt. Und die Lady hat einen Zusammenbruch, weil sie erkennt, dass sie einen großen Fehler begangen hat, als sie über seiner Leiche steht. Sie kniet sich in sein Blut und vergießt die erste Träne seit über einem Jahrhundert. Damit lässt sie einen Albtraum frei.«

»Genau.«

»Aaaah, das ist so gut!«, sagte Micah freudestrahlend, dann wurde ihre Miene jedoch nachdenklich. »Ich bin mir nur noch nicht sicher, wie ich darstellen soll, dass die Träne ein Albtraum ist.«

Ich schürzte die Lippen. »Könntest du nicht ein paar Frames zeichnen, in denen die Träne rangezoomt wird? Und im letzten Frame sieht man dann ein grausames Bild, das sich innerhalb der Träne abspielt.«

»Das könnte funktionieren.« Micah nickte angetan und machte sich eine Notiz, während ich ein Gähnen unterdrückte und noch einen Schluck von meinem Kaffee trank.

In diesem Moment vibrierte mein Handy, das auf dem Tisch lag. Es war eine Nachricht von Auri.

Auri: *Bist du noch in der Stadt?*
Cassie: *Ja, wieso?*
Auri: *Könntest du mir Rasierklingen mitbringen?*
Cassie: *Klar. Dieselben wie immer?*
Auri: *Yep. Danke! <3*

Ich schickte ihm ein Herzchen zurück, bevor ich das Handy wegsteckte. Nach dem Wochenende hatte ich zuerst meine Zweifel gehabt, ob es eine gute Idee war, Auri nach Kalifornien zu begleiten; inzwischen konnte ich es allerdings kaum mehr erwarten. Ja, ich war nervös, seine Familie kennenzulernen, aber ich freute mich auch, zu sehen, wo er aufgewachsen war, und darauf, ein langes Wochenende mit ihm zu verbringen. Mein Koffer war mehr oder weniger gepackt, und ich hatte bereits Snacks für die rund zehn Stunden lange Fahrt eingekauft. Die Powerbank für mein Handy lud in diesem Moment zu Hause, und ich hatte den zweiten Teil der *Königsmörder-Chronik* heruntergeladen, da Auri und ich mit dem ersten Hörbuch beinahe durch waren.

»Okay, das war's«, sagte Micah und ließ ihr Zeichen-Tablet mit enttäuschter Miene sinken. »Akku ist leer.«

»Schade, aber wir sind weit gekommen.«

Sie steckte das Tablet in ihre Tasche. »Willst du noch hierbleiben oder gehen?«

»Wir können gerne gehen«, sagte ich und griff nach meiner Tasse, um sie auszutrinken. »Ich muss allerdings noch in die Drogerie, was für die Hochzeit besorgen. Kommst du mit?«

»Gern, solange du mich davon abhältst, irgendwelches Zeugs nur wegen der hübschen Verpackung zu kaufen.«

»Ich werde es versuchen, aber versprechen kann ich nichts«, sagte ich und stürzte den restlichen Kaffee hinunter.

Wir packten unsere Sachen ein und machten uns zu Fuß auf den Weg zur Drogerie, die nur ein paar Straßen weiter lag.

Kalte Klimaanlagenluft blies uns um die Ohren, als wir das Geschäft betraten. Ich nahm mir einen der Körbe am Eingang und steuerte zielstrebig die Abteilung für Pflegeprodukte für Männer an, um auf keinen Fall die Rasierklingen zu vergessen, wegen denen ich überhaupt hergekommen war.

»Hast du in letzter Zeit etwas von Aliza gehört?«, fragte Micah.

Ich ließ Auris Rasierklingen in den Korb fallen. »Nein, nicht wirklich.«

Micah stieß ein unbestimmtes Brummen aus, während wir weiter den Gang entlangschlenderten. »Ich mache mir etwas Sorgen um sie.«

»Wieso?«

»Sie hat mir heute Nacht um drei Uhr ein Foto von einem Teller voller Cookies geschickt und gefragt, ob Julian sie mit auf die Arbeit nehmen möchte, weil sie nicht weiß, wohin damit.« Micah blieb vor einem Aussteller für eine neue Lippenstiftkollektion stehen.

Energisch zupfte ich an ihrem Ärmel und zog sie weiter, damit sie nicht zum Verpackungsopfer werden konnte. »So ungewöhnlich ist das doch nicht. Ich bin auch oft lange wach.«

»Schon, aber als ich ihr drei Stunden später geantwortet habe, hat sie sofort zurückgeschrieben. Sie hat überhaupt nicht geschlafen. Und als ich sie gefragt habe, ob alles okay ist, hat sie mir nur eine Liste mit all den Dingen geschickt, die sie heute noch erledigen muss. Ohne Scheiß, ihre To-do-Liste für einen Tag ist länger als meine für den gesamten letzten Monat.«

Ich runzelte die Stirn. Micah kannte Aliza wesentlich besser als ich, aber selbst ich musste zugeben, dass sich das nicht gerade gesund anhörte. »Hast du schon mal versucht, mit ihr darüber zu reden?«

Micah schnaubte. »Natürlich, du kennst mich.«

»Und was hat sie gesagt?«

»Sie hat mich ziemlich heftig abgeblockt.«

Als Micah vor dem Regal für Hygieneprodukte stehen blieb, erinnerte mich das an etwas. Ich holte mein Handy hervor und checkte meine Zyklus-App, die mir zu meiner Erleichterung anzeigte, dass ich dieses Wochenende nicht mit Magenkrämpfen zu rechnen hatte.

Ich steckte mein Handy wieder weg. »Vielleicht ist das nur eine Phase? Immerhin kommt bald ihr Buch raus.«

»Möglich. Mir gefällt das Ganze trotzdem nicht.«

»Was willst du machen? Es ist ihre Entscheidung.«

Micah legte eine Packung Tampons in den Korb. »Ich weiß. Trotzdem mache ich mir Sorgen.«

»Weil du eine gute Freundin bist«, sagte ich in der Hoffnung, sie damit etwas zu beruhigen.

Ich wollte gerade weitergehen, als mein Blick auf ein ganz bestimmtes Regal fiel. Abrupt blieb ich stehen.

»Cassie?«

Ertappt sah ich von den Kondomen zu Micah auf. »Ja?«

Fragend hob sie die Augenbrauen. Ein amüsiertes und zugleich wissendes Lächeln umspielte ihre Lippen. »Hast du mir etwas zu erzählen?«

»Vielleicht …« Ich hatte das, was sich in den letzten Wochen zwischen Auri und mir entwickelt hatte, schon viel zu lange vor ihr verheimlicht. Lange genug, um deswegen beinahe ein schlechtes Gewissen zu haben.

Micahs Augen weiteten sich. »Ernsthaft? Wer ist es? Nein, warte! Dumme Frage. Auri, nicht wahr?«

Ich nickte und konnte mir mein Lächeln nicht verkneifen.

»Oh mein Gott. Endlich!« Micah klatschte begeistert in die Hände. »Du musst mir alles erzählen! Alles!«

Ich wusste, dass sich Micah keine Sekunde länger gedulden würde, also berichtete ich ihr mitten in der Drogerie, zwischen Kondomen und Schwangerschaftstests, was sich gerade zwischen Auri und mir abspielte. Nur ein paar Details ließ ich aus. Wie zum Beispiel unseren Streit, nachdem seine Teamkollegen zu Besuch gewesen waren, da ich nicht mehr daran denken wollte, sondern nur noch an das Schöne, was hoffentlich vor uns lag.

»Oh Mann, Cassie, das freut mich so sehr für euch«, sagte Micah, nachdem sie die ganze Geschichte erfahren hatte. Ihre Hände zuckten, als hätte sie mich am liebsten umarmt, es sich aber verkniffen. »Ihr beide seid wirklich füreinander bestimmt. Endlich können wir zusammen auf Doppeldates gehen!«

Ich lachte. »Du sagst das, als hätten wir vorher nie was zu viert unternommen.«

»Schon, aber jetzt ist das etwas ganz anderes. Ich sage nur: Candle-Light-Dinner!«

Argwöhnisch betrachtete ich meine beste Freundin. »Ihr wollt mit uns gemeinsam auf ein Candle-Light-Dinner gehen?«

»Nah, eigentlich nicht. Aber wir könnten, wenn wir wollten.«

Ich nickte, als wäre ihre Logik vollkommen einleuchtend. Dabei hatte ich bereits vor langer Zeit aufgegeben, alles verstehen zu wollen, was in Micahs Kopf vor sich ging. Ich war nur froh, dass sie mir nicht böse war, dass ich die Sache zwischen Auri und mir so lange vor ihr verheimlicht hatte. Es war richtig gewesen, den langen, sicheren Weg zu nehmen und nicht die genickbrechende Abkürzung, zu der Micah uns immer zu ermutigen versucht hatte.

Mein Blick wanderte wieder zu den Verpackungen im Regal. Noch zögerte ich, danach zu greifen. Ich wollte Auri und mir keinen Druck machen. Andererseits war Vorsicht besser als Nachsicht …

Ich schnappte mir schnell eine der Schachteln und ließ sie in meinen Korb fallen. Als ich Micahs süffisantes Grinsen bemerkte, verdrehte ich die Augen, konnte mir mein Schmunzeln aber selbst nicht wirklich verkneifen.

Das Geräusch einer zufallenden Tür riss mich aus dem Schlaf. Vermutlich Auri, der zum letzten Training vor der Hochzeit ging.

Grummelnd streckte ich meine Glieder und rollte mich in meinem Bett herum, das mir ohne Auri furchtbar leer erschien. Die beiden Nächte seit der Party hatte er bei mir geschlafen. Ich liebte das Gefühl seines warmen Körpers neben meinem und vermisste es, ihn beim Aufwachen nicht neben mir liegen zu haben.

Ich vergrub mein Gesicht in dem Kissen, auf dem Auri geschlafen hatte. Es roch nach ihm, und der Duft weckte in mir Erinnerungen daran, wie er mich gestern Abend vor dem Schlafengehen geküsst hatte. Mir war immer noch ganz schwindelig von dem Verlangen, das ich gespürt hatte, auch wenn wir noch nicht weiter gegangen waren. Es gab keinen Grund, die Dinge zu überstürzen.

»Cassie?«, hörte ich eine verwirrte Stimme fragen.

Auri? Sollte er nicht beim Training sein?

Ich öffnete die Augen im selben Moment, in dem die Tür zu meinem Zimmer aufgedrückt wurde. Auri war vollständig angezogen, allerdings trug er keine Sportkleidung, sondern Jeans und T-Shirt.

Mit fassungslosem Gesichtsausdruck starrte er auf mich hinunter. »Schläfst du etwa immer noch?«

»Wieso? Wie spät ist es?«, krächzte ich und tastete nach meinem Handy. Doch bevor ich es zu fassen bekam, setzte sich Auri zu mir auf die Bettkante und schaltete das Licht ein.

Ich kniff die Augen zusammen.

»Es ist fast vierzehn Uhr«, sagte er und streichelte mir dabei liebevoll das zerzauste Haar aus der Stirn. Seine Finger verweilten an meiner Schläfe. »Ich komme gerade von meiner letzten Vorlesung.«

»Oh.« Blinzelnd sah ich ihn an. »Wirklich?«

Er nickte, wirkte dabei aber weniger schockiert als belustigt. »Wie kann man nur so lange schlafen?«

»Das erfordert viel Übung und Disziplin. Davon verstehst du nichts.«

»Überanstreng dich nicht. Besser, du legst eine Pause ein. Komm, ich helfe dir.« Auri versuchte mich aus dem Bett zu ziehen, aber ich ließ mich nur schlaff in seine Arme fallen. Er lachte und drückte mich an sich, damit ich nicht umfiel, was ihn keinerlei Mühe zu kosten schien. »Wenn du jetzt aufstehst und dich anziehst, mach ich dir Frühstück. Was hältst du davon?«

Die Aussicht auf Essen belebte meine Geister, und ich richtete mich auf. Nicht zuletzt, weil ich bereits merkte, dass ich Unterzucker bekam. Noch war der Zustand nicht kritisch, aber zu lange sollte ich die nächste Mahlzeit nicht rauszögern. Außerdem fühlte ich mich tatsächlich mehr als ausgeruht. Dass ich so lange geschlafen hatte, wunderte mich dennoch nicht. Das Wochenende auf der SciFaCon, die Einkaufstour mit Lucien, die Party, das Gespräch mit Auri, der Arbeitstag mit Micah im Café, das alles hatte an meinen Energiereserven gezerrt.

»Machst du mir Omelett?«

»Natürlich, was immer du willst.« Auri beugte sich vor und küsste mich. Nach zwei Sekunden löste er seine Lippen allerdings schon wieder von meinen. »Ab ins Bad mit mir. Frühstück ist in zwanzig Minuten fertig.«

»Okay«, seufzte ich und machte mich von Auri los.

Ich überprüfte meine Zuckerwerte und tauschte meine Insulinpumpe am Arm aus, die alle drei Tage gewechselt werden musste. Anschließend sammelte ich meine Kleidung vom Vortag vom Boden auf, da es sich für einen faulen Tag zu Hause kaum lohnte, frische Sachen anzuziehen. Im Badezimmer schaltete ich meine Gute-Laune-Playlist an und sprang unter die Dusche. Ich und der Brausekopf lieferten eine Weltklasse LipSync-Performance zu *Bad Guys* von Billie Eilish ab, während mein Conditioner einwirkte. Nach fünf Minuten spülte ich ihn aus, stieg aus der Dusche und wickelte mich in ein Handtuch ein.

Dampfwolken waberten durch das Badezimmer, und sofort entdeckte ich die Nachricht, die Auri am beschlagenen Spiegel für mich hinterlassen hatte. Es waren dieselben Worte, die er mir nach dem Tod meiner Hündin hinterlassen hatte, aber inzwischen hatten sie eine völlig andere Bedeutung.

Ich denke heute an dich. <3

Er musste es bereits vor Stunden an den Spiegel geschrieben haben in der Erwartung, dass ich es irgendwann in seiner Abwesenheit sehen würde. Tja, er hatte meine Müdigkeit unterschätzt. Nichtsdestotrotz rührten mich seine Worte, und ich beugte mich vor, um einen Kuss auf den Spiegel zu drücken in der Hoffnung, dass er am nächsten Morgen noch zu sehen sein würde.

Nachdem ich mir die Zähne geputzt hatte, zog ich mich an und verließ das Badezimmer. In der Wohnung duftete es herrlich nach Omelett und frischem Kaffee. Irgendwann würde ich mich extra früh aus dem Bett quälen müssen, um Auri mit einem Frühstück zu überraschen.

Ich lief zu ihm in die Küche. Er stand vor dem Herd und beobachtete konzentriert mein Omelett, in das er etwas Gemüse geschnitten hatte. Ich schlang die Arme von hinten um ihn und drückte ihn fest an mich.

»Wie war das Training?«, nuschelte ich an seinem Shirt.

»Gut, aber der Coach hat mich ziemlich hart rangenommen, weil ich die nächsten zwei Tage nicht da bin«, antwortete Auri und wendete das Omelett. »Aber hey, dafür hab ich jetzt ein ganzes langes Wochenende frei, und jeder Tag wird ein Cheat-Day sein. Ich freu mich schon auf die Hochzeitstorte.«

Ich drückte Auri durch den Stoff einen Kuss auf den Rücken und ließ ihn los, um mir Kaffee einzuschenken. Mit der Tasse in der Hand hockte ich mich neben ihn auf den Tresen, um ihn weiter zu beobachten. Er hatte den Herd abgestellt, um in Ruhe eine Avocado schneiden zu können, während das Omelett fertig garte.

»Was möchtest du heute noch machen?«, fragte er, ohne vom Messer aufzublicken.

Ich nahm einen Schluck von meinem Kaffee. »Ich weiß nicht. Du?«

»Wir könnten uns einen Film anschauen.«

»Aber das machen wir doch immer.«

Auri holte zwei Teller aus dem Schrank. »Na und?«

»Keine Ahnung.« Ich zuckte mit den Schultern. »Wir sind jetzt zusammen, ich dachte, da machen wir andere Dinge.«

Auri wandte den Kopf in meine Richtung und starrte mich an. Langsam wanderten seine Augenbrauen in die Höhe, und ein anzügliches Grinsen machte sich auf seinem Gesicht breit. »Und was für *andere* Dinge?«

Ich verdrehte die Augen, obwohl ich der Vorstellung nicht so abgeneigt war, wie Auri womöglich glaubte. »Nicht das, was du denkst. Andere Dinge eben. Dinge, die wir vorher nicht gemacht haben.«

Auri stellte sich vor mich. Die Hände links und rechts auf den Küchentresen abgestützt, sah er mich eindringlich an. Der Abstand zwischen uns war gefährlich gering. »Cassie, nur weil wir jetzt zusammen sind, muss sich nichts ändern«, erklärte er mit gesenkter Stimme. »Es sei denn, wir wollen es. Und ehrlich, ich kann mir nichts Schöneres vorstellen, als den Rest des Tages auf dieser Couch zu liegen. Du etwa?«

Ich lachte verlegen. »Du kennst meine Antwort.«

Einer seiner Mundwinkel hob sich. »Gut, dann bleibt nur eine Frage zu klären.«

»Und die wäre?«

»Welchen Film willst du gucken?«

Ich legte den Kopf schräg und überlegte kurz. Wir hatten schon so viele Filme zusammen angesehen, dass kaum noch einer übrig war, der uns beide interessieren könnte. »Wie wäre es mit *Shape of Water?*«

»Klingt nach einer hervorragenden Wahl.« Auri schenkte mir ein warmes Lächeln, bevor er sich daranmachte, mein Frühstück und sein Mittagessen anzurichten. Anschließend trug er die beiden Teller zur Couch, und ich kam ihm mit Kaffee und Tee hinterher.

Wir starteten den Film.

Während wir aßen, saßen wir noch nebeneinander, aber als unsere Teller leer waren, kuschelten wir uns zusammen auf das Sofa. Eine Weile gelang es mir noch, dem Film zu folgen, aber je mehr Zeit verging, desto weniger konnte ich mich auf die Handlung konzentrieren. Auri lenkte mich viel zu sehr ab. Seine Hände auf meinem Körper. Seine Finger in meinem Haar. Seine Lippen an meinem Hals. Er machte mich damit ganz hibbelig. Ich bemühte mich, der Versuchung zu widerstehen, aber ich kämpfte auf verlorenem Posten.

Und auch Auri konnte nicht viel länger an sich halten, und kurz darauf war der Film in Vergessenheit geraten, während wir auf der Couch rummachten wie zwei liebestrunkene Teenager.

Auri hatte sich geirrt. Die Dinge hatten sich geändert – allerdings zum Besseren.

28. Kapitel

»Hör auf damit«, befahl Auri mit sanfter Stimme und griff nach meinem Handgelenk, um mich davon abzuhalten, weiter an den Nägeln zu kauen.

Ich gab einen gequälten Laut von mir. Vor wenigen Augenblicken hatten wir das Ortsschild von Auris Heimatstadt passiert, und in ein paar Minuten würde ich das erste Mal seine Familie treffen. Ich war das reinste Nervenbündel.

Auri verschränkte seine Finger mit meinen und zog meine Hand auf seinen Schoß. »Mach dir keine Sorgen. Es wird schon alles gut werden.«

»Das kannst du nicht wissen«, erwiderte ich und schielte aus dem Fenster. Es war bereits dunkel, und ich konnte nicht mehr allzu viel von der Stadt erkennen außer hellen Lichtern. »Es ist schon ziemlich spät, vielleicht fährst du mich lieber gleich zum Hotel, und ich lern deine Familie morgen in aller Frische kennen.«

»Du versuchst nur, dich zu drücken.«

»Ja, aber ich will einen guten Eindruck machen, und das ist gerade nicht möglich.« Ich deutete vielsagend auf meinen zerknitterten Schlabberlook, der mich bequem durch die gut zehnstündige Autofahrt gebracht hatte. Auf meiner Leggins prangte zudem seit Roseburg ein Schokoladenfleck, nachdem mir ein M&M runtergefallen war, das ich Auri in den Mund hatte stecken wollen.

»Meiner Mom ist egal, wie du aussiehst«, versicherte mir

Auri. Er lächelte mich flüchtig an, bevor er meine Hand für einen Moment losließ, um die Automatik zu bedienen.

Wir standen an einer Ampel, und er hatte den Blinker nach rechts gesetzt. Es konnte nicht mehr weit sein. Soweit ich das beurteilen konnte, befanden wir uns in einer Wohngegend mit süßen Häusern und großen Vorgärten.

Ich seufzte resigniert, da ich keinen Sinn darin sah, noch weiter zu diskutieren, und bückte mich, um meine Schuhe wieder anzuziehen. Wenn es Auri nichts ausmachte, wie ich aussah, dann seiner Familie hoffentlich auch nicht. Schließlich wussten sie, dass wir den ganzen Tag im Auto verbracht hatten.

»Da sind wir«, verkündete Auri, kaum dass ich meine Chucks zugebunden hatte.

Das ging schneller als gedacht …

Ich blickte auf. Wir standen vor einem hübschen zweistöckigen Haus mit einer großen Terrasse und einem kleinen, aber gepflegten Garten, in dem ein kitschiges selbst gebasteltes Schild stand, das verkündete: *Jasmin + Trevon = Love.*

Da in der Auffahrt bereits zwei Autos standen, musste Auri an der Straße parken.

Nervös rieb ich mir die feuchten Hände an der Hose ab und ging in Gedanken noch einmal all die Sätze durch, die ich zur Begrüßung sagen konnte und mit denen ich mich hoffentlich nicht endlos blamierte.

Guten Abend, Mrs Remington, schön, Sie kennenzulernen.

Was für ein schönes Haus, Mrs Remington.

Endlich lerne ich Sie kennen, Mrs Remington. Ihr Sohn hat mir schon so viel von Ihnen erzählt.

Hörte sich doch alles gut an. Ich würde das schon irgendwie hinbekommen.

Nachdem Auri den Motor abgestellt hatte, stiegen wir aus,

und er holte seine Tasche aus dem Kofferraum. Meine ließ er drin, da ich anders als er im Hotel übernachten würde.

»Ich glaub, ich muss mich übergeben«, sagte ich, als wir die Stufen zur Haustür hochstiegen.

Auri legte mir eine Hand auf den Rücken, als befürchtete er, ich könnte mich umdrehen und einfach davonrennen. »Keine Sorge, das bildest du dir nur ein. Es wird alles gut. Versprochen.«

Er unterschätzte eindeutig mein Talent, mich zu blamieren. Ich hatte mich wirklich auf das Wochenende gefreut – bis ich angefangen hatte, genauer darüber nachzudenken. Die ganze Fahrt über hatte ich mir selbst gut zugeredet. Bis vor wenigen Minuten hatte das auch geklappt, aber nun war ich so nervös, dass ich das Gefühl hatte, in meinem eigenen Angstschweiß zu ertrinken.

Auri betätigte die Klingel. Das Surren war bis nach draußen zu hören.

Oh Gott!

Am liebsten wäre ich weggerannt, aber Auri hatte viel längere Beine als ich. Er hätte mich eingeholt, noch bevor ich das Gartentor erreicht hätte.

Ich schluckte schwer, als die Tür geöffnet wurde und wir plötzlich einer Frau gegenüberstanden, die aussah wie eine etwas ältere Version von Beyoncé. Aus Auris Erzählungen wusste ich, dass seine Mom Jasmin seinen Bruder Anthony mit zwanzig bekommen hatte, was bedeutete, dass sie gerade einmal fünfundvierzig war. Sie hatte makellose braune Haut, die etwas heller war als die ihrer Söhne, lockiges schwarzes Haar und ein herzliches Lächeln.

»Maurice!«, rief sie begeistert und stürzte vor, um Auri zu umarmen.

Er lachte. »Hey, Mom.«

Sie drückte ihn fest an sich, bevor sie ihn losließ und einen Schritt zurücktrat, um ihn einer flüchtigen Musterung zu unterziehen, als wollte sie sicherstellen, dass ihrem Jungen nichts fehlte. Auri wiederum grinste sie einfach nur an.

Es war wirklich süß, und für einen Sekundenbruchteil vergaß ich tatsächlich meine Aufregung – bis Jasmin ihren Blick auf mich richtete.

Ihr Lächeln wurde keine Spur schmaler. »Und du musst Cassie sein.«

»Ja«, krächzte ich mit schlagartig trockener Kehle und streckte ihr in einer etwas steifen, roboterhaften Geste die Hand entgegen. »Schön, Sie kennenzulernen, Mrs Remington.«

Sie schüttelte meine Hand, wobei ihr unmöglich entgehen konnte, wie feucht und kalt meine Finger waren, aber ihre freundliche Miene verrutschte nicht. »Nenn mich doch bitte Jasmin.«

»Okay … Jasmin.«

Auri gab einen glucksenden Laut von sich.

Lachte er mich etwa aus?

»Kommt rein!« Jasmin winkte uns ins Innere des Hauses.

Bereits auf den ersten Blick konnte ich erkennen, dass hier eine glückliche Familie lebte. Überall standen Fotos, und an den Wänden hingen Bilder, die von Kinderhänden gezeichnet worden waren. Aus dem Wohnzimmer waren Stimmen zu hören, und es duftete nach frisch gewaschener Wäsche.

»Ihr habt Glück, dass ihr heute angekommen seid«, bemerkte Jasmin. »Jetzt ist es noch ruhig. Morgen haben wir volles Haus.« Sie wandte sich an ihren Sohn. »Maurice, du teilst dir dein altes Schlafzimmer mit Cornell.«

»Muss das sein?«, fragte Auri mit genervtem Gesichtsausdruck.

Seine Mom schnalzte mit der Zunge. »Stell dich nicht so an, es ist nur für ein paar Nächte. Das hältst du aus.«

»Oder auch nicht …«, murmelte Auri und verdrehte die Augen.

Ich erinnerte mich vage an Cornell, Auri hatte mir schon einmal von ihm erzählt. Er war ein älterer Cousin von Auri und hatte ihn als Kind wohl öfter gehänselt. Angeblich alles nur Spaß, aber Auri hingen ein paar Dinge, die Cornell ihm angetan hatte, noch immer nach.

»Jessy, wo bleibt ihr denn?«, ertönte eine tiefe Stimme, und kurz darauf trat ein Mann, der deutlich jünger war als Jasmin, in den Eingangsbereich. Er trug blaue Jeans und ein Jersey, das mich schmunzeln ließ, denn es zeigte das Logo des MFC-Footballteams. Darunter stand Auris Nummer.

Das musste Trevon sein. Ich hatte bisher nur ein Foto von ihm gesehen, aber ich wusste, dass er knapp fünfzehn Jahre jünger war als seine Verlobte, neben der er jetzt stehen blieb. »Na, wen haben wir denn da?«

»Hey, Trev«, grüßte Auri und schüttelte die Hand seines zukünftigen Stiefvaters. »Darf ich vorstellen: Cassie.«

Ich winkte Trevon nur, da nicht noch jemand mitbekommen sollte, wie verschwitzt ich war.

»Hi! Schön, dass ihr's hergeschafft habt.« Trevon legte Auris Mom einen Arm um die Schultern. Ich wusste, dass Auri und er sich gut verstanden, aber auch eine etwas schwierige Beziehung hatten, da Trevon so jung war und alles andere als eine Vaterfigur für Anthony und Auri. »Wie war die Fahrt?«

»Gut. Der einzige Unfall ist Cassie mit einem M&M passiert«, erwiderte Auri und deutete auf den Fleck auf meiner Leggins.

Ich warf ihm einen finsteren Blick zu, den er gekonnt ignorierte, und versuchte den Fleck unauffällig mit meiner Handtasche zu verdecken, was inzwischen natürlich eigentlich vollkommen überflüssig war.

»Wenn du willst, kann ich dir eine Hose von mir leihen. Ich hab sicherlich irgendwo eine, die dir passen müsste«, bot Jasmin mit einem Blick auf meine schmalen Hüften an.

»Danke, aber das ist nicht nötig. Ich zieh mich gleich im Hotel um.«

Jasmin runzelte die Stirn. »Ein bisschen bleibst du aber noch, oder?« Es war eine Frage, die eigentlich keine war, da sie nur eine mögliche Antwort zuließ, auch wenn ich von der Fahrt ziemlich erschöpft war.

»Selbstverständlich.«

Jasmins braune Augen blitzten vor Freude auf. »Großartig. Lasst uns ins Wohnzimmer gehen.«

Wir folgten der Braut in spe in einen großen Raum mit hohen Decken und einem zauberhaften Kamin, in dem um diese Jahreszeit allerdings kein Feuer brannte. Auf der Couch saßen vier Leute, die mir der Reihe nach vorgestellt wurden: Anthony – Auris Bruder –, seine Freundin Madison sowie Anna-Mae und Males, Trevons Eltern. Jasmins Eltern lebten in der Stadt und würden erst morgen zu der Gruppe dazustoßen.

Trevons Mutter konnte ich ansehen, dass sie etwas irritiert war, ein so blasses weißes Mädchen an der Seite ihres Stiefenkels zu sehen, aber sie ließ ihre Verblüffung unkommentiert.

Auri und ich setzten uns auf die Couch, wobei er einen Arm um meine Schultern legte, sichtlich bemüht, meine immer noch anhaltende Nervosität zu lindern.

Dankbar lächelte ich ihn an, während ich mir zum gefühlt hundertsten Mal die Hände an meiner Hose trocken rieb.

Jasmin servierte uns selbst gemachte Limonade, die köstlich schmeckte, aber so süß war, dass ich sofort nach Wasser fragen musste.

Auri trank mein Glas zu zwei Dritteln leer, und ich verdünnte die restliche Limonade, sodass sie sich nicht allzu schlimm auf meinen Blutzuckerspiegel auswirken würde. Anschließend übernahm es Auri, seine Familie über meine Diabetes aufzuklären, um weitere Zwischenfälle während des Wochenendes zu vermeiden. Es war etwas unangenehm, da natürlich Fragen gestellt wurden, aber daraufhin wandte sich das Gespräch zum Glück schnell anderen Themen zu. Immerhin hatte die Familie Auri bereits seit Monaten nicht mehr gesehen.

Anthony und Trevon erkundigten sich nach seinem Training und der Mannschaft, während sich Anna-Mae vor allem für den Rest seines Studiums interessierte, auch wenn sie nicht wirklich etwas von Grafikdesign zu verstehen schien. Mit unendlich viel Geduld erklärte Auri ihr ausführlich, was es mit Photoshop und InDesign auf sich hatte. Und Madison, die Auri an diesem Abend selbst erst kennengelernt hatte, wollte mehr über sein Leben in Mayfield hören. Danach drehte sich die Unterhaltung in erster Linie um die weitere Verwandtschaft, die am nächsten Tag aufschlagen würde.

Es war durchaus amüsant, dem Gespräch zu folgen, denn unterm Strich schienen alle Familien im Kern über dasselbe zu reden. Es ging darum, wer sich von wem getrennt hatte, was die Kinder machten, wer sich was für eine Krankheit eingefangen hatte, wer gerade den Job wechselte und wer die skurrilsten Nachbarn hatte.

Und selbstverständlich wurde über die Hochzeit geredet. Auri versuchte auch noch einmal einen neuen Zimmerpartner zu verhandeln, aber sein Bruder war nicht bereit, Cornell gegen Niles einzutauschen.

Mit der Zeit entspannte ich mich ein wenig, was nicht nur an den Gesprächen lag, die zu meiner Erleichterung nichts mit mir zu tun hatten, sondern auch an Auri, der mir mit kleinen Gesten die Aufregung nahm. Mit seinem Zeigefinger malte er träge Kreise auf meine Schulter, und immer wenn er gerade nicht im Fokus stand, stupste er mich sanft mit seinem Knie an, wie um mir zu zeigen, dass er mich nicht vergessen hatte.

Schließlich verabschiedeten sich Anna-Mae und Males ins Bett, was auch für mich das Zeichen zum Aufbruch bedeutete.

»Es war schön, dich kennenzulernen«, sagte Jasmin an der Tür. »Und es tut mir leid, dass wir gar keine Chance hatten, uns richtig zu unterhalten. Morgen dann.«

»Ich freu mich darauf«, gab ich zurück.

Auri wirkte glücklich über meine Worte. Überhaupt hatten ihn die letzten zwei Stunden aufblühen lassen. Nicht, dass es ihm zuvor schlecht gegangen war, aber seit unserer Ankunft strahlte er über das ganze Gesicht.

»Ich hoffe, das war nicht zu viel für dich«, sagte er, als wir in den Wagen stiegen, um zum Hotel zu fahren.

»Es war okay«, antwortete ich ehrlich und ließ mich tief in den Sitz gleiten. Ich hatte mich nicht übermäßig blamiert, was großartig war, aber meine Batterien für den Tag waren leer, und ich freute mich sehr auf mein Bett. Vor allem wenn ich daran dachte, dass ich morgen noch weitere Leute würde kennenlernen müssen. Alles nur für Auri.

»Meine Mom mag dich.«

»Dafür war Anna-Mae weniger begeistert von mir.«

Auri verzog die Lippen. »Kann sein. Falls es dich tröstet: Sie ist auf Anhieb von niemandem sonderlich begeistert. Ich glaube, sie mag generell einfach keine neuen Menschen.«

»Danke«, murmelte ich, da ich wusste, dass er das nur sagte, damit ich mich besser fühlte. Dabei wäre es gar nicht nötig gewesen, denn abgesehen von Trevons Mutter schien der

Rest seiner Familie mich zu akzeptieren. Meine größte Angst, von vornherein auf Ablehnung zu stoßen, war unbegründet gewesen.

Wir erreichten das Hotel. Es sah schick aus, mit einem gläsernen Eingangsbereich, der hell erleuchtet war. Trotz der späten Stunde war die Rezeption besetzt.

Auri lenkte den Wagen in eine Parklücke und stellte den Motor aus. »Soll ich noch mit reinkommen?«

Das Angebot war verführerisch. Ich war vielleicht erschöpft, aber nicht erschöpft genug, um mit Auri im Bett zu kuscheln. Schweren Herzens schüttelte ich trotzdem den Kopf. Ich wollte ihn nicht von seiner Familie fernhalten. Außerdem hätten sie genau gewusst, was wir getan hatten, wenn Auri statt nach zwanzig Minuten erst nach einer Stunde mit zerknitterter Kleidung zurückgekommen wäre.

»Fahr zurück. Deine Mom hat dich wirklich vermisst.«

Auri lächelte verlegen. »Und das ist echt okay?«

»Absolut. Ich werde eh gleich schlafen gehen«, versicherte ich ihm und beugte mich über die Mittelkonsole, um ihn zum Abschied zu küssen.

Seine Lippen hießen meine willkommen. Ich liebte es, wie selbstverständlich sich die Sache zwischen uns anfühlte. Als wäre es uns vorherbestimmt gewesen.

Als ich am nächsten Tag das Haus von Jasmin und Trevon betrat, schlug mir ein Gewirr von Stimmen entgegen. Gefühlt ein Dutzend Verwandte waren am Morgen angereist und gerade dabei, sich einzurichten. Ich wurde so vielen Leuten vorgestellt, dass es mir unmöglich war, mir alle Namen zu merken.

Bereits nach wenigen Minuten fühlte ich mich von der Situation etwas überwältigt. Auris Familie war laut. Sehr laut. Jeder versuchte, gehört zu werden, und über allem lag das Kreischen zweier Zehnjähriger. Ich war heilfroh, dass Auri mir nicht von der Seite wich – bis er es doch tat.

»Was?«, zischte ich leise, damit niemand mich hörte. »Du lässt mich hier alleine?«

»Ich würde dich ja mitnehmen, aber ich glaube, das wäre den anderen nicht so recht«, sagte Auri und schielte in Richtung der Männer, die ungeduldig auf ihn warteten. »Es wird nicht lange dauern. Wir gehen zum Mittagessen und anschließend unsere Anzüge für morgen abholen. Ich bin bald zurück.«

Ich hatte keine Lust, mit Auris Mom und all den anderen Frauen alleine zu sein, die ich noch keine Stunde kannte. Und »kennen« war dabei noch ein sehr großzügiges Wort. Aber was hatte ich für eine Wahl? Genauso wenig wollte ich mich der Verstimmung der Trauzeugen aussetzen, indem ich mich selbst zu ihrem Männer-Ding einlud.

Ich verschränkte die Arme vor der Brust. »Okay. Aber wehe du bist in drei Stunden nicht wieder da. Dann verbrenne ich all deine Football-Sammelkarten, sobald wir zurück in Mayfield sind.«

Auris Miene wurde ernst. »Ich bin rechtzeitig wieder da.«

»Kleiner-Finger-Schwur …« Ich hielt ihm meinen Finger hin.

Er schlang seinen darum. »Versprochen.«

Ich holte tief Luft, und noch ehe ich sie mit einem Seufzen wieder ausstoßen konnte, war Auri verschwunden.

Verunsichert sah ich mich um. Ich hatte keine Ahnung, was ich als Nächstes tun sollte. Ich hätte mich Madison angeschlossen, aber sie war nicht da. Und mich einfach in eine Ecke zu setzen und mit meinem Handy herumzuspielen, während alle anderen mit anpackten, erschien mir unhöflich.

Im Garten wurden gerade Bierbänke aufgestellt, damit die

ganze Familie Platz fand, und im Wohnzimmer spielten einige Erwachsene mit den Kindern.

Ich lief in die Küche, wo ich Jasmin zuletzt gesehen hatte, und wie erwartet war sie dort noch immer zugange, um ein Abendessen für rund zwanzig Personen vorzubereiten. Anna-Mae saß an einem Tisch und nahm Garnelen aus, während eine Cousine, deren Namen ich vergessen hatte, unter größter Kraftaufwendung versuchte, mehrere Kürbisse klein zu schneiden. Jasmin selbst hackte gerade Unmengen von Zwiebeln.

»Hey.« Der Gruß kam mir nur leise über die Lippen, dennoch blickte Jasmin auf. Als sie mich entdeckte, verzog sie die Lippen zu einem Lächeln. »Könnt ihr noch Hilfe brauchen?«

»Immer.« Jasmin wischte sich die Finger an ihrer Schürze ab. »Sind Auri und die anderen weg?«

Ich nickte und ging zum Waschbecken, um mir die Hände zu waschen. »Was soll ich machen?«

»Du könntest die Kartoffeln schälen.« Jasmin deutete auf den Berg, der neben ihr lag. Ein Topf stand ebenfalls schon bereit.

Ich nahm mir ein Messer und machte mich an die Arbeit. Ich war bei Weitem keine begabte Köchin, ganz anders als zum Beispiel Aliza, aber die Grundlagen hatte ich mir innerhalb der letzten zwei Jahre angeeignet.

»So?«, fragte ich, als die erste Knolle fertig war.

Jasmin betrachtete sie. »Perfekt.«

Ich nahm mir die nächste Kartoffel. Bereits jetzt fühlten sich meine Finger staubig und trocken an.

Ein paar Minuten arbeiteten wir schweigend, während Musik aus dem Radio schallte. Als ein Song von Halsey gespielt wurde, wippte ich leicht mit den Füßen mit.

»Warum bist du nicht mit Maurice zusammen?«, erkundigte sich Jasmin plötzlich wie aus dem Nichts heraus.

Die Frage überraschte mich so sehr, dass ich mit der Klinge abrutschte und nur haarscharf meinen Daumen verfehlte. Ich sah zu Jasmin, die mich neugierig betrachtete. »Was?«, krächzte ich mit schlagartig trockener Kehle.

Sie lächelte entschuldigend, als wäre sie sich durchaus bewusst, wie forsch ihre Worte gewesen waren. »Ich habe euch gestern Abend beobachtet. Er konnte seine Hände gar nicht von dir lassen. Es war wirklich goldig.«

»Ach ja?«

»Ja. Aber immer, wenn ich meinen Maurice danach frage, wimmelt er mich ab und murmelt etwas von ›nicht die richtige Zeit‹ und ›hat sich nicht ergeben‹, obwohl er in dich verliebt ist.«

Ich musste mir ein Lächeln verkneifen. »Hat er das gesagt?«

»Nein, aber das ist auch nicht nötig.« Jasmin griff sich die nächste Zwiebel und begann sie zu schälen. »Ich bin seine Mutter. Ich kenne ihn. Abgesehen davon, dass niemandem mit Augen im Kopf entgehen könnte, wie er dich ansieht.«

»Oh ja«, kommentierte die namenlose Cousine.

Mein Blick zuckte kurz zu ihr, dann zurück zu Jasmin. Wortlos sah ich sie an, da ich keine Ahnung hatte, wie ich reagieren sollte. Anscheinend hatte Auri ihr noch nicht von uns erzählt, und ich wollte ihm nicht vorgreifen. Jasmin war seine Mom. Sie sollte von ihm erfahren, dass wir inzwischen ein Paar waren. Doch Jasmins eindringlicher Blick zwang mich, etwas zu sagen. Irgendwas.

»Ich … ähm, also … ich mag Maurice auch sehr gerne, aber … es ist kompliziert«, log ich. Denn das erste Mal seit Wochen hatte ich das Gefühl, dass es das nicht war.

»Schon in Ordnung.« Jasmin senkte den Blick wieder auf

die Zwiebel, um sich nicht in den Finger zu schneiden. »Du musst nichts sagen. Solange ihr glücklich seid und er dich gut behandelt, ist alles gut.«

»Das tut er«, versicherte ich ihr. »Er ist der Beste.«

Jasmins Lächeln wurde breiter. »Das ist er. Er war schon immer ein lieber Junge. Viel sanftmütiger als sein Bruder. Und so aufmerksam und ehrgeizig. Achtet er immer noch so sehr auf seine Noten?«

Ich nickte. Auri waren seine Noten wirklich wichtig, was natürlich auch etwas mit seinem Stipendium zu tun hatte, aber nicht ausschließlich. »Ja, tut er, und er steht fast jeden Morgen um halb sechs auf, um zum Sport zu gehen.«

Jasmin schnaubte. »Das hat er eindeutig von seinem Vater. Ich hasse es, früh aufzustehen.«

Das konnte ich nachvollziehen. »Werde ich ihn auch kennenlernen?«

»Andre? Nein, leider nicht.« Sie kratzte die gehackten Zwiebeln in eine Schüssel. »Ich versteh mich gut mit Maurice' und Anthonys Vater, aber ihn zur Hochzeit einzuladen, wäre dann doch etwas seltsam gewesen.«

»Schade, aber verständlich. Vielleicht beim nächsten Mal.«

»Vielleicht«, gab Jasmin strahlend zurück. Sie schien sich sehr darüber zu freuen, dass ich bereits meinen nächsten Besuch in Kalifornien in Erwägung zog.

Ich hatte vorher nicht bewusst darüber nachgedacht, ob ich wieder herkommen wollte, aber mehr und mehr konnte ich mir eine gemeinsame Zukunft für Auri und mich vorstellen, und dazu gehörte nun einmal auch seine Familie.

29. Kapitel

Jasmins und Trevons Hochzeit war die schönste, auf der ich jemals gewesen war. Zugegeben, es war auch die erste und einzige bisher gewesen, aber das minderte die Schönheit der Trauung nicht im Geringsten. Jasmin sah einfach nur atemberaubend aus in ihrem Kleid aus Seide. Und Trevons Ehegelübde war so rührend, dass es selbst die verbittertsten Herzen zum Schmelzen bringen musste. Kein Auge war trocken geblieben, und obwohl ich die beiden kaum kannte, war ich froh gewesen, Taschentücher eingepackt zu haben.

Nach der Trauung ging es in einen angemieteten Saal mit hohen Decken, der märchenhaft in Weiß und Gold dekoriert war. Alles sah unglaublich elegant aus, und wohin man auch blickte, entdeckte man Lilien. Sie standen auf Tischen und in den Ecken, um die Bühne herum und an den Seiten der Tanzfläche. Das Porzellan war weiß, das Besteck golden. Es gab eine offene Bar und ein Obstbüfett mit Schokoladenbrunnen, von dem ich mich jedoch besser fernhielt.

Zu meiner Erleichterung durfte ich gemeinsam mit Auri, seinem Bruder, dessen Freundin und dem Brautpaar an einem Tisch sitzen und musste nicht alleine zwischen den anderen Gästen hocken. Heiteres Stimmengewirr erfüllte den großen Raum, und Kellner schwirrten um die Tische, um die Getränkebestellungen der rund hundert Gäste aufzunehmen.

Es dauerte nicht lange, bis die ersten Leute zu uns an den Tisch kamen, um Jasmin und Trevon zu gratulieren. Einige von ihnen stellten sich auch mir vor, aber zum Glück war niemand auf eine längere Unterhaltung aus.

Schließlich wurde das Essen serviert, und das ständige Kommen und Gehen an unserem Tisch nahm ein Ende. Es gab uns allen etwas Zeit durchzuatmen. Die Vorspeise schmeckte ebenso großartig wie der Hauptgang, nach dem eine Pause eingelegt wurde, um alles für den Nachtisch – die Hochzeitstorte – vorzubereiten. Die Band, deren DJ im Hintergrund bereits die ganze Zeit Musik aufgelegt hatte, begann live zu spielen und lockte das Brautpaar für den ersten Tanz auf die Tanzfläche. Es war eine langsame Ballade, die ich nicht kannte, die aber wunderschön war und deren zarte Töne die Liebe zwischen Jasmin und Trevon unterstrichen. Die beiden tanzten Arm in Arm und hatten dabei nur Augen füreinander. Es war ein kitschiger Gedanke, aber ich war fest davon überzeugt, dass das Schicksal die zwei füreinander bestimmt hatte. Sie waren sich vor sieben Jahren zufällig in der Parfümabteilung eines Kaufhauses begegnet, und nun standen sie hier, trotz fünfzehn Jahren Altersunterschied.

»Hey.« Auri berührte mich am Ellenbogen. »Ist alles in Ordnung?«

Ich schniefte. »Ja.«

Besorgt runzelte er die Stirn. »Und wieso weinst du dann?«

Mit dem Handrücken wischte ich mir die Tränen von der Wange. »Weil es einfach schön ist. Sieh nur, wie glücklich die beiden sind.« Ich wedelte mit meiner anderen Hand in Richtung des frisch verheirateten Paars, als könnte ein Zweifel daran bestehen, von wem ich redete.

»Ach Cas …« Auri drückte mich an seine Brust.

Ich schlang einen Arm um seine Taille und blinzelte die letzten Tränen aus meinen Augenwinkeln, um keine Flecken auf seinem Anzug zu hinterlassen.

Der Song endete, und alle, die sich um das Brautpaar versammelt hatten, klatschten. Der Leadsänger der Band gratulierte den beiden und forderte die anderen Gäste auf, ebenfalls die Tanzfläche zu betreten.

Ich sah zu Auri auf. »Willst du tanzen?«

»Ich dachte, du tanzt nicht gerne.«

»Tu ich auch nicht, aber du.« Ich nahm seine Hand von meiner Schulter und zog ihn hinter mir her.

Es wurde ein etwas schnellerer Song gespielt, und ich hatte keine Ahnung, was ich tun sollte, also begann ich, unbedarft die Arme hin und her zu schwingen.

Auri lachte mich an – aber auch etwas aus –, bevor er nach meinen Händen griff und die Führung übernahm. Er war ein wesentlich besserer Tänzer, als ich es je sein würde.

»Hab ich dir schon gesagt, wie bezaubernd du in diesem Kleid aussiehst?«, fragte Auri, als er mich herumwirbelte, sodass mein Rock sich bauschte.

»Noch nicht.« Ich war wirklich glücklich mit der Wahl, die ich gemeinsam mit Lucien getroffen hatte. Mein Haar hatte ich mit einem Lockenstab bearbeitet, sodass es mir in gleichmäßigen Wellen über die Schultern fiel. Mein Make-up war dezent, bis auf die künstlichen Wimpern. Das Ankleben hatte über eine halbe Stunde gedauert, aber der Aufwand hatte sich gelohnt.

Auri zog mich zu sich zurück, sodass ich mit der Brust an seinem Oberkörper ruhte. Dann ließ er meine eine Hand los, um seine in meinen Rücken zu legen. Eng hielt er mich an sich gepresst, sodass ich den Kopf in den Nacken legen musste, um ihn anzusehen.

Sein Blick brannte sich warm in meinen. »Du bist absolut bezaubernd«, flüsterte er über den Klang der Musik hinweg und strich mir eine Haarsträhne über die Schulter.

Ich konnte spüren, wie ich errötete. »Danke. Du siehst aber auch großartig aus.« Und das war die reinste Untertreibung. Seine schwarze Anzughose saß wie angegossen, und sein Hemd passte sich perfekt der Form seiner Schultern an. Sein Jackett hatte er bereits ausgezogen, aber auch dieses hatte an ihm fantastisch ausgesehen. »Du solltest öfter einen Anzug tragen.«

Auri hob die Augenbrauen. »Ach ja?«

»Mhm«, brummte ich und strich über das weiße Hemd.

»Ich könnte einen zu unserem nächsten Date anziehen.«

Ich blinzelte. »Wir gehen auf ein Date?«

»Natürlich.« Auri wirbelte mich abermals herum, ehe er mich wieder an sich zog. »Das gehört doch dazu.«

»Wozu?«

Liebevoll lächelte Auri auf mich herab. »Einer Beziehung.«

Es fühlte sich immer noch unwirklich für mich an, dieses Wort in Verbindung mit Auri und mir zu hören.

»Und was schwebt dir für unser erstes Date vor?«, erkundigte ich mich, wobei ich bis über beide Ohren grinste.

»Zuerst wollte ich mit dir auf einen Rave, weil ich weiß, wie sehr du Menschen, laute Musik und bunte Lichter liebst«, scherzte Auri. »Aber dann habe ich gesehen, dass Anfang September als Tribut an Tolkien ein Triple-Feature mit allen drei *Herr der Ringe*-Filmen im Kino läuft und dachte, das könnte dir auch gefallen.«

»Das klingt toll!« Auri und ich hatten uns die Filme zwar schon Dutzende Male angesehen, aber noch nie gemeinsam auf der großen Leinwand. Es würde ein vollkommen neues Erlebnis werden.

»Gut, dass du das sagst, denn ich habe die Karten schon gekauft.«

Ich stieß ein Seufzen aus und konnte nicht fassen, was für ein Glück ich hatte.

Als das Lied endete, dachte ich gar nicht daran, die Tanzfläche zu verlassen. Der nächste Song war langsamer mit einer geschmeidigen Melodie, welche unsere Körper wie zwei Magneten einander noch näher brachte.

Auri schlang einen Arm um mich, und gemeinsam bewegten wir uns im Takt der Musik.

Ich schmiegte meine Wange an seine Brust und schloss die Augen, um mich von dem Gefühl seiner Nähe treiben zu lassen.

Der Abend näherte sich schnell dem Ende. Ich hatte wirklich Spaß und merkte überhaupt nicht, wie die Zeit verging, bis die ersten Gäste aufbrachen. Die Band spielte noch immer, aber das Obstbüfett war leer gegessen, und von der Hochzeitstorte waren nur noch ein paar Krümel übrig. Meine Schuhe drückten allmählich vom vielen Tanzen, und meine künstlichen Wimpern waren mir inzwischen auch abgefallen. Ich war erschöpft und glücklich zugleich.

Schließlich verabschiedeten sich Jasmin und Trevon, um in das Hotel zu fahren, in dem sie ihre Hochzeitsnacht verbringen würden.

»Wollen wir auch gehen?«, fragte Auri und ließ sich neben mir auf einen Stuhl fallen, nachdem er seinen Bruder und dessen Freundin nach draußen begleitet hatte.

Ich unterdrückte ein Gähnen und nickte.

Wir drehten noch eine kurze Runde durch den Saal, um uns von den verbliebenen Gästen zu verabschieden, ehe wir unsere Sachen aus der Garderobe holten und Hand in Hand Richtung Parkplatz liefen.

Anders als in Washington waren die Nächte in Kalifornien noch angenehm warm. Als wir im Auto saßen, ließ ich das Fenster runter und atmete tief die frische Luft ein, was meine Lebensgeister wieder ein wenig zurückbrachte.

Während der Fahrt sprachen Auri und ich kein einziges Wort, vermutlich weil wir beide die Stille genossen, nachdem es den ganzen Abend so furchtbar laut gewesen war. Wir schalteten noch nicht einmal Musik ein, sondern lauschten einfach dem Rauschen des Windes.

Das Hotel lag nur wenige Minuten entfernt. Auf dem Parkplatz stellte Auri den Motor aus, und dieses Mal fragte er nicht, ob er mich hineinbegleiten sollte – er tat es einfach.

Die Frau an der Rezeption grüßte uns freundlich, als wir Händchen haltend an ihr vorbei zu den Aufzügen liefen, von denen bereits einer mit geöffneten Türen auf uns wartete.

»Welcher Stock?«, fragte Auri.

Ich lehnte mich gegen die Metallwand. »Vierter.«

Er drückte den Kopf, und binnen Sekunden rasten wir nach oben.

Die Tür glitt auf, und gemeinsam traten wir in den Flur hinaus. Es war deutlich spürbar, wie spät es geworden war, auf dem Flur war es vollkommen ruhig. Nicht einmal mehr die gedämpften Töne eines Fernsehers waren zu hören.

Vor meinem Zimmer blieben wir stehen, und ich entriegelte die Tür. Einen Fuß auf der Schwelle, damit sie mir nicht wieder zufiel, wandte ich mich zu Auri um, der mich mit intensivem Blick beobachtete. Selbst nach all den Stunden, die wir inzwischen schon auf den Beinen waren, sah er einfach nur umwerfend aus, obwohl sein Hemd inzwischen ein wenig zerknittert war.

»Danke fürs Herbringen.«

»Nichts zu danken.« Auri begann, mit seinem Daumen über meinen Handrücken zu streicheln. Obwohl wir den halben Abend einander festgehalten hatten, ließ mich die kleine Berührung erschaudern. »Ich hoffe, du hattest eine schöne Zeit und meine Familie war nicht allzu anstrengend.«

»Überhaupt nicht. Deine Familie ist großartig.«

»Meistens.« Er schmunzelte. »Sie mögen dich sehr.«

Ich zuckte mit den Schultern. »Natürlich, was ist an mir auch nicht zu mögen?«

Auri stieß ein leises, kehliges Lachen aus. »Du klingst schon wie Micah. Wie viel hast du getrunken?«

»Nicht viel. Ich hatte einfach nur einen wirklich, wirklich schönen Tag.«

»Das freut mich.« Ein liebevoller Ausdruck trat in Auris Augen und ließ sie trotz des dämmrigen Lichts auf dem Gang funkeln. Er hob unsere verschlungenen Hände an seinen Mund und gab mir einen zärtlichen Kuss auf die Fingerknöchel.

Ich spürte die Berührung seiner Lippen in meinem ganzen Körper.

Auri schien meine Reaktion nicht zu entgehen. Er hob den Blick, und seine Mundwinkel zuckten, kurz bevor er mir einen weiteren Kuss auf die Knöchel hauchte. Und noch einen. Und noch einen. Den nächsten Kuss platzierte er auf meinem Handrücken. Und den darauf folgenden auf meinem Handgelenk. Seine Lippen streiften die Stelle, an der mein Puls pochte.

Hitze stieg mir in die Wangen, und mir war klar, dass Auri die Röte nicht übersehen konnte. Unter anderen Umständen wäre es mir unangenehm gewesen und ich hätte weggesehen, aber ich konnte nicht. Ich war hypnotisiert. Gefangen.

Angespannt hielt ich den Atem an. Darauf wartend, welche Stelle Auri als Nächstes küssen würde. Darauf hoffend, dass es die sein würde, die ich mir wünschte.

Als hätte er meine Gedanken gelesen, wanderte sein Blick zu meinen Lippen. Seine Pupillen weiteten sich, ließen seine Augen dunkler werden, und ohne eine weitere Sekunde zu verschwenden, senkte er seinen Mund auf meinen.

Zuerst war es nur eine leichte Berührung. Lippen, die über Lippen streiften, doch dann stellte ich mich auf die Zehenspitzen, um Auri entgegenzukommen. Der Kuss wurde hingebungsvoller, und ich musste mich mit meiner freien Hand an Auris Brust abstützen, um nicht zu stolpern. Seine Küsse waren schwindelerregend – auf die beste Art und Weise.

Ich verlor mich in Auris Nähe. Er roch fantastisch und schmeckte nach der süßen Torte, von der ich mir nur einen Bissen gegönnt hatte. Sie von seiner Zunge zu kosten, war um ein Tausendfaches besser. Ich seufzte leise.

Auri ließ meine Hand los und griff nach meiner Hüfte, um mir Halt zu geben, während ich mich in unseren Kuss fallen ließ, ohne zu stürzen und mich zu verletzen. In Seattle und auf der Party waren da noch Zweifel und Ängste gewesen, aber diese hatten sich restlos in Luft aufgelöst. Auri und ich hatten die Grenze unserer Freundschaft zwar überschritten, aber wir standen auf derselben Seite.

Gemächlich, als würde er eigentlich nicht von mir ablassen wollen, löste Auri seine Lippen von meinen, jedoch nicht ohne mir einen letzten Kuss auf den Mundwinkel zu hauchen. Dann beugte er sich vor und lehnte seine Stirn gegen meine.

Sein warmer Atem streifte mein Gesicht, und ich konnte nur daran denken, wie sehr ich wollte, dass er mich weiter küsste. Ich war machtlos gegen diesen Wunsch, dieses Verlangen, das nur Auri in mir wecken konnte.

»Gute Nacht, Cassie.«

»Gute Nacht«, gab ich zurück, obwohl ich wusste, dass es ohne ihn keine gute Nacht werden würde. Wir hatten zwar beschlossen, die Sache langsam anzugehen, aber genau genommen hatten wir uns bereits viel Zeit gelassen. Sehr viel Zeit. Immerhin kannten wir einander schon zwei Jahre …

»Möchtest du noch mit reinkommen?«

Auri war mir so nahe, dass ich förmlich spüren konnte, wie er bei meinen Worten jeden Muskel in seinem Körper anspannte. Ein Funke der Unsicherheit glomm in mir auf, doch Auri brachte ihm zum Ersticken, ehe er ein Feuer entfachen konnte.

»Bist du dir sicher? Wir müssen das nicht tun, nur weil ...«

»Ich weiß, aber ich will es«, unterbrach ich ihn, die Worte forscher, als ich es von mir kannte. »Ich will dich.«

Auris Augen wurden noch dunkler. Doch er rührte sich nicht von der Stelle, und für den Bruchteil einer Sekunde befürchtete ich, mit meiner unmissverständlichen Bitte zu weit gegangen zu sein.

Doch bereits mit dem nächsten Herzschlag kehrte wieder Leben in Auri. Er machte einen Schritt auf mich zu, bis seine Brust gegen meine stieß, und legte eine Hand auf meine Hüfte. Die andere schob er in meinen Nacken. Er zog meinen Kopf zu sich heran, und ehe ich michs versah, küsste er mich erneut. Stürmischer, leidenschaftlicher und inniger als zuvor ergriff sein Mund Besitz von meinem, während er mich sanft rückwärts in das Hotelzimmer drängte.

30. Kapitel

Mit einem Knall fiel die Tür hinter Auri und mir ins Schloss, und im selben Moment fiel auch jede Zurückhaltung von uns ab. Auri packte mich und zog mich sanft und bestimmend zugleich an sich, bis sich unsere Körper aneinanderdrängten.

Ich ließ meine Tasche fallen und tastete suchend nach dem Lichtschalter. Ich fand ihn, und die Lampen um uns herum erwachten zum Leben. Wenn das hier wirklich zwischen Auri und mir passierte, wollte ich keine Sekunde davon verpassen.

Auri legte seine Hände an meine Hüfte und berührte dabei mit den Daumen genau die Stelle meines Kleides, die von feinen Löchern durchzogen war.

Als ich seine Finger auf der Haut spürte, breitete sich ein heißes Kribbeln in meinem Bauch aus, obwohl das nur ein Vorgeschmack auf das war, was noch kommen würde. Der Gedanke ließ mich trotz der Hitze, die in mir brannte, erschaudern. Ich konnte einfach nicht glauben, dass Auri und ich nach all der Zeit, die wir uns nun schon kannten, endlich an diesem Punkt angelangt waren und einander ohne Zurückhaltung berühren konnten. Wie viele Nächte hatte ich wach gelegen und mir verboten, an ihn zu denken, während sich alles in mir nach ihm gesehnt hatte. Und wie oft hatte ich bei Tag von ihm geträumt, obwohl er neben mir gesessen hatte. Viel zu lange hatte ich meine Gefühle und meine Sehnsüchte zurückgehalten. Sie hatten sich zu einer rastlosen Energie angestaut, die sich nun auf einmal zu entladen schien.

Meine Finger gruben sich wie von selbst in Auris Shirt, und ich schob meine Hüfte vor. Instinktiv kam Auri mir entgegen. Unsere Körper rieben aneinander, und ich konnte die wachsende Erektion durch den Stoff seiner Hose fühlen. Ein prickelndes Verlangen breitete sich zwischen meinen Beinen aus. Ich seufzte und strich mit den Händen über Auris flachen Bauch hinab bis zu der Beule, die sich in seinem Schritt gebildet hatte. Ohne zuzupacken, fuhr ich mit der Handfläche über sein Glied.

Auri stieß ein Knurren aus.

Ich lächelte in unseren Kuss hinein und begann fester zu reiben, als Auri mich ohne jede Vorwarnung in die Unterlippe biss. Ein stummer Befehl aufzuhören. Ich gehorchte, aber nur weil ich nicht wollte, dass die Sache ein vorschnelles Ende nahm.

Auri strich meine Seiten hinab bis zu meiner Hüfte, als wollte er sie festhalten, damit ich mich nicht mehr rührte, doch dann wanderten seine Finger noch tiefer, bis zu meinen Oberschenkeln. Ich spürte seine warmen Finger durch den Stoff, ehe er sich plötzlich zu seiner vollen Größe aufrichtete und mich mit sich nahm.

Ich gab einen erschrockenen Laut von mir, der sich in unserem Kuss verlor. Wie von selbst schlang ich die Beine um Auri, um mich an ihm festzuhalten.

»Sorry«, murmelte er an meinem Mund. »Ich hätte dich vorwarnen sollen.«

»Schon in Ordnung«, hauchte ich kurzatmig und stürzte mich Hals über Kopf wieder in unseren Kuss, während ich mich an ihm festklammerte, als würde mein Leben davon abhängen. Doch ich wusste, dass ich Auri vertrauen konnte. Er würde mich nicht fallen lassen.

Er trug mich zum Bett, als würde ich nichts wiegen, und ließ sich auf die Matratze fallen, sodass ich rittlings auf seinem Schoß saß.

Der Druck, den seine Erektion auf meine Mitte ausübte, war kaum auszuhalten. Ich kniete mich auf die Matratze, sodass ich über ihm aufragte.

Er vergrub seine Hände in meinen Haaren und küsste mich hingebungsvoll, bis uns beiden der Atem ausging. Unter halb gesenkten Lidern hervor betrachtete er mich. Die Hitze in seinem Blick spiegelte die Hitze in meinem Inneren wider. Ich wusste nicht, wann ich mich das letzte Mal so gefühlt hatte.

»Du bringst mich noch um den Verstand«, raunte er.

»Hab ich das nicht schon längst?«, fragte ich mutig, von unseren Küssen beflügelt, und fuhr mit einem Fingernagel die Konturen seines Kiefers nach.

Er erbebte unter meiner Berührung.

Ich begriff nicht, wie ich diese Wirkung auf ihn haben konnte, aber ich genoss das Gefühl in vollen Zügen. Forsch beugte ich mich zu ihm herab und erkundete seine Kehle mit den Lippen. Seine Haut schmeckte salzig, ein angenehmer Kontrast zu seinen süßen Küssen. Scharf sog er die Luft ein, als ich sein Ohrläppchen zwischen die Zähne nahm, um sanft daran zu knabbern, so wie er es bei mir schon des Öfteren getan hatte. Blind tastete ich nach den Knöpfen seines Hemdes und öffnete einen nach dem anderen. Meine Lippen begleiteten den Weg, und ich konnte spüren, wie Auris Atmung zunehmend unregelmäßiger wurde, während ich mich zielsicher nach unten vorarbeitete.

Ich küsste eine Spur sein Schlüsselbein entlang über sein Tattoo an der Schulter seine Brust hinab. Langsam ließ ich mich dabei vom Bett gleiten, bis ich vor ihm auf dem Boden saß und zu ihm aufsah.

Ich hatte noch nie einen solch perfekten Mann gesehen, und in diesem Moment gehörte er ganz alleine mir. Langsam streckte ich eine Hand aus und zeichnete mit den Fingern die Linien zwischen seinen Muskeln nach. Sein Körper war ein Kunstwerk, die atemberaubende Hülle für einen noch prachtvolleren Inhalt. Ich beugte mich weiter vor und begann, die Vertiefungen mit meiner Zunge nachzufahren, bis ich bedauerlicherweise auf den Bund seiner Hose stieß.

Ich sah zu Auri auf, der mich die ganze Zeit über keine Sekunde aus den Augen gelassen hatte. »Zieh das Hemd aus und lehn dich zurück«, flüsterte ich und drückte meine Lippen gegen den Stoff seiner Anzughose, um mein Vorhaben unmissverständlich klarzumachen.

Er schluckte schwer. »Cassie, das musst du nicht tun.«

Ich lächelte. »Nein, aber ich will.«

»Gott, du bist wunderbar.« Auri beugte sich zu mir herab und gab mir einen flüchtigen Kuss auf die Lippen, ehe er gehorchte und sich das Hemd von den Schultern streifte. Allerdings legte er sich nicht hin, sondern stützte seinen Oberköper auf den Ellenbogen ab, sodass er mich genau im Auge hatte. Er wollte sehen, was ich mit ihm machte, und ich stellte fest, dass mir das gefiel.

Fiebrig machte ich mich an seiner Gürtelschnalle zu schaffen. Meine Finger zitterten, nicht vor Angst, sondern vor verheißungsvoller Erwartung. Schließlich gelang es mir, den Reißverschluss aufzuziehen. Auri hob seine Hüften an, und ich zog Hose und Boxershorts nach unten. Seine Erektion war frei, und endlich durfte ich sehen, was ich schon so beeindruckend hatte fühlen können.

Das Prickeln zwischen meinen Beinen wurde intensiver. Davon angetrieben, umfasste ich Auris Glied.

Als er scharf die Luft einsog, befürchtete ich einen Moment lang, ich könnte ihm wehgetan haben, doch dann ließ er den Kopf in den Nacken fallen und kam meiner Hand mit seinem Becken entgegen. »Fester«, verlangte er.

Ich schloss meine Finger enger um ihn und konnte sofort spüren, wie er noch härter wurde, obwohl ich das kaum für möglich gehalten hatte. Behutsam streichelte ich mit dem Daumen über seine empfindliche Spitze und verstrich die Feuchtigkeit, die sich dort gebildet hatte.

»Oh, fuck …« Auri biss sich auf die Unterlippe.

Ihn so zu sehen, hatte etwas unglaublich Berauschendes. Fasziniert beobachtete ich jede seiner Regungen. Seine Bauchmuskeln spannten sich an, sein Glied pulsierte zwischen meinen Fingern, und ich konnte spüren, dass er kurz davor war zu kommen. Mein Herzschlag hatte sich verdoppelt. Ich wollte ihm diese Erlösung schenken, aber noch mehr wollte ich, dass wir sie gemeinsam fanden.

Als ich meine Hand von seinem Schaft löste, stieß Auri einen protestierenden Laut aus, der mich schmunzeln ließ. Ich richtete mich auf und streifte mir die Schuhe von den Füßen, ehe ich den Reißverschluss an der Seite meines Kleides öffnete.

Als Auri erkannte, was ich vorhatte, verschwand der Anflug von Enttäuschung aus seinem Gesicht. Aufmerksam und voller Verlangen beobachtete er mich dabei, wie ich mein Kleid zu Boden gleiten ließ. Darunter trug ich einen trägerlosen BH und einen Slip in einer Farbe nur wenige Nuancen dunkler als meine blasse Haut. Er ließ den Blick über meinen Körper gleiten, als versuchte er sich zu entscheiden, welche Stelle er als Erstes küssen wollte.

Ich krabbelte zurück auf seinen Schoß und fand mich sofort in einem gierigen Kuss wieder. Ich seufzte an Auris Lippen, während er mit den Händen meinen Körper erkundete. Er zog eine Spur meine Arme hinauf bis zu meinen Schultern, meine Seiten hinab und über meinen Bauch bis zu meinen Oberschenkeln. Ich konnte seine Berührungen überall spüren, und doch war es nicht genug, weder für mich noch für ihn. Geradezu verzweifelt klammerte ich mich an seinen Schultern fest.

Er packte mich fester und drehte mich herum, sodass ich nun an seiner Stelle auf der Matratze lag. Dann entledigte er sich eilig seiner Schuhe und seiner Hose, die ihm bis eben noch in der Kniekehle gehangen hatte. Vollkommen nackt stand er nun vor mir und erwiderte meinen Blick. In diesem Moment existierten nur noch wir beide.

Als ich die Hand nach ihm ausstreckte, kam er meiner stummen Aufforderung sofort nach. Ehe ich michs versah, war er wieder über mir und eroberte meinen Mund mit einem weiteren Kuss, der mir nicht nur die Luft, sondern auch das Herz raubte. Zärtlich küsste er einen Pfad von meinen Lippen hinab in das Tal meiner Brüste.

Das Blut rauschte in meinen Ohren, und obwohl ich wusste, dass Auri gleich mehr von mir sehen würde als jemals zuvor, verspürte ich weder Zweifel noch Befangenheit.

Er machte sich gar nicht erst die Mühe, den Verschluss meines BHs zu öffnen, sondern schob das trägerlose Stück Stoff einfach nach unten.

Meine Brüste waren klein und spitz, und an normalen Tagen war ein BH völlig unnötig. Ich war nicht unzufrieden mit meinem Körper, aber meine kleine Oberweite gehörte zu den Dingen, die ich weniger an mir mochte.

Auri hingegen schien nichts zu vermissen. Er gab einen zufriedenen Laut von sich, ehe er seinen Mund erneut auf mich herabsenkte und begann, an meinen Brustwarzen zu knabbern, die sich trotz der Wärme seines Atems aufrichteten.

Ich ließ mich zurück in die Kissen sinken und gab mich ganz Auris Küssen hin.

»Auri …«, stieß ich schließlich atemlos hervor und legte

eine Hand auf seinen Hinterkopf. Zum ersten Mal überhaupt wünschte ich mir, er hätte längere Haare, damit ich mich daran festhalten konnte. Seine Lippen raubten mir jede Vernunft und jeden klaren Gedanken.

Millimeter für Millimeter küsste Auri sich meinen Körper hinab. Die Narbe an meinem Rippenbogen ließ ihn einen Moment verweilen. Er fuhr den verblassten Schnitt mit seiner Zunge nach, ehe er sich daran festsaugte, wie um sein eigenes Mal darüber zu setzen. Sicherlich würde ich dort morgen einen Knutschfleck vorfinden, aber das störte mich nicht im Geringsten.

Er verteilte weitere Küsse über meinen Bauch hinab bis zu meinem Slip, wo er einen einzelnen Kuss auf den bedeckten Hügel presste.

Unwillkürlich ließ ich meine Beine weiter für ihn auseinanderfallen. Als sein warmer Atem meine empfindlichste Stelle streifte, durchlief ein heißer Schauer meinen Körper. Mit angehaltenem Atem wartete ich auf den nächsten Kuss. Er hauchte ihn allerdings nur auf die Innenseite meines Oberschenkels.

»Bitte«, flehte ich. Sosehr ich diese süße Folter auch genoss, ich brauchte mehr. Ich brauchte Auri. Jeder Nerv in meinem Körper stand unter Storm.

Neckisch presste er seinen Mund gegen den dünnen Stoff, der meine Mitte bedeckte. Eine kleine Berührung, die eine wahre Explosion an Empfindungen in mir entfachte.

Ein dunkler, beinahe animalischer Laut entfuhr Auri. Vermutlich hatte er mit seinen Lippen gespürt, wie bereit ich für ihn war. Er hakte seine Finger in meinen Slip und zog ihn mir von den Beinen.

Ein Grollen verließ seine Kehle, während er meinen Anblick in sich aufnahm, und in diesem Moment wusste ich, dass ich nicht länger warten konnte. Ich war bereits ein Nervenbündel. Mehr hielt ich nicht aus.

»Auri?«

»Mhm?«, brummte er an meiner empfindlichen Haut, sodass ich das Vibrieren seiner Stimmbänder in meinem ganzen Körper spürte.

Ich erzitterte, und meine Muskeln zogen sich in sehnsüchtiger Erwartung zusammen.

»Kondom«, verlangte ich mit heiserer Stimme. »Jetzt.«

Auri hielt einen Moment inne, dann hob er den Kopf und sah mich mit erstaunlich klarem Blick an. »Bitte sag mir, dass du eines hier hast.«

Ich nickte. »In meinem Koffer.«

Auri stieß ein erleichtertes Seufzen aus, bevor er vom Bett aufsprang und zu meiner Tasche lief.

Lange musste er nicht nach der Verpackung suchen. Er nahm eines der kleinen silbernen Päckchen heraus und riss die Folie mit den Zähnen auf, noch während er zu mir zurück auf die Matratze stieg. Er holte den Gummi hervor und rollte ihn sich über.

»Hast du eine Lieblingsstellung?«, erkundigte er sich, als wäre es das Normalste auf der Welt, mir diese Frage zu stellen.

Ich schüttelte den Kopf.

Auri legte sich neben mich. »Dreh dich um.«

Ohne seine Bitte infrage zu stellen, rollte ich mich auf die Seite. Ich konnte nicht sehen, was er hinter mir tat, aber ich konnte ihn spüren.

Er rückte näher an mich heran. Mit den Lippen streifte er mein Schulterblatt, bevor er eine Hand auf meine Hüfte legte. Sachte ließ er seine Finger hinabgleiten, bis zur Innenseite meiner Oberschenkel. Als er mein Bein anhob, um mich für sich zu öffnen, keuchte ich auf.

Gemeinsam hielten wir den Atem an, als er seine Härte in Position brachte und vorsichtig in mich eindrang. Ich erzitterte und war froh, mein Bein nicht aus eigener Kraft in die Höhe halten zu müssen.

»Wie ist das?«, fragte Auri gepresst, als müsste er um seine Selbstbeherrschung ringen, während er sich langsam in mich schob.

Ich schloss die Augen. »Perfekt.«

»Du fühlst dich noch besser an als in meiner Vorstellung.«

»Du hast dir uns zusammen vorgestellt?«

Er küsste sanft meinen Hals. »Jedes Mal.«

»Ich musste auch oft an dich denken.«

Meine Worte schienen etwas in ihm auszulösen, denn in der nächsten Sekunde begann er achtsam in mich zu stoßen. Erst langsam und dann immer schneller bewegte er sich.

Das Prickeln zwischen meinen Beinen wurde stärker, und es fiel mir zunehmend schwerer, gleichmäßig zu atmen. Die Hitze in mir ballte sich zu einem heißen Kern zusammen. Glühend heiß nistete er sich in meiner Mitte ein, während Auris Stöße immer drängender wurden. Um Halt zu finden, krallte ich mich im Bettlaken fest, während Auri mich zielstrebig auf den Höhepunkt zutrieb. Immer wieder stöhnte ich seinen Namen, während das Pulsieren an der Stelle, an der sich unsere Körper trafen, immer stärker wurde.

»Auri … Oh mein Gott … ich …« Es fehlte nicht mehr viel …

Ein Beben ging durch Auris Körper, und ich spürte ein Zucken in meinem Inneren. Er stöhnte auf und drängte seine Hüfte noch zwei-, dreimal gegen meinen Po, dann sank seine Stirn auf meine Schulter, und er wurde still. Sehr still.

Ich wagte es kaum, mich zu bewegen.

»Auri?«, flüsterte ich.

»Fuck«, fluchte er leise und zog sich aus mir zurück. Vorsichtig ließ er mein Bein sinken und beugte sich über mich. Schweiß glänzte auf seiner Stirn. »Sorry, ich ... Das ist mir schon lang nicht mehr passiert. Bist ... bist du gekommen?«

Obwohl sich mein Körper nach dem herannahenden Orgasmus verzehrt hatte, musste ich lächeln. »Nein, aber das ist nicht schlimm.«

»Shit. Es tut mir so leid. Ich ... ich war etwas zu begeistert«, stammelte er.

Ich rollte mich zu ihm herum und streichelte seine Wange, die vor Erregung und Anspannung geradezu glühte. Er sah so noch viel attraktiver aus als sonst. »Keine Sorge. Es war trotzdem schön. Sehr schön.« Ich legte eine Hand in seinen Nacken und zog ihn zu mir herab, um ihn zu küssen.

Es machte mir wirklich nichts aus, dass ich nicht gekommen war. Immerhin war dies unser erstes Mal und kein One-Night-Stand gewesen. Beim nächsten Mal würde es klappen. Oder vielleicht beim übernächsten Mal. Wir würden einfach so lange weitermachen, bis wir das perfekte Timing für uns gefunden hatten.

»Lass mich das wiedergutmachen«, murmelte Auri an meinen Lippen.

»Und wie?«

»Lehn dich zurück und mach die Augen zu.«

Das ließ ich mir nicht zweimal sagen.

Erneut küsste Auri eine Spur meinen Körper hinab, bis er zwischen meinen Beinen lag. Und obwohl ich wusste, was nun kommen würde, war ich in keiner Weise auf das Gefühl von Auris Mund vorbereitet.

»Oh Gott!«, stieß ich hervor. Er meinte es wirklich ernst mit seiner Entschuldigung.

Ich schloss die Augen und krallte die Hände ins Laken,

während Auri mit seiner Zunge sanfte Kreise um die empfindlichste Stelle meines Körpers zog. Meine Hüfte zuckte, und ich drängte mich seinen Küssen entgegen. Kurz darauf fühlte ich, wie er mit einem Finger in mich eindrang. Ein Stöhnen entwich meiner Kehle, und er begann mich mit sanftem Druck zu massieren, bis sich seine Zunge und sein Finger im Einklang bewegten.

Meine Muskeln zogen sich zusammen. Es war eine süße Qual. Ich wollte, dass es aufhörte und zugleich nie endete. Dieselbe köstliche Anspannung, die ich vor wenigen Minuten schon einmal verspürt hatte, baute sich in mir auf. Mir stockte der Atem, und ein Zittern, das ich nicht unter Kontrolle hätte bringen können, selbst wenn ich es gewollt hätte, breitete sich in meinen Beinen aus. Mit jeder atemlosen Sekunde verlor ich mehr und mehr die Beherrschung über meinen Körper, der auf ein bittersüßes Nichts zurauschte.

»Komm für mich«, raunte Auri an meiner Haut.

Und das tat ich, mit einem lauten Keuchen.

Mein Körper erschlaffte, und meine Finger lösten sich aus dem Bettlaken. Ich konnte nichts weiter tun, als die weiße Decke über meinem Kopf anzustarren.

»Heilige Scheiße …«

Auri lachte. »Alles gut?«

»Besser als gut.«

Auris Gesicht tauchte vor meinem auf. »Ich sagte doch, ich mach es wieder gut.«

»Wenn das die Entschädigung dafür ist, dass du zu früh kommst, darf das gerne öfter passieren.«

»Legen wir es besser nicht darauf an.« Auri beugte sich vor und gab mir einen Kuss auf die Nase. »Warte hier.«

Ich brummte zustimmend. Ich hatte ganz bestimmt nicht vor, irgendwo hinzugehen. Vermutlich hätte ich es nicht einmal gekonnt, wenn ich es gewollt hätte. Meine Beine fühlten sich an wie Gummi, und in meinem Kopf hatte sich ein träger Nebel ausgebreitet, der mich in den Schlaf lullen wollte.

Ich konnte hören, wie Auri das benutzte Kondom entsorgte und kurz ins Badezimmer verschwand. Einen Moment später war er mit einem feuchten warmen Lappen zurück. Völlig selbstverständlich wusch er mich sauber, bevor er sich wieder zu mir legte und uns zudeckte.

In kleinen robbenden Bewegungen rutschte ich näher an Auri heran.

Er legte einen Arm um mich, sodass ich mich an seine Brust kuscheln konnte.

Keiner von uns sagte etwas, und ich spürte, wie der Nebel in meinem Kopf dichter wurde.

»Bleibst du?«, fragte ich mit schweren Augenlidern.

Auri streichelte mir über das Haar und drückte mir einen Kuss auf die Stirn. »Willst du das denn?«

Ich nickte, zu müde, um noch zu sprechen. Auris sanfte Berührungen waren wie ein einlullendes Wiegenlied. Ich schloss die Augen, und das Letzte, was ich hörte, bevor ich einschlief, war Auris Stimme.

»Dann bleibe ich.«

31. Kapitel

Federleichte Küsse weckten mich am nächsten Morgen. Der erste Kuss landete auf meiner Wange, der zweite auf meinem Kiefer, der dritte auf meinem Kinn und der vierte auf meinem Mund.

Ich verzog die Lippen zu einem Lächeln und stieß ein glückseliges Brummen aus. Noch mit geschlossenen Augen schlang ich die Arme um Auris Hals.

Auri gab einen zufriedenen Laut von sich.

Offenbar benutzten wir jetzt nicht einmal mehr Worte, um miteinander zu kommunizieren. Wir verstanden uns auch so.

Auri schob das Laken beiseite, unter dem wir noch immer nackt waren, und zog mich an sich. An meinem Oberschenkel konnte ich spüren, dass er bereits wieder hart für mich war. Doch anstatt sich davon aus der Ruhe bringen zu lassen, verteilte er weitere Küsse auf meinem Gesicht und meinem Kiefer, die mich erschaudern ließen, ehe er sein Gesicht in meiner Halsbeuge vergrub und tief einatmete.

»Du duftest so gut«, nuschelte er an meiner Haut.

»Dir ist klar, dass ich nach Schweiß und Sex rieche?«

Auri strich mit seiner Nase sanft meine Halsbeuge entlang, bis er mir ins Ohr flüstern konnte. »Ja, aber nach Sex mit mir, und das ist gut.«

Ich kicherte, doch mein Lachen verwandelte sich schnell in ein Seufzen, als Auri an meinem Ohrläppchen zu knabbern begann und dabei seine Hüfte gegen mein Becken drängte.

Mein Herz trommelte heftig gegen meine Rippen. Langsam ließ ich meine Hand über seine Brust nach unten gleiten. Auri atmete hörbar ein, als ich seine Leiste erreichte. Mir gefiel es, wie empfindlich er auf jede meiner Berührungen reagierte. Neckisch ließ ich meine Finger um seine Härte gleiten, ohne sie zu berühren. Eine süße Folter, die Auris Küsse fahrig und ungeduldig werden ließ. Doch lange konnte ich dieses Spiel nicht aufrechterhalten, mein eigenes Verlangen war zu groß. Ich umfasste ihn und wurde mit einem Stöhnen belohnt.

»Fuck.« Auri ließ seinen Kopf nach hinten fallen.

Er war wunderschön in seiner Ekstase. Seine Unterlippe bebte vor Verlangen, und sein Blick war dunkel, während ich ihn massierte. Dies für ihn zu tun, fühlte sich völlig selbstverständlich an, und ich fragte mich, wie sich die neue Nähe zu ihm bereits so vertraut anfühlen konnte.

Er drängte sich meinen Fingern entgegen, und das heiße Prickeln zwischen meinen Beinen kehrte zurück. Mein Körper signalisierte mir deutlich, was er wollte.

Ich ließ von Auri ab und huschte zu meinem Koffer, wohl wissend, dass er mich dabei keine Sekunde aus den Augen ließ. Seine Blicke brannten auf meiner Haut und feuerten meine Lust zusätzlich an. Eilig kletterte ich zurück auf die Matratze und setzte mich auf seinen Schoß, um ihm das Kondom überzuziehen.

Während ich mich über ihm in Position brachte, legte er die Hände auf meine Hüfte und betrachtete meinen nackten Körper. »Hab ich dir gestern eigentlich gesagt, wie unglaublich bezaubernd und sexy du bist?«, fragte er und strich meine Taille hinauf bis zu meinen Brüsten.

»Nicht während ich nackt war.«

Ein träges Lächeln trat auf seine Lippen. »Vermutlich weil mich dein Anblick um den Verstand gebracht hat. Du bist wirklich perfekt.« Wie um seinen Worten Nachdruck zu verleihen, umfasste er meine Brüste und begann sie sanft zu kneten.

Ich seufzte. »Danke, du bist auch nicht schlecht.«

Das brachte Auri zum Lachen, doch er verstummte abrupt, als ich mich langsam auf ihn sinken ließ.

Ein erstickter Laut entfuhr mir, und ich beugte mich vor, um ihn zu küssen, während unsere Körper immer tiefer und tiefer miteinander verschmolzen. Wie konnte sich das nur so unglaublich gut anfühlen?

Ohne unseren Kuss zu unterbrechen, begann ich mich auf Auri zu bewegen. Erst langsam, dann immer schneller ließ ich mein Becken kreisen. Allerdings war ich noch so erschöpft von der letzten Nacht, dass es nicht lange dauerte, bis meine Oberschenkel zu beben begannen und es mir zunehmend schwerer fiel, den Rhythmus beizubehalten.

Als Auri es bemerkte, packte er meine Hüfte fester, um mir mit kräftigen Stößen entgegenzukommen.

Ein Schrei entfuhr mir, und ich klammerte mich an seinen Schultern fest, während die Spannung in meinem Körper immer weiter und weiter wuchs, bis es kaum mehr auszuhalten war. Doch genau in dem Moment, in dem ich das Gefühl hatte, es keine Sekunde länger ertragen zu können, erbebte ich.

Auri schlang seine Arme um mich und stöhnte meinen Namen, als er ein letztes Mal in mich stieß. Bevor auch er erzitterte.

Erschöpft, aber zufrieden rollte ich mich von ihm herunter, bis wir schwer atmend nebeneinanderlagen. »Ab jetzt will ich jeden Morgen so geweckt werden«, erklärte ich, nach Luft ringend. Dabei konnte ich das Grinsen, das über mein ganzes Gesicht reichte, nicht aufhalten.

Auri lachte atemlos. »Das lässt sich einrichten, wenn du bereit bist, mit mir zusammen um halb sechs aufzustehen.«

»Gerne, das ist es mir wert.«

Aus Auris Lachen wurde ein Schnauben, und er rollte sich auf die Seite, sodass er mich ansehen konnte. Seine Augen glänzten, und in seinem Blick lag eine tiefe Zufriedenheit. »Ich gebe dir drei Tage, bis du deine Meinung änderst.«

Vermutlich hatte er recht, aber für den Moment war es eine schöne Vorstellung, der ich mich nur allzu gerne hingab. Ich hatte in meinem Leben bisher nur mit zwei Männern geschlafen, aber ich war mir sicher, dass es nicht mehr besser werden konnte. Was gab es Schöneres, als sich ganz und vollkommen der Person hinzugeben, die man liebte?

Wir blieben noch eine Weile liegen, zu kraftlos, um das Bett zu verlassen, bis uns Auris Handywecker daran erinnerte, dass es Zeit wurde aufzustehen, um zu dem großen Frühstück mit seiner Familie aufzubrechen. Um uns nicht erneut in Versuchung zu bringen, duschten wir getrennt voneinander; auch wenn die Verlockung groß war, den Rest des Tages einfach im Hotelzimmer zu verbringen.

Mit einem Handtuch um die Hüfte gewickelt, trat Auri an das Waschbecken, an dem ich bereits stand, um mich zu schminken. Er schnappte sich eine der eingepackten Zahnbürsten, die das Hotel bereitgelegt hatte, und drückte etwas Paste aus meiner Tube darauf. Dabei beobachtete er amüsiert im Spiegel, wie ich versuchte, auf beiden Augenlidern einen gleichmäßigen Strich mit dem Eyeliner zu ziehen.

Es fühlte sich so unglaublich normal an, den Morgen auf diese Weise gemeinsam zu verbringen. Als wäre es das Natürlichste auf der Welt. Nicht zum ersten Mal versuchte ich zu ergründen, warum es uns so viel Zeit gekostet hatte, an diesen Punkt zu gelangen, wo wir doch beide so glücklich mit der Entwicklung schienen.

»Darf ich dich etwas fragen?«

Auri beugte sich über das Waschbecken und spülte seinen Mund aus. »Klar.«

»Als wir vor einem Jahr auf diesem Date-Nicht-Date waren und mit deinen Footballfreunden in der Sportsbar gelandet sind, warum hast du dich da auf diese andere Frau eingelassen?«, fragte ich und hoffte, meine Neugierde nicht gleich bereuen zu müssen. Ich hatte Auri den damaligen Abend längst verziehen, dennoch ließ mich die Erinnerung daran nicht los, weil ich einfach nicht verstand, was schiefgelaufen war. Er hatte dem Date mit mir zugestimmt – und nur ein paar Stunden später einer anderen erlaubt, auf seinem Schoß zu sitzen.

So langsam, dass es beinahe wirkte, als würde er sich in Zeitlupe bewegen, ließ Auri die Zahnbürste sinken. Als müsste er meine Frage erst auf sich wirken lassen, bevor er sie beantworten konnte. »Weil ich dachte, es wäre so einfacher für dich.«

Ich runzelte die Stirn. »Wie meinst du das?«

»Na ja.« Er stützte sich mit einer Hand auf den Waschbeckenrand und sah mich an, die Augenbrauen konzentriert zusammengezogen. »Es war ziemlich offensichtlich, dass du nicht mit mir ausgehen wolltest, und ich dachte …«

»Moment mal«, unterbrach ich ihn und wandte mich ihm zu, um ihm direkt in die Augen sehen zu können. »Wieso glaubst du, dass ich nicht mit dir ausgehen wollte?«

Ein überraschter Ausdruck huschte über sein Gesicht. »Erinnerst du dich nicht? Wir waren auf dem Weg zum Restaurant, als wir in meine Kumpels reingerannt sind. Sie haben uns gefragt, ob wir mit in die Bar wollen. Ich hab dreimal abgelehnt, weil ich mit dir in diesem netten italienischen Restaurant essen gehen wollte. Und dann plötzlich, wie aus dem Nichts heraus, hast du behauptet, dass wir ›supergerne‹ mit in die Bar kommen würden.«

»Das hab ich nur gesagt, damit die beiden Ruhe geben.«

»Woher hätte ich das wissen sollen? Ich dachte, du hast kalte Füße bekommen, weil Micah dich zu etwas überredet hat, was du eigentlich nicht wolltest. Deswegen hab ich mit der Frau geflirtet. Ich wollte dir einen leichten Ausweg bieten.«

Fassungslos starrte ich Auri an. »Das war der Grund?«

»Ja. Was dachtest du denn?« Er neigte den Kopf. Die Verwirrung in seinem Blick war nicht zu übersehen. »Dass ich dich nicht will?«

Ja.

»Was hätte ich sonst denken sollen?«

»Ich weiß nicht, aber nicht das.« Auri griff nach meiner Hand. »Ich wollte dich damals genauso wie heute.«

Ich konnte einfach nicht glauben, was ich da gerade hörte. »Das bedeutet, die ganze Sache damals war nur ein großes Missverständnis?« Es war so absurd, dass mir gleichzeitig zum Lachen und zum Weinen zumute war.

Er nickte. »Sieht so aus.«

»Wir hätten das hier schon viel früher haben können?«

»Vielleicht«, gestand Auri, der meine Enttäuschung deutlich zu spüren schien. Er trat dichter an mich heran und legte einen Finger unter mein Kinn. Sanft hob er meinen Kopf an, damit ich ihn ansehen musste. »Aber hey, jetzt sind wir ja hier. Ist das nicht alles, was zählt? Gut, wir haben vielleicht ein paar Monate zusammen verloren, aber das bedeutet nicht, dass wir das, was wir versäumt haben, nicht nachholen können. Und ich rede nicht nur von Sex.«

Unweigerlich musste ich wieder lächeln, auch wenn ich es schade fand, dass Auri und ich gemeinsame Stunden verloren hatten. Dennoch freute ich mich auf all die Dinge, die wir uns ausdenken würden, um die verlorene Zeit wiedergutzumachen.

Ich stellte mich auf die Zehenspitzen, um Auri zu küssen. »Du hast recht. Und wir können mit dem ›Nachholen‹ gerne gleich heute Abend anfangen. Aber jetzt müssen wir erst mal zum Frühstück.«

»Da seid ihr ja endlich«, begrüßte uns Anthony, der uns die Tür öffnete, und winkte uns eilig herein.

Wir folgten den Stimmen durch das Haus in den rückwärtigen Garten, wo am Vortag die Tische aufgestellt worden waren, auf denen nun ein herrliches Frühstück angerichtet war. Es duftete nach frisch gebackenem Brot und süßen Croissants. Zahlreiche Gläser, deren Inhalt nach selbst gemachter Marmelade aussah, Tee- und Kaffeekannen, Teller mit Bacon, Würstchen, geschnittenem Gemüse und Rührei standen bereit.

Anscheinend hatten Auri und ich wirklich am längsten getrödelt, denn kaum dass wir die letzten beiden freien Plätze ganz am Rand eingenommen hatten, erhob sich Trevon mit einem Glas Sekt in der Hand. Er strahlte über das ganze Gesicht und setzte zu einer Rede an, in der er allen für den gestrigen Tag und die wunderbare Zeit dankte. Anschließend sprach er noch ein kurzes Gebet, ehe er das Frühstück eröffnete und sich alle auf das Essen stürzten.

»Kaffee?« fragte ich, die Kanne noch in der Hand.

Auri lehnte ab, aber sein Cousin, der uns gegenübersaß, schob seine Tasse in meine Richtung. Er hatte nicht viel Ähnlichkeit mit Auri. Sein Kinn war breiter und seine Stirn nicht ganz so hoch, doch er besaß die gleichen braunen Augen.

Bisher hatten wir noch nicht die Gelegenheit gehabt, uns richtig miteinander zu unterhalten. Einerseits weil auf der Hochzeit so viele Leute gewesen waren, und andererseits weil Auri und er einander nicht wirklich grün waren. Sie warfen sich zwar keine bösen Blicke zu, aber ich hatte sie das ganze Wochenende über kein einziges Mal zusammen gesehen. In stummer Übereinkunft schienen sie sich mehr oder weniger aus dem Weg zu gehen.

»Du bist Cornell, nicht wahr?«, fragte ich, da es mir merkwürdig erschienen wäre, ihn einfach zu ignorieren.

Er nickte. »Genau. Meine Mom ist Jasmins Schwester.«

Ich nahm mir eine Scheibe Toast. »Studierst du auch?«

»Nah, ich bin nicht so clever wie dieser Goldjunge.« Er nickte in Auris Richtung und schob sich einen Bissen Bacon in den Mund. »Ich arbeite auf dem Bau, vorwiegend als Dachdecker. Ist nicht der glamouröseste Job, aber er ist ganz gut bezahlt. Noch ein paar Monate, und ich hab mein Auto abbezahlt.«

»Glückwunsch. Ich hab nicht mal einen Führerschein.«

»Wieso nicht?«

»Kein Interesse.«

Meine Eltern hatten oft angeboten, mir das Fahren beizubringen, aber ich hatte stets abgelehnt. Irgendwann hatte ich einen Artikel über eine Frau gelesen, die aufgrund ihrer Diabetes einen Schock am Steuer erlitten und dadurch einen tödlichen Unfall herbeigeführt hatte. Die Angst davor, dass mir etwas Ähnliches passieren könnte, saß tief, auch wenn die Chancen dafür gering waren. Täglich fuhren Tausende, wenn nicht sogar Millionen von Diabetikern sicher Auto, aber warum sein Glück herausfordern?

Cornell deutete mit seiner Gabel zwischen Auri und mir hin und her. »Wie kam es überhaupt dazu, dass ihr beide …« Er brach mitten im Satz ab, als sein Handy zu klingeln begann. Mit einem Grunzen zog er es aus der Hosentasche. Nach einem Blick auf das Display verfinsterte sich seine Miene.

Der Typ, der neben ihm saß – Niles? —, beugte sich neugierig rüber, um ebenfalls auf den Bildschirm zu schielen. »Damn, wer ist sie?«, fragte er und verzog die Lippen zu einem anzüglichen Grinsen.

Cornell drückte den Anruf weg. »Niemand.«

Niles hob die Brauen. »War sie dein Plus Eins, das du gestern nicht mitgebracht hast?«

»Yep.« Cornell nahm einen großen Bissen von seinem Croissant.

»Wieso nicht, Mann? Sie ist echt heiß.«

Er schnaubte. »Ja, aber irre. Ohne Scheiß, die Bitch hat 'nen Dachschaden.«

Was?

Mir blieb bei seinen Worten beinahe der Toast in der Kehle stecken. Unweigerlich zuckte mein Blick zu Auri. Wollte er gar nichts zu seinen Cousins sagen? Er konnte doch nicht zulassen, dass sie so über Frauen sprachen.

Niles stieß ein schrilles Gackern aus. »Haben sie das nicht alle?«

Cornell schüttelte den Kopf. »Schon, aber die ist echt nicht ganz sauber. Sie verkleidet sich gerne als Zeichentrickfigur und redet die ganze Zeit von ihren lächerlichen Kostümen.«

Mir wurde übel, und ich hatte das unbestimmte Gefühl, dass mir das, was gleich kam, noch weniger gefallen würde als die erniedrigende Beleidigung meines ganzen Geschlechts. Und Auri rührte sich noch immer nicht.

Wütend stopfte ich mir meinen Toast in den Mund. Ich wollte etwas sagen, aber schließlich war ich hier nur zu Gast und wollte nicht unfreundlich rüberkommen.

Niles runzelte die Stirn. »Was für Kostüme?«

»Ach, dieser Cosplay-Bullshit. Kennst du sicher.«

Mittlerweile hatte ich wirklich das Gefühl, mich jeden Moment übergeben zu müssen.

Cornell griff nach seinem Handy. Ich konnte von meinem Platz aus nicht sehen, was er machte, aber ich war mir sicher, dass er Niles ein Bild seiner vermeintlich verrückten Ex-Freundin zeigte, denn dieser prustete auf einmal los.

»Was soll denn das sein?«

Cornell rümpfte die Nase. »Kein Plan. Kostüme an Halloween sind sweet, aber das hier ist einfach nur gestört. Darauf hab ich echt keinen Bock.«

»Cosplayer sind nicht gestört!«, platzte es aus mir heraus. Die Worte waren einfach da. Keine Ahnung, woher sie kamen. Aber auf einmal waren sie draußen in der Welt, und ich konnte sie nicht zurücknehmen.

Die zwei Männer starrten mich an. Sie wirkten irritiert, fast so, als hätten sie vergessen, dass ich überhaupt da war.

Mein Magen verkrampfte sich, und ich bereute es, mein Stück Toast so schnell heruntergeschlungen zu haben.

Abfällig ließ Cornell seinen Blick über mich gleiten. Zuvor hatte ich in seinen Augen eine Ähnlichkeit zu Auri gesehen, doch nun war jede Gemeinsamkeit zwischen den beiden verschwunden. »Woher willst du das wissen? Bist du eine von denen?«

Mein Puls raste, und meine Kehle fühlte sich staubtrocken an. Es sah mir überhaupt nicht ähnlich, mich in so eine Situation zu manövrieren, aber ich hatte die beiden einfach nicht so weiterreden lassen können. Hilfe suchend sah ich zu Auri, aber der starrte nur auf seinen Teller, als würde er von dem Gespräch nichts mitbekommen.

Ich schluckte und wandte mich wieder an Cornell. »Ja, ich mache auch Cosplay, aber das tut überhaupt nichts zur Sache. Es ist ein Hobby und kein Geisteszustand. Und du hast kein Recht, so ekelhaft über jemanden zu reden.«

Cornell schob sich gelangweilt einen weiteren Streifen Bacon in den Mund. »Sorry, aber das ist kein Hobby, sondern krank.«

»Cornell, es reicht!«, zischte Auri. Die Hände zu Fäusten um sein Besteck geballt, bedachte er seinen Cousin mit einem vernichtenden Blick, unter dem die meisten anderen Menschen eingeknickt wären. Die meisten – aber nicht Cornell.

»Was? Ist doch nur die Wahrheit. Oder findest du es normal, wenn sich erwachsene Menschen ständig verkleiden und so tun, als wären sie jemand anderes?«

Auri presste die Lippen aufeinander – und schwieg.

Cornell legte noch einmal nach. »Machst du bei dem Scheiß etwa auch mit?«

Auris Kiefer war angespannt. Ich konnte nicht einschätzen, ob er versuchte, die Wahrheit zurückzuhalten, oder sich davon abzuhalten, eine Lüge zu erzählen.

Wut keimte in mir auf, als ich in Cornells spöttisches Gesicht blickte. »Du hast doch keine Ahnung«, fuhr ich ihn an. »Es geht nicht darum, jemand anderes zu sein. Aber das begreifst du natürlich nicht.«

Irgendetwas an meiner Wut schien Cornell zu amüsieren, sein Grinsen wurde breiter. »Nein, tu ich tatsächlich nicht, aber ich komm auch mit meinem Leben klar. Kein Plan, was du für Probleme hast, aber das lässt sich sicher untersuchen.«

»Unter… untersuchen?«, stammelte ich fassungslos. Ich hatte keine Ahnung, was ich darauf sagen sollte. Wer glaubte dieser Kerl zu sein? Und wie konnte er sich herausnehmen, so über mich zu urteilen?

Hitze schoss mir in die Wangen, und ich versuchte krampfhaft, die Blicke der anderen Familienmitglieder zu ignorieren, die uns anstarrten. Cornell schien es egal zu sein, aber ich hatte mich selten so gedemütigt gefühlt. Zumal mir niemand zu Hilfe kam.

Niemand. Alle schwiegen. Sogar Auri.

Sag etwas, flehte ich in Gedanken. Irgendetwas.

Doch er tat es nicht, und sein anhaltendes Schweigen war schmerzhafter als jedes Wort aus Cornells Mund. Ich wusste, dass ich bei Verstand war und Cornells giftige Worte einer Quelle aus Dummheit und Unwissen entsprangen. Aber ich konnte nicht glauben, dass Auri die Beleidigungen seines Cousins einfach zuließ – nach allem, was wir in der letzten Nacht und an diesem Morgen miteinander geteilt hatten. Das Schlimmste war allerdings, dass es mich noch nicht einmal wirklich überraschte. Jedes Mal, wenn sich das Thema unserer gemeinsamen Leidenschaft zuwandte, versagten ihm die Worte, und es schien ihm vollkommen unmöglich, die Wahrheit auszusprechen. Das hatte er auf dem Flohmarkt bewiesen und mir deutlich gezeigt, als seine Teamkollegen bei uns zu Hause gewesen waren. Er hatte unsere Cosplays gar nicht schnell genug verstecken können. Schon damals hatte es mich zutiefst gekränkt, aber ich war bereit gewesen, darüber hinwegzusehen und ihm zu verzeihen. Jeremy und die anderen Typen aus dem Team würde er nach dem College vermutlich ohnehin nicht mehr sehen, aber das hier war seine Familie.

Seine. Familie.

Seine Mutter.

Sein Bruder.

Sein Stiefvater.

Wie konnte er zulassen, dass Cornell vor ihnen so über mich redete? Ich war nicht mehr nur seine verdammte Mitbewohnerin, ich war seine Freundin. Wir führten eine Beziehung, aus der vielleicht sogar mehr werden konnte. Aber wie sollte das möglich sein, wenn er seinem Cousin ohne jedes Widerwort erlaubte, auf diese Weise mit mir zu sprechen? Das einzige *Problem* – wie Cornell es bezeichnete – in meinem Leben war gerade mein angeblicher »Freund«, der es offenbar nicht für nötig hielt, seine Verwandtschaft darüber aufzuklären, dass ich keineswegs eine *Untersuchung* nötig hatte, weil ich Cosplays mochte.

Mit aufeinandergepressten Lippen starrte ich Auri an und wartete darauf, dass er das Ruder herumriss. Dass er seinen Mund doch noch aufbekam und etwas sagte. Irgendwas.

Sein Schweigen blieb ungebrochen.

Mit einem Klirren ließ ich mein Besteck auf den Teller fallen und stand ohne ein weiteres Wort auf. Meine Hände zitterten, und mein ganzer Körper bebte mit. Ich lief ins Haus, ohne zu wissen, wohin ich wollte, aber ich hatte nicht länger dort sitzen bleiben können. Mein Herz raste, und die Übelkeit war nun so stark, dass ich das Gefühl hatte, mich jeden Augenblick übergeben zu müssen.

Ich steuerte das Badezimmer an und ließ die Tür hinter mir ins Schloss fallen. Gegen die Wand gelehnt, atmete ich tief ein und wieder aus, um mich zu beruhigen. Ich hatte keine Ahnung, wie die Situation so schnell hatte eskalieren können.

Nein, das stimmte nicht. Ich wusste es ganz genau. Immerhin war es nicht das erste Mal, dass die eine Sache, die Auri und mich verband, uns gleichermaßen trennte, nur weil er Angst hatte. Vor was auch immer.

»Cassie?«, drang eine verunsicherte Stimme durch die Tür.

Fuck.

»Was?« Ich klang gereizt, angriffslustig.

Auri rüttelte am Türknopf. »Lässt du mich rein?«

Ich antwortete nicht.

»Cassie, bitte.«

Ich wollte ihn nicht sehen. Dafür war ich viel zu verwirrt angesichts des Zorns und der Angst, die ich zu gleichen Teilen empfand. Ich war unglaublich wütend auf Auri, und gleichzeitig fürchtete ich mich so sehr davor, ihn zu verlieren, dass es schmerzte. Doch ich konnte das, was gerade geschehen war, nicht einfach ignorieren. Es würde wieder passieren, dessen war ich mir sicher. Wie konnte Auri zu mir stehen, wenn er nicht einmal zu sich selbst stand?

»Cas, komm schon. Wir müssen reden.«

Jetzt wollte er reden? Hätte er seinen Mund vor zehn Minuten aufgemacht, hätten mir in diesem Moment nicht die Tränen in den Augen gebrannt.

Ich wirbelte herum und entriegelte die Tür, bevor ich sie mit viel zu viel Kraft aufriss. »Worüber willst du reden? Darüber, dass dein Cousin ein Arschloch ist? Darüber, dass du ein Feigling bist? Oder darüber, dass ich für mein Hobby in psychiatrische Behandlung gehöre?« Die Worte hinterließen einen bitteren Geschmack in meinem Mund.

Mit aufgerissenen Augen starrte Auri mich an. Zwei, drei, vier Herzschläge lang brachte er kein Wort hervor, als hätte es ihm erneut die Sprache verschlagen. Dann schüttelte er den Kopf. »Ich bin hier, um mich zu entschuldigen.« Er legte eine Hand an die Tür, als befürchtete er, ich könnte sie ihm jeden Augenblick wieder vor der Nase zuknallen. »Es tut mir leid, was Cornell zu dir gesagt hat.«

Ich trat einen Schritt zurück. »Ernsthaft? Das ist es, was dir leidtut? Wenn das so ist, kennst du mich überhaupt nicht.« Eisige Kälte erfasste meinen Körper und verdrängte jede Erinnerung an die Wärme, die ich noch vor wenigen Stunden verspürt hatte. »Du hättest etwas zu Cornell sagen müssen.«

»Mir … mir ist nichts eingefallen«, erwiderte Auri. Die Lüge hinter seinen Worten war offensichtlich.

»Wirklich?«, fauchte ich. »Dir ist nichts eingefallen? Gar nichts? Nur so als Vorschlag: Du hättest sagen können, dass ich keine Probleme habe. Dass man Frauen nicht als ›Bitch‹ bezeichnet und dass Cosplayer sehr wohl ›normal‹ sind. Oh, und du hättest erwähnen können, dass du einer von uns bist. Aber stattdessen hast du mich ins offene Messer laufen lassen. Warum? Weil du Angst hast? Wovor? Dass so großartige Menschen wie Cornell den Respekt vor dir verlieren?«, brüllte ich, um ihm begreiflich zu machen, was sein Schweigen mit dem Vertrauen gemacht hatte, das ich in ihn – in uns – gehabt hatte.

Auri öffnete den Mund, schloss ihn jedoch wieder, bevor er erneut ansetzte. »Ich weiß auch nicht. Ich … ich wollte dir nicht wehtun.«

»Es spielt keine Rolle, was du *wolltest*«, sagte ich leise. Meine Wut war aufgebraucht. »Wichtig ist, was du getan hast. Dies war nicht das erste und auch nicht das zweite Mal, das du mich hängen lassen hast. Vor deinen Teamkameraden hast du dich schon so oft genauso verhalten.«

Auris Hand zuckte, als wollte er nach mir greifen, aber er tat uns beiden den Gefallen, es nicht zu versuchen. »Wie kann ich es wiedergutmachen?«

Zitternd holte ich Luft. »Ich weiß nicht, ob du das überhaupt kannst«, antwortete ich ehrlich, auch wenn es mir das Herz zerriss.

Es ging nicht ums Cosplay. Oder um Cornell. Sondern darum, dass ich von meinem Partner bedingungslosen Rückhalt brauchte. Rückhalt, den mir Auri offensichtlich nicht geben konnte. Ich respektierte seine Entscheidung, seinen Teamkameraden nichts über unser Hobby zu erzählen, aber hier ging es um mehr. Und ich konnte nicht nur auf Auri Rücksicht nehmen, ich musste auch auf mich selbst aufpassen.

»Was hat das zu bedeuten?«, fragte er, hörbar verunsichert.

Ich presste die Lippen aufeinander, um die Tränen zurückzuhalten. »Dass das hier ein Fehler war.«

»Cassie …«

Der Klang meines Namens aus seinem Mund ließ den Kloß in meinem Hals größer werden. »Nicht«, bat ich ihn, meine Stimme kaum lauter als ein Hauchen. »Ich … ich sollte jetzt gehen.« Eilig schob ich mich an Auri vorbei, bevor mich meine Entschlossenheit verlassen konnte. Ich brauchte jetzt Abstand, um in Ruhe über alles nachzudenken.

»Soll ich dich zurück ins Hotel bringen?«

Natürlich bot mir Auri selbst nach einem Streit noch an, mich durch die Gegend zu fahren.

Ich schluckte. »Bleib bei deiner Familie, ich nehme ein Taxi. Richte Jasmin und Trevon aus, dass ich mich sehr über die Einladung gefreut habe.«

Auri nickte, ohne noch etwas zu sagen. Schweigend beobachtete er, wie ich meine Tasche von der Garderobe nahm und das Haus verließ.

Ich drehte mich nicht noch einmal um, denn ich wollte nicht, dass er die heißen Tränen sah, die mir über das Gesicht liefen.

Hastig ging ich bis zur Straße.

Natürlich war weit und breit kein Taxi zu sehen. Es war Sonntagvormittag in einem Wohnviertel. Um nicht vor dem Haus herumstehen zu müssen, bis sich auf magische Weise eine Mitfahrgelegenheit auftat, setzte ich mich in Bewegung. Einige Minuten lief ich ziellos umher, den Kopf voll und leer zugleich, bis ich wieder klar genug war, um mein Handy hervorzuholen. Mit Hilfe von Google Maps fand ich irgendwie den Weg zum Hotel zurück.

»Guten Morgen«, begrüßte mich der Rezeptionist mit unerträglich heiterer Stimme. »Was kann ich für Sie tun?«

»Könnten Sie bitte nachsehen, wann der nächste Flug nach Mayfield geht?«

32. Kapitel

»Cassie?« Verdutzt sah Lucien mich an. Es war mitten in der Nacht, aber seinem hellwachen Gesichtsausdruck und seiner Kleidung nach zu urteilen, hatte er noch kein Auge zugetan. »Was machst du hier?«, fragte er verwundert.

Ich räusperte mich, da ich meiner Stimme seit dem Streit mit Auri nicht über den Weg traute – dafür hatte ich zu viele Tränen vergossen. »Kann … Kann ich eine Weile bei euch bleiben?«, fragte ich stockend und ballte meine Hand noch fester um den Griff meines Koffers. Ich hatte nur das Nötigste eingepackt, um für ein paar Tage über die Runden zu kommen. Ich war noch vollkommen durch den Wind, aber eines wusste ich sicher, ich konnte unmöglich zu Hause sein, wenn Auri in unsere Wohnung zurückkam.

Es war nicht unser erster Streit gewesen, aber für gewöhnlich waren Ärger und Zorn die vorherrschenden Gefühle nach unseren Auseinandersetzungen. Dieses Mal allerdings verspürte ich nichts als tiefe Traurigkeit, die mich in die Knie zu zwingen drohte.

Lucien griff nach meinem Koffer, um ihn mir abzunehmen. Er zuckte kurz zurück, als er fühlte, wie kalt meine Finger waren. »Natürlich. Komm rein.«

Ich folgte ihm ins Haus. Es war ruhig und dunkel, nur aus dem Keller drang Licht.

»Amicia schläft«, sagte Lucien mit ruhiger Stimme. Micah wäre vermutlich durchgedreht, hätte sie mich in dieser Verfassung gesehen, aber nicht Lucien. Er war durch nichts aus der Ruhe zu bringen. Ein wahrer Fels in der Brandung. »Wenn du willst, kannst du mein Zimmer haben.«

Ich schüttelte den Kopf und würgte die Tränen hinunter, die erneut in mir aufstiegen. »Mach dir keine Umstände. Ich kann die Couch nehmen.«

»Red keinen Unsinn. Du bekommst ein richtiges Bett«, erklärte Lucien in einem Tonfall, der keinen Widerspruch duldete.

Ich fragte mich, ob er nur nett sein wollte oder ob er mich bemitleidete, weil ich genauso armselig und erschöpft aussah, wie ich mich fühlte. Es kam mir so vor, als hätte ich seit Tagen nicht geschlafen. Ich war erschöpft. Und jedes Wort aus meinem Mund kostete mich mehr Kraft, als ich glaubte, aufbringen zu können. Noch nie in meinem Leben hatte ich mich so gefühlt. Niedergeschmettert. Die Trennung von Eugene war alles andere als schön gewesen, aber nichts im Vergleich zu dem, was ich gerade wegen Auri durchzustehen hatte.

»Du kannst dich in die Küche setzen, ich komm gleich nach.«

Ich nickte und streifte mir die Schuhe von den Füßen, ehe ich in die Küche tapste. Sie war altmodisch eingerichtet und passte so überhaupt nicht zu Lucien oder Amicia. Ihre Mutter hatte sie vor über zwanzig Jahren gekauft, als sie gemeinsam mit ihrem damals frischgebackenen Mann hier eingezogen war.

Ich hockte mich an den runden Tisch in der Mitte, der wackelte, seit ich Lucien kannte. Reglos saß ich da, bemüht, meinen Kopf leer zu halten und nicht an Auri zu denken. Aufmerksam lauschte ich auf die Geräusche, die Lucien verursachte, während er vermutlich gerade eilig sein Bett frisch bezog und sein Zimmer aufräumte. Das lenkte mich zumindest für eine kurze Zeit ab. Wenig später hörte ich seine polternden Schritte, als er die Treppe ins Erdgeschoss hinunterkam.

»Du hättest dir ruhig etwas zu trinken nehmen können«, sagte Lucien und musterte mich besorgt. Ich konnte nur erahnen, was für ein armseliges Bild ich abgab. »Möchtest du eine heiße Schokolade?«

Ich nickte.

Er holte zwei Tassen aus dem Schrank und stellte sie mit Wasser befüllt in die Mikrowelle. Dann lehnte er sich gegen den Tresen und sah mich an. »So, willst du mir jetzt erzählen, was los ist?«

»Nicht wirklich.« Was sollte es bringen, darüber zu reden? Ich wusste, was Auri getan hatte, und ich wusste, wie ich dazu stand. Ich brauchte weder eine Bestätigung noch jemanden, der versuchte, mir die Sache schönzureden. Auri hatte Mist gebaut, und daran war nicht zu rütteln.

»Okay«, sagte Lucien ohne jedes Drängen.

Die Mikrowolle gab ein Piepen von sich. Lucien nahm die Tassen heraus, holte zwei Beutel aus einer Schublade und begann, den Inhalt in das heiße Wasser einzurühren. Nachdem sich die Schokolade aufgelöst hatte, stellte er mir eine der Tassen vor die Nase. »Bitte schön, die besonders eklige ohne Zucker.«

Ich legte meine Hände um den warmen Becher in der Hoffnung, es würde helfen, das anhaltende Zittern meiner Finger zu lindern. »Danke.«

Lucien zog einen Stuhl zurück und setzte sich rittlings darauf. Die Arme auf der Lehne abgestützt, nippte er an seiner Schokolade und musterte mich aufmerksam über den Rand der Tasse hinweg. »Also, was ist der Plan? Willst du schlafen? Mein Zimmer ist jetzt ziemlich aufgeräumt. Und es riecht fast nicht nach alten Socken.«

Ich schüttelte den Kopf. Zwar war ich todmüde, aber ich wollte trotzdem nicht schlafen. Ich fürchtete mich vor meinen Träumen und noch mehr vor meinen Gedanken, wenn ich alleine in einem kalten Bett lag, das nicht von Auri gewärmt wurde.

»Hast du Lust, einen Film zu schauen?«

»Gerne, aber bitte nicht schon wieder *Herr der Ringe*.«

Ganz bestimmt nicht, daran hingen viel zu viele Erinnerungen, die ich mit Auri verband.

»Such du einen aus.«

Lucien hob eine Braue. »Wirklich?«

»Ja, mir egal.«

Sein Blick verriet Misstrauen, aber er sagte nichts weiter, sondern stand auf und ging mit seiner Tasse ins Wohnzimmer rüber.

Ich folgte ihm und setzte mich auf die Couch.

Lucien zog eine Decke vom Sessel und warf sie in meine Richtung, bevor er den Fernseher anschaltete und seine Watchlist durchging. Schließlich entschied er sich für einen Film mit dem schmeichelhaften Titel *I Spit on Your Grave*.

Normalerweise endeten diese Art Filme immer damit, dass ich mich hinter einem Kissen versteckte, aber dieses Mal nicht. Nicht weil ich plötzlich kalt und abgebrüht war oder der Film nicht grausam genug. Ich sah schlichtweg nicht, was sich auf dem Bildschirm abspielte. Immer wieder verschleierten mir Tränen den Blick, und wenn ich doch einmal klare Sicht hatte, starrte ich ins Nichts und wiederholte in Gedanken das Gespräch mit Auri. Wieder und wieder und wieder …

Und was hat das zu bedeuten?

Seine Frage ging mir nicht mehr aus dem Kopf. Ja, was hatte das alles zu bedeuten? Für mich. Für uns. Für unsere Wohnsituation. Auri war so fest in meinem Leben verankert, dass ich es mir ohne ihn nicht mehr vorstellen konnte. Und zugleich konnte ich es mir gerade nicht mehr mit ihm vorstellen – obwohl genau das so lange mein sehnlichster Wunsch gewesen war. Ich konnte mein Herz, meine Seele und mein Bett nicht mit einer Person teilen, der es anscheinend so leichtfiel, mich zu leugnen und im Stich zu lassen. Denn selbst wenn ich ihm dieses eine Mal noch verzieh, gab es keine Garantie dafür, dass es nicht wieder passierte. Besser, ich ließ zu, dass Auris Abwesenheit jetzt ein irreparables Loch in mein Leben riss, als dass ich an ihm festhielt und mich womöglich mit der Zeit vollkommen von ihm zerstören ließ.

Eine mit Blut und Dreck verschmierte Frau rannte über den Bildschirm. Ich hatte keine Ahnung, was passiert war, wie sie dort hingekommen war oder wie lange der Film bereits lief, denn in meinem Kopf stand die Zeit still.

Bis plötzlich Luciens Handy klingelte.

Er drückte auf die Pausetaste und stand von der Couch auf, um es zu holen. Dabei entging mir nicht, wie sein Blick für den Bruchteil einer Sekunde zu mir zuckte, als wäre er sich unsicher, ob er mich alleine lassen konnte.

Er zögerte zu lange, und das Läuten verstummte.

Doch gerade als er sich wieder setzen wollte, fing das Telefon erneut an zu klingen. Ein Laut, der in meinem Kopf zu einem schrillen Kreischen anschwoll.

Lucien sprang auf, und kurz darauf kehrte Stille ein. »Ja?«

Ich wollte nicht lauschen, aber es war schwer, nicht hinzuhören.

Schritte näherten sich, und einen Moment später tauchte Lucien wieder im Türrahmen auf. Er wirkte angespannt. Zwischen seinen Augenbrauen stand eine tiefe Falte.

»Ja, sie ist hier«, antwortete er auf eine Frage, die ich nicht hatte hören können. Doch es war nicht schwer zu erraten, wer sie gestellt hatte.

Ein stechender Schmerz bohrte sich in meine Brust.

»Nein, du kannst nicht mit ihr reden«, sagte Lucien, den Blick fest auf mich gerichtet. Etwas Finsteres lag in seinen Augen, als würde er sich gerade vorstellen, wie es wäre, Auri wehzutun. »Ich muss sie nicht fragen. Ich weiß, dass sie nicht mit dir reden will.«

Ich krallte meine Finger in die Decke, um gegen den Drang anzukämpfen, Lucien das Handy zu entreißen. Ich wollte nicht mit Auri sprechen. Und zugleich wünschte ich es mir mehr als alles andere. Ich wollte seine Stimme hören. Seine Entschuldigung. In der Hoffnung, dass er möglicherweise die richtigen Worte fand, um alles wiedergutzumachen.

»Es wird einen Grund haben, wieso ihr Handy ausgeschaltet ist«, sagte Lucien mit gefährlich ruhiger Stimme. »Okay. Tschau.« Er beendete das Gespräch.

Ich starrte ihn an.

Er starrte mich an.

»Das war Auri.«

»Ich weiß«, krächzte ich. Mir war schlecht und eiskalt, als hätte ich auf einmal die Grippe. »Was wollte er?«

»Wissen, ob es dir gut geht. Dein Handy ist aus.« Lucien ließ sich wieder neben mich auf die Couch fallen. Dieses Mal so nahe, dass sich unsere Knie berührten.

»Der Akku ist leer.« Mein Telefon war kurz nach der Landung ausgegangen, und ich hatte es nicht wieder aufgeladen. Aus gutem Grund.

Lucien schielte zu mir. »Und du willst wirklich nicht über das reden, was passiert ist?«

Ich schüttelte den Kopf.

»Sicher?«

Ich nickte und schnappte mir die Fernbedienung, um den Film wieder zu starten. Mir war so gar nicht nach einer Unterhaltung zumute.

Erneut hallten die gequälten Schreie der Opfer durch den Raum. Am liebsten hätte ich mit ihnen gebrüllt.

33. Kapitel

Die darauffolgenden Tage und Nächte verschwammen miteinander. Ich blieb in Luciens Bett liegen und schleppte mich nur die Treppe herunter, wenn Amicia und er mir keine andere Wahl ließen. Ich war kraftlos und ohne Motivation und fühlte mich krank, ohne krank zu sein. Meine letzte Schicht im Crooked Ink sagte ich ab. Wenn bald das neue Semester begann, würde Julian seinen Job ohnehin wieder übernehmen.

Ich schaute jede Menge Serien, ohne mir den Inhalt zu merken, und schlief kaum. Meine Erinnerungen an die kurze, aber intensive Zeit mit Auri waren zu Träumen geworden. Träume, die bei Nacht wunderbar erschienen, sich bei Tag aber als Albträume entpuppten.

Es dauerte nicht lange, bis Micah bei Lucien auftauchte. Auri hatte ihr nicht erzählt, was zwischen uns vorgefallen war, aber sie hatte Augen im Kopf und natürlich mitbekommen, dass ich vorübergehend aus unserer gemeinsamen Wohnung ausgezogen war.

Anders als Lucien zeigte sie weit weniger Geduld mit mir, und schließlich erzählte ich ihr, was zwischen Auri und mir vorgefallen war. Sie war schockiert und versprach mir, ihm eine Ohrfeige zu verpassen, wenn sie ihn das nächste Mal sah.

Drei Stunden später bekam ich eine Nachricht von Auri, dass Micah ihn geohrfeigt hatte. Ich ließ sie unbeantwortet, wie jede Nachricht, die er mir schrieb. Sie alle hatten denselben bedeutungslosen Inhalt. Leere Worte, von denen ich mich in der Vergangenheit zu oft hatte einlullen lassen.

Auri: *Es tut mir leid.*
Auri: *Ich vermisse dich.*
Auri: *Bitte rede mit mir.*
Auri: *Ich habe alles kaputt gemacht.*
Auri: *Verzeih mir.*
Auri: *Geht es dir gut?*
Auri: *Cassie, bitte.*
Auri: *Es tut mir leid.*
Auri: *Es tut mir leid.*
Auri: *Es tut mir leid.*

Ich blockierte seine Nummer.

»Cassie? Essen ist fertig«, rief Lucien und schob den Kopf in sein Zimmer, in dem ich inzwischen seit einer Woche schlief.

Eine Woche ohne Auri. Das war die längste Zeit, die ich ohne ihn verbracht hatte, seit ich ihn kannte. Jeden Tag redete ich mir ein, dass der nächste besser werden würde, aber das stimmte nicht. Es schien nur schlimmer und schlimmer zu werden.

»Ich habe keinen Hunger«, antwortete ich, ohne aufzublicken. Ich lag auf dem Bett und schaute mir auf dem Handy ein Video von Laurence an, das Micah mir geschickt hatte. Er jagte darauf seinem eigenen Schwanz nach. Zumindest das brachte mich zum Schmunzeln.

Lucien drückte die Tür weiter auf. »Du hast den ganzen Tag kaum was gegessen.« Sorge schwang in seinen Worten mit. »Ich verstehe, dass es dir nicht gut geht, aber kein Kerl der Welt ist es wert, dass du dich für ihn kaputt machst.«

»Bringst du mir was rauf?«

Lucien verschränkte die Arme vor der Brust. Das schwarze Haar fiel ihm störrisch in die Stirn. »Nein.«

»Bitte?«

»Nein. Du kommst mit runter.«

Ich wusste nicht, ob Lucien diesen strengen, väterlichen Tonfall schon immer draufgehabt hatte oder ob er ihn im Umgang mit Amicia erst hatte lernen müssen. So oder so zeigte er seine Wirkung. Ich rollte mich herum und quälte mich aus dem Bett. Nicht weil ich gehorchen wollte, sondern weil ich es Lucien schuldig war. Er war mir in den letzten Tagen ein guter Freund gewesen und machte sich ganz offensichtlich Sorgen um mich.

»Geht doch«, sagte Lucien, als ich an ihm vorbei die Treppe nach unten lief.

Amicia saß bereits am Tisch.

Es gab nichts Ausgefallenes, Kartoffeln mit Erbsen und Hühnerbrust. Doch Lucien gab sich Mühe. Er kochte jeden Tag für sich und seine Schwester, um ihr zumindest einen Hauch familiäre Normalität zu bieten. Ich hatte schon zuvor gewusst, dass er sich gut um Amicia kümmerte, aber erst jetzt, da ich bei ihm wohnte, wurde mir das Ausmaß seiner Bemühungen richtig bewusst.

Ich nahm mir eine kleine Portion von allem, da mein Magen und mein Blutzucker die letzten Tage ziemlich verrücktgespielt hatten.

»Darf ich mir ein Tattoo stechen lassen?«, fragte Amicia aus heiterem Himmel, nachdem sie sich eine große Ladung Erbsen auf den Teller gehäuft hatte.

Lucien runzelte die Stirn. »Du willst ein Tattoo?«

»Ja, ein Zitat auf meinen Unterarm.« Amicia deutete auf die Stelle, die sie sich stechen lassen wollte.

»Nein«, sagte Lucien und schob sich einen Bissen Hühnerbrust in den Mund.

»Was?«, kreischte Amicia empört, als hätte sie niemals damit gerechnet, dass ihr Bruder, der von Kopf bis Fuß tätowiert war, ihren Wunsch ablehnen könnte. »Wieso nicht?«

»Du bist erst fünfzehn.«

Sie schnappte empört nach Luft. »Du hast dir dein erstes Tattoo auch mit fünfzehn machen lassen.«

»Und es war ein Fehler.«

Schmollend verzog Amicia die Lippen: »Das ist unfair.«

Lucien zuckte mit den Schultern. »Das Leben ist unfair.«

»*Du* bist unfair. Stimmt's, Cassie?«

Ich hob abwehrend die Hände. Gewiss würde ich mich nicht in diesen Streit hineinziehen lassen. Ich hatte genug eigene Probleme, auch ohne Lucien Erziehungstipps zu geben.

Lucien schnaubte nur. »Damit komm ich klar.«

»Ich will aber ein Tattoo!«

»Und ich will eine Schwester, die mir nicht auf die Nerven geht«, erwiderte er mit gelangweiltem Blick. »Siehst du, wir alle wollen Dinge, dir wir nicht bekommen können. Und jetzt iss, bevor es kalt wird.«

»Ach Mann …« Enttäuscht ließ sich Amicia auf ihrem Stuhl zurückfallen und begann mit ihrer Gabel übertrieben theatralisch eine Kartoffel zu zerdrücken.

Lucien verdrehte die Augen, als wäre es nicht das erste Gespräch dieser Art, das er mit Amicia führte. Vermutlich war er es gewohnt, der Buhmann in ihrem Leben zu sein.

Da keiner der beiden mehr etwas zu dem Thema sagte, aßen wir schweigend, bis es plötzlich an die Tür klopfte.

Lucien hob den Kopf. »Wehe, das ist Brooklyn. Ich habe dir gesagt: unter der Woche keine Besuche mehr nach acht.«

»Das ist nicht Brooklyn, sie ist bei ihren Großeltern.«

Mit misstrauischer Miene, als würde er ihr nicht unbedingt glauben, stand Lucien auf, um die Tür zu öffnen.

Ich pikte eine einzelne Erbse auf meine Gabel und schob sie mir in den Mund.

»Was willst du hier?«, hörte ich Lucien fragen.

»Das weißt du ganz genau«, antwortete eine Stimme, die mir so vertraut war wie meine eigene.

Ich versteifte mich. Dabei hätte es mich eigentlich nicht überraschen dürfen, dass Auri hier auftauchte, nachdem ich all seine Nachrichten und Anrufe ignoriert hatte.

»Ist Cassie da?«

»Nein.«

Ich spähte über die Schulter Richtung Tür. Da Lucien sie nur einen Spaltbreit geöffnet hatte, versperrte sie mir den Blick auf Auri. Aber ich konnte sehen, wie Lucien seine Arme verschränkte und die Muskeln anspannte, als wäre das hier ein Nachtclub und Auri der ungebetene Gast, der keinen Zutritt bekommen sollte.

»Lüg mich nicht an.« Auris Stimme klang kratzig und irgendwie verloren. Ich erkannte mich selbst in ihrem Klang wieder.

Mein Herz krampfte sich zusammen, und in meinen Beinen zuckte es. Ich wollte aufstehen und zu ihm gehen.

»Okay, sie ist da«, gab Lucien zurück.

Auri zögerte. »Kann ich mit ihr reden?«

»Das hab nicht ich zu entscheiden.«

»Lucien, bitte …«, drängte Auri, nun deutlich verzweifelt.

Ich kämpfte gegen die Tränen und die Erinnerungen an, die mich einmal mehr heimsuchten und erneut zu verletzen drohten.

Lucien spannte den Kiefer an. »Ich frag sie.«

»Mehr verlang ich nicht.«

Kaum hatte Auri die Worte ausgesprochen, knallte ihm Lucien die Tür vor der Nase zu. Er atmete schwer aus und wandte sich an mich. Seine Gesichtszüge wurden weicher. »Es ist Auri. Er will mit dir sprechen.«

»Ich weiß.«

»Soll ich ihn wegschicken?«

Ich war dankbar, dass Lucien die Frage auf diese Weise formuliert hatte, denn ich wusste nicht, ob ich dazu in der Lage gewesen wäre, mehr als ein Nicken zustande zu bringen. Es fiel mir dennoch schwer, aber es war das Beste. Ich brauchte noch Zeit.

Zeit, um zu heilen.

Zeit, um nachzudenken.

Zeit, um vielleicht zu vergessen.

Lucien lächelte mitfühlend, bevor er die Tür wieder öffnete und sich sein Blick erneut verdüsterte. »Sie will dich nicht sehen.«

Auri erwiderte nichts. Es war, als hätte ihm der Satz die Worte aus dem Mund geraubt.

Als das Schweigen andauerte, wuchs in mir die Furcht, dass Auri einfach auf dem Absatz kehrtgemacht hatte, ohne noch etwas zu sagen, und diese Vorstellung war aus irgendeinem Grund schrecklicher als alles andere.

»Cassie!«

Sofort legte Lucien die Hand in den Türrahmen, als befürchtete er, Auri könnte sich an ihm vorbeidrängen wollen.

Doch er versuchte nichts dergleichen. »Es tut mir leid!«, fuhr er fort. Seine Worte richteten sich dieses Mal nicht an Lucien, sondern geradewegs an mich. »Ich weiß, ich hab Scheiße gebaut. Aber ich will es wiedergutmachen. Bitte! Ich vermisse dich. Komm zurück.«

Meine Lippen teilten sich, doch kein Ton verließ meinen

Mund. Ich wusste einfach nicht, was ich sagen sollte. In meinem Kopf herrschte Leere. Der Wunsch, Auri fernzubleiben, war ebenso groß wie der, ihm wieder nahe zu sein. Ich war zerrissen zwischen den beiden Empfindungen. Es gab kein Richtig und kein Falsch. Es gab nur meine Entscheidung …

Luciens Blick zuckte von Auri zu mir und wieder zu Auri, dann schüttelte er den Kopf. »Auf Wiedersehen, Maurice.« Er schloss die Tür und verriegelte sie.

Zitternd legte ich die Gabel beiseite, an der ich mich die letzte Minute lang festgeklammert hatte wie an einem Rettungsring. Ich schob meinen Stuhl zurück und stand mit weichen Knien langsam auf, um zum Fenster zu gehen. Ich wusste nicht, warum ich es tat. Es war ein Zwang, dem ich mich nicht entziehen konnte. Ich musste ihn einfach sehen.

Vorsichtig schob ich den Vorhang zurück.

Auri lief die Auffahrt zurück zu seinem Wagen, der am Straßenrand parkte. Seine Schultern hingen schlaff hinab, und sein Gang wirkte kraftlos. Sein Wagen blinkte, als er die Türen entriegelte, und kurz bevor er einstieg, erhaschte ich einen flüchtigen Blick auf sein Gesicht. Schmerzverzerrt und gebrochen. Er sah müde aus, schrecklich müde.

Es brach mir das Herz.

34. Kapitel

Am nächsten Tag fuhr ich nach Hause zu meinen Eltern. Ich brauchte Abstand von meinem Leben in Mayfield.

In meiner alten Heimat gab es nichts, das mich an Auri erinnerte, doch das änderte nicht viel. Ich dachte ständig an ihn, und meine Eltern bemerkten schnell, dass etwas nicht stimmte. Ich erzählte ihnen, dass es einen Streit mit Micah gegeben hatte. Die Lüge kam mir nicht leicht über die Lippen, aber ich wollte nicht noch einmal die schmerzlichen Erinnerungen aus Kalifornien durchleben müssen.

Meine Mom bekochte mich, um meinen Kummer zu vertreiben, und nachdem ich zwei Tage auf der Couch verbracht hatte, gelang es meinem Dad, mich zur Gartenarbeit zu animieren. Ich packte nicht wirklich mit an, da ich einen schwarzen Daumen besaß. Aber ich leistete ihm Gesellschaft, während er in den Beeten herumhackte, und hin und wieder konnte ich ihm eine Schaufel oder einen Eimer reichen. Wir redeten über alles und nichts. Er erzählte mir von der Arbeit und seiner Kollegin Doris, die Streit mit ihrem Mann hatte. Aus seinen früheren Geschichten wusste ich allerdings, dass es keine Kollegin namens Doris gab. Er hatte meine Lüge durchschaut und versuchte mir auf seine verschrobene Art und Weise einen Rat in Sachen Liebeskummer zu geben.

Ich hatte Dad und Mom wirklich vermisst, und es fiel mir schwer, Abschied zu nehmen, als ich wieder zurück nach Mayfield musste, um ins neue Semester zu starten. Lucien ließ mich weiterhin bei sich wohnen, da ich es selbst nach der Auszeit noch nicht über mich brachte, zurück in meine alte Wohnung zu gehen, um mit Auri dort alleine zu sein.

Den ersten Tag auf dem Campus bekam ich Auri nicht zu Gesicht, obwohl mein Blick wie von selbst ständig nach ihm zu suchen schien. Ich machte einen großen Bogen um die IT-Fakultät und den Sportplatz. Und meine Mittagspausen verbrachte ich versteckt an einem Ort, den mir Micah gezeigt hatte und der sich die Oase nannte. Ein Garten, verborgen auf dem Dach des Architekturgebäudes.

Doch mein Glück währte nicht ewig. Das erste Mal sah ich Auri auf dem Parkplatz. Er stand dort mit Jeremy und einigen anderen Jungs aus dem Team. Das zweite Mal entdeckte ich ihn vor der Mensa, und das dritte Mal stand er im Gang einer Fakultät und unterhielt sich mit seinem Professor. Von da an schienen wir uns ständig ungewollt über den Weg zu laufen, und jedes Mal zog es mir aufs Neue den Magen zusammen. Zwar war meine Wut auf Auri allmählich abgeklungen, aber meine Zweifel waren geblieben.

Ich liebte ihn, und vermutlich führten wir in Tausenden Paralleluniversen eine glückliche Beziehung, aber in dieser Welt – in *meiner* Welt – war mein Vertrauen in Auri noch immer zerrüttet. Und ich wusste einfach nicht, wie es mit uns weitergehen sollte.

»Aliza kommt heute nicht mit«, sagte Micah, die mit unglücklicher Miene und tropfendem Haar vor mir stand.

Ich trat einen Schritt vor, damit sie mit unter meinen Schirm schlüpfen konnte. Es goss seit dem Morgen in Strömen, und der dicken Wolkendecke nach zu urteilen, würde es auch nicht so bald wieder aufhören.

»Wieso nicht?«

»Sie hat einen Telefontermin mit ihrem Agenten. Wir sind heute also mal wieder nur zu zweit.«

Wir verließen den Campus und liefen in Richtung Wild Olive – ein vegetarisches Restaurant, das Micah und Aliza während ihres ersten Semesters entdeckt hatten und in dem sie seither regelmäßig ihre Pausen verbrachten.

»Schade. Ich hab sie wahnsinnig lange nicht mehr gesehen.«

Micah zuckte mit den Schultern, aber ich kaufte ihr das Desinteresse nicht ab.

»Konntest du inzwischen noch einmal mit ihr über ihren Workload reden?«, fragte ich und drängte mich enger an Micah, da mein linker Ärmel bereits vom Regen durchnässt war.

Sie schüttelte den Kopf. »Sie hat ja nie länger als fünf Minuten Zeit.«

»Das wird sich wieder ändern«, versicherte ich ihr, weil ich nicht wusste, was ich sonst sagen sollte. Ich kannte Aliza nicht so gut wie sie, aber irgendwann musste auch bei ihre eine Wende kommen. Es konnte schließlich nicht ewig gleich weitergehen.

Um Micah abzulenken, fragte ich sie nach ihren neuen Kursen, nun da sie offiziell Kunst studierte.

Sie war von jedem einzelnen restlos begeistert und sprach mit einer Hingabe über das Studium, wie sie es zu Jura-Zeiten nie getan hatte.

Wir erreichten das Wild Olive. Ich schüttelte meinen Schirm aus und stellte ihn in den Ständer im Eingang, ehe wir uns an unseren Stammplatz an dem Fenster setzten, das nicht ganz dicht war. Kühler Wind pfiff durch die Ritzen. Der Herbst war im Anmarsch, und es würde nicht mehr lange dauern, bis sich die ersten Blätter bunt färbten und von den Ästen fielen.

Ich klappte die Speisekarte auf, obwohl ich sie mittlerweile auswendig kannte, aber ich konnte mich einfach nie entscheiden. Es schmeckte alles gut, und ich war ausgehungert von meinem Power-Vormittag mit drei Kursen. Keine Ahnung, was ich mir dabei gedacht hatte, meinen Stundenplan so vollzupacken. Vermutlich hatte ich während der Kursbelegungen an Unterzucker gelitten, anders konnte ich mir nicht erklären, weshalb ich mir diese Folter freiwillig antat.

»Cassie.« Micahs Stimme klang so schrill, dass sie mich sofort in Alarmbereitschaft versetzte.

Ich sah von der Speisekarte auf. »Was ist?«

Mit weit aufgerissenen Augen streckte sie mir ihr Handy entgegen. »Hast du Auris neusten Insta-Post schon gesehen?«

»Nein«, antwortete ich, ohne zu erwähnen, dass ich seine Beiträge bereits vor einer Weile stumm geschaltet hatte, genau wie seine Nachrichten. Ihn ständig unerwartet in meinem Feed zu sehen, hatte mir ziemlich zugesetzt, und irgendwann hatte ich die kluge Entscheidung getroffen, ihn zu blockieren. Es hatte nicht viel geholfen, aber immerhin etwas.

Kommentarlos reichte Micah mir ihr Handy, sodass mir gar keine andere Wahl blieb, als mir Auris neusten Beitrag anzuschauen.

Ich nahm ihr das Telefon aus der Hand.

#throwbackthursday. Meine beste Freundin und ich, nur wenige Monate nachdem wir zusammengezogen sind.

Das Bild, das mir vom Display entgegenleuchtete, ließ mich schwer schlucken. Es war vor knapp zwei Jahren entstanden. Meine Haare waren damals noch wesentlich kürzer gewesen, und Auri hatte auf dem Foto ein Pflaster am Kinn, da er kurz zuvor in der Dusche ausgerutscht war.

Ich konnte mich noch lebhaft an den Tag erinnern. Ich hatte

auf der Couch gelegen, als ich plötzlich einen lauten Knall aus dem Badezimmer hörte. Ich war aufgesprungen und hatte panisch gegen die Tür geschlagen aus Angst, Auri könnte ohnmächtig mit dem Gesicht voraus in einer Wasserlache liegen. Doch er hatte mir geöffnet und versichert, dass alles gut sei, während sich ein Rinnsal Blut einen Weg über seine nackte Brust gebahnt hatte. Ich hatte ihn verarztet, und kurz darauf war dieses Bild entstanden, als eine Art Andenken an den Tag.

Ich konnte nicht glauben, dass Auri es noch immer abgespeichert hatte, und noch weniger konnte ich glauben, dass er es gepostet hatte. Es war das erste Foto seit Jahren auf seinem Profil, das nichts mit Football zu tun hatte.

Ich öffnete die Kommentare und war überrascht von den Rückmeldungen seiner Fans, die fast durchgehend positiv waren. Ich scrollte wieder hoch zu dem Bild und blickte in Auris lustig verzogenes Gesicht. Ich hatte damals wahnsinnig über das Foto gelacht, und auch jetzt musste ich schmunzeln.

»Das ist wirklich ein süßes Bild von euch«, kommentierte Micah. »Ich vermisse es, euch beide zusammen zu sehen.«

»Ich auch«, gestand ich.

Micah nahm mir das Handy wieder ab. »Du solltest wirklich mit ihm reden. Und das sag ich nicht nur, weil ich mit Julian und euch auf ein Doppel-Date gehen möchte.«

Ich lachte und zupfte nervös an der Laminierung der Speisekarte, die sich an einer Ecke gelöst hatte. »Diese Idee lässt dich wirklich nicht mehr los, oder?«

»Ich will euch einfach wieder glücklich sehen«, sagte Micah und griff nach meiner Hand, um meine Finger ruhig zu halten. »Auri geht es miserabel. Ich hab ihn noch nie so erlebt. Und ehrlich gesagt warst du auch schon mal fröhlicher.«

Ich senkte den Blick. »Ich weiß.«

»Dann rede mit ihm.«

Die aufrichtige Besorgnis in ihrer Stimme ließ mich zusammenfahren. Ich wünschte mir, es wäre so leicht gewesen. Ich wünschte mir, ich hätte einfach zu Auri marschieren und mit ihm reden können, so wie früher, aber da war nun eine Barriere zwischen uns, und noch fehlten mir die Kraft und der Mut, sie zu überwinden.

Ich presste die Lippen aufeinander und begann angestrengt zu blinzeln, um nicht loszuweinen. In letzter Zeit war ich sehr nah am Wasser gebaut.

»Bitte«, drängte Micah und drückte meine Hand fester. »Denk zumindest darüber nach. Ihr beide braucht das. So kann es nicht weitergehen.«

Ich würgte meine Tränen hinunter und nickte, aber nur weil ich ohnehin an nichts anderes denken konnte als daran, endlich wieder mit Auri zu reden. Ein Teil von mir wünschte sich, einfach »Fick dich« sagen und ein glückliches Leben ohne ihn führen zu können. Aber so einfach war es nicht. Auri zu vergessen, war alles andere als leicht – es war unmöglich. Er war in den letzten Jahren fester Bestandteil meines Lebens geworden, und ich spürte seine Abwesenheit deutlich, vor allem in den kleinen Momenten. Beim Zähneputzen am Morgen. Tagsüber beim Abwasch. Oder am Abend, wenn ich zum Einschlafen ein Hörbuch hörte. Langsam, aber stetig hatte er sich in den letzten Jahren zuerst in meinem Verstand und schließlich in meinem Herzen eingenistet. Und dort saß er jetzt. Vielleicht für immer.

35. Kapitel

Eine Woche später …

Football ist nicht meine einzige Leidenschaft. Seit ein paar Jahren besuche ich regelmäßig LARPs und mache Cosplays – zusammen mit meiner besten Freundin. Gemeinsam waren wir als Ciri und Geralt auf der diesjährigen SciFaCon. Ich finde, wir sehen gut aus!

Maurice Remington, Starspieler des Footballteams, war ein Cosplayer. Das Geheimnis war aus dem Sack. Und Auri selbst hatte es gelüftet. Ich traute kaum meinen eigenen Augen.

Gedankenlos hatte ich an diesem Morgen noch vollkommen verschlafen nach meinem Handy gegriffen, um noch etwas Zeit zu vertrödeln, ehe ich aufstehen musste. Ich hatte Auri vor ein paar Tagen wieder freigeschaltet, nachdem er das Selfie von uns gepostet hatte, und ich hatte mit vielem gerechnet, aber nicht damit.

Ich starrte das Bild von uns an und empfand dabei so viele unterschiedliche Dinge, dass mir schwindelig wurde. Mein Verstand versuchte noch die Bedeutung hinter dem Beitrag zu verstehen, während mein Herz so aufgeregt pochte, als wollte es mir aus der Brust springen und schnurstracks zu Auri rennen. Ich konnte mir kaum vorstellen, wie viel Überwindung es ihn gekostet haben musste, diesen Beitrag abzuschicken. Jemand anderem wäre es vielleicht wie eine Nebensächlichkeit erschienen, aber das war es nicht. Nicht für Auri. Er offenbarte damit der Welt seine verletzlichste Seite, und die Kommentare unter dem Bild zeigten deutlich, dass seine Angst, ausgelacht zu werden, nicht ungerechtfertigt war. Viele Leute bestärkten ihn und posteten Komplimente für unsere Kostüme, einige andere jedoch zogen ihn gnadenlos auf, so wie Cornell es getan hatte. Sie verstanden es einfach nicht …

Micah: *OMG, hast du es gesehen?*
Micah: *Cassie?!*

Micah: *Warst du schon auf Instagram?*
Micah: *Geh auf Instagram!!1!!elf!*
Micah: *Cassie?????*

Die Nachrichten von Micah ploppten im Sekundentakt auf meinem Display auf.

Ich öffnete den Messenger.

Cassie: *Ja, hab ich.*
Micah: *Und?*
Cassie: *Was und?*
Micah: *Verzeihst du ihm?*
Cassie: *Nein.*
Micah: *Nein?*
Micah: *O_____O*
Micah: *Wieso nicht?*
Micah: *Der Beitrag ist so süß!*
Micah: *Erklärung!!!*

Ich antwortete Micah mit einer Sprachnachricht. Sie hatte recht, der Beitrag war süß, und ich konnte nicht in Worte fassen, was es mir bedeutete, dass Auri endlich zu seiner nerdigen Seite stand. Auch wenn ich hoffte, dass er die Entscheidung, sich zu offenbaren, nicht nur meinetwegen getroffen hatte, sondern auch für sich selbst. Denn er würde damit leben müssen, egal, wie sich die Dinge zwischen uns entwickelten. Doch auch wenn ich noch nicht bereit war, ihm zu verzeihen, war ich immerhin bereit für ein Gespräch.

Kaum hatte ich Micah dies mitgeteilt, öffnete ich die Kontaktliste meines Telefons. Ich hatte so wenige Leute eingespeichert, dass Auri noch immer unter den zuletzt angerufenen Personen gelistet war, obwohl wir seit gut drei Wochen nicht mehr miteinander gesprochen hatten. Es fühlte sich viel länger an.

Ich setzte mich auf mein Bett und holte tief Luft, ehe ich den Anruf-Button drückte. Meine Hand zitterte so stark, dass ich das Handy nicht ans Ohr hielt, sondern auf das Laken legte und den Lautsprecher anschaltete.

Es klingelte.

Und klingelte.

Und klingelte.

Und klingelte.

»Yo, ich kann gerade nicht ans Handy. Allerdings hör ich meine Nachrichten nie ab, also ja ... hinterlass besser keine.«

Ich legte auf. Kurz überlegte ich, ihm zu schreiben, entschied mich dann aber dagegen. Ich wollte ein persönliches Gespräch mit ihm führen und keine Chat-Nachrichten austauschen.

Ich schwang die Beine über die Bettkante und ging ins Badezimmer. Das erste Mal seit Tagen konnte ich mein Spiegelbild ansehen, ohne Trauer, Enttäuschung oder Einsamkeit in meinen Augen zu lesen.

Als ich nach unten kam, saßen Lucien und Amicia bereits am Tisch in der Küche. »Guten Morgen«, begrüßte ich die beiden, schnappte mir einen Teller und begann, die Rühreireste aus der Pfanne zu kratzen.

»Da hat aber jemand gute Laune«, stellte Amicia fest.

»Mhm«, brummte Lucien in seine Kaffeetasse hinein, die Augenbrauen spöttisch hochgezogen.

Ich setzte mich. »Du hast den Beitrag gesehen, oder?«

Lucien nickte. »Micah hat ihn mir geschickt.«

Ich verdrehte die Augen. »Natürlich, was auch sonst.«

Nachdem wir fertig gefrühstückt hatten, stiegen wir zu dritt in Luciens Wagen. Zuerst fuhren wir Amicia in die Schule und anschießend weiter zum MFC. Lucien parkte am Straßenrand, und gemeinsam schlenderten wir über den Campus zu unseren Vorlesungen.

Erst fiel mir nichts Merkwürdiges auf, doch dann bemerkte ich, dass einige Leute mich anstarrten. Das war mir zuvor noch nie passiert. Ich war praktisch unsichtbar unter all den Studierenden. Zumindest war ich das gewesen – bis Auri gleich zwei Fotos von mir mit seinen Tausenden von Followern geteilt hatte. Ich beschleunigte meine Schritte, da mir die Aufmerksamkeit nicht gefiel.

Lucien hielt problemlos mit mir Schritt und erzählte mir dabei irgendetwas von einer neuen Silikonmasse, die er ausprobieren wollte. Das mochte ich so an ihm. Er machte aus nichts eine große Sache, es sei denn, man wollte es.

»Würdest du Auri an meiner Stelle verzeihen?«, fragte ich in eine seiner Redepausen hinein.

Lucien schob den Träger seines Rucksacks hoch. »Das kann ich dir sagen, aber wenn ich dir einen Rat geben darf: *No reason to stay, is a good reason to go.*«

»Das Zitat kenne ich.« Ich runzelte die Stirn. »Woher war das noch mal?«

»Aus einem Camila-Cabello-Song.«

»Du hörst Camila Cabello?«, fragte ich ein wenig überraschter, als ich es vielleicht hätte sein sollen. Ja, Lucien liebte Metal, aber ich hatte schon ein paar seiner Playlists gesehen, und diese waren verdammt vielseitig.

»Nein, aber Brooklyn, und seitdem hört Amicia das rauf und runter.« Er zuckte mit den Schultern. »Ich muss allerdings zugeben, dass es ein wirklich guter Song ist, und das Zitat passt. Hör dir an, was Auri dir zu sagen hat. Wenn er dir einen guten Grund nennen kann, bei ihm zu bleiben, versuch, nicht nachtragend zu sein. Und wenn dem nicht so ist, ist er deine Zeit nicht wert. Du hast Besseres verdient.«

Ich hob eine Braue. »Wann war ich jemals nachtragend?«

»Ich mein ja nur.« Lucien machte eine vage Handbewegung.

Kurz darauf gaben unsere Handys beinahe synchron ein Surren von sich. Ich griff in meine Hosentasche. Es war eine neue Nachricht von Micah. Ich verdrehte die Augen, stutzte aber, als ich erkannte, was sie mir geschickt hatte: einen weiteren Link zu Instagram. Ich klickte darauf.

R. I. P. Tolkien

36. Kapitel

Ich starrte auf die zwei kleinen Wörter, die mir vom Display meines Handys entgegenleuchteten: *R. I. P. Tolkien.*

In den Kommentaren unter dem Bild rätselten die Leute, was es mit der kurzen Textzeile und dem Foto auf sich haben könnte. Manche hielten die Betitelung für einen Fehler. Andere glaubten, Auri hätte versehentlich ein falsches Foto gepostet. Nur ich erkannte die geheime Botschaft.

Tolkiens Todestag.

Herr der Ringe.

Der Film-Marathon.

Unser Date.

Das Foto war Erinnerung und Einladung zugleich. Auri wollte sich mit mir am Kino treffen. Und ich musste keine Sekunde darüber nachdenken, ob ich der Einladung folgen wollte oder nicht. Vielleicht war es ein Fehler, aber ich musste mit Auri reden. Ich brauchte Klarheit, was auch immer das am Ende bedeutete. Außerdem vermisste ich ihn schrecklich. Wir waren noch nie so lange voneinander getrennt gewesen. Nicht einmal während der Footballsaison. Manchmal war Auri tagelang mit seinem Team verreist, aber er war immer schnellstmöglich zu mir zurückgekommen. Und wir hatten telefoniert. Häufig und lang, und seine Stimme hatte mir geholfen, die Meilen zwischen uns zu vergessen. Aber wenn bei unserem Treffen irgendetwas schieflief, blieb mir nicht mal mehr das, sondern nur die Erinnerung.

Mit wild pochendem Herzen näherte ich mich dem Kino. Mir war kalt und warm zugleich. Mein Oberteil war durchgeschwitzt, während sich meine Kehle anfühlte, als hätte ich die Sahara verschluckt.

Ich entdeckte Auri sofort. Er lehnte an der Hauswand neben dem Eingang zum Kino. Zu seinen Füßen stand eine Tasche, in die er wahrscheinlich Kissen und eine Decke gestopft hatte, immerhin würden die Filme mit Pausen über zwölf Stunden laufen. Er trug eine locker sitzende Jogginghose und ein *Herr der Ringe*-Shirt, das unter seiner Jeansjacke nur zu erahnen war.

Sein Anblick brachte meine Schritte ins Stocken, doch ich zwang mich weiter vorwärts.

Als ich nur noch ein paar Meter von ihm entfernt war, hob Auri den Kopf. Zielgenau fing er meinen Blick auf, und ein warmes Gefühl durchströmte meinen Körper.

Gott, hatte ich diesen Mann vermisst.

Auri stieß sich von der Wand ab und kam mir entgegen, ein schüchternes Lächeln auf den Lippen, wie ich es an ihm noch nie gesehen hatte. »Hey«, begrüßte er mich. »Du … du bist gekommen.«

»Was soll ich sagen?« Ich blieb vor ihm stehen. »Ich liebe *Herr der Ringe* einfach.«

Ich konnte sehen, wie Auris Kehlkopf nervös auf und ab hüpfte. »Ist das der einzige Grund?«

»Nein«, gab ich zurück. »Aber der einzige, über den ich jetzt nachdenken möchte. Lass uns die Filme anschauen und anschließend reden. Bitte?« Ich wusste nicht, was das Gespräch mit Auri bringen würde. Ob ich danach mit ihm in unsere gemeinsame Wohnung zurückkehren würde. Oder ob ich Lucien darum bitten musste, meine verbliebenen Sachen von dort abzuholen. Falls Letzteres eintraf, wollte ich zumindest noch eine schöne Erinnerung schaffen.

»Was immer du möchtest«, erwiderte Auri.

Einen langen Moment rührte sich keiner von uns. Wir standen einfach nur da und starrten einander an, als wäre der jeweils andere ein Weltwunder, das wir zum ersten Mal sahen.

Schließlich räusperte ich mich. »Wir sollten …« Ich zeigte Richtung Eingang.

»Ja. Ja, natürlich. Nach dir.« Auri bedeutete mir vorzugehen.

Er zog die Tür auf, und gemeinsam betraten wir das nach Popcorn duftende Foyer. Nachdem wir unsere reservierten Karten am Schalter abgeholt hatten, reihten wir uns in der Schlange für die Snacks ein. Jeder bezahlte für sich selbst, da ich mich dabei nicht wohl gefühlt hätte, den Tag vollkommen auf Auris Kosten zu verbringen.

Wir gingen in den Saal und suchten uns gute Plätze ziemlich weit hinten. Auri saß gerne in der letzten oder vorletzten Reihe, da er mit seiner Größe niemandem die Sicht versperren wollte. Schweigend richteten wir uns gemütlich ein, und ich zog meine Schuhe aus, wie ich es im Kino immer tat, bevor ich die Füße auf den Sitz zog.

Es dauerte nicht lange, bis der erste Film startete. Die Leute klatschten vor Begeisterung, als das Licht im Saal gedimmt wurde und wir schließlich von Dunkelheit eingehüllt wurden.

Die ersten Minuten konnte ich mich kaum auf den Film konzentrieren. Ich war mir Auris Gegenwart nur allzu bewusst und nahm jede seiner Regungen wahr. Doch dann zog mich die Geschichte um Mittelerde wie jedes Mal aufs Neue in ihren Bann. Nur ab und an lenkte mich Auri ab, wenn er begann, die Dialoge leise mitzusprechen, aber es war eine gute Art der Ablenkung, die mich zum Lächeln brachte. Wir hatten die Filme schon so oft zusammen gesehen, dass ich seine Reaktion auf jede einzelne Szene vorhersehen konnte. Ihn so gut zu kennen, hatte etwas Befriedigendes an sich, das ich nicht wirklich beschreiben konnte. Auri war nicht meine bessere Hälfte, aber wir waren zwei verbundene Seelen.

Die erste Pause fand nach der Hälfte des ersten Films statt. Als die Lichter angingen, fühlte es sich an, wie aus einem Traum gerissen zu werden.

»Wow«, sagte Auri. »Ich finde, es sollte ein Gesetz geben, das vorschreibt, dass HdR immer im Kino gespielt werden muss.«

»Oh ja«, pflichtete ich ihm bei. Die Bilder waren einfach gewaltig, nicht zu vergleichen mit der Wiedergabe auf unserem Fernseher.

Auri sah mich an. »Möchtest du noch etwas von draußen?«

»Nein, ich bin versorgt.« Ich deutete auf den Eimer Popcorn, der beinahe ganz voll war, da ich vor Anspannung kaum etwas hatte essen können.

»Okay.« Auri lehnte sich in seinem Sessel zurück.

Wir schwiegen, während sich die Leute um uns herum angeregt unterhielten, was die Stille zwischen uns nur noch merkwürdiger machte.

Ich räusperte mich. »Wie haben deine Teamkameraden auf den Cosplay-Beitrag reagiert?«

Auri hob die Augenbrauen. »Ich dachte, wir wollten erst später über uns reden.«

Ich lächelte. »Wir reden auch nicht über uns, sondern über dich.«

»Ach so.« Er wischte sich die Hände an seiner Jogginghose ab. »Den meisten war es egal. Ein paar haben sogar richtig nette Sachen gesagt, aber natürlich waren auch einige dämliche Kommentare von irgendwelchen Arschlöchern dabei, allen voraus Colby, aber damit komm ich klar. Es ist nur das College. Eine Zwischenstation. In spätestens zwei Jahren bin ich weg von hier, und Typen wie er gehören der Vergangenheit an.«

Ich schürzte die Lippen. »Glaubst du, es liegt an dem Buchstaben ›C‹?«

»Was?«

»Na ja … Colby. Cornell. Ich erkenne da ein Muster.«

Auri sah mich erwartungsvoll an. »Richtig, *Cassie*, Menschen mit C-Namen sind böse.«

»Oh … Okay.« Ich lachte. »Das war vielleicht eine eher undurchdachte Theorie.«

Als Auri in mein Lachen einstimmte, wurde mir ganz warm ums Herz. Augenblicke wie diesen hatte ich vermisst.

Ein Signalton ertönte, der die Leute zurück in den Saal rief. Kurz darauf wurde es wieder dunkel, und die Pause war zu Ende.

Wir schauten die Filme, und in den Unterbrechungen redeten wir über alles, nur nicht über uns. Mittelerde war auf der großen Leinwand ein Erlebnis. Alle drei Filme am Stück zu gucken, war allerdings wirklich eine Herausforderung. Nach dem Ende von *Die zwei Türme* war ich ziemlich müde und konnte nicht mehr aufhören zu gähnen. Auri besorgte uns einen Kaffee, ehe wir in den dritten Film starteten. Es war atemberaubend, und als der letzte Abspann lief, brach erneut Jubel im Saal aus.

Wir packten unsere Sachen zusammen und torkelten mehr aus dem Kino, als dass wir liefen. Unsere Beine waren steif und unsere Hintern eingeschlafen. Als ich testweise eine Kniebeuge machte, knackte irgendetwas in meiner Hüfte.

»Oh mein Gott, ich werde alt.«

Auri schnaubte. »Du wirst in ein paar Wochen einundzwanzig.«

»Vor fünfhundert Jahren wäre ich jetzt schon tot gewesen.«

»Ja, und vor achtzig Millionen Jahren hätte dich ein Velociraptor gefressen.«

Die Anspielung auf sein merkwürdiges Buchcover brachte mich abermals zum Lachen, aber ich wurde schnell wieder ernst. Der Filmabend war vorüber, und wir beide wussten, was jetzt kam.

Die Leute, die mit uns das Kino verließen, hatten sich längst in alle Richtungen zerstreut. Vermutlich, um nach Hause zu gehen und ins Bett zu fallen, denn über uns war längst ein sternenklarer Nachthimmel zu sehen.

»Wollen wir uns auf die Bank dort drüben setzen?«, fragte Auri vorsichtig.

Ich nickte, auch wenn ich fröstelte. Es war merklich frischer geworden, ein kühler Wind blies durch die Straßen von Mayfield. Ich verschränkte die Arme vor der Brust, aber das half nichts. Trotz meiner Strickjacke erschauderte ich.

Auri entging nicht, dass ich fror. Kommentarlos zog er seine Jeansjacke aus und legte sie mir um die Schultern.

Wir setzten uns. In der Stille, die zwischen uns herrschte, hörte ich das Rauschen des Blutes in meinen Ohren und vernahm das darin mitschwingende Pochen meines viel zu schnellen Pulsschlags. Während der Filme hatten sich meine Nerven beruhigt, aber jetzt war ich noch viel nervöser als zuvor.

»Ich muss mich bei dir bedanken«, sagte Auri aus dem Nichts.

Damit hatte ich nicht gerechnet.

»Du hast mir die Augen geöffnet«, fuhr er fort. Auf seinen Lippen ruhte die Andeutung eines Lächelns, dennoch waren die Sorge und der Schmerz in seinem Blick nicht zu übersehen. »Was du im Haus meiner Mom zu mir gesagt hast, hat mir das Herz aus der Brust gerissen, Cassie. Du bist der wichtigste Mensch in meinem Leben. Die Wochen ohne dich waren furchtbar, aber sie haben mich erkennen lassen, dass ich mich viel zu sehr von den Meinungen und Erwartungen irgendwelcher Leute, die mich einen Scheiß interessieren, habe ablenken lassen. Obwohl in Wahrheit nur eine Meinung zählt. Deine.«

Ich konnte fühlen, wie sich wie so häufig in den letzten Wochen ein Kloß in meinem Hals bildete. Doch dieses Mal waren es keine Tränen der Trauer und Enttäuschung, die sich einen Weg an die Oberfläche bahnten, sondern der Freude.

Auri holte tief Luft und griff nach meiner Hand. Seine Finger waren kalt und feucht wie meine eigenen. »Ich will, dass du in mir den besten Menschen siehst, der ich für dich sein kann.« Er blickte auf unsere Hände hinab, bevor er mir wieder in die Augen sah. »Denn wenn ich dich anschaue, Cassie, seh ich genau diesen Menschen. Du bist perfekt. Vielleicht nicht für andere, aber für mich. Du hast nichts weniger verdient. Und du solltest dich auch nicht mit weniger zufriedengeben.«

Bei seinen Worten wurde mir schwindelig.

»Ich bin vielleicht noch nicht ganz an dem Punkt, dieser Mensch für dich sein zu können, aber eines verspreche ich dir. Ich …« Auri stockte, als würde auch er mit den Tränen kämpfen. »Ich werde nicht aufhören, an mir zu arbeiten, bis ich es bin.« Er hob unsere Hände an seine Lippen, wie er es in jener Nacht im Hotel getan hatte, und hauchte einen sanften Kuss auf meine Knöchel. »Ich liebe dich, Cassandra King, mehr als *Herr der Ringe*. Und ich hoffe, du kannst mir verzeihen.«

»Auri …« Tränen ließen meine Sicht verschwimmen. Wie oft hatte ich mir vorgestellt, diese drei Wörter von Auri zu hören, und nun hatte er sie wirklich ausgesprochen.

Auri hob die andere Hand an mein Gesicht, um die salzigen Rinnsale, die sich einen Weg über meine Wangen bahnten, wegzuwischen. Seine Finger waren rau und liebevoll zugleich. »Bitte sag mir, dass das gute Tränen sind.«

Ich schniefte und lachte und nickte, und das alles gleichzeitig. Denn ich wusste nicht, wohin mit mir. Ich hatte das Gefühl, vor Glück platzen zu müssen. Ja, Auri hatte einen Fehler begangen, aber jedes seiner Worte ließ mich spüren, wie ernst er es meinte. Er liebte mich wirklich.

Mit zitternden Händen beugte ich mich vor und gab ihm einen Kuss. Er wirkte überrascht, als meine Lippen sanft über seine strichen. »Ich liebe dich auch«, wisperte ich dicht an seinem Mund und schlang meine Arme um seinen Hals, um ihn an mich zu ziehen und festzuhalten. Ich vergrub mein Gesicht an seinem Hals und atmete seinen vertrauten Duft ein. »Und ich hab dich vermisst.«

»Ich hab dich auch vermisst«, raunte Auri mit heiserer Stimme, als wäre er von meinem Liebesgeständnis ebenso überrumpelt wie ich von seinem. Er umfasste mein Gesicht mit beiden Händen und sah mir tief in die Augen. Sein Blick war erfüllt von Liebe. »Ich werde dich nie wieder so verletzen, Cassie. Lieber sterbe ich. Du stehst für mich an erster Stelle, von jetzt an und für immer.«

»Für immer«, hauchte ich, bevor ich Auri erneut küsste.

Epilog

Ein Monat später …

Das Surren der Tattoonadel verstummte.

Ricky wischte die überschüssige Tinte weg und lehnte sich in seinem Stuhl zurück. Mit zufriedenem Gesichtsausdruck musterte er sein neustes Werk. »Fertig. Wie gefällt es dir?«

Auri richtete sich auf und hob den rechten Arm, um sein Handgelenk zu betrachten. Seine Miene war die ganze Zeit über hart und verbissen gewesen, da ihm das Stechen des neuen Tattoos ziemliche Schmerzen bereitet hatte. Doch während er den Schriftzug betrachtete, der sich nun wie ein Armband um sein Handgelenk zog, hellte sich sein Gesicht auf. »Es sieht fantastisch aus.« Er wandte sich zu mir um. »Was meinst du?«

Aufgeregt beugte ich mich vor, um das Motiv zu bewundern, das ich ausgewählt hatte. Vorsichtig nahm ich Auris Hand und drehte seinen Arm, um das Tattoo von allen Seiten zu betrachten. Es war ein Satz auf Quenya verfasst, einer von Tolkien erfundenen Sprache, dessen Bedeutung nur Auri und ich kannten. »Es ist toll geworden.« Ich ließ Auris Hand los, damit Ricky das frische Tattoo versorgen konnte.

»Und ihr wollt mir wirklich nicht verraten, was da steht?«, fragte er, nachdem er fertig war.

Auri und ich wechselten einen wissenden Blick und schüttelten gleichzeitig den Kopf.

»Nein.«

Ich schmunzelte. Der Schriftzug hatte gar keine besonders ungewöhnliche Bedeutung, aber das Geheimnis, das Auri und ich darum gestrickt hatten, machte die Leute neugierig. Und wir genossen den kleinen Insider viel zu sehr, um unser Wissen mit jemandem zu teilen.

Ricky seufzte. »Schade. So oder so bin ich fertig.«

Wir bedankten uns für die wunderbaren Tattoos – um mein linkes Handgelenk schlängelte sich der gleiche Schriftzug –, bevor Auri meine Hand in seine nahm, sodass die beiden Kunstwerke einander zugewandt waren.

Beim Hinausgehen warf Auri fünfzig Dollar in die Trinkgelddose, da Ricky uns die Tattoos umsonst gestochen hatte. »Mitarbeiter bezahlen nicht«, hatte er gesagt, und anscheinend schloss das auch deren Partner ein.

Ricky hatte mich fest angestellt, nachdem Julian seinen Job gekündigt hatte. Er hatte eine Aushilfsstelle in der Architekturfirma angeboten bekommen, in der er sein Praktikum absolviert hatte. Er arbeitete dort nun fünfzehn Stunden die Woche neben dem Studium. Keine Minute mehr, das war Micahs Bedingung gewesen.

»Wollen wir noch was essen gehen?«, fragte ich Auri und deutete zu dem Mexikaner auf der anderen Straßenseite.

Er zog mich weiter. »Wir haben noch genug zu Hause.«

Ich stutzte. Das war merkwürdig. Auri war riesig, er aß praktisch immer für zwei, weshalb er sich eigentlich keine Gelegenheit für eine Mahlzeit entgehen ließ.

»Ist alles in Ordnung?«

Auri ließ meine Hand los, da wir den Wagen erreicht hatten. »Klar, bei dir nicht?«

Okay, da war eindeutig etwas im Busch.

Möglichst unauffällig nahm ich das Handy aus meiner

Handtasche und überprüfte meinen Kalender, ob ich irgendeinen bestimmten Anlass vergessen hatte, aber ich hatte mir nichts eingetragen. Vielleicht lief ein Footballspiel im Fernsehen, das Auri unbedingt sehen wollte.

Wenig später parkten wir vor unserem Wohnhaus. Während der Fahrt hatte ich beschlossen, meine Eltern noch heute anzurufen, um ihnen von dem Tattoo zu erzählen. Besser ich brachte es direkt hinter mich. Spätestens an Thanksgiving würden sie es ohnehin sehen, und so hatten sie genug Zeit, die Neuigkeit zu verdauen. Eigentlich hatte ich nie ein Tattoo gewollt, aber es sich gemeinsam mit Auri stechen zu lassen, hatte sich einfach richtig angefühlt.

»Haben wir eigentlich schon Pläne fürs Wochenende?«, fragte Auri, als er die Tür zu unserer Wohnung aufsperrte.

»Nein, noch nicht. Micah und ich …«

»Überraschung!«, grölte ein Chor aus Stimmen, kaum dass Auri die Tür aufgeschoben hatte.

Ich zuckte erschrocken zusammen, eine Hand gegen die Brust gedrückt. Sprachlos blickte ich mich um, ehe ich verständnislos zu Auri aufsah. All unsere Freunde hatten sich in unserer Wohnung versammelt – Micah und Julian, Keith und Adrian, Amicia, Lucien und Aliza.

»Was … was macht ihr hier?«

Micah blies in eine Partytröte. »Happy Birthday!«

»Was?« Ich lachte verunsichert. »Mein Geburtstag ist erst in ein paar Tagen.«

»Das wissen wir.« Auri legte mir einen Arm um die Taille und schob mich in die Wohnung. Nun entdeckte ich auch die Torte auf dem Küchentresen. »Aber da du dieses Jahr einundzwanzig wirst, wollten wir unbedingt mit dir zusammen feiern, und heute ist der einzige Tag in den nächsten Wochen, an dem wir alle können.«

Ich versteckte mein Gesicht, das schlagartig rot angelaufen war, hinter meinen Händen. »Oh mein Gott, Leute, das ist so lieb von euch! Ich weiß gar nicht, was ich sagen soll. Danke!« Ich umarmte zuerst Auri und drehte anschließend eine Runde, bei der ich jeden einmal ganz fest drückte.

Micah setzte mir ein Krönchen auf, auf dem *Birthday Girl* stand. »Und jetzt zeig mal dein cooles neues Tattoo.«

Ich streckte ihr meinen Arm entgegen. Allerdings war nicht viel zu erkennen, da das Tattoo noch in Frischhaltefolie gewickelt war. »Ich mach sie später ab, dann kannst du es besser sehen.«

»Hat es wehgetan?«

»Ein bisschen, aber Auri fand es viel schlimmer als ich.« Suchend wandte ich mich nach ihm um.

Er kam gerade aus seinem Zimmer gelaufen, ein riesiges Paket auf dem Arm. Seine Augen funkelten, als wäre es sein und nicht mein Geschenk. Vorsichtig stellte er es auf dem Wohnzimmertisch ab.

»Soll ich das wirklich jetzt schon auspacken?«, fragte ich verunsichert. »Das bringt Unglück.«

»Glaub mir, es bringt mehr Unglück, es jetzt *nicht* auszupacken«, bemerkte Julian kryptisch.

Auri nahm meine Hand und führte mich zur Couch. Er setzte sich neben mich, sodass sich unsere Beine berührten.

Mein Herz pochte vor Aufregung. Ich hoffte inständig, dass mir das, was sich in der Schachtel befand, gefiel.

Aliza hatte ihre Kamera griffbreit, als ich den Deckel anhob und mir zum zweiten Mal innerhalb weniger Minuten der Atem stockte. »Was …« Meine Stimme brach. In dem Karton saßen zwei unfassbar süße, perfekte Kätzchen, die mich mit großen Kulleraugen ansahen und miauten.

»Oh mein Gott«, quietschte ich, den Tränen nahe. Ich konnte

mich gar nicht entscheiden, welches der beiden Fellknäuel ich zuerst auf den Arm nehmen sollte. Das eine Kätzchen hatte helles Fell, das andere dunkles. War das Zufall, oder sollten die beiden Auri und mich abbilden? »Sie sind zauberhaft.« Ich beugte mich über den Karton und säuselte: »Ich werde euch so lieb haben, dass es euch peinlich ist.«

Auri lachte und griff in die Schachtel, um das schwarze Tier herauszunehmen. Er reichte es mir, bevor er das weiße Kätzchen an sich nahm und vorsichtig an seine Brust drückte.

Ich schmolz dahin.

»Ich hoffe, dir gefällt dein Geschenk.«

»Gefallen? Ich liebe es!« Ich drückte dem Kätzchen, das neugierig die Nase reckte, einen Kuss auf die Stirn. Es schien überhaupt nicht schüchtern zu sein, anders als Laurence es damals mir gegenüber gewesen war. Andererseits hatte das Leben von Julians Kater in einer Mülltonne begonnen, da wäre ich vermutlich auch skeptisch gewesen, was neue Leute anging. »Haben die beiden schon Namen?«

»Noch nicht. Ich dachte, die suchen wir gemeinsam aus.«

»Sind es Weibchen oder Männchen?« Ich hob das schwarze Kätzchen an, war allerdings bei all dem Fell unsicher.

»Männchen«, antwortete Micah, die uns mit solch glänzenden Augen betrachtete, dass ich vermutete, dass es bei Julian und ihr bald auch flauschigen Familienzuwachs gab. »Wir wollten, dass Laurence Brüder bekommt.«

Ich gab dem schwarzen Kätzchen noch einen Kuss auf die Stirn, bevor ich Auri ansah. »Tauschen?«

Er nickte, woraufhin wir uns etwas ungeschickt abwechselten.

Der schwarze Kater war ein kleiner Racker und versuchte sich immer wieder aus unseren Armen zu winden, um die Wohnung zu erkunden. Der weiße war dagegen ruhiger und schmiegte sich an meine Schulter. Ich hörte gar nicht mehr auf, irgendwelche Aw-Geräusche von mir zu geben.

Ich sah zu Auri, der mich lächelnd beobachtete, bevor ich mich zu ihm beugte und ihm einen Kuss gab. »Danke«, murmelte ich an seinen Lippen – und im selben Moment hörte ich abermals das Klicken einer Kamera.

Ich hob den Kopf und erkannte, dass Aliza ein Foto von Auri, mir und unseren zwei neuen Mitbewohnern gemacht hatte. Unaufgefordert kam sie zu uns und zeigte uns das Bild auf dem Display.

Sie hatte den perfekten Moment eingefangen. Ich hatte die Augen geschlossen und küsste meinen besten Freund. Den Mann, den ich über alles liebte. Und auf unseren Armen saßen die wohl bezauberndsten Geschöpfe, die ich je gesehen hatte. Der weiße Kater starrte verwirrt vom Leben in die Kamera, während der schwarze versuchte, die Frischhaltefolie von Auris Handgelenk zu ziehen.

Ich lachte. Und mein Herz lachte mit.

Danksagung

Ursprünglich hatte ich nicht geplant, ein Buch über Auri und Cassie zu schreiben. Sie sollten Julians Mitbewohner sein, Statisten in seinem und Micahs Leben. Doch bereits während des Schreibens von *Someone New* habe ich mich so sehr in die beiden, ihre Freundschaft, ihre Unterschiede und ihre Liebe füreinander verliebt, dass für mich klar war, dass ich ihre eigene Geschichte aufschreiben muss. Und das habe ich mit *Someone Else* getan.

Doch wie immer war das keine Leistung im Alleingang, ich hatte Unterstützung von vielen großartigen Menschen. Allen voran meiner Lektorin Stephanie Bubley, die sehr viel Geduld bei diesem Projekt bewiesen hat und mir immer tatkräftig zur Seite stand.

Danken möchte ich auch dem Rest des LYX- und Lübbe-Teams: Ruza Kelava, Simone Belack, Momke Zamhöfer, Simon Decot, Barbara Fischer, Anna Fohs und allen anderen, die hinter den Kulissen mitwirken.

Ich danke auch meinen Agenten Markus Michalek und Roman Hocke von der AVA international GmbH und dem dortigen Team sowie der unglaublich talentierten Gabriella Bujdosó, welche die *Someone Else*-Sonderausgabe mit ihren wunderbaren Illustrationen bereichert. Und Melike Karamustafa, der ich meine Texte immer und immer wieder anvertrauen würde.

Bedanken möchte ich mich auch beim (bitte jetzt nicht lachen) »Prestige Jesus Squad«. Danke Marie, Alex, Anabelle,

Ava, Bianca, Klaudia, Laura, Nicole, Nina und Tami für die vielen schönen Abende, euer offenes Ohr und die Ablenkung, wenn es mit dem Schreiben mal nicht so gut lief.

Ein großer Dank gilt auch Carolin Wahl, Tanja Voosen, Fabian, Yvonne, Verena, Mewa, Elif, Johanna und meiner Familie! Jeder von euch hat auf seine eigene Art und Weise etwas zu *Someone Else* beigetragen. Danke!

Und zuletzt möchte ich wie immer euch danken, meinen Leserinnen und Lesern. Ohne euch wäre das alles nicht möglich. Durch euch erwachen meine Geschichten erst zum Leben. Ich hoffe, wir lesen uns in *Someone to Stay* wieder – Aliza und Lucien warten auf euch.

LESEPROBE

Someone to Stay

Mein Leben fiel auseinander. Wie das Regal, das ich soeben versucht hatte aufzubauen. Ich war kurz davor gewesen, den letzten Nagel einzuschlagen, als es vor meinen Augen in sich zusammenbrach. Es hatte geknarzt und geknackt, und dann war es krachend eingestürzt.

Eine Stunde Arbeit – für nichts.

Resigniert starrte ich auf den Trümmerhaufen zu meinen Füßen. Das konnte nicht wahr sein. Warum passierte so etwas immer mir?

Ein Gefühl der Enge breitete sich in meiner Brust aus, und am liebsten wäre ich einfach zurück ins Bett gekrochen. Aber ich weigerte mich, mich von einem Regal in die Knie zwingen zu lassen.

Ich bückte mich nach den Brettern, doch meine Entschlossenheit löste sich schlagartig in Luft auf, als ich die Kratzer entdeckte, welche der Einsturz in der Beschichtung hinterlassen hatte.

»Scheiße«, fluchte ich und ließ das Brett zurück auf den Boden knallen. Ich wohnte hier noch keine Woche, und schon waren meine neuen Regale im Arsch.

Zitternd würgte ich die Tränen der Frustration hinunter, die mir die Kehle hochstiegen. Meine Finger krampften sich um den Hammer in meiner Hand. Es kostete mich all meine Selbstbeherrschung, dieses Drecksteil nicht einfach kurz und klein zu schlagen. Aber das würde ich bereuen, spätestens dann, wenn ich losziehen musste, um mir ein neues zu besorgen. Dennoch verpasste ich dem Haufen aus Brettern und Stangen einen Tritt. Sie verrutschten und polterten über den Boden. Vermutlich hatte auch mein neues Laminat Kratzer abbekommen, aber daran wollte ich überhaupt nicht denken.

Ein dumpfes Klopfen unter meinen Füßen erinnerte mich daran, dass ich hier nicht alleine wohnte. Entschuldigend verzog ich die Lippen, auch wenn meine Nachbarn es nicht sehen konnten. Vermutlich hassten sie mich schon jetzt für meine frühmorgendlichen Aufbauaktionen, aber es war die einzige Zeit des Tages, die mir blieb. Mein Kalender war voll mit Vorlesungen, Aufgaben, Terminen und Telefonmeetings mit meiner Agentur, meinem Managementteam oder anderen Leuten, die irgendwo in schicken Büros saßen und meine Karriere durchplanten. Ich würde meinen neuen Nachbarn später einfach eine kleine Aufmerksamkeit vorbeibringen. Liebe ging ja bekanntlich durch den Magen, und vielleicht würde etwas Gebäck sie zumindest so weit besänftigen, dass sie noch ein paar Morgen durchhielten, ohne die Polizei zu rufen oder den Vermieter zu informieren. Um sie vorerst nicht weiter zu verärgern, beschloss ich jedoch, das Projekt »Möbelaufbau« für heute einzustellen.

Ich warf einen Blick auf mein Handy. 5:14 Uhr. Damit blieben mir zwei Möglichkeiten. Entweder legte ich mich noch mal schlafen, oder ich machte mich auf den Weg zum College, um für meine Kurse zu lernen. Das Semester hatte gerade erst angefangen, und ich hatte bereits das Gefühl hinterherzuhinken – was mir die Entscheidung leicht machte.

Ich schnappte mir mein Handy, öffnete die Kontakte und rief Micah an, die ich vor einem Jahr im ersten Semester kennengelernt hatte. Vielleicht hatte sie Lust, sich mit mir im Café am Campus zu treffen. Es war zwar noch verdammt früh, aber sie hatte mit ihrem Kunststudium und dem Vorhaben, gemeinsam mit Cassie eine Graphic Novel zu veröffentlichen, auch ziemlich viel um die Ohren. Ein frühmorgendliches Arbeitsdate kam ihr deswegen womöglich sogar ganz gelegen.

Es klingelte und klingelte und klingelte, ehe ein Klicken zu hören war und ich aufgefordert wurde, eine Sprachnachricht zu hinterlassen.

»Hey, Micah, ich bin's, Aliza«, sagte ich, bereits auf dem Weg ins Badezimmer. »Ich wollte dir nur sagen, dass ich gleich ins Café am Campus gehe, um ein bisschen zu arbeiten. Vielleicht magst du ja auch kommen. Ich würde mich freuen. Bis dann!«

Ich legte das Handy auf die Ablage und betrachtete mich im Spiegel über dem Waschbecken. Mein Bad hatte kein Fenster, und das künstliche Licht betonte unvorteilhaft die dunklen Ringe unter meinen Augen. Ich spritzte mir etwas kaltes Wasser ins Gesicht in der Hoffnung, dadurch wacher auszusehen, aber es half nichts. Was wohl nicht besonders verwunderlich war – ich hatte keine Ahnung, wann ich zuletzt länger als fünf Stunden geschlafen hatte –, aber im Moment war einfach zu viel zu tun.

Du musst nur noch ein paar Wochen durchhalten … Nach der Veröffentlichung des Kochbuches würde es gewiss besser werden. Daran musste ich einfach glauben.

Ich sprang unter die Dusche, allerdings ohne meine Haare zu waschen. Sie waren ziemlich dick, weshalb es immer eine Ewigkeit dauerte, sie zu trocknen. Und da für heute keine

Fotos mehr geplant waren, erlaubte ich es mir, sie ungewaschen zu lassen. Anschließend schminkte ich mich, um zumindest den Anschein von Selbstkontrolle zu erwecken, und schlüpfte in eine dunkle Jeans mit Löchern an den Knien und einen *Stranger Things*-Pullover, den mir Micah von der SciFaCon aus Seattle mitgebracht hatte. Er war vielleicht noch etwas zu warm für Ende August, aber die Klimaanlagen in den Vorlesungssälen brachten mich meistens zum Frösteln, und ich wollte keine Erkältung riskieren.

In meinem Arbeitszimmer, in dem noch das Equipment meiner letzten Fotosession herumstand, stopfte ich meinen Laptop und sämtliche Unterlagen für den Tag in meine Tasche, bevor ich in die Küche ging. Es war der einzige Raum in meiner kürzlich bezogenen Wohnung, der bereits fertig war. Allerdings hatte ich für den Aufbau auch Handwerker bezahlt – und es hatte sich gelohnt. Meine Küche erschien mir wie ein wahr gewordener Traum. Sie war hell mit Akzenten aus dunklem Holz und Glas. Es gab eine breite Arbeitsfläche, eine Kochinsel mit großem Induktionsherd, einen zweitürigen Kühlschrank und eine tiefe Spüle mit hoher Armatur, sodass ich bequem abwaschen konnte, was nicht in einen meiner zwei Geschirrspüler passte. Die Ausstattung hatte ein kleines Vermögen gekostet. Kein anderes Zimmer in meinem Apartment war so teuer eingerichtet, aber ich bereute nichts, denn vermutlich würde ich in dieser Küche mehr Zeit verbringen als in jedem anderen Raum.

Ich schnappte mir eine Frischhaltedose aus dem Schrank und packte ein paar der Laddus-Kugeln ein, die ich am vorhergehenden Abend gemacht hatte, um das Rezept in ein paar Tagen auf meinem Blog teilen zu können. Ich hatte die Bällchen abwechselnd mit Pistazien, Macadamias, Kokosraspeln und allerlei anderen Toppings verfeinert.

Ich schloss die Dose, die bis zum Rand gefüllt war, und schob mir eine der Kugeln direkt in den Mund. Sofort fühlte ich mich ein bisschen besser. Der süßlich-nussige Geschmack des Gebäcks erinnerte mich an meine Großmutter, auch wenn ihr Laddus um einiges besser schmeckte.

Ich schnappte mir noch zwei der Bällchen für den Weg, bevor ich meine Tasche schulterte und eilig das Haus verließ, um den nächsten Bus zu erwischen.

Ich wohnte in einem der äußeren Bezirke der Stadt. Einerseits weil ich nicht allzu weit von meinem Elternhaus hatte wegziehen wollen. Andererseits weil ich mir in der Innenstadt oder nahe dem Campus niemals eine Dreizimmerwohnung mit einer solch großen Küche hätte leisten können.

Ich trat hinaus ins Freie. Die Sonne ging gerade auf, der Himmel über mir war eine Schattierung zwischen Orange und Dunkelblau. In den meisten Häusern war es noch dunkel und auf den Straßen ruhig. Es schien, als würde ein aus Stille gewobener Mantel über der gesamten Stadt liegen.

Ich atmete tief ein in der Hoffnung, etwas von dieser Stille in mich aufzunehmen, um das andauernde Tosen in meinem Kopf zum Verstummen zu bringen. Es war, als würde ein nicht endender Sturm in mir toben, der mich seit Wochen wach hielt. Er fegte durch meinen Verstand, brachte meine Glieder zum Beben und ließ mich einfach nicht zur Ruhe kommen. Da war die ständige Angst vor dem Stillstand und die Furcht, dass alles, was ich mir aufgebaut hatte, einstürzen könnte wie mein Regal, wenn ich nur eine Sekunde innehielt.

»Guten Morgen, Tyler«, begrüßte ich den Barista im Coffeeshop am Campus. Die Schicht vor acht Uhr übernahmen abwechselnd er, Cora und Natalia. Sie waren alle drei Studenten am MFC, und ich hatte sie in den letzten neun Monaten ziemlich gut kennengelernt. Tyler studierte Tiermedizin, Cora war im Bereich Gender Studies tätig, und Natalia wollte Ernährungsberaterin werden, weswegen ich mit ihr immer etwas zu bereden hatte.

»Morgen, Aliza«, erwiderte Tyler und versteckte ein Gähnen hinter vorgehaltener Hand. Sein blondes Haar stand ihm wirr vom Kopf ab, als wäre er direkt aus dem Bett hinter den Tresen gefallen. Verständlich, denn wer war schon freiwillig um 6:30 Uhr auf dem Campus unterwegs? Abgesehen von mir und den Sportlern vielleicht, die ich jeden Morgen auf dem Platz ihre Runden drehen sah. »Das Übliche?«

Ich nickte. »Wie war dein Date am Wochenende?«

Tyler stellte eine Tasse unter die Kaffeemaschine, die gurgelnd zum Leben erwachte. »Gut.«

»Gut …« wiederholte ich und hob erwartungsvoll die Augenbrauen. »Ist das alles, was ich von dir bekomme?«

Tyler lachte müde. »Es lief wirklich gut. Maddy ist nett. Wir waren in dem Restaurant, das du uns empfohlen hast.« Er öffnete die Auslage mit den belegten Broten und Bagels, nahm einen Sesam-Humus-Tomaten-Bagel für mich raus und legte ihn in den Toaster.

»Was habt ihr gegessen?«

»Sie hat das Kürbisrisotto mit Schafskäse genommen und ich die hausgemachte Lasagne.«

Uh, es war ein gutes Zeichen, dass er sich daran erinnern konnte, was sie bestellt hatte. Ich kannte Maddy nicht, aber nach dem, was mir Tyler über sie erzählt hatte, schienen sie gut zusammenzupassen.

»Werdet ihr noch mal ausgehen?«

»Ja.« Tyler stellte meinen Kaffee auf den Tresen. »Morgen.«

»Oh! Wo wollt ihr hin?«, fragte ich und legte einen Zehndollarschein auf die Theke.

»Ich hatte gehofft, das kannst du mir sagen.«

»Hmmm …« Ich tippte mir nachdenklich mit dem Zeigefinger ans Kinn. »Das indische Restaurant in der Hickman Street ist sehr gut. Falls Maddy kein scharfes Essen mag, könnte ich aber auch das Sushi-Restaurant auf der Beverly Road empfehlen oder das Cordiali Saluti. Aber wenn du sie wirklich beeindrucken willst, solltest du selbst kochen.«

Tyler gab mir mein Wechselgeld zurück. Um sein rechtes Handgelenk baumelte ein goldenes Kettchen, das er jeden Tag trug. »Ich kann nicht kochen.«

»Kannst du Anleitungen befolgen?«

Er deutete auf die Tafeln, die über der Theke hingen. »Ich kann alle achtunddreißig Heißgetränke zubereiten, die wir hier anbieten. Mit Anleitungen komme ich klar.«

»Dann gib mir dein Handy.« Auffordernd streckte ich meine Hand aus.

Nach kurzem Zögern reichte mir Tyler sein Handy.

Ich öffnete den Browser und tippte die Adresse meines Blogs ein. Ich kannte genau das richtige Rezept für ihn. Einfach, aber köstlich, mit wenigen Zutaten und klassischen Gewürzen. Ich öffnete den Beitrag, den ich bereits vor über einem Jahr verfasst hatte, und speicherte ihn in seinen Lesezeichen.

»Hier, damit kommst du auf jeden Fall klar. Maddy wird begeistert sein.«

Tyler überflog das Rezept und grinste. »Cool, danke.«

»Du musst mir dann unbedingt erzählen, wie es gelaufen ist.«

Nachdem ich mich von Tyler verabschiedet hatte, nahm ich meinen Kaffee und meinen Bagel und sah mich im Café um. Es war vor drei oder vier Jahren neu eröffnet worden und modern eingerichtet, mit vielen großen Fenstern, die selbst an dunklen Tagen den Raum mit Licht fluteten. Strahler hingen von der Decke und beleuchteten den Innenraum mit seinen dunklen Holztischen in den verschiedensten Größen zusätzlich. So konnte man genauso gut ungestört alleine arbeiten, wie in einer größeren Gruppe zusammensitzen.

Ich bezog meinen Stammplatz an einem Vierertisch in der rechten hinteren Ecke des Raumes und holte meinen Laptop hervor. Da ich die Nacht zuvor noch die Bilder für den heutigen Blogbeitrag bearbeitet hatte, war der Akku fast leer. Ich kramte mein Ladegerät hervor und steckte ihn an den Storm. Der Laptop erwachte zum Leben, und sofort sprang mir das rot leuchtende Symbol über meinem Mail-Programm ins Auge. 127 ungelesene Nachrichten. Ich wusste nicht, wann dort das letzte Mal eine Null gestanden hatte. Alle Versuche, mein Postfach zu leeren, waren bisher gescheitert. Jeder beantworteten Mail folgte eine neue. Es war ein endloser Teufelskreis.

Ich ermahnte mich, die Mails zu ignorieren, die über Nacht reingekommen waren, auch wenn es mich in den Fingern juckte, sie zu beantworten. Dafür war heute Nachmittag auch noch Zeit. Jetzt musste ich mich auf mein Studium konzentrieren.

Ich loggte mich auf der Seite des MFC ein und öffnete die Nachricht, die uns Professorin Lawson in der vergangenen Woche geschickt hatte. Darin waren einige Links zu Fachartikeln enthalten, die sich mit Präzedenzfällen im Urheberrecht befassten und die wir uns für die heutige Vorlesung anschauen sollten.

Ich klickte auf den ersten Link und begann zu lesen, während ich an meinem Bagel knabberte. Bereits nach wenigen Minuten schwirrte mir der Kopf, und der Drang, die Tabs zu schließen, um mich mit meinen Mails oder Instagram abzulenken, war groß. Ich kämpfte gegen die Versuchung an und holte mein Notizbuch hervor, ehe ich mich dem nächsten Artikel widmete. Doch meine Gedanken drifteten immer wieder ab. All die Dinge, die ich heute noch zu erledigen hatte, wenn ich nicht wollte, dass meine Pläne für die nächsten Tage und Wochen im Dominoeffekt in sich zusammenstürzten, gingen mir durch den Kopf.

Ich setzte gerade zum vierten Mal an, einen Artikel über einen Fall zu lesen, der 2014 vor Gericht verhandelt worden war, als ein langer Schatten auf den Tisch und mein Notizbuch fiel, das mittlerweile gefüllt war mit Wörtern, die nur ich entziffern konnte.

»Hey.«

Ich sah auf und blickte geradewegs in ein Paar dunkelbraune Augen, die ich nur aus einer einzigen Erinnerung kannte und die sich dennoch für immer in mein Gedächtnis eingebrannt hatten. Meine Haut begann zu kribbeln, und in meinem Magen breitete sich ein Ziehen aus.

»Hey«, murmelte ich mit unerwartet heiserer Stimme.

Lucien sah mich unverwandt an, die Hände in den Taschen seiner Jeans vergraben. »Ich weiß nicht, ob du dich noch an mich erinnerst. Wir haben uns auf dem Sommerfest von Bright Canopy kennengelernt. Ich bin ein Freund von Cassie.«

Beinahe hätte ich laut aufgelacht. Ob ich mich an ihn erinnerte? Natürlich. Lucien war niemand, der schnell in Vergessenheit geriet. Er hatte markante Gesichtszüge mit breitem Kinn und ausgeprägtem Kiefer, doch beides harmonierte in perfekter Symmetrie. Seine Lippen mit den leicht nach unten zeigenden Mundwinkeln wirkten so einladend sanft, dass ich meine am liebsten darauf gebettet hätte. Und das schwarze Haar war lang genug, um ihm in die Stirn zu fallen. Er war ein Gesamtkunstwerk, das sich in meinen Verstand eingebrannt hatte. Doch wirklich unvergesslich war für mich das Lächeln, mit dem er mich auf dem Sommerfest bedacht hatte. Es war voller Wärme und zugleich voller Unsicherheiten gewesen.

Ich räusperte mich. »Ja, ich erinnere mich.«

»Darf ich mich zu dir setzen?«

Mit zusammengepressten Lippen warf ich einen raschen Blick auf meinen Laptop und die Notizen. Ich hatte wahnsinnig viel zu tun und konnte mir eigentlich keine Ablenkung erlauben – selbst wenn sie so attraktiv und faszinierend wie Lucien war. Die Artikel von Professorin Lawson waren nur der erste Punkt auf meiner langen To-do-Liste für den heutigen Tag.

»Keine Sorge, ich will dich nicht volltexten«, fuhr Lucien fort, noch bevor ich mich dazu durchringen konnte, ihm eine Abfuhr zu erteilen. »Ich hab selbst genug zu tun. Ich dachte nur, wir könnten zusammen arbeiten. Aber wenn du lieber alleine sein willst, kann ich mich auch woanders hinsetzen.«

»Nein, nein.« Ich deutete hastig auf die freien Plätze. »Zusammen arbeiten klingt gut.«

»Cool.« Lucien stellte seinen Rucksack ab und streifte sich die schwarze Lederjacke von den Schultern, bevor er sich mir gegenübersetzte. Unter der Jacke trug er ein ebenso dunkles Hemd, dessen Ärmel er hochgekrempelt hatte, sodass darunter die Ansätze seiner Sleeves zu sehen waren – Tätowierungen, die seine gesamten Arme bedeckten.

Er sah aus wie die Art Mann, vor der mein Vater mich gewarnt hätte. Die Bilder in schwarzer Tinte, die seine Haut überzogen, bestanden größtenteils aus Totenköpfen, Rauch und Ranken. Keine besonders fröhlichen Motive, aber Lucien schien von Natur aus auch kein besonders fröhlicher Mensch zu sein.

Ohne ein Wort zu sagen, holte er seinen Laptop heraus. Er war anscheinend wirklich nicht an einer Unterhaltung interessiert.

Obwohl es genau das war, was ich gewollt hatte, war ich beinahe ein wenig enttäuscht von seinem Schweigen, auch wenn ich nicht hätte sagen können, warum.

Ich zwang mich, den Blick wieder auf meinen Bildschirm zu richten, und las den letzten Absatz noch einmal. Mir war es bereits zuvor schwergefallen, mich auf den langweiligen Fachtext zu konzentrieren, doch mit Lucien am Tisch war es noch um einiges härter. Seine Anwesenheit war wie ein andauerndes Prickeln in meinem Nacken – zumindest für ein paar Minuten, ehe sich meine Unruhe plötzlich legte und ich förmlich in den Texten versank. Es war merkwürdig, aber Lucien war so fokussiert auf seine Arbeit, dass seine Konzentration auf mich abfärbte. Vielleicht lag es daran, dass ich auf keinen Fall die Person sein wollte, die ihn störte. Ich ließ mich von seinem Workflow mitreißen, und ehe ich michs versah, hatte ich sämtliche Artikel gelesen.

Seufzend ließ ich mich in meinen Stuhl zurücksinken und griff nach meiner Tasse. Enttäuscht stellte ich fest, dass mein Kaffee bereits leer war. Früher hatte ich nicht so viel von dem Zeug getrunken, aber drastische Zeiten erforderten drastische Maßnahmen.

»Ich hol mir noch einen Kaffee. Willst du auch was?«

Lucien hob den Kopf und schielte in seine ebenfalls leere Tasse. »Ich würde noch einen Cappuccino nehmen.«

»Kommt sofort.« Ich schnappte mir meinen Geldbeutel und flitzte an den Tresen.

Da inzwischen eine menschlichere Uhrzeit herrschte, waren mehr Leute im Café, und ich musste ein paar Minuten warten, bis ich an der Reihe war.

Tyler bedachte mich mit einem wissenden Grinsen, als ich ihm die beiden Tassen aus der Hand nahm und zurück an meinen Tisch ging.

Lucien saß bereits wieder über seinen Laptop gebeugt. Doch zu meinem Erstaunen arbeitete er an keiner Thesis oder dergleichen, sondern scrollte konzentriert durch eine Fotosammlung, die Frauen in Hochzeitskleidern und eleganten Abendroben zeigte.

Ich stellte den Cappuccino neben ihm ab und setzte mich wieder auf meinen Platz, die Hände um meinen Mocca gelegt um mich daran zu wärmen. »Woran arbeitest du gerade? Das sieht nicht nach Buchhaltung aus.« Er hatte mir bei unserem Treffen auf dem Sommerfest erzählt, dass er BWL studierte.

»Am Wochenende steht mal wieder eine Hochzeit an, und ich suche noch nach einer Inspiration für das Make-up, da die Braut, Zitat, ›etwas ganz Besonderes möchte, um nicht auszusehen wie all die anderen Frauen‹.« Er verdrehte die Augen.

Ich nippte an meinem Kaffee. »Und, schon eine Idee?«

»Ja, das hier finde ich ganz interessant.« Er klickte etwas auf seinem Laptop an und drehte ihn anschließend zu mir um. Auf dem Bildschirm war das Foto einer Frau mit einem extravaganten violetten Augen-Make-up zu sehen. »Natürlich alles etwas dezenter. Ich würde den Lidstrich kürzer halten. Hier und hier wären hellere Farben angebracht, die sich besser verblenden lassen. Und ich würde den Lidschatten unter dem Auge weglassen. Sie soll schließlich nicht aussehen, als hätte ihr Verlobter ihr kurz vor der Hochzeit ein Veilchen verpasst.«

Es gefiel mir, wie er völlig ungeniert über Make-up sprach, als wäre es vollkommen normal, dass ein Typ wie er sich darüber Gedanken machte, wie man am besten Lidschatten verblendete.

»Das könnte wirklich gut aussehen.«

Lucien drehte den Laptop wieder zu sich. »Ich denke auch. Und woran arbeitest du?«

»An nichts Besonderem. Ich versuche nur, mit meinen Kursen mitzuhalten.«

»Du studierst Jura, oder?«

Ich nickte verwundert. »Ja, woher weißt du das?«

»Cassie hat es mir erzählt.«

»Ach ja?« Ich neigte den Kopf. »Redet Cassie viel über mich?«

»Hin und wieder, aber nicht so viel wie über Auri.«

Ich musste schmunzeln. In den letzten Wochen hatte ich nicht viel Zeit mit Cassie verbracht, da ich knietief in Arbeit gesteckt hatte, um mein Kochbuch rechtzeitig für den Drucktermin fertig zu bekommen. Aber selbst ich hatte das Drama, das sich zwischen Auri und Cassie abgespielt hatte, mitbekommen. Inzwischen hatten sich die beiden wieder versöhnt, und Micahs größter Wunsch, die beiden als Paar zu sehen, war in Erfüllung gegangen.

»Die beiden sind wirklich süß zusammen.«

»Ich hoffe nur, es hält.«

Ich runzelte die Stirn. »Warum sollte es nicht halten?«

»Keine Ahnung, ich will Cassie nur nicht leiden sehen.«

»Wie habt ihr euch überhaupt kennengelernt?« Die Frage brannte mir auf der Zunge, seit ich die beiden auf dem Sommerfest zusammen gesehen hatte. Sie waren ein beinahe ebenso ungleiches Paar wie Cassie und Auri, und dennoch schien ihre Freundschaft zu funktionieren.

»Cassie hat mich angekotzt.«

Ich blinzelte. Hatte er das gerade wirklich gesagt?

»Sie hat was?«

Ein amüsiertes Funkeln trat in seine Augen. »Es war im ersten Semester, während der Midterms. Sie war krank, ist aber trotzdem gekommen. Ich war gerade fertig mit einer Prüfung und bin nichts ahnend den Gang entlanggelaufen, als plötzlich Cassie aus einem Raum gestürmt kam. Sie ist geradewegs in mich reingerannt, aber statt einer Entschuldigung kam nur Kotze aus ihrem Mund.«

»Oh mein Gott.« Ich begann lauthals zu lac
damit die einvernehmliche Ruhe, die zu diese
feeshop herrschte. »Das ist echt supereklig. V
siert?«
Lucien stieß ein amüsiertes Schnauben a
peinlich. Sie wollte wegrennen, ist aber nic
da sie ziemlich wackelig auf den Beinen w
holt und auf die Krankenstation gebrac
halben Nachmittag mit ihr verbracht h
Freunde.«
»Das war wirklich nett von dir. Ich r
»Ich hab eine kleine Schwester un
das zu tun, was ich mir für sie wün
einer solchen Situation«, sagte Luci
als wäre die Sache nicht der Rede w
Leute, die Cassie vermutlich nur a
saute Shirt in Rechnung gestellt
gelte diese Meinung auch nur m
Fremden wider, die nicht imme
»Ich wusste gar nicht, dass
mindest konnte ich mich nich
davon erzählt hatte, aber viel
Moment auch nur zu zerstre
»Ja. Sie heißt Amicia«, ar
me einen merkwürdigen
deuten konnte.
Ich stellte meinen Mo
Lucien gab einen Lau
terpretierte. Dann wec
ist deine erste Vorlesu
»Ähm«, stammelte
auf die Uhr. »In fünf

Ich wollte gerade die Tür aufziehen, als schon wieder zwei Studenten in den Coffeeshop drängten. Lucien, der deutlich größer war als ich, fing die Tür über meinem Kopf auf, bevor sie zufallen konnte, und hielt sie für uns offen.

Wir traten ins Freie. Die Sonne war mittlerweile vollständig aufgegangen und hatte die Luft bereits deutlich erwärmt.

Lucien rückte den Riemen seines Rucksacks zurecht. »Wo musst du hin?«

Ich deutete auf mein Fakultätsgebäude. »Und du?«

Er zeigte in die entgegengesetzte Richtung.

»Dann trennen sich unsere Wege hier wohl.«

»Sieht ganz danach aus«, erwiderte Lucien.

Unbeholfen trat ich von einem Fuß auf den anderen, während sich Enttäuschung in mir ausbreitete, auch wenn es dafür eigentlich keinen Grund gab. Einen Herzschlag lang rührte sich keiner von uns, und wir starrten einander an, als wollten wir beide noch etwas sagen, ohne zu wissen, was.

Schließlich hielt ich es nicht länger aus und murmelte verlegen ein paar Worte zum Abschied, bevor ich mich eilig abwandte und davonlief, ohne mich noch einmal umzudrehen.

Ich wusste nicht, ob ich es mir nur einbildete oder ob es wirklich so war, aber ich glaubte, Luciens Blicke noch eine ganze Weile im Rücken zu spüren.

Achevé d'imprimer en août 2011
sur les presses de la Nouvelle Imprimerie Laballery – 58500 Clamecy
Dépôt légal : août 2011 - Numéro d'impression : 108032

Imprimé en France

La Nouvelle Imprimerie Laballery est titulaire de la marque Imprim'Vert®